La Guerre des Ailes

Bonnie Morel

La Guerre des Ailes

Tome 2 : La Bataille des Ombres

Perrine Morel,33380 Biganos
ISBN : 9791098480409
Dépôt légal : avril 2026

AVERTISSEMENT

La Bataille des Ombres, tout comme le premier tome de cette trilogie, contient plusieurs scènes susceptibles de troubler certains lecteurs. Il s'agit d'une œuvre fantastique comportant notamment des scènes de combat, de morts ainsi que des scènes de sexe explicites.

Ce livre est destiné à un public averti.

À Leny, mon petit humain préféré,

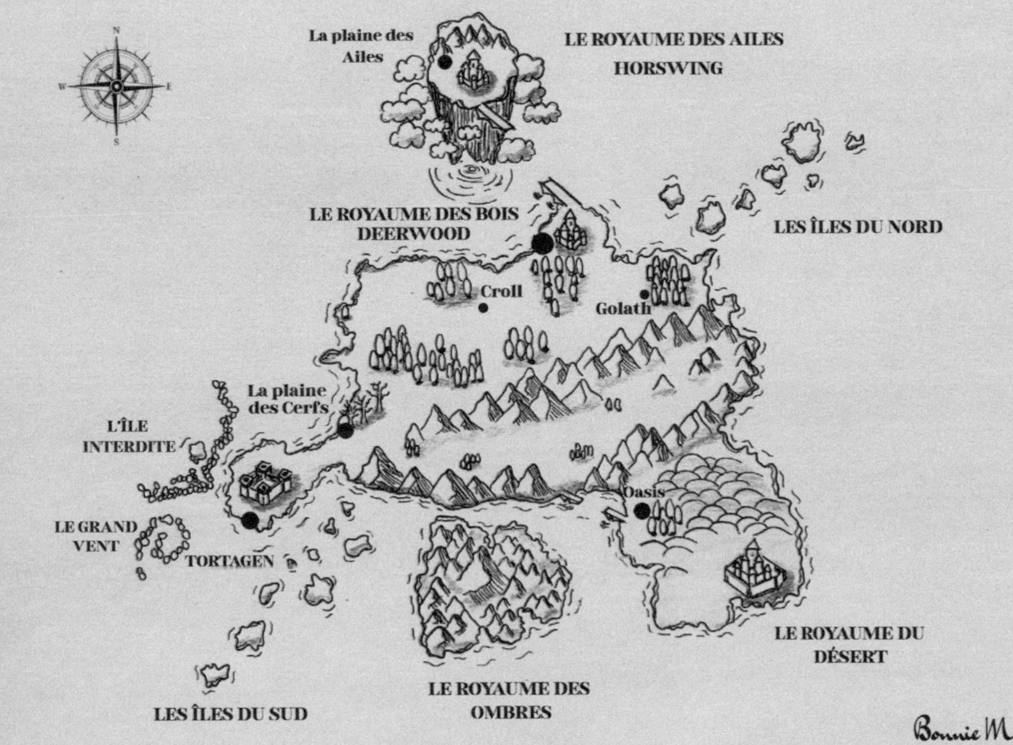

N
W
E
S
La plaine des Ailes
LE ROYAUME DES AILES
HORSWING
LE ROYAUME DES BOIS
DEERWOOD
LES ÎLES DU NORD
Croll
Golath
La plaine des Cerfs
L'ÎLE INTERDITE
LE GRAND VENT
TORTAGEN
Oasis
LE ROYAUME DU DÉSERT
LE ROYAUME DES OMBRES
LES ÎLES DU SUD
Bonnie Morel

Prologue

KALLIAS

Quand j'étais enfant, j'ai appris à ne pas craindre l'ennemi. Je patientais des heures dans les montagnes, tapi dans l'ombre, attendant qu'une proie se jette sur les pièges que je confectionnais. Je me suis habitué à l'obscurité et au silence. Mon père m'entraînait des nuits entières à chasser le renard, le buffle et même l'ours. Je ne ressentais pas la peur. Je ne craignais rien, ni personne.

Mais aujourd'hui, tout est différent. Cette pointe qui vient de naître entre mes côtes, cette douleur qui me brûle la poitrine, je sais que c'est elle. Cette peur incontrôlable, terrifiante et dangereuse. Jamais de toute mon existence, je n'ai ressenti une angoisse aussi intense qu'en cet instant.

Les oiseaux se sont envolés par centaines, lorsque mon hurlement a retenti dans la forêt sombre et silencieuse sur l'île la plus au nord de l'archipel. Des armures ornées d'un blason de bois dorés sont apparues en un rien de temps, près de la trappe souterraine. Vinira a chuté du dos de Pyme et gît désormais, immobile, sur le sol de la forêt, avec une flèche transperçant sa jambe.

Le souvenir douloureux de l'épreuve de la plaine des cerfs me revient immédiatement de plein fouet. Archy s'éloignait déjà au galop lorsque j'ai ramassé son corps inerte et glacé devant les portes de Tortagen. Son pouls ne battait presque plus sous mes doigts. Son sang se répandait hors de son corps à une vitesse affolante. Les flèches de son ennemi Jasper Stohl transperçaient son ventre et son épaule, mais elle s'accrochait et luttait contre la mort. J'étais impuissant. Je l'ai portée dans mes bras, contre mon cœur battant la chamade, jusqu'à l'infirmerie de la citadelle, où j'ai prié Solange de la ramener à la vie, de la ramener à moi, même si notre relation était chaotique. C'était plus fort que moi. La simple idée de ne plus jamais la revoir me brûlait la poitrine. Elle devait vivre. Elle devait se battre pour qu'elle puisse encore me dire d'aller me faire foutre. Pour que je puisse encore sentir son souffle sur ma peau, lorsqu'elle s'approcherait de moi pour me tenir tête à nouveau. Pour qu'elle puisse continuer à me détester. Cette nuit-là, j'ai pris conscience que cette Guerrière entêtée me bouleverserait à tout jamais, que je ne serai plus jamais le même. Elle était devenue ma faiblesse, mais aussi ma force.

La panique me saisit. Malgré la douleur causée par la flèche logée dans l'os de mon épaule, je m'élance sans hésiter vers elle. Une seule chose m'importe en cet instant. Est-elle en vie ? La chute du dos de Pyme l'a-t-elle tuée sur le coup ? Non, je ne peux pas l'envisager. Elle n'a pas le droit de mourir. Pas ici. Pas maintenant. Je ne lui ai pas sauvé la vie toutes ces fois cette année, pour que ça se finisse comme ça. Nous n'aurions jamais dû venir ici. Je n'aurais jamais dû accepter cette idée suicidaire. Son idée. Elle ne peut pas mourir alors que notre roi est en vie.

Toutes mes pensées sont dirigées vers elle, uniquement vers elle, et comme un idiot, je n'entends pas le Guerrier sur ma droite me foncer dessus, et me frapper en plein dans la poitrine. Je m'écroule sur la mousse humide de la forêt à quelques pas de Vinira. Mes lèvres ont subitement un goût métallique, et je crache des gouttes sanguinolentes sur mes genoux repliés. Ma poitrine me fait un mal de chien, mais je me force à lever les yeux dans sa direction. *Réveille-toi Vini ! Montre-moi que tu es en vie !* Ses cheveux aux reflets dorés traînent dans la boue aux pieds de Pyme, qui se dresse sur ses pattes arrière pour protéger sa Cavalière. Mais les Guerriers de Deerwood sont trop nombreux, et lancent des cordes autour du cou de l'animal pour l'immobiliser. Je n'ai pas le temps d'en apercevoir davantage car une ombre derrière moi place un sac sur ma tête et me prive de la vue.

— *Immobilisez ce monstre*, hurle une voix près de moi, *et apportez la fille* !

— Ne la touchez pas, je gémis dans le sac, mais ma voix n'est pas assez forte face aux bruits des pégases et de l'agitation des Guerriers autour de nous.

Polla bat des ailes et hennit derrière moi. Je comprends qu'ils l'ont attrapée et attachée avec Pyme. Dieu merci, ils ne l'ont pas tuée sinon je serais mort avec elle. Notre lien est si puissant que sa mort ou la mienne suffirait à tuer l'autre.

— *La fille respire !*

Putain. Merci. C'est tout ce que j'avais besoin d'entendre.

— *Mettez un sac sur la tête de ces deux chevaux ailés ! Ce Cavalier est conscient et il est en capacité de prendre possession de l'animal !*

Ils ne veulent pas que je puisse découvrir où ils comptent nous emmener. Mais je n'ai aucunement l'intention de tenter une évasion. Vinira est vivante, mais inconsciente. Sa vie est bien trop précieuse pour que je prenne le risque qu'ils la tuent par mon imprudence. Mais je n'ai aucun doute sur notre destination. Je connais suffisamment Deerwood pour savoir que nous allons traverser le tunnel caché sous la mer, et rejoindre les cachots puants du palais, où Basil est sûrement le cul posé bien au chaud sur son trône.

La seule satisfaction que je trouve sur le trajet dans ce tunnel humide et glaçant qui dure une éternité, c'est que nous avons sauvé le roi Arran du cachot dans lequel il a passé les vingt dernières années de sa vie. Combien de temps faudra-t-il à Ismène pour comprendre que nous avons été capturés, lorsqu'elle ne nous verra pas arriver à Horswing derrière elle ? Sorin et elle ne pourront rien faire à eux seuls pour venir à notre secours. Et Maddor ne se rendra pas à Horswing avant d'avoir pu négocier avec la reine du Désert, ce qui peut prendre plusieurs jours. Je vais devoir gagner du temps. Mais je ne suis pas dupe, je sais ce qu'encourent aux traîtres à la couronne. Et j'ai fui Tortagen sans un mot, sans une explication avant le départ de la garde pour le palais.

Dans quel état d'esprit est Basil ? Et que pensera-t-il quand il apprendra où les gardes nous ont attrapés ? Quand il comprendra qu'elle est venue jusqu'ici avec moi ? Vinira a fui le lendemain de leurs fiançailles, avec un groupe de Cavaliers ailés. Mon dieu ! Comment réagira-t-il ? C'est ma faute. J'ai passé deux ans aux côtés de ce prince, exigeant et sûr de lui. Je l'ai vu mettre tellement de femmes dans son lit et leur briser le cœur. Je l'ai vu s'en prendre à des Guerriers simplement parce que leur tête ne lui revenait pas, frapper des servantes ici même car son bain était trop chaud.

Jamais je n'aurais dû la convaincre de l'épouser. Je l'ai mise en danger et ça n'a fait qu'empirer depuis que je l'ai suppliée de m'accompagner à Horswing car je ne pouvais pas l'imaginer seule, ici, avec lui. Imaginer ses mains sur son corps. Je ne suis qu'un sale égoïste qui n'a pensé qu'à lui.

Il n'est pas question que Basil apprenne pour elle et moi. Pas question qu'il comprenne que j'ai passé plus d'une nuit dans ses bras et dans son lit. Je n'ose imaginer ce qu'il serait capable de lui faire endurer pour me punir. Pour nous punir tous les deux de lui avoir menti.

La douleur est une épreuve à laquelle je me suis entraînée depuis de nombreuses années. Mais voir la femme que j'aime souffrir sous mes yeux, ça, je n'y suis absolument pas préparé.

1

VINIRA

Une douleur fulgurante me déchire les entrailles et des fourmillements me parcourent de la tête aux pieds. Ce sont les sensations que je ressens lorsqu'un seau d'eau glacée me frappe le visage de plein fouet. En une seconde, je reviens à moi, paniquée, et je cherche mon air comme si on m'avait maintenu la tête sous l'eau trop longtemps.

Une ombre que je peine à discerner se tient debout devant moi, le seau à la main, avant de s'éloigner et de refermer la porte derrière elle, dans un bruit qui résonne contre les murs autour de moi. Une petite lucarne grillagée à peine plus grande que mon visage apporte un minuscule rayon de soleil devant mes pieds. Où suis-je ? Ma tête me lance, c'est comme si elle était enfermée dans un étau.

Mes poignets douloureux sont emprisonnés par des chaînes au-dessus de ma tête, et mes pieds reposent à peine sur le socle de l'énorme piquet en bois sur lequel je suis suspendue.

— Vini…

Je lève la tête au son de cette voix familière.

— C'est toi ?

Mes yeux se plissent et je découvre Kallias à quelques mètres de moi, suspendu lui aussi par les bras. Sa tenue de cuir est recouverte de boue et de sang et son visage semble fatigué. Une petite barbe naissante a pris place sur les contours de sa mâchoire. Les souvenirs me remontent alors subitement. L'île. Le roi des Ailes dans ce cachot humide. La flèche logée dans l'épaule de Kallias. Ma course pour grimper sur Pyme afin de fuir au plus vite, et puis, plus rien. Le trou noir.

— Oui, je suis là. Est-ce que tu vas bien ?

Je suis prise d'un léger vertige, mais c'est sûrement dû à ma chute brutale du dos de ma pégase suite à... une flèche. Je baisse les yeux vers ma cuisse et découvre qu'un bandage recouvre désormais l'endroit que j'ai senti se faire transpercer avant de tomber. Quelqu'un m'a soignée.

— Oui ça va. Es-tu blessé, Kallias ?

— Je vais bien. Si tu savais comme j'ai eu peur ! J'ai cru un instant que tu étais...

Sa voix est sanglotante. Je n'ose imaginer les instants d'angoisse qu'il a dû vivre pendant mon inconscience. D'ailleurs, combien de temps suis-je restée évanouie ?

— Tout va bien, Kallias ! Enfin, si on peut dire ça ! Où sommes-nous ?

— Dans les cachots de Deerwood.

— Comment sommes-nous arrivés jusqu'ici ?

— Des Guerriers. Ils sont sortis de la trappe par dizaines. Je suis désolé, Vinira, je ne les ai pas entendus arriver.

— Tu n'y es pour rien. C'était mon idée de venir trouver Mélione. C'est moi qui t'ai mis en danger. Nous n'aurions jamais dû venir jusqu'ici.

— Ne dis pas ça ! Cette quête n'a pas été vaine, Vini !

Il a raison. Malgré notre arrestation, un homme est désormais hors de danger. La vision du corps du roi Arran gisant dans ce cachot humide, recouvert de traces de séquestration se ravive dans mon esprit. Notre roi, torturé et emprisonné pendant toutes ces années. Pourvu qu'Ismène et Sorin aient pu s'envoler à temps avec lui, et qu'ils ne se soient pas fait prendre. Sinon nous aurons pris tous ces risques pour rien.

La porte de notre cachot s'ouvre et un homme s'y engouffre. La faible lumière extérieure me permet de discerner les traits de l'homme qui s'avance vers nous. Je fixe ce visage détestable, les yeux rougis de colère et la bouche pincée. Brann Nister, le Premier Gouverneur du royaume est vêtu d'une robe aussi sombre que son âme. La dernière fois que j'ai vu cet homme, c'était à Tortagen. Lorsqu'il lisait le parchemin annonçant la nomination des Guerriers de la garde de Basil. J'étais suspendue à ses lèvres en attendant mon nom qui n'est jamais venu.

Mon rêve s'est envolé ce jour-là, mais depuis, mes ambitions ont changé. Je suis devenue une Cavalière des Ailes, et mon rôle, désormais, est de réconcilier les royaumes pour empêcher le roi des Ombres de tous nous anéantir.

Nister me toise avec mépris avant de se tourner vers Kallias.

— La dernière fois que je vous ai vu, Felirson, vous vous teniez dans ce palais, dans une salle au-dessus de nos têtes, décidé à prêter serment d'allégeance à notre nouveau roi. Quelle surprise ai-je eue lorsque le prince est arrivé à Deerwood avec des membres de sa garde manquants et l'annonce d'une guerre des Ombres à venir.

Kallias ne répond pas. Je connais suffisamment chaque centimètre de son visage pour comprendre que, sous ses lèvres froissées, ses dents sont serrées, et s'il n'était pas retenu par des chaînes, il aurait déjà sauté à la gorge de Nister.

— ... j'ai d'abord pensé que vous aviez eu peur, reprend-il, après tout, qui pourrait vous en vouloir de désirer fuir ce qui nous attend prochainement ? Mais mes gardes ont capturé la nuit dernière, en même temps que vous, deux créatures assez spectaculaires. Ce qui a éveillé en moi des soupçons bien différents quant à vos véritables intentions concernant Deerwood.

— Je souhaiterais m'entretenir avec Basil, lance Kallias sans tressaillir.

— Le roi Basil. Le prince que vous avez abandonné est désormais votre roi et pour l'heure, il ne souhaite pas vous voir.

— Est-il réellement au courant que nous sommes retenus ici ?

— Rien de ce qu'il se passe entre ces murs n'échappe au roi, avoue le Premier Gouverneur.

Mais ses yeux démoniaques divulguent le contraire. Basil ne nous aurait jamais laissé moisir ici sans nous avoir entendus. Nister nous détient en secret et ses intentions ne présagent rien de bon.

— Et vous, me lance Nister en s'approchant de moi, je me demande bien ce qui a pu pousser la future reine à s'enfuir juste avant ses noces ?

Sa main ridée approche de mon visage et serre mes joues entre ses doigts miteux.

— Lâchez-moi !

— Nister, hurle Kallias, la fille n'a rien à voir avec tout ce qui est arrivé. C'est moi qui l'ai emmenée cette nuit-là !

Mais à quoi joue-t-il ?

— ... elle était ma prisonnière. Basil doit savoir qu'elle est en vie et que PERSONNE ne lui a fait de mal, continue Kallias. Vous devez la mener à Basil. La place d'une future reine n'est pas dans cet endroit.

Il essaie de me sortir d'ici, mais je ne veux pas retourner auprès de Basil. C'est à cause de moi si nous sommes retenus ici. Ma place est avec lui et pas ailleurs.

— En effet, une reine se doit d'être irréprochable.

— Conduisez-la jusqu'à Basil, Nister !

— Je ne reçois d'ordres que du roi, crache-t-il au visage de Kallias. Mais je veux bien marchander avec vous, Felirson. Si vous me donnez ce que je veux, j'accepterai de la relâcher.

Cet homme est la pourriture la plus infâme de ce palais, et il n'y a aucun doute sur ce qu'il souhaite. Mais ni Kallias, ni moi ne lui donneront ce qu'il attend.

— Figurez-vous, reprend Nister, que la nuit dernière, un de nos prisonniers les plus dangereux s'est échappé de son cachot, et que c'est vous deux que nous avons retrouvés sur les lieux, accompagnés de deux pégases.

Il sait que nous avons aidé le roi à s'enfuir. Il sait également où se trouvent les pégases volées. Cet homme est la clé pour sauver Horswing.

— Je ne sais pas de quoi vous parlez, déclare Kallias.

Cet aveu ne semble pas convaincre le Premier Gouverneur qui lui assène son poing en plein dans le ventre. Un grognement s'échappe des lèvres de Kallias et un cri strident s'échappe des miennes. La peur me retourne le ventre. C'est comme si le coup avait percuté directement mon estomac. Kallias relève la tête, ses yeux exorbités sont remplis de rage. Nister se tourne ensuite dans ma direction et avance d'un pas lent. Les poignets de Kallias s'agitent, faisant tinter les chaînes qui le retiennent fermement. Il ne peut rien pour moi. Lui qui m'a protégée et sauvée tant de fois. Dans ce cachot, il est impuissant face à cet homme que rien n'arrêtera. Quand Nister approche son visage du mien, son haleine fétide pénètre mes narines et je suis prise d'un haut-le-cœur.

— Serez-vous plus raisonnable que Felirson, ma jolie ? Où. Est. Le. Roi. Des. Ailes ?

— Hecmar l'a jeté en haut du pont il y a vingt-et-un ans, je crache au visage de cette enflure.

S'il croit que je vais lui donner ce qu'il attend, il se trompe. Je mourrais dans cette prison plutôt que de lui dire où est mon roi ! Mon roi et mon père ? *Ma fille... tu es vivante !* Était-il assez lucide pour reconnaître son véritable enfant ou a-t-il été pris d'une vision de son passé ? La torture qu'il a subie toutes ces années a certainement dû ébranler son esprit.

Je ressens encore la chaleur de ses mains sur mon visage, la douceur de ses yeux bleus plongés dans les miens, et ce frisson qui m'a parcourue lorsqu'il m'a reconnue.

Je n'ai même pas eu le temps d'en parler à Kallias. Lui, que tout le monde imaginait comme l'héritier d'Horswing ! Quelle sera sa réaction quand je lui annoncerai ce qu'Arran m'a chuchoté dans ce cachot lugubre ? Pense-t-il réellement être le prince de ce royaume déchu ?

— Mauvaise réponse, ricane Nister.

Sa main se glisse le long de ma jambe et il enfonce son pouce dans le bandage rougi par mon sang coagulé. J'hurle de douleur. La flèche a effleuré les nerfs de ma cuisse et la pression de son doigt dans ma plaie est insupportable.

Kallias détourne le visage et mord de toutes ses forces dans son biceps. Me voir souffrir lui est intolérable, mais nous ne devons pas laisser transparaître à quel point nous tenons l'un à l'autre. Ça causerait notre perte.

— Vous le regretterez, Nister, je vous le garantis, je hurle en crachant au visage de cette pourriture.

— J'ai hâte de voir ça ! jubile-t-il avant que son poing ne s'écrase sur mon visage et que je perde connaissance.

Lorsque je rouvre les yeux, mes narines sont obstruées par des caillots de sang. La voix de Kallias résonne au loin, mais au fur et à mesure que je reprends mes esprits, mon prénom entre ses lèvres me parvient distinctement.

— Vinira !

— Où est-il ? je lui demande, inquiète de me prendre encore un coup par surprise.

— Il est parti depuis plusieurs heures.

Plusieurs heures déjà ?

— T'a-t-il frappé à nouveau ?

— Ne t'inquiète pas pour moi !

Cela veut dire oui, mais Kallias ne veut pas me tourmenter davantage. Je souffle un grand coup pour évacuer les caillots de sang de mes narines et pouvoir respirer à nouveau librement. La plaie de ma jambe s'est rouverte et ruisselle à l'intérieur de ma botte.

— Depuis combien de temps sommes-nous là, Kallias ?

— Environ 24 heures. Il fait à nouveau nuit dehors.

Mes lèvres sont sèches, signe que mon corps se déshydrate. Je lève la tête vers mes poignets bleuis par la pression des chaînes. Les muscles de mes bras sont endoloris, mais je supporte la douleur. Je n'ai pas le choix.

— Nister ne nous laissera jamais sortir vivants d'ici, j'avoue à Kallias.

— Ça va aller ! Il faut que l'on gagne du temps. Les Ailes ont dû comprendre que nous avons été capturés. Ils viendront nous chercher.

— Tu crois que trois pégases et leur Cavalier seront suffisants pour nous sortir d'ici ?

— Vinira, le roi est en vie. Cela va changer beaucoup de choses et Nister le sait. Basil ignore que nous sommes là, c'est certain. Nister espère retrouver Arran avant que le monde apprenne la vérité. Tu imagines ce que nous venons d'accomplir ? Nous venons de rendre son roi au peuple des Ailes !

— Comment est-ce possible, Kallias ? Pelian Hools l'a vu tomber dans la mer. Hecmar l'a lâché du haut du pont devant les survivants.

— Hecmar a fait voir au peuple des Ailes ce qu'il voulait. Mais il avait besoin d'Arran en vie pour obtenir une chose qu'il n'a jamais réussi à acquérir.

— Quoi donc ?

— Son pouvoir.

— Tu crois qu'ils ont pu atteindre Horswing et qu'ils sont hors de danger ?

— J'en suis persuadé. Nister ne nous torturerait pas s'il savait où est Arran. Nous serions déjà morts.

Des larmes coulent sur mon visage fatigué. Des larmes de soulagement certainement et de peur aussi.

— On va s'en sortir, Vinira, je te promets que ça va aller !

J'ai une confiance absolue en Kallias, mais ses paroles sonnent faux dans ce lieu glacial où des milliers de gens ont connu la mort. Je donnerais tout pour me libérer de mes chaînes quelques instants, et me glisser contre son torse réconfortant. Être face à lui dans ce cachot est un supplice que je ne m'attendais pas à vivre. Je connais suffisamment d'histoires sur Nister, grâce à mon père, pour savoir que les prochains jours risquent de nous offrir les pires horreurs de notre vie.

— Vini, reprend-il, grâce à toi, Arran s'est envolé pour Horswing. Si nous finissons par périr dans ce cachot humide, nous aurons au moins la satisfaction de l'avoir sauvé.

— Kallias, il faut que je te dise quelque chose...

Malgré la fatigue, j'entrevois de la douceur au fond de ses yeux ténébreux que j'affectionne tant. Je dois lui dire.

— Quand tu es remonté chercher Ismène... le roi s'est approché de moi... il... il voulait voir mon visage...

Mes paroles sont hésitantes. Probablement parce que je ne suis pas sûre de ce que j'ai entendu. Ou peut-être qu'au fond de moi, la vérité m'effraie terriblement.

— ... ses yeux étaient si bleus que pendant un instant, j'ai cru voir Maddor face à moi.

— Leur ressemblance est stupéfiante.

— ... mais son visage était plus doux, ses traits plus fins que celui du Sage. Il a ensuite posé sa main sur ma joue et... il m'a appelée... sa fille !

Les larmes coulent sans que je le veuille sur la peau sèche de mes pommettes. Il y a quelques jours, j'étais une Fadyenaï. J'ai été élevée par un homme que je croyais être mon père, aux côtés d'une sœur jumelle qui me ressemblait si peu. Mais ils sont morts tous les deux et font désormais partie de mes souvenirs. J'ai grandi dans le village d'un royaume qui n'est pas le mien, grâce au Sage Maddor qui m'a sauvé la vie. Toutes ces révélations sont difficiles à avaler et j'ai besoin, plus que jamais, du soutien de l'homme attaché face à moi.

Le regard de Kallias est une énigme. Sa bouche s'est entrouverte, figée par les paroles que je viens de prononcer. Tandis que son silence me glace le sang, ses yeux se ferment quelques instants avant de me fixer à nouveau.

— Dieu merci ! lâche-t-il alors, il t'a reconnue !

— Il… est-il possible qu'il fasse erreur ? Il a passé des années enfermé, avec l'espoir de revoir un jour son enfant. Il s'est peut-être simplement… trompé. Après tout, il faisait sombre dans ce cachot et…

— …Vinira, me coupe Kallias, il ne s'est pas trompé. Tu es bien la fille d'Arran.

— Quoi ?

Les aveux de Kallias me font froid dans le dos. Comment peut-il l'affirmer ? A-t-il connaissance d'informations que j'ignore ?

— Je m'en doute depuis un moment déjà, mais je ne t'en ai pas parlé car j'avais besoin d'en avoir la certitude, avoue-t-il.

Alors c'est vrai ?

— Tu t'en doutais ? je sanglote.

En cet instant, je ne saurais expliquer ce que je ressens. Je ne pense pas que Kallias ait cherché à me cacher la vérité. Mais cet aveu me fait l'effet d'un coup de dague en plein dans le cœur.

— Ton pouvoir, celui des Ailes, m'a semblé se manifester à plusieurs reprises, Vini.

— QUOI ? Mais je n'ai aucun pouvoir, Kallias.

— Si, je crois que tu l'as en toi et depuis un moment déjà. Quand je suis venu te dire au revoir avant mon départ pour Deerwood, tu étais en colère contre moi. Tellement en colère. Tu me pensais responsable pour t'avoir écartée du choix de Basil pour la garde. Quand je suis sorti de la tour, le temps avait tourné à l'orage en un rien de temps. Je n'y ai pas prêté plus attention que ça sur le moment. J'étais... frustré de ne pas avoir pu te dire ce que je ressentais pour toi avant de quitter Tortagen. Puis, je suis ensuite remonté et nous avons fait l'amour, ...

Ce souvenir est bien ancré dans mon esprit. Un des plus beaux de ma vie. Le corps de Kallias fusionnant en harmonie avec le mien. Rien que d'y penser, j'en ai le souffle coupé.

— ... le vent soufflait si fort. Depuis que je suis à Tortagen, jamais le Grand Vent n'avait été aussi déchaîné. Tes émotions ont libéré ce pouvoir qui sommeillait en toi. Et puis, ça s'est reproduit, une seconde fois... le lendemain de notre retour...

Quand j'ai poursuivi les Stohl, après avoir découvert le corps de Zielle près des bassins. Ma petite sœur assassinée par ces monstres.

— ... ta colère et ta rage ont créé cette énorme tempête qui aurait pu te coûter la vie. Je chevauchais Ellen derrière Jasper et toi, et j'ai vu de mes propres yeux les éclairs tomber sur vous. Ils étaient dirigés vers lui car tu souhaitais le tuer pour le crime qu'il avait commis. Tu aurais pu mourir sous l'effet incontrôlable de ton pouvoir, Vinira. Puis, tout s'est arrêté quand tu t'es endormie. Le ciel bleu est revenu aussi vite qu'il était parti. Cette nuit-là, j'ai compris qui tu étais réellement.

— Pourquoi ? Pourquoi ne m'as-tu rien dit ?

— Tout est allé si vite ensuite. La mort de ta sœur. Les révélations de Maddor. La demande en mariage de Basil. Le tremblement de terre. Le départ pour Horswing. J'espérais qu'une fois chez nous, nous trouverions un indice qui te permettrait de te souvenir. Je voulais que tu découvres par toi-même qui tu étais, et que ça te permettrait de le croire plus facilement que si c'était moi qui te l'annonçais brutalement.

— Je t'aurais cru Kallias, si ça venait de ta bouche.

— Mais tu l'as appris de celle de ton propre père et pour cela, je ne regrette pas de ne rien t'avoir avoué.

Mon père. Arran d'Horswing est mon père. Je suis la fille d'Arran et de Clarine. L'héritière des Ailes.

— Est-ce que les autres le savent ? Leur as-tu confié tes doutes ?

— Non ! Seuls toi et moi savons qui tu es pour le moment.

— Est-ce que tu es déçu que ce soit moi ?

Ses grands yeux noirs s'écarquillent, mais ma question est très sérieuse. Nos camarades étaient persuadés que Kallias était l'enfant d'Arran. J'avais même fini par m'en convaincre moi-même.

— Déçu ? Tu es le meilleur espoir de ce monde, Vinira ! Tu es forte, courageuse. Tu te bats pour ceux que tu aimes. Tu as les qualités pour gouverner un peuple. Je n'aurais pu espérer une meilleure reine que toi.

Un immense soulagement me traverse.

— Kallias, si le roi… si mon père est en vie, comment se fait-il que je possède déjà son pouvoir ?

— Je crois qu'il va falloir lui poser directement la question, et la raison lui a certainement permis de rester en vie jusqu'à aujourd'hui.

***

De nombreuses heures s'écoulent sans que personne ne pénètre dans notre cellule. Le soleil s'est à nouveau levé à travers la minuscule lucarne du cachot. J'ai perdu la notion du temps, mais je sais que chaque nuit qui passe nous rapproche un peu plus du roi des Ombres. Kallias s'est endormi une heure, peut-être deux, emporté par la fatigue. Moi, j'ai été incapable de fermer l'œil. Je me demande pourquoi Nister met autant de temps à revenir. Que se passe-t-il dans le palais au-dessus de nos têtes ? Basil a-t-il eu réellement connaissance de notre présence ? Basil, que j'ai failli épouser alors que nous sommes du même sang. Mais ce lien n'a pas empêché son père d'assassiner ma mère. Cette scène d'horreur que j'ai visionnée dans les sphères de Tortagen me hantait déjà jour et nuit, mais maintenant que je sais que Clarine est ma mère, c'est encore plus douloureux. Comment a-t-il pu la tuer ? Tant de questions me taraudent l'esprit, mais Hecmar n'est plus de ce monde pour répondre de son crime.

Soudain, la porte du cachot s'ouvre brutalement. Kallias se réveille en sursaut, et son regard paniqué se lève aussitôt vers moi. Je cligne des yeux de façon à lui dire que je vais bien. Pour le moment.

Nister pousse une desserte devant lui où sont disposées des armes de torture en tout genre. Mon regard impassible balaie Kallias dont les prunelles ne fixent que les miennes. Je ne veux pas lui montrer l'angoisse qui monte dans ma poitrine. Je dois faire preuve de courage et être forte comme lui. Mais le simple fait qu'il puisse être blessé m'effraie terriblement.

— Bonjour, chuchote le Premier Gouverneur, bien dormi ?

— Un matelas aurait été plus confortable, je lui réponds sans me dégonfler.

Un demi-sourire effrayant s'affiche au coin de ses lèvres ridées.

— Pour cela, il aurait fallu chevaucher avec votre bien-aimé jusqu'ici au lieu de disparaître avec les traîtres à la couronne.

Je laisse planer un long silence. Peu importe ce que je pourrais répondre, il ne nous relâchera pas tant qu'il n'aura pas obtenu ce qu'il désire.

— Fadyenaï n'a rien à voir dans tout ça, Nister, grogne Kallias, je vous l'ai déjà dit.

— Votre parole n'a aucune valeur, Felirson, vous n'êtes qu'une merde insignifiante.

Il s'approche de la desserte et déplie délicatement un morceau de tissu. À l'intérieur, une petite arme. Un marteau. Il le saisit fermement dans la paume de sa main. De grosses gouttes s'écoulent le long de mon front et ma respiration s'accélère. Kallias serre les dents et secoue sa tête lentement de gauche à droite. « NON ». Je sais ce que ça signifie. Il ne veut pas que je crie. Ni que je parle. Mais vais-je encaisser de le voir souffrir sans réagir ? J'agite, paniquée, mes poignets pour essayer de me libérer de mes chaînes.

— Du calme ! Ceci n'est pas pour vous, murmure Nister, mais pour lui !

— Vous faites une grossière erreur, je lui crache au visage.

— Vraiment ? Alors dites-moi, où est caché le roi des Ailes ?

Je ferme les yeux, incapable d'affronter ce qui va suivre.

— Je ne vois pas de quoi vous voulez parler, je hurle.

Nister s'éloigne de moi et, en moins d'une seconde, un bruit terrifiant, suivi du hurlement de Kallias, résonne dans la pièce. Les larmes s'écoulent de mes paupières closes, mais je m'empêche de relever la tête. Je ne peux pas voir ça. Je n'en ai pas la force.

Un deuxième coup s'abat quelques instants après le premier, puis résonne un bruit d'os brisé. Cette fois, le cri de Kallias est bref, coupé par une douleur qui l'empêche de reprendre son souffle. Sa souffrance vibre jusque dans ma chair.

— Qu'avez-vous fait du roi, Felirson ?

Kallias crache au sol. Sa respiration est sifflante.

— C'est plutôt à vous qu'il faut poser cette question ? Que lui avez-vous infligé pendant toutes ces années ? gémit-il.

Les pas de Nister résonnent pendant qu'il tourne autour de nous dans le cachot.

— Il a reçu la punition qu'il méritait, déclare-t-il sans aucun remords.

— Vraiment ? Comment pouvez-vous dire ça ? Vous l'avez torturé sans motif !

Soudainement, un souffle se glisse le long de mon cou. Il est tout proche et cette proximité forcée me donne la nausée.

— Ouvre les yeux, m'ordonne-t-il.

— Vous avez tué la reine d'Horswing et coupé du monde le peuple des Ailes. Pourquoi ? Par simple quête de pouvoir ?

Kallias tente de faire parler Nister pour le forcer à s'éloigner de moi, mais son odeur de poisson pourri s'infiltre toujours dans mes narines. Il n'a pas bougé d'un cil. Je sens alors sa main se glisser le long de mon cou et serrer ma trachée.

— OUVRE. LES. YEUX.

— Obéis Fadyenaï ! hurle Kallias.

Mes paupières humides se rouvrent et je croise le regard sadique de cette enflure.

— Si tu détournes encore la tête, je lui couperai un doigt, puis deux, puis la main entière, déclare-t-il. Maintenant regarde-le !

J'obéis à contrecœur et lève les yeux vers lui. Du sang s'écoule de ses lèvres et ses veines indurées pulsent le long de ses tempes. Tandis que Nister se tourne à nouveau vers sa table de torture, je lis sur les lèvres de Kallias « ça va aller », accompagné d'un sourire. Je sais très bien que c'est faux.

Quand il réapparaît entre nous, il tient désormais dans sa main un poignard à peine plus grand que ma paume. Nister passe délicatement la lame dans le creux de sa main et fait couler une goutte de son propre sang. Cet homme est malade !

— Aiguisé comme il faut, déclare-t-il.

— Où avez-vous caché les pégases enlevées à Horswing ? je l'interpelle pour le ralentir dans ses actes barbares.

— C'est moi qui pose les questions, rétorque-t-il. Depuis plus de trente-cinq ans, je reçois mes ordres d'Hecmar. C'est lui qui a ordonné que l'on ramène ces oiseaux volants à Deerwood.

— Pourquoi ?

— J'ai répondu à une de vos questions, à vous de répondre aux miennes, où est-il caché ? Nous avons fouillé l'île de fond en comble. Où sont vos complices ?

— Vous avez peut-être mal fouillé, répond Kallias.

Nister se tourne vers lui, et avec le poignard, il lacère son flanc près des côtes, lui arrachant un autre gémissement. Sa tunique en cuir se déchire sous le tranchant de la lame et son sang se déverse à travers.

Je n'ai pas bougé d'un poil, mon visage reste impassible car je sais que Nister m'observe. Il cherche sur mon visage la moindre réaction, la moindre faille de ma part. C'est moi qu'il veut torturer en blessant Kallias sous mes yeux, car il me prend pour la plus faible de nous deux. Mais je ne céderai pas. Je n'en ai pas le droit. Ma mère est morte. Mon père a été enfermé et séquestré pendant vingt-et-un ans pour m'avoir protégée. C'est à mon tour d'être digne d'eux et de protéger mon roi et mon peuple.

Le poignard se plante dans la cuisse de Kallias, lui arrachant un énième hurlement qui résonne dans cette prison souterraine. Mes yeux embués le regardent souffrir avec impuissance.

À chaque coup qu'il reçoit, mon cœur s'arrête dans ma poitrine. Mon cœur qui ne bat que pour lui. Une évidence que j'ai mis tant de temps à m'avouer. Malgré toutes les épreuves que j'ai endurées, tous les secrets qui m'entourent, il n'y a qu'une seule chose dont je suis persuadée, c'est de la puissance de l'amour que j'éprouve pour Kallias Felirson. Un amour ardent.

En le regardant souffrir sous mes yeux, je prends conscience que je ne lui ai jamais dit que je l'aimais. Je le lui ai montré à de nombreuses reprises par mes caresses, mes regards et mes promesses, mais ces deux mots, ces deux petits mots, je ne les ai jamais prononcés à voix haute. Pourtant mon cœur les hurle sans arrêt dans ma poitrine. J'aime Kallias Felirson. Bien plus que ma propre vie. Je prie de toutes mes forces d'avoir la chance de pouvoir le lui dire. Je veux qu'il sache que, de toute ma vie, je n'ai jamais aimé aucun homme comme je l'aime lui.

Mais cette cellule risque d'être notre tombeau.

— Finissez-en Nister et tuez-le, je lance à notre bourreau, il ne parlera pas et moi non plus.

Je bluffe. Je veux qu'il parte pour que Kallias puisse souffler quelques minutes. Son sang s'écoule rapidement de ses plaies et il risque de se vider de son sang en un rien de temps.

Pendant un instant, j'ai l'impression d'avoir réussi. Il s'avance en direction de sa table et fait mine de reposer le poignard en sang sur la table. Mais il se retourne d'un coup vif et la dague se retrouve aussitôt plantée dans ma cuisse me procurant une douleur foudroyante.

— Nooooon !

Kallias, hors de lui, tire de toutes ses forces sur les chaînes qui le retiennent. Le Premier Gouverneur tourne la tête vers lui en jubilant.

— Je vous dois des excuses, Fadyenaï, me lance-t-il sans détourner les yeux de Kallias dont le visage bouillonne de rage, je vous ai crue plus faible que lui. Mais en réalité, vous êtes bien plus coriace !

— Prenez-vous-en à moi, Nister, hurle l'homme que j'aime.

En une fraction de seconde, la situation a basculé. C'est sur moi que vont se porter ses coups désormais et Kallias a déjà craqué.

— Tuez-moi maintenant, ça vous fera gagner du temps, je lui suggère, je n'ai pas l'intention de vous dire quoi que ce soit !

— Toi non ! Mais lui...

Son doigt pointe Kallias dont les chaînes sectionnent désormais la chair de ses poignets ensanglantés.

— ... lui parlera s'il ne veut pas avoir ta mort sur la conscience !

— Vous faites erreur ! Et vous le paierez très bientôt, je vous en fais la promesse, j'insiste en espérant le faire changer d'avis.

Mais cet homme n'est pas du genre à reculer. Il est le Stratège le plus puissant de ce royaume depuis des décennies, bras droit du roi Hecmar et désormais de Basil. Il nous tuera avant que les Ailes ne viennent à notre secours. Je scrute Kallias dont le regard paniqué me fend le cœur. J'aimerais tant lui crier mon amour, mais je ne peux pas. Pas ici. Pas maintenant. Pas devant cette enflure de Nister qui s'apprête à nous trucider.

— C'est étrange, s'étonne le Premier Gouverneur, je me suis renseigné sur vous à l'annonce de votre fuite. L'un comme l'autre, vous avez grandi dans des villages du royaume. Que s'est-il passé pour que vous disparaissiez soudainement, et que l'on vous retrouve sur cette île avec des pégases ? Où les avez-vous trouvées ?

Son visage s'est approché à quelques centimètres du mien, et en guise de réponse, je lui crache au visage. Il détourne la tête avant de passer sa langue sur mon crachat et de se mordre les lèvres. Quel porc !

Sa main se lève vers mes poignets et d'un coup sec, il me tord le petit doigt. Un bruit d'os fracturé résonne et m'arrache un cri de douleur.

Nister tire d'un coup sec sur le poignard logé dans ma cuisse, et tranche ma tenue en cuir avant de taillader la chair de mes côtes. Je m'efforce de ne pas crier, mais la douleur est puissante. Ma vision se trouble et je lutte pour ne pas m'évanouir.

— À présent, vous êtes écorchés de la même façon, déclare-t-il.

— Vous êtes un sadique, Nister, hurle Kallias et je jure de vous trancher moi-même la gorge.

— Alors je vais savourer le fait de tuer Fadyenaï avant que vous ne me régliez mon compte.

Son poing s'écrase sur mon visage, une fois, deux fois. Le sang gicle à nouveau de mon nez sur le visage de Nister. Les cris de

Kallias ne sont plus qu'un son lointain que mon cerveau n'arrive plus à percevoir. La douleur que Nister m'inflige est terrible et je n'ai aucun moyen de me défendre. Mais elle n'est rien comparée à la souffrance que j'ai ressentie à la mort de Zielle. Je suis prête à mourir. Maintenant. Nister frappe à présent mon ventre. Mais je ne ressens plus rien. Je suis en train de partir. Mes yeux admirent Kallias. Une dernière fois. Même hors de lui, il est plus beau que jamais. Sa peau brille sous les rayons du soleil qui s'infiltrent à travers la lucarne.

Nister brandit dans sa main une longue dague noire et verte. Cette fois c'est fini. Il va m'achever ici même.

Mais au moment où il s'apprête à frapper pour abréger mes souffrances, la porte du cachot s'ouvre et des Guerriers pénètrent dans la cellule, suivis d'un homme aux cheveux blonds, ornés d'une couronne de bois de cerf.

— Par les dieux, que se passe-t-il ici, Nister ? hurle Basil surpris. Détachez-les ! Immédiatement !

2

La chambre du palais dans laquelle on m'a conduite est bien plus spacieuse que celle que j'avais à Tortagen. Une grande pièce lumineuse avec des fenêtres qui donnent sur les hauteurs des plaines du royaume.

Basil est arrivé avant que Nister ne me porte le coup qui m'aurait ôté la vie. Ce salop était prêt à me tuer pour faire craquer Kallias. Kallias, que j'ai entendu hurler de toutes ses forces malgré les bourdonnements dans mes oreilles.

Les Guerriers de la garde nous ont libérés de nos chaînes sur l'ordre du roi, mais la suite reste floue. Je me suis réveillée dans ce lit gigantesque avec un soigneur à mes côtés. Les plaies de mon corps sont profondes. Mes doigts et mes côtes ont été fracturés, et mes jambes sont encore paresthésiées. Mais grâce aux plantes médicinales et au sirop, je ne garderai que très peu de séquelles physiques de ce qui s'est passé dans les cachots. Seulement des cicatrices. Et des souvenirs terribles.

Deux femmes de chambre s'affairent à désinfecter mes plaies et me savonner le corps dans une belle baignoire en fonte noire. L'eau chaude me procure une sensation agréable, à l'opposé avec ce que j'ai éprouvé quelques heures auparavant. Ma peau retrouve peu à peu sa couleur de pêche. J'espère que Kallias a été soigné lui aussi. Ce qui s'est passé dans cette salle de torture était... un supplice pour lui comme pour moi. Il me tarde de le voir et de m'assurer qu'il va bien.

Après ma toilette, les servantes me coiffent et m'enveloppent dans une robe bleu nuit qui recouvre à peine les formes de mon corps. Elle ressemble beaucoup à celle que Basil m'a offerte pour notre soirée de fiançailles. Une robe telle que les portent les grandes dames de Deerwood. Dans le miroir de la coiffeuse, mon reflet me fait peine à voir. Des bleus sont apparus sur ma mâchoire et mes pommettes, là où Nister m'a frappée violemment. Une des femmes s'apprête à maquiller mon visage quand je saisis fermement son poignet pour l'arrêter.

— Non, je n'en ai pas besoin !

Face à la dureté de ma voix, elle n'insiste pas et repose la poudre et le pinceau sur le marbre de la coiffeuse. Mon visage restera tel qu'il est maintenant. Je veux que tout le monde puisse découvrir ce que le Premier Gouverneur m'a infligé dans les cachots du palais.

Quand je sors de ma chambre, deux Guerriers se tiennent devant ma porte. Je reconnais aussitôt les deux hommes qui étaient avec moi à Tortagen, il y a encore quelques semaines. Mani Jims et Sven Kalols, si je me souviens bien. Deux Guerriers Seconds qui ont été choisis par Basil pour intégrer la garde.

— Bonjour, je leur dis.

— Basil t'attend dans la salle du trône, nous allons t'escorter, m'indique l'un des deux.

— Je vous suis.

Le palais de Deerwood est immense. La chambre où l'on m'a installée est située au quatrième étage dans la tour Sud du palais. Nous descendons de nombreux escaliers et traversons des salles immenses avant d'arriver devant celle du trône. Quand les portes s'ouvrent devant nous, mon cœur fait un bond dans ma poitrine. Basil est assis au loin, en haut des marches sur son fauteuil, entouré de ses conseillers. J'avance à pas hésitants, escortée par mes deux anciens camarades. Autour de nous dans la salle, la garde est présente. Il me faut quelques coups d'œil pour trouver mon meilleur ami Alden dans cette foule d'inconnus. Derrière sa jeune barbe rousse, il peine à masquer son inquiétude. Face au trône en bas des escaliers, deux fauteuils ont été installés. Sur l'un d'eux, Kallias est assis, vêtu d'une chemise en lin blanc presque entièrement ouverte, laissant apparaître les muscles saillants de son buste. Ses cheveux ébène sont attachés en arrière près de sa nuque, et brillent de pureté. Il va bien ! Mon cœur se déleste d'un poids. Quand il se rend compte de ma présence, il se lève en expirant de soulagement. Je n'ai pas le temps de faire un pas vers lui, que Basil se précipite et descend rapidement les marches qui le séparent de moi. Sa main vient se glisser sur mon visage, là où les traces de coups de Nister sont les plus visibles.

— Est-ce que tu souffres ? me demande-t-il l'air soucieux, j'ai ordonné que tu sois guérie le plus rapidement possible.

Je recule légèrement d'un pas pour me dégager de sa main sur ma peau.

— Vinira, murmure Basil, je souhaitais m'entretenir seul avec toi, mais mes conseillers ont jugé que leur présence était nécessaire. Je suis désolé.

— Ne le soyez pas, votre Majesté !

Tandis que je m'agenouille face à lui pour faire ma révérence et pour marquer une distance entre nous, Basil saisit ma main et me force à me relever. Avant de remonter les marches vers son trône, ses yeux toisent Kallias avec un mélange d'interrogation et de déception.

— Tu vas bien ? je lui chuchote de façon à ce que personne d'autre que lui ne m'entende.

— Mieux, depuis que tu es là !

Mes lèvres tressautent de joie mais je me retiens de sourire. Nous sommes loin d'être sortis d'affaire. À la façon dont nos deux sièges sont disposés face à la table des conseillers du roi, il s'agit certainement d'une séance de jugement. Ces hommes et ces femmes face à nous vont exiger des explications concernant notre fuite de Tortagen, mais aussi pour notre présence sur l'île du nord, où nos deux pégases ont été arrêtées.

Je jette un coup d'œil bref sur la table des conseillers. Nister est absent. Basil l'a-t-il déjà sanctionné pour ce qu'il nous a fait endurer dans les cachots ? Je n'en suis pas sûre.

Au centre de la table du conseil, un homme se lève, dans une robe noire avec le symbole des Stratèges épinglé sur sa poitrine.

— Majesté, Sages, Stratèges, en tant que Second Gouverneur du royaume, je vais régir cette séance de jugement. Aujourd'hui comparaissent devant vous : Kallias Felirson, Guerrier Second et Vinira Fadyenaï, Guerrière Première de la citadelle de Tortagen. Ils ont été arrêtés tous deux, il y a deux nuits sur l'île sauvage du nord, où ils tentaient de fuir quand ils ont été interpelés avec deux pégases blanches.

Des chuchotements de stupeur s'élèvent autour de nous dans la salle. Basil toise le Stratège avant de me jeter un regard surpris. Il n'était pas au courant. J'en conclus qu'il ne sait pas pour les pégases prisonnières, ni qu'Arran est en vie.

— Des pégases, dites-vous ? lance une femme assise autour de la table dans une robe de Stratège. C'est impossible, elles ont toutes été anéanties à Horswing lors de la guerre des Ailes.

— C'est ce que l'on a voulu vous faire croire, je leur lance sans que l'on m'ait permis de parler.

— Vinira, qu'est-ce que cela signifie ? me demande Basil choqué.

— Basil, puis-je te demander si l'un des Sages a recueilli la mémoire de ton père ?

Basil me fixe quelques instants, le regard rempli de tristesse à l'évocation de la mémoire du roi des Bois.

— C'est moi qui m'en suis occupé, Majesté, dit un des hommes en se levant de la table.

Son crâne sans cheveux est aussi fripé que la peau de son visage. Cet homme âgé a dû passer de nombreuses années aux côtés d'Hecmar. Je comprends mieux l'envie de Basil de renouveler ses conseillers et sa garde.

— Alors ce que nous vous révèlerons, Majesté, pourra être confirmé grâce à cet homme, je reprends satisfaite de savoir que la mort de ma mère et la séquestration de mon père peuvent être désormais révélées à tous.

— Je n'ai cependant pas consulté les sphères, Majesté !

— Si les sphères sont intactes, nous le saurons, lance Kallias au vieux Sage chauve.

— Je ne comprends rien à votre charabia, grogne Basil dont l'impatience commence à se faire ressentir.

— Basil, prononce Kallias en se levant de sa chaise, je te dois des excuses pour notre disparition de Tortagen...

— ... Nous vous avons cherchés pendant plusieurs heures, Kallias, dans toute la citadelle et le bois avoisinant avant de partir finalement sans vous pour Deerwood. Mon Premier Commandant, des membres de ma garde et... ma fiancée. Volatilisés. Vos cerfs étaient pourtant scellés, prêts à galoper dans les plaines...

Je n'ose imaginer la souffrance qu'a dû ressentir Archy lorsqu'il ne m'a pas vue revenir. Où est-il à présent ? Je n'ai même pas eu le temps de me transposer pour lui dire que j'allais bien, et tout s'est enchaîné tellement vite depuis notre envol pour Horswing.

— ... j'ai imaginé des dizaines de scénarios, mais maintenant que vous êtes là tous les deux devant moi, la raison de votre fuite m'échappe encore. Comment avez-vous atterri sur l'île sauvage ? Il n'y a aucun accès par la terre.

Kallias fait un pas vers les marches du trône. Ça n'aurait pas dû se passer comme ça. Nous aurions dû suivre Basil à Deerwood. Je serais devenue reine, et Kallias aurait été nommé officiellement

Premier Commandant du royaume. J'aurais gouverné à ses côtés, gagné sa confiance, jusqu'au jour où la guerre des Ombres serait déclarée. Nous lui aurions alors révélé la vérité sur la guerre des Ailes et sur l'héritier d'Horswing. Mais la mort d'Hecmar a précipité les évènements. La bataille a lieu dans moins de trente jours, et il est plus que temps désormais de révéler à Basil les horreurs commises par son père pour avoir une chance de survivre.

— La guerre des Ailes telle que vous la connaissez, commence Kallias, est loin de refléter la vérité. Dans les sous-sols de Tortagen, nous avons pu accéder à des sphères de souvenirs qui nous ont montré ce qui s'est vraiment passé là-bas...

Kallias commence bien et capte instantanément l'attention de l'assemblée.

— ... le roi Arran a épousé la princesse Clarine, non pas de force, mais par amour. Et de leur union est né un enfant. Un enfant qui a survécu à la guerre et qui porte aujourd'hui en lui... le pouvoir des Ailes.

— C'est impossible, hurle le Sage chauve à la table.

— Je ne vous demande pas de me croire sur parole, mais encore une fois tout ce que je vous révèle, vous sera confirmé dans les souvenirs du roi Hecmar, si vous osez les lire.

— Mon père a récupéré le pouvoir d'Arran en le tuant à Horswing, c'est lui qui me l'a dit !

— L'un d'entre vous l'a-t-il déjà vu faire souffler le vent ou créer des tempêtes depuis toutes ces années ?

Il n'y a pas un bruit dans la salle, pas un mot. Parce que personne n'a jamais assisté à une telle démonstration de la part du défunt roi.

— Non, évidemment, reprend Kallias car il n'a jamais pu récupérer ce pouvoir, tout simplement parce qu'Hecmar n'a jamais tué Arran.

Les membres de la table se lèvent tous en même temps, choqués par les révélations de Kallias. Même mon cœur s'emballe dans ma poitrine. J'observe chaque expression sur les visages des membres de son conseil. Seul un homme ne semble pas surpris par ce que Kallias vient de révéler. Le Second Gouverneur du royaume. Il sait forcément la vérité et il risque de nous empêcher de terminer notre récit jusqu'au bout.

— Comment pouvez-vous, jeune homme, proférer un tel mensonge ?

— Parce que j'ai vu le roi Arran de mes propres yeux, enfermé depuis vingt-et-un ans dans un des cachots souterrains de votre île sauvage ! grogne Kallias tout en faisant un pas sur la première marche qui le sépare du trône.

— ASSEZ ! hurle Basil.

Le silence reprend place dans la salle. Basil se lève de son fauteuil. Ses mains agrippées fermement à ses accoudoirs traduisent l'ampleur de sa frustration et de son incompréhension.

— Si ce que tu dis est vrai, Felirson, que mon père n'a pas tué Arran, mais l'a fait prisonnier, que faisiez-vous tous les deux sur cette île lorsqu'on vous a arrêtés ?

Je suis suspendu, comme tout le monde, aux lèvres de Kallias dont la beauté émane tellement, qu'elle écrase même l'autorité de Basil.

— Nous sommes venus le sauver car il est notre roi, et que nous sommes des Cavaliers des Ailes !

En une seconde, l'atmosphère bascule autour de nous tandis que Basil tombe sur ses fesses dans son fauteuil. La vérité nous tuera sûrement aujourd'hui, mais Kallias n'avait pas le choix.

— Traîtres ! hurle une femme à la table.

— Il faut les condamner à mort, crie le Second Gouverneur.

Mes yeux cherchent Alden dans la foule. Quand je distingue enfin ses cheveux roux, je comprends rapidement qu'il est terrorisé par ce qu'on risque de lui demander dans quelques instants. M'arrêter ? Me tuer sur-le-champ ?

— Majesté, je lance à Basil tandis que je monte les marches qui me séparent de lui.

— Recule Fadyenaï, me lance Kallias.

— Garde, empêchez-la de toucher le roi, ordonne le Stratège.

Mais Basil lève la main pour empêcher les gardes d'avancer. Je progresse toujours vers lui alors que le silence retentit autour de nous. Les Guerriers de la garde ont encoché leur flèche, prêts à me transpercer le corps.

— Je te demande de me laisser une chance d'expliquer la vérité.

— Parle, Vinira !

— Ton père n'a pas tué le roi d'Horswing, je l'ai vu moi aussi de mes propres yeux dans ce cachot. Il portait sur lui des marques de supplices récents qui prouvent qu'il a été torturé pendant des années. Sa pégase était également prisonnière. Ce que le Second Felirson vous a dit est la vérité, nous ne sommes pas nés à Deerwood, mais à Horswing. Nous avons été sauvés au moment de la guerre des Ailes, alors que le roi Hecmar anéantissait le royaume. Si vous regardez les souvenirs d'Hecmar, vous verrez que nous vous disons la vérité et... vous découvrirez également que Clarine est morte de la main de son propre frère.

— COMMENT OSES-TU ? grogne Basil, les yeux pleins de haine.

Des larmes me montent aux yeux.

— Je l'ai vu mourir de mes propres yeux, Majesté. Elle est ta tante mais elle était... notre reine. Arran n'a pas tué l'amour de sa vie. Le seul coupable est Hecmar.

— Mensonge, hurle le Second Gouverneur.

— Pourquoi crois-tu que Nister nous a retenus prisonniers et nous a torturés ? Basil, regarde-moi, je t'en prie, je lui demande tandis que j'avance toujours vers lui. T'ai-je déjà menti ?

— Tu as accepté de m'épouser et tu as disparu, Vinira !

Il a raison. Sa confiance en moi s'est envolée le jour de ma fugue, et je ne peux pas lui en vouloir pour cela.

— Si vous ne nous croyez pas et si vous ne souhaitez pas violer la mémoire d'Hecmar, emparez-vous des souvenirs de Brann Nister !

— Il n'est pas question de s'emparer de la mémoire d'un haut placé du royaume sur simple délire d'une petite traînée, lance le Second Gouverneur.

À ces mots, Kallias bondit, hors de lui, en direction des marches, mais les Guerriers de la garde l'arrêtent avant qu'il n'ait le temps d'y parvenir.

— Vous regretterez très bientôt vos paroles Gils, hurle Kallias en se débattant pendant que les gardes l'enchaînent.

— Basil, le roi des Ombres sera là dans quelques semaines, je murmure pendant que la garde tente de maintenir Kallias qui se débat. Comment feras-tu pour sauver Deerwood tout seul ? Tu as besoin de la reine du Désert et du pouvoir des Ailes. Seul, tu n'y arriveras pas. Nous ne sommes pas tes ennemis, nous devons nous allier ensemble pour le vaincre. Pour survivre.

— La reine du Désert, j'en fais mon affaire, quant au pouvoir des Ailes, mon père m'a assuré que j'en hériterai en même temps que celui des Bois.

Ainsi, il n'a pas encore déclaré le pouvoir de son père.

— Il faut que tu nous fasses confiance, que tu me fasses confiance. Je veux sauver les survivants d'Horswing autant que le peuple de Deerwood. Je ne suis pas ton ennemie.

— Les survivants d'Horswing ? reprend-il.

— Oui, il y a tant de choses que ton père t'a caché Basil. J'ai été aussi surprise que toi lorsque j'ai découvert que l'on m'avait menti toute ma vie. Je n'ai appris que récemment appartenir à Horswing. Moi qui vouais ma vie au royaume des Bois. Imagine dans quel état je me suis retrouvée. Rien n'a été orchestré contre toi.

— Majesté, interpelle Gils, ces deux Guerriers vous manipulent. Si Nister ne vous a rien dit concernant leur présence au palais, c'est qu'il était persuadé qu'ils arriveraient à vous amadouer. Ce sont des Ailes, les ennemis de votre père, vos ennemis. Si vous leur laissez la vie sauve, ils vous anéantiront comme Arran l'a fait avec votre tante…

— Vinira, attention !

La mise en garde de Kallias n'empêche pas d'autres gardes de s'approcher de moi et de m'enchaîner par les poignets. Basil fait un pas vers moi, mais Gils le retient d'avancer.

— Majesté, ils veulent votre mort, nous devons les empêcher de nous nuire et maintenant !

L'agitation grandit autour de nous, les Guerriers de la garde nous encerclent Kallias et moi, nous éloignant ainsi de Basil.

— Basil, tu dois me croire ou bien nous mourrons tous ! je le supplie. Tu n'auras aucune chance contre l'armée des Ombres.

— Je suis sincèrement désolé, Vinira, mais mon père m'a enseigné toute ma vie que le danger vient et viendrait toujours du ciel.

Il nous tourne alors le dos pour retourner s'installer dans son fauteuil. Un Guerrier me force à m'asseoir et deux autres abaissent également Kallias.

— Que leur mort soit brève et rapide, annonce Gils.

— VINIRAAAA ! hurle Kallias à quelques pas de moi.

Depuis plusieurs heures, la mort m'a frôlée de tellement près que je ne suis pas surprise de la rencontrer à nouveau maintenant. J'ai tout tenté pour essayer de convaincre Basil, mais ses conseillers sont bien trop puissants et convaincants. Rien ne le fera changer d'avis. C'est fini.

Soudain, un son de cor retentit à l'entrée de la salle du trône. Le garde repose l'instrument et ouvre grand la bouche.

— La reine du Désert et son armée !

Mon cœur sursaute dans ma poitrine. Tous les regards se tournent alors vers les portes de la salle où des centaines d'hommes torse nu font leur entrée au trot sur leurs chevaux. Les conseillers se placent en retrait du roi, tandis que les gardes nous déplacent sur le côté pour laisser de l'espace devant Basil sur son trône.

La reine du Désert finit par apparaître entre ses Cavaliers sur un immense cheval noir dont le crin est tressé avec finesse.

— Je vous ordonne de libérer ces prisonniers, hurle-t-elle menaçante aux hommes qui nous enchaînent.

Basil se lève aussitôt, les dents serrées.

— Et qui vous autorise à donner un ordre dans mon propre palais ? hurle-t-il à son tour.

— C'est moi ! lance une voix grave derrière elle.

La cheval de la reine s'écarte pour offrir un passage entre ses Cavaliers. C'est alors que je cesse de respirer alors que mon cœur tambourine dans ma poitrine, à la vue de nos cinq camarades des Ailes, suivis par Maddor qui s'avance tel un prince des Ailes sur sa pégase. Et à côté de lui, le roi Arran d'Horswing.

3

— Non, c'est impossible ! bégaie Basil.

Sa stupeur est légitime. J'en ai moi-même le souffle coupé. L'imposante armée du Désert a fait une entrée fracassante dans le palais de Deerwood. Mais à la vision de la reine Myrna et de ses Cavaliers, se sont rajoutés sept pégases, le Sage Maddor et le roi Arran plus vivant que jamais. Basil est forcé d'accepter la vérité. Il n'est plus en position de force.

— Baissez vos arcs, ordonne la reine aux Guerriers de Basil.

Ce dernier effectue un léger geste de la main et les Guerriers s'exécutent. Aussitôt, les centaines de Cavaliers du Désert abaissent également leur arc.

Je cherche Kallias du regard, et malgré les chaînes qui nous retiennent, une immense joie nous envahit. Nous avons réussi.

La reine s'avance en direction du jeune roi, sans prendre la peine de descendre de son cheval.

— Cher Basil de Deerwood, lance-t-elle, j'ai reçu votre messager et votre invitation à venir sur vos terres. Me voici ! Je me suis d'ailleurs permise de venir accompagnée de vieilles connaissances. J'espère que vous n'y voyez là aucune objection !

La pégase du roi Arran hennit derrière elle et ses deux grandes ailes argentées s'agitent, provoquant un vent glacial dans la salle. Chaque Guerrier, Sage et Stratège recule d'un pas face à sa taille majestueuse qui impose le respect. Les mâchoires pendent des visages des conseillers.

— Alors c'est vrai ! lâche simplement Basil sans se lever de son trône. Vous êtes en vie !

Mes yeux fixent le roi qui lance sa jambe par-dessus la croupe de sa pégase pour en descendre. Sa peau a repris une jolie teinte rosée et ses cheveux dorés brillent à nouveau comme dans les souvenirs de Clarine. Les années de torture ont marqué son visage, mais n'altèrent en rien sa grâce et sa beauté. Les soigneurs d'Horswing ont fait du bon travail depuis que nous l'avons libéré. Il ne ressemble en rien à l'homme mourant que nous avons sauvé des cachots, et mon cœur en est soulagé. Sur sa tête, repose désormais une couronne dorée d'ailes de pégase.

La joie intense que je ressens en cet instant est indescriptible. Le roi en bonne santé, prêt à en découdre ici même. L'espoir de notre monde est réuni au cœur même de ce palais.

Arran s'avance lentement dans un silence captivant. Chaque être vivant présent dans cette salle observe, le souffle coupé, cet homme que tout le monde croyait mort. Une fois arrivé près du cheval de la reine du Désert, ses yeux se posent sur Kallias et moi. Mon cœur s'arrête dans ma poitrine. Se souvient-il de moi et de ce qu'il m'a dit dans les cachots ?

— Majesté, lance-t-il à Basil, je suis venu en personne vous féliciter pour votre succession au trône des Bois. Vous serez, je l'espère, digne de ce royaume.

Basil, dont le dos est plaqué en arrière dans son fauteuil, serre les dents, envahi d'un mélange de peur et de frustration.

— Est-ce pour cela que vous surgissez subitement après vingt-et-un ans d'absence ? Pour me féliciter pour ma couronne ? demande Basil avec arrogance.

La reine du Désert éclate de rire. Un rire jaune et puissant provoquant aussi celui de tous les Cavaliers de son armée.

— Si jeune et pourtant si désinvolte ! lance-t-elle.

— Je ne vous permets pas de m'insulter, Madame, grogne Basil qui n'a pas l'air de saisir l'ampleur de la situation dans laquelle il se trouve.

— Je suis venu aussitôt mes forces retrouvées, Basil, reprend Arran. Je me serais déplacé bien plus tôt si j'avais pu, mais vous devez sans nul doute savoir que j'ai moisi dans vos cachots pendant toutes ces années, torturé par votre père et son Premier Gouverneur.

Les chuchotements s'élèvent autour de nous. Arran vient de confirmer ce que nous avons révélé quelques instants plus tôt. Gils déglutit et transpire à grosses gouttes à la droite de Basil.

— Je ne vous crois pas, crache Basil.

Mais le visage d'Arran reste impassible.

— Je me doutais que vous alliez répondre cela, lui répond-il en faisant un pas de plus sur les marches, c'est pourquoi je demande l'ouverture imminente du conseil des rois.

La reine du Désert, derrière lui, arbore un sourire qui fait froid dans le dos. Basil jette un coup d'œil interrogateur vers ses conseillers, mais cela ne changera rien désormais. Arran a déclenché le conseil des rois et il n'a pas le choix, ils doivent se réunir tous les trois immédiatement, accompagnés de leur conseil restreint. Les souvenirs d'Hecmar seront lus par tous et la vérité sur la guerre des Ailes éclatera enfin.

L'agitation reprend dans la salle. Seuls ceux concernés par le conseil peuvent y assister. La garde nous relève, Kallias et moi, et s'apprête à nous faire sortir lorsqu'Arran élève à nouveau la voix.

— Basil, crie-t-il à travers la salle, je vous demanderai également de libérer ces deux prisonniers. Ils sont de mon royaume et vous n'avez donc aucun droit sur eux !

***

Après avoir regagné ma chambre dans la tour Sud, je me jette dans les bras du garde qui m'a raccompagnée.

— J'ai eu tellement peur de ne jamais te revoir, murmure Alden dans le creux de mon cou.

Il recule son visage du mien pour m'observer dans les moindres recoins. Des larmes coulent le long de mes joues. De joie, de tristesse, de soulagement. Je ne sais plus. Tellement d'émotions se sont bousculées dans mon corps en à peine quelques heures que j'ai du mal à réaliser ce qui vient de se passer.

— Qui t'a fait ces marques sur ton visage ? insiste-t-il.

— Nister ! Il nous a torturés Kallias et moi pendant presque deux jours dans les cachots.

— Pourquoi ?

— Il voulait savoir où était passé le roi des Ailes !

Je marche lentement face à la fenêtre ouverte sur les plaines de Deerwood. De vastes étendues de verdure s'étendent à perte de vue. C'est magnifique.

— Je suis désolée, Alden, de t'avoir caché des secrets.

— Eh !

Il fait un pas vers moi et vient, de ses doigts, soulever mon menton pour me regarder dans les yeux. Son pouce caresse mon visage avec tendresse et je réalise qu'il n'est pas en colère contre moi. Du soulagement. C'est ce que je perçois dans le fond de son regard. Je suis en vie et c'est tout ce qui compte pour lui.

— Je ne te juge pas. Je suis persuadé qu'il y a une bonne raison à ta disparition de Tortagen, même si je me suis fait un sang d'encre pour toi.

— Tout est allé si vite après la mort de Zielle… je voulais quitter Tortagen pour ce que j'avais fait aux Stohl. Mais Maddor m'a révélé ma véritable identité. Je ne suis pas née à Deerwood, Alden, je viens d'Horswing. Comme tous ceux qui se sont enfuis avec moi.

— Oui, c'est ce que j'ai cru comprendre dans la salle du trône !

Il n'a pas l'air terrifié. Tout comme Mélione quand je lui ai raconté la vérité.

— Hecmar a menti au monde pendant toutes ces années. Il a tué Clarine sans aucun scrupule et emprisonné Arran.

— Cette histoire appartient au passé. Les choses vont changer, Vinira. Les trois royaumes vont devoir enterrer leurs vieilles querelles car la guerre des Ombres est à nos portes. Arran et Basil devront l'un comme l'autre faire des concessions et passer des accords s'ils veulent survivre.

Je me glisse à nouveau dans ses bras réconfortants. Sa chaleur inonde mon cœur de bonheur.

— Tu m'as tellement manqué ! Tu dois avoir tant de choses à me raconter depuis votre arrivée. Le couronnement de Basil, ta nomination !

— Oui. Le couronnement de Basil était spectaculaire. Et la nomination de la garde, un véritable moment d'émotions ! Il ne manquait que toi.

J'aurais tellement aimé assister à ça ! Voir mon ami réaliser son rêve ! Un rêve qui était autrefois le mien !

— Minute ! Qui a été nommé Premier Commandant à la place de Kallias Felirson ?

— Un cousin éloigné de Basil. Un Guerrier en poste sur un des bataillons du Nord depuis plusieurs années. Suite à votre absence, il a dû revoir certains de ses choix.

Le ton de sa voix change et je perçois une tristesse que je ne comprends pas.

— Qu'y a-t-il Alden ?

Mon ami marche de long en large dans ma chambre, le visage fermé.

— Suite à ton départ, Basil… a choisi une autre fiancée.

Ma surprise est totale. Mon cœur s'enflamme de joie, mais la tristesse que je lis dans les yeux d'Alden m'empêche de m'extasier face à lui.

— Je n'avais aucune envie de devenir la femme de Basil. J'ai accepté car je n'avais pas le choix. Pour Horswing. Pour le monde. Je cède volontiers ma place à une autre. Pourquoi fais-tu cette tête, Alden ?

Son regard est toujours fixé sur les jardins en contrebas. Sa voix reste muette. Je glisse mes doigts dans les siens. De la mélancolie émane de son beau visage d'ange.

— Alden...

— Basil a demandé à Réna de l'épouser et elle a dit oui !

Oh non ! Réna Fells, la meilleure amie de ma sœur à Tortagen. Et le coup de cœur d'Alden. En disparaissant, j'ai ainsi engendré la souffrance de mon meilleur ami.

— Je suis tellement désolée.

— Moi aussi. Mais à l'évidence, elle ne tenait pas à moi comme je le pensais.

— Il est difficile de refuser une telle demande. As-tu pu en discuter avec elle ?

— Non, elle m'évite depuis. Je n'ai eu aucune explication de sa part. Pas un mot. Rien. Nous ne nous étions rien promis, mais je pensais que ce que nous partagions était sincère. Je me suis trompé et je vais maintenant passer ma vie à les regarder roucouler tous les deux sous mes yeux.

Une larme s'écoule sur son doux visage. Le vent balaie ses cheveux roux sur sa peau rougie. Sa beauté et sa sensibilité sont uniques et Réna ne sait pas ce qu'elle perd.

— Tu l'oublieras, j'en suis persuadée et je suis sûre que tu trouveras à Deerwood une femme qui te méritera. Tu es un homme fantastique, dis-je en embrassant la paume de sa main.

— Merci, chuchote-t-il, est-ce que toi et Felirson... ?

Je n'ai jamais confié à Alden ce qu'il s'est passé entre Kallias et moi à la citadelle. La garde est partie le lendemain de notre première nuit passée ensemble. Et à leur retour, ma sœur s'est fait assassiner et la terre s'est mise à trembler. Seule Mélione et mes camarades des Ailes sont au courant de notre histoire.

— Comment est-ce que tu... ? je marmonne.

— J'ai vu comment il te regardait tout à l'heure. Felirson a toujours été un homme froid, terrifiant et sans émotions. Mais ce que j'ai lu dans ses yeux, quand Gils t'a insultée, c'était stupéfiant ! Il y a-t-il quelque chose entre vous ?

— Promets-moi de n'en parler à personne !

— J'en étais sûr, avoue-t-il le sourire aux lèvres. Comment as-tu fait pour l'apprivoiser ?

— À vrai dire, je n'en sais rien. Il s'est passé tellement de choses ces derniers mois. Dès le premier jour, je l'ai détesté pour son arrogance et son orgueil. Mais ce que je ressens lorsqu'il est près de moi, c'est bien plus fort que tout ce que j'ai pu ressentir dans ma vie. Il n'est pas celui que je croyais.

— Tu l'aimes ? me demande mon ami.

— Bien plus que ma propre vie.

— Et il t'aime encore plus que la sienne, ça crève les yeux ! Je suis tellement heureux pour toi.

— Tu crois que quelqu'un s'en est rendu compte dans la salle du trône ?

— Non, tout le monde était trop inquiet que tu lances une dague entre les deux yeux de Basil. Les révélations concernant Horswing ont choqué l'assemblée. Alors une histoire d'amour entre deux Guerriers, ça n'a effleuré l'esprit de personne.

— Tant mieux. Je ne tiens pas à ce que Basil l'apprenne. Pas maintenant. La guerre est trop proche et nous devons faire profil bas. Il est tellement...

— ... versatile !

— Exactement ! Et s'il apprend que son ex-fiancée et son ex-Premier Commandant sont ensemble, il prendra cela comme une humiliation. Même s'il en a choisi une autre !

— Tu es ma meilleure amie. Je ne ferai rien qui te causerait du tort.

— Je n'ai aucun doute sur ta fidélité. Seuls toi, Mélione et mes camarades des Ailes sont au courant, et il est plus prudent que ça reste ainsi.

— Alors Sorin vient aussi d'Horswing ! Cela explique son changement de comportement au cours de l'année. Tu le savais depuis longtemps ?

— Je ne l'ai su que la veille de notre fuite. Ça a été dur pour lui aussi. Apprendre que tu viens d'un royaume ennemi au tien n'a rien d'agréable sur le moment. Mais Maddor a été là pour chacun d'entre eux. Et pour moi aussi. Que va-t-il se passer maintenant ?

— Basil a convoqué hier ses chefs de guerre et ils sont en chemin. De nouveaux bataillons vont être formés et il faudra établir les meilleures stratégies lors des conseils de guerre à venir. La guerre des Ombres arrive beaucoup plus tôt que prévu et il va falloir se plonger dans le passé pour voir comment le roi des Ombres a été vaincu les fois précédentes.

— Il est immortel. À chaque guerre, nous ne faisons que le repousser et son armée grandit à chaque mort que nous perdons.

— C'est pour cela qu'il faudra brûler chacun de nos hommes qui perdront la vie. Pour les empêcher de devenir des monstres pour le restant de leurs jours. La mort est un bien meilleur cadeau que l'immortalité maudite.

Il a raison. Je n'ai aucune envie de devenir une créature démoniaque. Mais l'immortalité de ce roi des Ombres m'intrigue. Comment et pourquoi a-t-il vendu son âme aux ténèbres pour l'éternité ? Quel homme sensé serait prêt à vivre ça ? Le pouvoir fait perdre la tête aux hommes. Ce cadeau des dieux est une véritable épreuve. Et je vais bientôt le découvrir par moi-même car, d'après Kallias, le vent des Ailes afflue de plus en plus dans mes veines. Un pouvoir que je ne maîtrise pas encore, mais qui selon lui, vit déjà à l'intérieur de moi.

On frappe à la porte de ma chambre et Alden s'éloigne de moi, un pas en arrière, reprenant ainsi son rôle de Guerrier de la garde.

— Entrez, je lance à mon visiteur.

La porte s'ouvre et un homme coiffé d'une couronne dorée pénètre dans ma chambre. Mon cœur s'affole et ma respiration s'accélère. Ses yeux sont d'un bleu aussi clair que le ciel. Quand il m'aperçoit, son visage s'émeut aux larmes et un soulagement m'envahit.

— Je vais vous laisser, lâche Alden interrompant ce silence exaltant.

Il me lance un clin d'œil suivi d'un sourire en coin avant de se faufiler vers la porte.

— Majesté, dit-il en s'inclinant devant le roi des Ailes.

Ce dernier lui répond par un hochement de tête. Puis, la porte se referme derrière mon meilleur ami.

Mon corps est figé sur place tandis que le roi Arran s'avance lentement vers moi, en ne me lâchant pas des yeux. Mes jambes tremblent sous ma robe en soie et chaque centimètre de ma peau se hérisse. Je m'incline à mon tour pour saluer mon roi.

— Majesté, je murmure.

Ses doigts saisissent ma main et mon visage. Ses yeux plongent en moi avec la même intensité et la même force qu'il y a quelques jours dans le cachot sur l'île sauvage. Ses cheveux dorés brillent sous les reflets du soleil qui s'infiltrent à travers la fenêtre de ma chambre. Cette image ! Je la garderai gravée à jamais dans mon esprit.

— Ma fille...

4

Ma fille ! Ces deux petits mots me submergent, telle une vague de bonheur indescriptible qui s'engouffre dans ma poitrine. J'ai eu un père pendant vingt-et-un ans. Un homme bon, qui m'a forgée à la dureté de la vie, qui a fait de moi une femme forte, courageuse, une Guerrière puissante. Il m'a aimée comme sa propre fille. Il m'a offert un toit, un foyer, de la nourriture. Avec lui, je n'ai manqué de rien. J'ai porté son nom avec fierté dans tous les combats que j'ai menés. Et malgré cela, un vide énorme gît dans ma poitrine depuis l'enfance. Un trou noir béant que je n'ai jamais su interpréter.

Ce n'est que sous la chaleur de la main de mon roi sur ma peau que cette sensation prend enfin tout son sens. Il me manquait une partie de moi depuis tout ce temps. Il me manquait ma famille. Ma vraie famille. Mon sang. Mon roc. Mon royaume.

— Te souviens-tu de moi ? me demande-t-il le cœur plein d'espoir.

Je m'agrippe à ses doigts posés sur mon visage trempé par les larmes. Il est bien là. Ce n'est pas un souvenir. Je peux sentir sa peau contre la mienne, son odeur boisée s'infiltrer dans mes narines. Je ne suis pas un fantôme pour lui comme dans les souvenirs de Clarine. Il me distingue clairement et me parle.

Comment pourrais-je me souvenir de lui ? Je n'étais qu'un bébé lorsque Maddor nous a sauvés et exfiltrés du royaume. Mais son odeur m'est familière. Il est bien mon père.

— Je suis désolée, je n'ai pas de souvenirs d'Horswing ! Mais je sais qui vous êtes et qui je suis pour vous.

— Comment pourrais-tu te rappeler ? Tu n'avais que quelques mois au moment de la guerre.

Ses doigts glissent lentement dans les mèches de mes cheveux.

— Comment m'avez-vous reconnue ? je demande en sanglots.

Un beau sourire se dessine sur son magnifique visage.

— Tu as les boucles dorées de tes ancêtres, confie-t-il. Des cheveux d'or ne peuvent qu'appartenir à la lignée des Ailes. Et tu as les yeux... tu as les yeux de ta mère. De beaux yeux verts comme les princesses des Bois.

Les mêmes que Clarine et Dixie, la sœur de Basil. Ma cousine. Et dire que j'ai ces signes sous les yeux depuis des mois.

— J'aurais tant aimé que tu puisses la connaître. Elle était d'une beauté spectaculaire. Une beauté dont tu as hérité sans aucun doute.

— Grâce à Maddor, j'ai pu avoir la chance de la découvrir, je lui révèle.

— Les sphères ? Oui, elles peuvent être utiles. Et aujourd'hui elles ont permis de m'innocenter du meurtre de ma femme.

Arran se tourne vers la table au centre de ma chambre. Il verse, à l'aide d'un pichet, du vin dans les deux verres disposés à côté. Je saisis celui qu'il me tend et m'assois sur le sofa. Il y a tellement de questions que j'aimerais lui poser, mais je ne sais pas s'il s'est véritablement remis du cauchemar qu'il vient de vivre, et je n'ai pas envie de le replonger dans les souffrances de son passé.

— Je voulais te remercier pour m'avoir délivré de ce cachot.

— Nous nous attendions à tout sauf à vous trouver là-dessous. À vrai dire, nous cherchions les pégases dérobées à Horswing au moment de la guerre par Hecmar. Si j'avais su un seul instant que vous étiez toujours en vie...

Arran porte son verre délicatement à ses lèvres.

— Hecmar a toujours été un homme surprenant. Il m'a jeté du haut du pont devant mes sujets pour faire croire à ma mort. Il voulait empêcher le peuple des Ailes de venir à mon secours. En réalité, j'étais pendu dans le vide au bout d'une corde. Les Guerriers ont attendu des heures avant de revenir me chercher. J'étais blessé très gravement. J'ai vu la mort de tellement près ce jour-là.

— C'est horrible, je suis tellement désolée.

— J'ai prié les dieux de me faire tomber de ce pont, qu'ils rompent la corde afin que je puisse rejoindre Clarine. Mais ils ont fait la sourde oreille. J'ai d'abord cru qu'ils avaient choisi de me punir. Et puis, je me suis raccroché à toi. À ton souvenir. Je devais rester en vie pour m'assurer qu'Hecmar ne te retrouve jamais. Nister et lui m'ont torturé sans relâche, d'abord chaque jour, puis chaque nuit. Mais je n'ai jamais cédé. Et puis, les tortures se sont espacées. Je suis resté parfois seul, pendant des jours, des semaines, avec de quoi m'hydrater suffisamment pour ne pas mourir, mais trop peu pour être lucide. On m'apportait de quoi manger une fois par jour.

— Comment avez-vous tenu ? je marmonne le cœur en miettes.

— Je me transposais chaque jour dans Isore, ma pégase. Elle a partagé ma souffrance pendant toutes ces années, me permettant ainsi d'échapper à mes agresseurs. Sa cellule était proche de la mienne, mais dans son corps, je ne souffrais plus. Elle m'a évité de ne pas perdre l'esprit.

— Je ne peux qu'imaginer ce que vous avez dû endurer. Je n'ai passé que deux jours sous la torture de Nister, mais je n'aurais jamais eu le courage de survivre aussi longtemps que vous.

— Tu as fait preuve d'énormément de courage dans ces cachots. Toi, ainsi que ton ami. Ta mère serait très fière de toi.

— Souhaitez-vous me parler d'elle ?

Son regard oscille entre mon visage et les fenêtres.

— Rien ne me ferait plus plaisir, dit-il. Clarine venait passer quelques jours chaque année à Horswing. Elle adorait le royaume et, par-dessus tout, les pégases. Son désir le plus cher était de pouvoir en monter une un jour. Mais elle était née à Deerwood, et le lien entre la pégase et l'homme est plus difficile qu'avec un cerf. Seul un enfant des Ailes obtient une pégase à sa naissance. Alors qu'un Guerrier valeureux, peu importe son origine, peut posséder un cerf s'il s'en trouve digne pendant l'épreuve de la plaine...

C'est ce qu'il s'est passé pour moi avec Archy, ainsi que pour mes camarades des Ailes.

— ... mais cela ne l'empêchait pas de les approcher et de passer du temps en leur compagnie. Isore et elle étaient devenues très complices. À chaque fois qu'elle quittait Horswing, son cœur se brisait. Elle était malheureuse à Deerwood. Puis, Hecmar est monté sur le trône à la mort de leur père. Sa façon de gouverner le peuple était différente. Plus sévère, plus brutale, et il l'était également avec sa sœur. Horswing était sa bouffée d'oxygène, son vent de liberté. Une année, elle est revenue comme à son habitude, mais quand je l'ai revue cette fois-là, mon cœur en a été chamboulé. Elle était plus belle que jamais. Elle a toujours été magnifique, mais cette fois-ci, je ne l'ai plus regardée comme la sœur d'Hecmar, mais comme une vraie princesse. Elle était plus sûre d'elle. Elle rayonnait. Je suis tombé amoureux comme on tombe de sa chaise. En un claquement de doigt. Elle occupait mes pensées, chaque instant de chaque jour qui s'écoulait, mais je n'osais pas lui dire ce que je ressentais. J'avais peur. Peur d'être rejeté, peur car elle était la sœur de mon ami. Et puis, elle est repartie chez elle et mon cœur en a été brisé. Le vent soufflait sur Horswing comme jamais il n'avait soufflé auparavant. Je créais inconsciemment des tempêtes qui reflétaient ce que j'endurais. Son absence. Quand elle est revenue quelques mois plus tard, mon cœur s'est remis à battre. Mes sentiments étaient toujours aussi forts. En à peine une heure, je lui avouais ce que je ressentais pour elle et, dieu merci, ce fut réciproque. Le soleil brilla à nouveau dans le ciel du royaume. Les mois qui suivirent furent les plus merveilleux de ma vie. Nous avons vécu notre amour secrètement, mais elle n'avait jamais été aussi heureuse. Elle était la femme de ma vie. Nous nous sommes mariés deux années plus tard, et nous avons donné naissance au plus bel enfant que le royaume des Ailes ait connu. Ce jour-là fut certainement le plus beau de toute ma vie. Quand l'accoucheuse a déposé dans mes bras cette petite fille enveloppée dans sa couverture brodée d'ailes et de bois, mon cœur a explosé d'amour. Une petite Vinira d'Horswing.

— Vinira ? C'est le prénom que vous m'aviez donné ? Comment est-ce possible ?

— Oui, c'est ta mère qui l'a choisi. Elle l'a fait broder sur une couverture après ta naissance. Quand Maddor a quitté le royaume avec toi, tu étais emmitouflée dedans.

Cette révélation me fait chaud au cœur. Mon prénom a toujours été Vinira, et c'est ma mère qui l'a choisi pour moi.

— J'aurais pu m'enfuir avec toi ce jour-là, mais j'ai fait un choix pour le peuple, pour notre avenir. J'ai laissé mon frère te sauver. Je savais qu'il te sortirait de là, s'il devait m'arriver malheur. Quand j'ai vu le royaume brûler, je savais ce que voulait Hecmar à tout prix. Le pouvoir des Ailes. Mon pouvoir.

— Pourquoi ne vous a-t-il pas tué ? Si c'est ce qu'il voulait, pourquoi vous avoir gardé prisonnier ?

— Parce que je n'ai plus le pouvoir depuis bien longtemps.

— Quoi ?

— C'est toi, ma fille, qui détient l'héritage d'Horswing. C'est toi qui as mon pouvoir.

Cette annonce me fait l'effet d'une douche froide.

— Si Hecmar me tuait, il aurait récupéré le pouvoir des Ailes et il s'en serait ensuite pris à toi. J'ai décidé de... m'en séparer et de te le donner.

— Comment est-ce possible ?

— Grâce à de la puissante magie ! Quand j'ai rejoint la nurserie après le début de l'attaque, Maddor n'y était pas. J'ai sorti ma dague et fait couler le sang de la paume de ma main, puis le tien en te faisant une petite entaille sous le pied. J'ai ensuite lié nos deux sangs. C'est la seule façon de transférer son pouvoir de son vivant. Ainsi donc, tu en as hérité avant de quitter le royaume. Un pouvoir qui ne peut se manifester qu'après ton vingt-deuxième anniversaire.

Kallias avait raison. Cette tempête à la mort de Zielle, c'est moi qui l'ai déclenchée. Celle lors du banquet de départ de la garde, c'était également moi. Je suis le vent, la pluie, les nuages, les tempêtes et les ouragans. Je contrôle le temps.

— Je ne maîtrise pas ce pouvoir, je dis en observant mes mains tremblantes.

Je réalise alors que l'avenir du monde repose en partie sur moi, et que mon père ne sera pas au cœur de cette guerre. Ce sera moi.

— Tu apprendras à l'apprivoiser. Je n'ai aucun doute là-dessus. Nous allons t'y entraîner.

— Ne pouvez-vous pas le récupérer ? je dis, je suis prête à vous le rendre.

— Ma fille, je suis un vieil homme désormais. Ce pouvoir vit en toi depuis ton enfance. Il fait partie de toi et s'est enrichi grâce à ta force et tes convictions. Tu seras bien plus puissante que je ne l'ai jamais été. Mon rôle est de te guider vers ton destin, Vinira. Pas de te le voler. Tu es la future reine d'Horswing.

Ses mains se posent sur les miennes et calment immédiatement l'emballement de mes pulsations cardiaques.

— J'ai été autrefois un jeune homme ambitieux et amoureux des vieilles légendes de notre monde. Mais j'ai dépassé cela depuis bien longtemps. Lorsque j'ai rencontré ta mère, je n'ai plus eu qu'un seul rêve, celui de la rendre heureuse.

— Que s'est-il passé avec Hecmar ? Vous disiez qu'il était autrefois votre ami !

— Il l'était. Nous étions inséparables lorsque nous étions à Tortagen. Nous étions des jeunes Guerriers plein d'assurance et en quête de pouvoir. Tous deux héritiers d'un pouvoir que nous n'avions pas encore, nous croyions dur comme fer à la légende du dieu unique.

— La légende du dieu unique ?

— C'est une vieille légende gravée dans les rochers des montagnes d'Horswing. Tu n'en as jamais entendu parler ?

Je fais non de la tête. J'ai entendu beaucoup d'histoires pendant les cours du Sage Maddor, mais ma formation n'est pas achevée et il me manque encore beaucoup de connaissances.

— ... *Les hommes s'entretueront, obsédés par la quête des quatre pouvoirs. Mais un seul homme, le plus brave de tous, capable de renoncer en tout ce qu'il aime et ce qu'il possède. Lui seul sera en capacité de détenir les quatre pouvoirs de ce monde afin de devenir un dieu parmi les hommes. Ce dieu sera alors le plus puissant que l'histoire ait jamais connu...* C'est un texte que l'on retrouve dans beaucoup de grimoires aujourd'hui. Elle a été découverte par un de nos ancêtres. Hecmar et moi étions convaincus qu'un homme serait capable de devenir un dieu. Nous avons cherché, des années durant, dans tous les grimoires de tous les royaumes, des informations sur cette légende, mais en vain. J'y ai consacré beaucoup d'années de ma vie. Qui n'a jamais rêvé de devenir un dieu parmi les hommes ? Mais ce rêve m'a quitté lorsque je suis tombé amoureux de Clarine. Je suis devenu incapable de quitter ceux que j'aimais pour la simple quête du pouvoir. J'étais un roi heureux et amoureux et c'était la plus belle réussite de ma vie.

Arran se lève et se place face à la fenêtre. Un vent de tristesse passe sur son visage.

— Mais Hecmar n'a jamais cru que j'avais renoncé à ce rêve. Quand il a appris que j'avais épousé sa sœur, il est devenu fou de rage. Il est venu jusqu'à Horswing où j'ai tenté de lui faire comprendre que j'aimais ta mère d'un amour bien plus puissant que cette vieille légende. Mais Hecmar avait changé, il n'était plus le jeune homme que j'avais connu à Tortagen. Il était persuadé que j'allais engendrer un héritier pour qu'il puisse hériter des deux pouvoirs. C'est pour cela que nous avons gardé ta naissance secrète. Clarine avait peur qu'il ne tente quelque chose contre toi s'il l'apprenait. Mais elle se trompait. C'était pire que ce qu'elle imaginait. Hecmar a sacrifié Clarine pensant *renoncer en tout ce qu'il aime.* Il était prêt à tout pour devenir l'unique. C'est aussi pour cela que je t'ai offert mon pouvoir. Pour l'empêcher de le récupérer et de nuire au monde. Aujourd'hui, j'espère que dans la mort, il a trouvé la paix. Car les démons ne l'ont jamais quitté depuis ce qu'il a fait à Clarine.

— *Renoncer* ? Qu'est-ce que cela signifie ?

— Je ne saurais l'expliquer. Abandonner ceux que l'on aime, probablement. Mais ce n'est qu'une vieille légende qui m'a coûté l'amour de ma vie. Tout ça est derrière moi, derrière nous. À présent, nous avons un autre combat à mener si nous voulons profiter l'un de l'autre.

Il a raison. Le roi des Ombres sera là d'ici quelques semaines, et deux pouvoirs doivent encore apparaître.

— Un second conseil des rois aura lieu demain matin sur ma demande, me révèle-t-il. Ce sera le moment de déclarer au monde que tu es ma fille et la future reine des Ailes.

Comment Basil va-t-il réagir ? Et mes camarades des Ailes ? Eux qui pensaient que Kallias serait notre futur roi. Est-ce que qu'ils m'accepteront ? Est-ce que le monde m'acceptera ?

Deux coups retentissent sur la porte de ma chambre avant qu'elle ne s'ouvre dans la foulée. Kallias apparaît sur le seuil, vêtu de la même tenue que tout à l'heure. Mon cœur s'emballe à la vision de son corps si parfait que révèle l'échancrure de sa chemise. Une mèche de ses cheveux s'est échappée de sa coiffure et cache la discrète cicatrice au-dessus de son œil. Je ne peux m'empêcher de lui offrir mon plus beau sourire. De joie et de soulagement.

— Majesté, lâche Kallias à l'autre bout de la chambre.

— Il est temps que j'aille me reposer un peu, me lance mon père en se levant de sa chaise, je vais vous laisser.

Il fait un pas vers moi et dépose un baiser sur mon front.

— Nous nous verrons demain matin pour le conseil, dors bien mon enfant.

Il s'éloigne en direction de la porte. Kallias s'incline pour le saluer, puis il disparaît, refermant la porte derrière lui.

Il y a tant de choses que j'aimerais dire à Kallias sur le moment. Tellement de mots qui aimeraient s'échapper de mes lèvres entrouvertes. Mais en cet instant, un besoin irrationnel, animal, sauvage, de le sentir contre moi m'envahit. Et à la façon dont il me regarde à l'autre bout de la pièce, les dents mordant sa lèvre inférieure, je comprends qu'il est animé du même désir. Ma respiration s'accélère, faisant soulever ma poitrine. Je me lève d'un bond et me précipite vers lui. Nos deux corps se retrouvent animés par le même désir, et avant que je n'aie le temps de prononcer quoi que ce soit, sa bouche s'est déjà jetée sur la mienne et ses doigts sont glissés dans mes cheveux. Mon Dieu, ce que j'ai rêvé de cet instant depuis notre arrestation. Cette extase de sentir sa peau contre la mienne. J'ai bien cru ne plus jamais avoir l'occasion de caresser son visage, son cou, d'enfoncer mes ongles dans les muscles de son dos. Il est comme une drogue dont je ne parviens plus à me passer.

— Tu m'as manqué, gémit-il entre deux assauts de sa langue dans ma bouche.

— Toi aussi, tu m'as manqué.

Kallias décolle lentement son visage du mien. Ses yeux ténébreux plongent dans les miens. Son souffle chaud caresse ma peau fébrile entre ses mains.

— Est-ce que tu vas bien ? souffle-t-il.

— Parfaitement bien depuis que tu as franchi cette porte.

Il glisse ses doigts dans les miens et nous nous installons sur le sofa près du balcon donnant sur les jardins.

— Comment s'est passée ta rencontre avec Arran ? m'interroge-t-il, curieux, les yeux pleins d'espoir.

— Tellement... irréel, je lance encore sous le choc de cet entretien avec mon père.

— T'a-t-il reconnue ?

— Oui... je suis sa fille !

— La future reine des Ailes ! murmure-t-il en embrassant les paumes de mes mains.

— Toi qui ne voulais pas de moi comme reine ! je lance sur le ton de la plaisanterie.

— Tu connais très bien les raisons. Je ne voulais pas te voir mariée avec Basil. Et quelque part, j'avais raison, tu étais destinée à ton propre trône. Un jour, tu gouverneras le monde des Ailes !

— Mon père va abdiquer, Kallias !

Dans l'histoire des royaumes, aucun roi n'a jamais laissé sa place à son héritier de son vivant. Mais aucun roi n'a jamais abandonné non plus son pouvoir.

— Quoi ?

Je me lève, le cœur battant la chamade face aux jardins.

— Arran a abandonné son pouvoir au moment de la guerre des Ailes. Il me l'a donné avant que Maddor ne nous sauve.

— Ce qui explique les manifestations que tu as eues à Tortagen ! Comment a-t-il fait ?

— Grâce à de la vieille magie, il a mêlé son sang au mien. C'est pour cela qu'Hecmar l'a gardé en vie. Il n'a jamais pu lui voler le pouvoir car mon père ne l'avait plus. C'est moi qui le possède depuis tout ce temps. Il a été torturé toutes ces années pour me protéger. Et il n'a jamais parlé.

Les larmes roulent sur mes joues rosées. Ce qu'il a accompli, pour moi, pour Horswing, est héroïque. Je ne sais pas si je serai un jour digne de son sacrifice.

— Il va révéler demain pendant le conseil des rois que je suis sa fille, son héritière. Et je vais devoir utiliser mon pouvoir pour combattre le roi des Ombres.

Kallias se lève à son tour, et ses bras s'enroulent autour de mon corps tremblant. La douceur de ses doigts contre la peau nue de mon ventre calme instantanément mon angoisse.

— Vinira, je t'ai vue dans cette forêt poursuivre Jasper et déclencher la plus grande tempête que Tortagen ait connue. Tu vas y arriver. Nous allons nous entraîner sans relâche. Et tu ne seras pas seule. Tu auras trois armées à tes côtés. Tu sauveras le monde, je n'ai aucun doute là-dessus.

— Tu crois que les Ailes m'accepteront ?

Ses yeux surpris me dévisagent tandis que ses doigts dégagent les mèches de mes cheveux derrière mes oreilles.

— C'est ça qui t'inquiète ? Tu es l'une des Guerrières les plus puissantes de ce monde, et tu as peur que les Ailes te rejettent ? Tu es leur reine ! Certaines t'aimeront, d'autres te jalouseront. Mais ils te suivront !

— Nos camarades t'imaginaient comme leur roi. Je ne suis pas toi, Kallias. Je n'ai pas ton charisme, ta détermination et ta force.

— Tu es bien plus forte que je ne le serai jamais. Tu n'as pas décollé les mâchoires dans ce cachot alors que Nister me torturait. Tu as tenu bon, comme ton père sur l'île sauvage. Tu as su protéger ton père et ton peuple. Moi, j'ai craqué en moins d'une seconde quand Nister a posé la main sur toi.

— Mais tu n'as rien dit !

— Non, mais j'ai montré à quel point tu comptais pour moi et il a bien failli te tuer par ma faute !

— Ne parlons plus de ce qui s'est passé, nous sommes sains et saufs, c'est tout ce qui compte.

Kallias écrase ses lèvres contre les miennes. Son baiser est doux, électrisant et tellement réparateur. Dans ces bras, contre son cœur, j'oublie les terribles épreuves que nous avons endurées, et celles que nous allons devoir traverser. Parce que c'est ça, la puissance de notre relation. Un amour capable de déplacer des montagnes, capable d'offrir de l'espoir même lorsque le monde sombre dans le chaos. C'est ce que je ressens dans les bras de Kallias Felirson.

— J'ai cru devenir fou quand je t'ai vu arriver dans cette tenue dans la salle du trône ce matin. Tous ces vieillards vicieux qui mataient ton corps presque nu. Je mourais d'envie d'arracher chaque globe oculaire de leur orbite pour les empêcher de te reluquer.

Sa jalousie me fait sourire.

— Je crois que c'est la façon de s'habiller à Deerwood, je lui réponds satisfaite.

Sa main se pose dans mon dos nu et me tire jusqu'à lui. Mon bassin se plaque contre son corps déjà fourmillant de désir.

— Je suis forcé de reconnaître que ça te va à ravir, murmure-t-il en pressant ses lèvres dans le creux de mon cou, me procurant des vagues de frissons.

C'est la première fois que nous nous retrouvons seuls et libres depuis le tremblement de terre. Les péripéties se sont enchaînées et nous n'avons eu aucune intimité depuis. Les semaines à venir ne risquent pas d'arranger les choses et j'ai envie de savourer chaque instant où je peux être avec lui .

— Fais-moi le plaisir de m'arracher cette robe, Kallias Felirson !

Ses yeux pleins de fougue s'écarquillent de désir sous l'impétuosité de mon ordre. Mon corps brûle d'envie de le sentir vibrer à l'unisson avec le mien. Parce qu'il n'y a que dans ses bras, sous la douceur de ses baisers, de la tendresse de ses caresses et des assauts sauvages de son bassin contre le mien, que je me sens vivante.

Ses lèvres s'entrouvrent et s'approchent lentement de mon visage, frôlant ma peau sans jamais vraiment la toucher, caressant comme une plume ma bouche, mon nez jusqu'à atteindre le lobe de mon oreille, et me rendant un peu plus à sa merci. Sa voix comme un murmure se glisse dans mon cou :

— À vos ordres, votre Majesté !

Ses mains vigoureuses déchirent le voile qui recouvre partiellement mes seins et, en une seconde, je me retrouve totalement nue face à ce Guerrier assoiffé. Après avoir jeté ma robe au sol, Kallias glisse son regard le long de mon corps avec une lenteur qui m'électrise. Cette attente insurmontable agit comme une drogue, augmentant mon désir de le sentir entre mes cuisses fébriles. Ses doigts se posent comme un souffle sur la peau de mon cou, me caressant lentement avant de descendre entre ma poitrine et d'effectuer, lentement, le contour de chacun de mes seins. Mes tétons durcissent au passage de ses doigts assurés sur ma poitrine qui monte et descend sur le rythme de ma respiration. Sa main continue lentement sa trajectoire, glissant près de mon nombril, caressant les contours de mes hanches, s'approchant un peu plus de l'endroit qui le désire tout entier. Mes lèvres s'entrouvrent, laissant échapper un cri d'extase, s'avançant même vers lui pour essayer de lui voler un baiser, mais Kallias repousse d'un doigt mon visage.

— J'ai l'impression que ça fait une éternité que je n'ai pas senti ton corps contre le mien, gémit-il, la dernière fois, nous avons été interrompus par un tremblement de terre. Et depuis je n'ai pas cessé de penser à la façon dont je te caresserai à nouveau.

Ses doigts s'approchent dangereusement du croisement entre mon ventre et le haut de ma cuisse, puis se glissent près de mes grandes lèvres où un torrent humide s'écoule déjà prêt à ce qui pourrait arriver. Kallias entrouvre ses lèvres et frôle les miennes, cherchant à me torturer davantage.

— Tu m'as tellement manqué, souffle-t-il.

C'en est trop, je saisis sa nuque et introduis ma langue dans sa bouche avec une telle rapidité qu'il lui est impossible de me repousser. Au même moment, ses doigts se glissent à l'intérieur de moi, me délivrant de cette attente insoutenable qu'il s'amusait à me faire endurer.

Le plaisir inonde mon corps sous la fréquence de ses va-et-vient. Des cris de plaisir incontrôlables s'échappent de nos bouches entremêlées. Mes jambes faiblissent sous le plaisir incandescent que ses doigts me procurent. Puis Kallias perd le contrôle. Un juron s'échappe de sa bouche et il ôte ses vêtements avec une force que je ne l'ai jamais vu employer. Son corps nu apparaît devant moi, déjà à bout de souffle. Il m'attire contre lui et, en quelques secondes, je me retrouve allongée sur le sofa avec Kallias au-dessus de moi. Son érection connait par cœur le chemin et s'enfonce en moi sans aucune retenue.

Du sexe, violent, bestial, assouvissant. C'est ce dont nous avons besoin là, maintenant. Se retrouver, vivants et brûlants d'amour l'un pour l'autre, avec la peur irrationnelle d'avoir failli se perdre. Nos vies ne tiennent à rien dans ce monde où la guerre nous menace sans cesse, mais nous nous raccrochons l'un à l'autre comme si nous n'étions plus qu'une seule âme, qu'un seul corps. Parce que je ne peux vivre sans Kallias Felirson, et il ne peut vivre sans moi.

Son corps tremble sur le mien à chaque coup de bassin qu'il m'offre. Mes jambes repliées autour de son corps lui donnent toute la facilité pour me pénétrer plus profondément tandis que mes ongles s'agrippent à la peau fine de ses fesses, pour l'empêcher de trop s'éloigner de moi et pour le guider dans le rythme parfait pour atteindre l'extase. Quand l'orgasme s'empare de Kallias, il grogne dans ma bouche cherchant à étouffer son cri. Je perds aussitôt le contrôle de mon propre corps qui se raidit de plaisir en accueillant ses derniers va-et-vient. Ces quelques secondes sont d'une pure intensité, où il n'existe que lui et moi, nageant dans cette vague de bonheur insubmersible.

Kallias bascule sur le côté, entraînant mon corps avec le sien. Ses doigts chassent les mèches de cheveux collés sur mon visage trempé de sueur. Nos respirations haletantes sont calées sur le même rythme et nous rions, heureux d'avoir partagé cet instant tous les deux hors du temps. En regardant les yeux bruns de cet homme qui me fait vibrer, il est plus que temps de prononcer à voix haute ce que je meurs d'envie de lui dire depuis longtemps.

— Je t'aime, Kallias Felirson. Je t'aime du plus profond de mon cœur.

Son visage rayonne de surprise face à ces mots qu'il n'a jamais encore entendus. Il écrase ses lèvres sur les miennes, les yeux brillants de larmes avant de me répondre qu'il m'aime aussi, bien plus que sa propre vie.

5

Quand l'aube pointe le bout de son nez au-dessus des collines fleuries de Deerwood, je suis déjà vêtue de ma tenue en cuir et harnachée de mes dagues. La robe avec laquelle on m'a habillée la veille n'est plus qu'un morceau de tissu déchiré par l'ardeur de Kallias Felirson. J'ai dormi seule cette nuit. Il était plus sage que Kallias regagne sa chambre après nos retrouvailles embrasées. Les gardes rôdent en permanence dans les couloirs du palais, et il est plus prudent que personne ne se doute de quoi que ce soit. Nous étions tous les deux d'accord là-dessus. J'ai eu beaucoup de mal à trouver le sommeil, le corps repu, débordant d'hormones de plaisir et la tête gorgée des mots et des gestes tendres de mon père.

Les couloirs du palais sont silencieux à cette heure-ci. Seules les servantes, des draps propres dans les bras, se pressent pour nettoyer les chambres de tous ceux déjà levés. Je dévale les nombreux escaliers de l'aile ouest jusqu'à la salle du conseil où les membres convoqués sont déjà tous présents. À l'intérieur, Basil est penché sur une table représentant la carte du monde, semblable à celle de la salle de cours du Gouverneur Thorm à Tortagen. Dans son ombre, Brann Nister se tient silencieux, ainsi qu'un jeune homme portant l'insigne de Premier Commandant du royaume. À sa gauche, se trouve la reine du Désert avec ses deux conseillers, et à sa droite, mon père et son frère, le Sage Maddor.

Lorsque je fais un pas dans la salle du conseil, tous les regards se lèvent vers moi. Ceux du Désert restent impassibles à mon apparition. Mon père et Maddor, eux, esquissent un sourire de fierté. Quant à Basil et Nister, la surprise se lit sur leur visage.

— Approche, Vinira, lance Maddor me voyant hésitante sur le pas de la porte.

— Ah, le dernier membre est là ! révèle Arran les yeux fixés derrière moi.

Je me retourne et découvre Kallias qui fait son entrée juste après moi. Sa présence réveille le désir dans le bas de mon ventre, et le plaisir extasiant de la veille s'engouffre à nouveau dans ma poitrine. Je détourne rapidement les yeux pour éviter que mes joues ne prennent une teinte rouge suspecte. Les portes se referment derrière lui, et nous nous approchons de la table.

— Peut-on commencer maintenant, Arran ? lance la reine du Désert impatiente.

— Oui, allons-y pour ce second conseil des rois, stipule mon père dont les yeux sont focalisés sur moi.

— Excusez-moi, mais que font-ils ici tous les deux ? maugrée Basil en nous désignant Kallias et moi. Comme vous venez de le dire, votre Majesté, ceci est un conseil des rois. Seuls les rois, les reines et deux proches conseillers sont tolérés.

— Vous avez raison, Basil ! Maddor d'Horswing représentera mon premier. En tant que mon frère et le prince du royaume des Ailes, il a ma confiance la plus totale. Étant donné que certains de mes anciens conseillers ont été assassinés sous les ordres de votre père, et que les autres sont toujours coincés à Horswing, j'ai demandé à Kallias Felirson d'être le second pour aujourd'hui.

Les lèvres de Basil tressautent face au choix de mon père. La colère est lisible sur son visage, mais il ne peut pas aller contre cette décision. Kallias est un homme des Ailes et il a toute sa place au conseil, aux côtés de mon père. Cette décision me fait chaud au cœur, et avoir Kallias près de moi me donne le courage d'affronter la suite du conseil.

— Fort bien, Arran ! stipule la reine du Désert, mais tu as convié cette jeune femme également et cela te fait un conseiller de trop.

Arran esquisse un sourire en guise de réponse. Il quitte sa place et fait le tour de la table pour me rejoindre. Mon cœur tonne si fort dans ma poitrine que, si chacun d'entre eux tendait l'oreille, il pourrait percevoir ses battements.

— Vous avez raison. Seuls deux conseillers sont autorisés, confirme-t-il, mais Vinira n'est pas ma conseillère...

Sa main se glisse dans la mienne avec assurance, tandis que ses yeux bleus me contemplent avec admiration.

— Elle est ma fille !

— Ta/Votre fille ? s'étonne Myrna et Basil en cœur.

Mais seul le regard de fierté de mon père m'importe en cet instant. Mes lèvres se posent sur ses joues, lui offrant un baiser qui confirme ses dires. Car il est mon sang, ma force et mon avenir.

— C'est mon enfant. Ma fille et celle de la reine Clarine d'Horswing. Elle est l'héritière du royaume des Ailes.

— Princesse ! me lance la reine Myrna en s'inclinant face à moi.

Kallias et Maddor l'imitent et abaissent à leur tour la tête. Seul Basil, immobile, les traits crispés, semble penser qu'on se joue de lui.

— Depuis combien de temps le sais-tu ? hurle-t-il.

— Depuis hier, répond mon père à ma place. Le jour où elle m'a délivré de ce cachot immonde, elle ignorait encore qui j'étais.

— Alors nous sommes du même sang, murmure Basil stupéfait.

— Elle est ta cousine, déclare Arran, et dans quelques semaines, elle sera la nouvelle reine des Ailes.

— Que veux-tu dire par là, Arran ? demande la reine Myrna, les deux bras appuyés sur la carte du monde.

Tous les autres dévisagent mon père en silence, suspendus à ses lèvres.

— Vinira possède, depuis la guerre des Ailes, le pouvoir du dieu des airs. Mon pouvoir.

Basil regarde Nister et son Premier Commandant, cherchant une confirmation dans leurs yeux.

— Eh bien, me voilà dans de beaux draps, je vais devoir combattre un démon aux côtés de deux gamins qui n'ont aucune expérience ! lâche Myrna irritée.

— Nous les entraînerons sans relâche, rétorque Kallias, Vinira a déjà manifesté son pouvoir et il est absolument spectaculaire. Je n'ai jamais rien vu d'aussi puissant.

Cet aveu fait la fierté de mon père et de mon oncle, mais je ne suis pas aussi sereine que Kallias.

— Je vais avoir besoin de beaucoup d'entraînement, j'avoue, les fois où le pouvoir s'est manifesté, ce sont mes émotions qui l'ont fait surgir.

— La tempête à Tortagen ? lance Maddor, c'était toi !

Le sourire de mon oncle me rassure mais la peur de les décevoir s'accroît avec leur regard posé sur moi.

— Basil, vous n'êtes pas votre père et je ne vous tiendrai jamais rigueur de ce qu'Hecmar a fait à votre tante. Mais tout comme ma fille, vous allez devoir travailler sur votre pouvoir très rapidement. Il y a un pont à réparer entre nos deux royaumes qui ne peuvent rester ennemis plus longtemps.

— Je vais m'y employer, lance Basil.

— Nous devons nous unir pour vaincre ce roi des Ombres, confie la reine du Désert. Nous allons devoir également consulter dans les jours qui suivent les souvenirs de la mémoire des Sages de Deerwood et des autres royaumes, pour comprendre comment nos ancêtres ont pu vaincre le roi des Ombres lors des lunes rouges précédentes.

— J'ai déjà convoqué en urgence tous les plus grands chefs de guerre de Deerwood, révèle Basil, ils seront tous au palais d'ici quelques heures. Un conseil de guerre se tiendra deux fois par jour, et chaque chef de bataillon pourra participer à la lecture des souvenirs. Nous devrons constituer des postes de combat avec des Guerriers de chaque royaume pour avoir plus de chance de vaincre les armées.

— Je suis d'accord, répond Arran, mais pour cela, les Cavaliers d'Horswing vont devoir récupérer les pégases qui leur ont été volées.

Mon père dévisage Nister, le visage livide, qui comprend qu'il est l'heure pour lui de répondre de ses crimes. Basil se tourne vers son Premier Gouverneur.

— Que veut-il dire, Brann ?

— Nister sait où sont cachées les pégases. Et nous devons également parler de ce qu'il a fait subir à la future reine dans les cachots, rétorque Kallias la main déjà posée sur la dague à sa ceinture, prêt à la dégainer pour lui planter entre les deux yeux.

Mais c'est à Basil seul que revient l'ordre de condamner à mort son Premier Gouverneur dans cette nouvelle alliance de paix.

— Parlez, Nister ! s'impatiente Basil.

— Il est vrai que j'ai enfermé ces Guerriers, dans le seul but de les faire parler pour savoir où était passé le roi !

— Et vous m'avez également torturé pendant vingt-et-un ans ! lâche mon père dans un calme saisissant.

L'étau se resserre autour de Nister et Kallias marche à présent lentement vers lui, la main serrant de plus en plus fort le manche de sa dague. Nister recule d'un pas, sentant la mort approcher sous l'apparence de Kallias Felirson.

— Majesté, dit-il en se jetant aux pieds de Basil, je vous demande grâce de ma vie en échange de la libération des pégases.

— Nous n'avons pas besoin de vous avoir en vie pour savoir où elles se trouvent, annonce Maddor. Il suffit que Felirson vous tranche la gorge pour que je puisse récupérer vos souvenirs sur-le-champ.

Je meurs d'envie de voir ce fumier payer pour toutes les horreurs dont il est l'auteur. Kallias est désormais à quelques mètres de lui, les yeux rivés sur la bouche de Basil, dont lui seul est en capacité de donner cet ordre.

— Je vous l'accorde, Nister. Je vous offre ma protection et la vie sauve, en échange de la libération des pégases.

Je n'en reviens pas ! Basil vient de gracier cette enflure. Cet homme, ce sadique qui nous a torturé sans aucun remords. J'observe Kallias bouillonnant de rage. Sa colère est désormais dirigée vers Basil. Sa main, toujours posée sur sa dague, force le Premier Commandant à se placer entre lui et le roi des Bois.

— Il doit payer votre Majesté ! maugrée Kallias, furieux.

— Reculez, Felirson, ordonne le Premier Commandant, son épée sortie de son fourreau.

— Je suis le roi, moi seul décide de la vie de mes sujets, Kallias !

— Kallias... murmure mon père, reculez s'il vous plaît !

Mon cœur s'emballe à la vue de l'épée pointée près du visage de l'homme que j'aime. Ce n'est pas le moment de se faire tuer, mais l'injustice que nous subissons est à vomir. En une phrase, Basil vient de nous montrer qu'il cautionne ce que nous a fait subir ce malade. Son orgueil est touché, et avec cette grâce, il nous fait payer notre « trahison ».

Kallias fixe le cousin de Basil quelques instants, puis obéit à l'ordre de mon père.

— Très bien, laissez-lui la vie, mais s'il pose encore les doigts sur ma fille ou sur un membre de mon peuple, votre protection ne tiendra plus.

— Soit... accepte Basil.

Nister se relève et embrasse les mains de Basil. Cette vision d'horreur me donne l'impression que sa puanteur est encore imprégnée dans ma chair.

— Ne t'inquiète pas, murmure Kallias qui s'est replacé juste derrière moi, son heure viendra et ce jour-là, je le tuerai pour avoir posé la main sur toi.

Et je sais qu'il le fera. Kallias a déjà pris la vie de deux hommes et d'un ours gigantesque pour me sauver. Il est animé par la même soif de justice que moi. Nous allons devoir prendre sur nous car une guerre bien plus terrible est à venir, mais nous n'oublierons pas la peur et la douleur que nous avons vécues sous le pouvoir de cette ordure. Nister paiera un jour, et il vaut mieux pour lui qu'il tombe sous la main d'un Cavalier des Ombres plutôt que sous celle de Kallias Felirson.

— Bon, dit Myrna, maintenant que tout le monde s'est embrassé, quelqu'un a-t-il autre chose à dire ?

La reine du Désert est une femme magnifique. Ses longs cheveux bruns font ressortir ses deux yeux jaunes brillants. Ses seins sont à peine recouverts par un haut miniature et ses hanches par un pantalon de cuir noir. Des bijoux dorés recouvrent ses bras et son cou. Moi qui trouvais les tenues de Deerwood très échancrées, celles des femmes du Désert le sont encore plus.

— Je n'ai pas d'autres sujets à aborder pour le moment, révèle Arran.

— Alors, nous nous reverrons demain matin ici même pour le premier conseil de guerre, dit-elle avant de quitter la salle suivie de ses conseillers.

Maddor et mon père quittent à leur tour la pièce, en suivant Nister de près pour le forcer à tenir sa parole de délivrer les pégases. Au moment où je m'apprête à sortir derrière Kallias, mon prénom résonne dans la bouche de Basil.

— Puis-je te parler un moment seul à seule ? me prie-t-il.

Je l'observe un instant, ne sachant que répondre. Je n'ai aucune envie de me retrouver seule avec lui, surtout après ce qu'il vient d'accorder à Nister. Mais je dois apprendre à me comporter comme mon père, avec dignité. Je ravale ma fierté et je m'avance vers lui tandis que Kallias attend dans le hall, en retrait, prêt à bondir au cas où Basil s'en prendrait à moi.

— Je suis sincèrement désolé de ce qui s'est passé dans les cachots, je n'étais pas au courant. Quand j'ai vu que Nister disparaissait à la nuit tombée, j'ai trouvé ça louche et j'ai décidé de le suivre.

— Si tu étais vraiment désolé, tu ne lui aurais pas offert ta protection, je lâche.

— Je ne l'ai pas fait contre toi, Vinira. Mais je viens de monter sur le trône et la guerre approche, je ne peux pas commencer à décapiter les plus anciens conseillers de ce royaume. Il a fait une erreur et il en subira les conséquences. Mais le temps de la transition, j'ai besoin de ses conseils en stratégie de guerre.

Je ne sais que répondre à ses explications. Ses justifications n'ont pas de valeur à mes yeux.

— Est-ce cela que tu voulais me dire ? Car j'ai des choses à faire.

Il fait un pas vers moi et saisis ma main dans la sienne. Dieu merci, Kallias ne le voit pas me toucher car il aurait été capable de lui bondir dessus et l'égorger juste pour ce geste.

— Non. Lorsque tu as disparu, je pensais que je ne te reverrai jamais. J'ai eu le cœur brisé, Vinira...

L'a-t-il vraiment eu ou est-ce une ultime façon de me faire culpabiliser ?

— ... et puis je me suis fait une raison et... je ne sais pas comment te l'avouer, Vinira, mais j'ai dû choisir une autre épouse !

Dois-je faire semblant d'être déçue, alors qu'en réalité, mon cœur explose de joie dans ma poitrine ?

— Qui vas-tu épouser ? je lui demande alors que je connais déjà la réponse.

— Réna Fells !

— C'est un très bon choix ! Elle fera une reine formidable.

— Oui, mais mes sentiments pour toi sont intacts, avoue-t-il.

Je lâche sa main immédiatement.

— Basil... tu es mon cousin. Et ma place est sur le trône des Ailes et non sur le trône d'un homme qui a assassiné ma mère.

Ses lèvres s'entrouvrent mais aucun mot n'en sort. Car il n'y a rien à dire. Désormais, je ne suis plus désormais forcée de me marier avec un homme que je n'aime pas. Je laisse Basil seul dans la salle du conseil et me dirige en direction du hall où Kallias doit m'attendre. Mais au moment où je sors, des dizaines de Guerriers font leur apparition. Les chefs de guerre convoqués par Basil affluent déjà dans le hall de l'aile ouest, vêtus de leur armure de guerre au blason de Deerwood. Toute cette agitation me provoque des frissons dans la poitrine. C'est sous leur commandement, que nous partirons bientôt au combat. Je cherche Kallias dans la foule et lorsque je l'aperçois, il lève la main pour me faire signe.

— Fadyenaï !

Une voix grave surgit derrière moi et j'ai à peine le temps de me tourner qu'un homme se jette sur moi. Je reconnais l'odeur du Guerrier dont les bras s'enroulent autour de mon corps et les lèvres se posent sur mon front.

— Mathew ?

— Je ne m'attendais pas à te voir ici, avoue-t-il les mains posées sur mon visage, tu m'as manqué !

Wyatt Mathew, en chair et en os. Cet homme de Croll, de deux ans mon aîné, a quitté Tortagen avant que je n'y sois admise. Cela fait trois ans que je n'ai pas vu Wyatt et il est désormais devenu un Guerrier du royaume, et apparemment... un grand chef de guerre.

— Cela fait si longtemps, petite Fadyenaï !

Avant que je n'aie le temps de lui demander comment il va et ce qu'il est devenu depuis tout ce temps, il lève la tête au-dessus de la mienne et son visage se crispe aussitôt.

— Il ne manquait plus que ça !

Kallias s'avance d'un pas décidé vers nous en nous balayant Wyatt et moi du regard, le visage aussi fermé que la première fois que je l'ai rencontré. Ce visage qu'il offre à ceux qui n'ont pas son estime. Mon dieu, est-ce qu'ils se connaissent ?

— Salut Mathew ! grommelle Kallias.

6

— Vinira !

La voix de ma meilleure amie résonne dans le hall. Mélione apparaît dans son armure de combat, le visage fatigué.

— Ce que tu m'as manqué, murmure-t-elle en me serrant de toutes ses forces dans ses bras.

Lorsqu'elle relâche son étreinte, elle remarque que nous sommes entre deux hommes immobiles, se dévisageant comme deux bêtes sauvages prêtes à se bondir dessus.

— J'ai interrompu quelque chose ? nous questionne-t-elle, curieuse, avant de se tourner avec un air aguicheur vers Wyatt. Salut, je suis Mélione !

— Enchanté, Wyatt Mathew !

— Wyatt est un vieil ami, je lâche. Il vient du même village que moi.

— Eh bien, Vini, tu ne m'as jamais dit que tu avais des amis aussi... charmants, confie-t-elle.

Mathew ricane tandis que Kallias se tourne vers moi, le visage froid et impassible.

— Fadyenaï, je vais dans les sous-bois. Ellen et Archy sont arrivés et il va bientôt être l'heure de ton entraînement. On se rejoint là-bas ?

— Ok, à tout de suite !

— À plus, Felirson, contente de t'avoir... revu, lâche Mél.

Kallias esquisse un demi-sourire à ma meilleure amie et ignore complètement Wyatt, avant de quitter le hall en direction de la forêt.

— De quel entraînement parle-t-il ? demande Mathew.

— C'est une longue histoire !

— Ça a l'air plutôt tendu entre vous, non ? l'interroge Mélione sans cacher sa curiosité qui, je l'avoue, m'intrigue aussi.

— Ce type ne m'a jamais inspiré aucune sympathie lorsque j'étais à Tortagen, dit-il en le regardant s'éloigner, nous avons eu quelques différents.

— Oui. C'est vrai que Felirson n'est apprécié que par très PEU de monde, reprend-elle en me lançant un regard soutenu.

— C'est le cas de le dire. Comment va ta sœur, Vinira ? Elle est aussi ici à Deerwood ?

Mél me cherche du regard, inquiète que cette question ne ravive des plaies encore douloureuses.

— Zielle est morte... il y a quelques jours ! dis-je sans laisser paraître une once d'émotion.

Pas parce que je ne ressens plus rien, mais parce que depuis, j'ai compris que la vie ne tient à rien, et que je ne peux pas pleurer ma sœur éternellement alors que la survie du monde dépend en partie de moi.

— Je suis tellement désolé, je ne savais pas, déclare-t-il en me prenant à nouveau dans ses bras sous l'œil observateur de Mélione, tu tiens le coup ?

— Oui, je n'ai pas le choix !

— Nous prendrons le temps de discuter un peu plus tard, lâche-t-il en passant son pouce sur mon menton, je vais devoir aller au rassemblement des chefs de guerre. À plus tard les filles, dit-il en s'éloignant.

Je traverse les jardins de Deerwood aux côtés de Mélione en direction des sous-bois. Je n'ai pas vu Archy depuis des jours et sa présence me manque terriblement. Sur le chemin, je raconte à ma meilleure amie les évènements qui sont arrivés depuis que je l'ai quittée sur l'île centrale pour partir à la recherche des pégases.

— Bordel, j'y crois pas, l'héritière d'Horswing ! Ma meilleure amie est une princesse ! Je suis choquée. Ça alors, et dire que nous nous sommes rencontrées le premier jour sous la statue de ta mère. Je suis si heureuse pour toi, Vini, que tu aies découvert qui tu es.

Une princesse. Ce mot sonne étrangement dans mes oreilles mais je vais devoir m'y habituer car c'est ce que je suis. Et bientôt tout le monde l'apprendra !

— Je peux te poser une question, Vini ?

— Oui, bien sûr ?

— Il s'est passé quelque chose entre toi et cet homme de Croll, beau comme un dieu ?

Je connais suffisamment Mél pour savoir que je n'échapperai pas à un petit interrogatoire de sa part.

— Nous nous connaissons depuis que nous sommes enfants. Il habitait dans la forge en face de la maison de mon père. Petits, nous jouions souvent sur la place du village…

Sa main saisit mon poignet ce qui m'arrête net dans mon élan.

— Ce n'est pas ce que je t'ai demandé, insiste-t-elle.

Je détourne les yeux en poussant un soupir.

— C'est pas vrai ! Petite cachotière ! Tu as couché avec lui !

— C'était il y a TRÈS longtemps, et ce n'était rien de sérieux. Je l'ai toujours considéré comme un ami, rien de plus.

— En tout cas, lui ne te regarde pas comme un ami ! Je sens que ça ne va pas plaire à Felirson!

Dieu ! Kallias ! Nous venons tout juste de nous retrouver et il n'est pas question qu'une ultime personne se mette encore entre nous. Il a déjà assez souffert de mes fiançailles avec Basil !

— Il n'y a aucune ambiguïté de mon côté, Mél. Ça date de bien avant son départ pour Tortagen. Nous sommes amis, c'est tout ! Kallias sait que j'ai connu d'autres hommes avant lui tout comme il a connu un bon nombre de femmes.

— Oui, il le sait ! Mais voir la concurrence en vrai n'est pas la même chose que l'imaginer. Surtout qu'ils n'ont pas l'air de s'apprécier !

Elle a raison. Rien que de songer à Ismène s'approchant trop près de Kallias, ça me donne la nausée. Imaginer l'homme que j'aime la toucher, prendre du plaisir entre ses cuisses, la caresser, c'est au-dessus de mes forces !

— Tu crois que je devrais lui en parler ?

— Si tu ne le fais pas, un jour ou l'autre, c'est Wyatt qui le fera. Car s'il n'est pas censé savoir que vous êtes ensemble, il risque de le comprendre en vous voyant tous les deux. Et par orgueil, les hommes peuvent agir stupidement.

Il n'est pas question que Kallias apprenne quoi que ce soit d'une autre bouche que la mienne. Je lui parlerai dès que j'en aurai l'occasion. Mais il n'a aucun souci à se faire car Wyatt appartient à mon passé.

Des centaines de cerfs s'hydratent à l'entrée du sous-bois. Beaucoup ont fait la route des quatre coins du royaume sur l'ordre de Basil. Dans les jours qui vont suivre, de nouveaux bataillons seront formés et regrouperont des hommes des Ailes, du Désert et des Bois. Tous unis contre le même ennemi.

— Tieran ! hurle Mélione.

Elle s'élance vers lui et il la réceptionne dans ses bras, l'embrassant à pleine bouche devant tout le monde. Grâce à moi, elle sait que Tieran Ermol est un homme des Ailes, mais ce détail est insignifiant pour ma meilleure amie. Peu importe nos origines et les conflits des guerres passées, aujourd'hui, les royaumes sont de nouveaux alliés.

Derrière eux, mes autres camarades des Ailes sont en pleines retrouvailles avec leur cerf, abandonné à Tortagen lors de notre fuite. Ils tournent tous la tête vers moi lorsqu'ils m'aperçoivent.

— Vinira, crie Sorin en se jetant dans mes bras.

Son engouement me surprend, mais me fait chaud au cœur. Il s'était éloigné de notre groupe quand il a su qu'il était un Aile, mais aujourd'hui il a l'air plus heureux que jamais de pouvoir assumer pleinement son identité.

Derrière lui, les autres arborent une expression qui signifie « nous sommes au courant ». Seule Ismène fait la grimace à mon arrivée, mais cela ne m'étonne pas, maintenant que je suis au courant pour elle et Kallias.

— Je suis si heureux que ce soit toi, me murmure-t-il avant de reculer d'un pas.

— Salut Fadyenaï, grogne Teivel, ou plutôt devrais-je dire princesse !

— Fadyenaï ou Vinira, suffiront ! je leur lance, je ne suis pas encore à l'aise avec ce nouveau titre.

— Tant mieux, crache Ismène en regardant ses pieds.

Je ne relève pas sa pique car je n'ai pas envie de me chamailler avec elle maintenant. Je préfère l'ignorer. Et surtout je me hâte de retrouver quelqu'un.

— Où est Archy ? je leur demande, inquiète de ne pas apercevoir ses magnifiques bois dorés.

— Il est parti avec Felirson et Ellen dans la clairière là-bas, ils t'attendent, me confie Tieran.

— Merci, je dis avant de partir à toutes jambes. À tout à l'heure.

Quand j'arrive dans la clairière, de nombreux Guerriers s'entraînent à tirer des flèches de glace sur des cibles mouvantes. La clairière a été aménagée pour que chacun puisse s'entraîner au combat avant de partir pour la guerre. Mais ce sont des bois dorés qui attirent mon attention. Archy sent ma présence et lève la tête vers moi avant de s'élancer au galop pour me retrouver. Lorsqu'il passe près de moi, je m'agrippe à son cou et l'enjambe dans sa course. Il hennit de joie et tous les regards se lèvent vers nous.

— Moi aussi je suis heureuse de te voir, je lui murmure à l'oreille.

Il ralentit enfin et s'arrête tout près de Kallias en train de brosser la robe d'Ellen.

— Salut, je lui lance en descendant de ma monture.

— Salut. Il commençait à s'impatienter sans toi !

— Il m'a tellement manqué, ce grand monstre, je révèle en caressant son poil soyeux.

— Ils ont fait la route avec le Commandant Rickel depuis Tortagen ce matin.

Kallias semble préoccupé. Est-ce à cause de l'arrivée de Wyatt au palais ?

— Les entraînements pour vos pouvoirs commenceront dès demain, mais rien ne nous empêche d'essayer dès maintenant si tu en as envie.

— Ici ?

Il y a tant de Guerriers autour de nous et je ne veux pas prendre le risque de les blesser en faisant surgir une rafale de vent incontrôlable.

— On peut descendre près de l'étang. Polla et Pyme sont en train de s'y reposer. Ce sera l'occasion de faire les présentations.

C'est la première fois que nos pégases et nos cerfs vont se rencontrer et cette idée m'excite follement.

En arrivant près de l'étang, je les aperçois dévorer des baies dans les buissons au bord de l'eau. Elles ont l'air fatiguées et amaigries.

— Que leur a fait Nister après notre capture ?

— Elles ont été enfermées dans un cachot voisin au nôtre. Elles ne portent pas de traces de blessure, mais elles ont manqué de lumière et de nourriture.

— Tu crois que les pégases enfermées depuis vingt-et-un ans seront en capacité d'affronter la guerre à venir ?

— Celle de ton père s'est déjà refait une belle santé et elle a pu voler jusqu'à Horswing. Ce sont des créatures incroyablement puissantes. Elles vont guérir grâce à leur Cavalier.

Je l'espère du fond du cœur. Les survivants des Ailes ont déjà assez souffert. Je veux qu'ils puissent être en capacité de se défendre pour ceux qui choisiront de combattre.

Les deux cerfs s'approchent lentement des pégases. Ils ne semblent pas inquiets et finissent même par se renifler. Un lien très fort nous relie à nos animaux et ce lien doit sûrement s'étendre entre eux aussi.

— Es-tu prête à commencer ?

— Oui, allons-y.

Nous sommes assis l'un en face de l'autre au bord de l'étang, entourés par nos quatre animaux. Comme dans les plaines de Tortagen, quand Kallias m'entraînait à canaliser.

— Ton pouvoir s'est manifesté à chaque fois lorsque tu étais en colère ! Ton corps a emmagasiné ta rage et le vent s'est aussitôt levé. Tu as généré une immense masse d'énergie autour de toi.

— Et si je ne suis pas encline à la colère, comment vais-je réussir à générer cette force ?

— Il y a de grandes chances pour qu'en pleine guerre, tu aies envie de détruire toux ceux qui tueront tes amis. Mais tu as raison. Tu dois apprendre à la générer avec d'autres émotions. Mais pour cela, il faut déjà que tu ressentes cette puissance à l'intérieur de toi.

Je ne sais pas comment m'y prendre. J'ai déjà eu du mal à me projeter dans Archy pendant les premiers entraînements. En réalité, je m'étais transposée dans Pyme sans le vouloir. Quelle folie aussi de posséder deux créatures ! Mais grâce à l'aide de Kallias, je les maîtrise à présent parfaitement l'une comme l'autre. Avec mon pouvoir, ça devrait être pareil !

— Quels sont tes sentiments pour Mathew ? me lance-t-il tout d'un coup.

— Quoi ?

Je ne m'attendais pas à cette question ! Veut-il vraiment que l'on parle de ça maintenant ? Ce n'est pas le bon moment ni le bon endroit, même si nous sommes seuls au bord de l'étang.

— As-tu couché avec lui ? insiste-t-il sur un ton qui commence à m'angoisser.

Ses yeux ténébreux sont plongés dans les miens et me défient. Moi qui tenais à lui en parler pour ne pas qu'il y ait de malentendu, je me sens tout à coup honteuse comme si j'avais commis un crime !

— Nous sommes amis de longue date et... oui nous avons eu une histoire ensemble, mais ça n'a pas compté, Kallias !

Ses poings sur ses genoux croisés se ferment et je ressens sa colère jusque dans ma chair.

— Il y avait plus que de l'amitié lorsque je vous ai vu vous embrasser tout à l'heure !

Est-il sérieux ? Après tout ce que nous venons de traverser, il me croit capable de lui mentir.

— Je n'ai aucun sentiment pour Wyatt. J'ai été surprise de sa présence ici et cela m'a fait plaisir de le revoir, voilà tout !

Il se lève et part en me tournant le dos. Sa réaction me choque. Je me précipite à ses trousses pour le rattraper.

— Kallias, qu'y a-t-il ?

— Je ne compte pas te partager, Vinira, à l'évidence toi et cet abruti avez une relation non terminée, je préfère me retirer du jeu. Je n'ai pas l'intention de vous voir vous rapprocher sous mes yeux.

Je rêve ou il se fout de moi ? Quelle relation non terminée ? Se retirer du jeu ? Il est vraiment en train de me quitter là, maintenant? Pour une simple accolade ?

— Kallias, attends ! Je ne sais pas ce qui s'est passé entre vous deux, mais tu délires complètement. Tout ce que nous avons vécu toi et moi ne compte pas à tes yeux ? Je t'ai dit que je t'aimais parce que je le pensais ! Tu crois vraiment que je serais capable d'aller m'envoyer en l'air avec lui alors que c'est toi que j'aime ?

Je suis hors de moi. Depuis qu'il a croisé Wyatt dans le hall du palais tout à l'heure, Kallias a vrillé. Je suis tellement déçue qu'il ait si peu confiance en moi alors que je tolère sa proximité avec Ismène malgré leur aventure.

Il tourne alors la tête vers moi, un sourire sadique sur les lèvres.

— Ça te fait rire, espèce de con ? je lui lance furieuse.

— Tourne-toi, murmure-t-il d'une voix douce et calme à l'opposé avec ses derniers mots.

J'obéis et mes yeux s'écarquillent face à cette imposante fumée de poussière derrière moi. Une minuscule tornade tournoie sur elle-même. Je comprends immédiatement ce qu'il vient de faire. Kallias m'a provoquée volontairement pour me forcer à générer mon pouvoir. Je me tourne vers lui, prête à lui coller mon poing sur le visage pour ce qu'il vient de me faire endurer, mais je n'en ai pas le temps. Ses lèvres s'écrasent sur les miennes et ses mains se plaquent dans mon dos m'attirant avec fougue jusqu'à lui. Un baiser qui m'ôte la douleur dans la poitrine.

— Tu es un vrai con, Kallias Felirson, je lui lance en lui rendant son baiser.

— C'est ce connard de Mathew qui te l'a dit ? marmonne-t-il en rigolant.

— Tu m'as fait peur !

— Regarde ce que tu viens de créer en moins d'une minute. Tu avais besoin d'être stimulée, et moi j'avais besoin de savoir si ce connard avait déjà posé les mains sur toi.

Bien vu.

— J'avais l'intention de t'en parler, Kallias ! Entre lui et moi, ça n'était... rien de sérieux !

— J'ai confiance en toi, gémit-il contre mes lèvres. Mais s'il repose encore sa bouche sur toi, je lui brise la nuque. Est-ce que tu sens cette force qui vibre à l'intérieur de toi ?

Ce que je ressens en cet instant, c'est une vague déferlante de désir en le sentant pressé contre moi. Sa peau, ses yeux, tout chez lui me rend folle. Je n'ai jamais ressenti cela pour personne, pas même pour Wyatt. Je me concentre en fermant les yeux sur cette puissance dans ma poitrine qui tournoie. Kallias pose ses lèvres sur mes paupières closes augmentant mon envie de fusionner avec lui.

— C'est très bien, continue !

Je ressens le vent, je l'entends. Je le visualise même à travers mes yeux fermés contre la poitrine chaude de mon amant. J'essaie de transformer cette mini-tornade en une masse. Une grosse masse qui s'élève au-dessus de nous dans le ciel. Kallias caresse, avec la paume de sa main, ma nuque et fait le tour de mon cou jusqu'à mes clavicules. Ses caresses hérissent ma peau. Sa main continue sa route sur mon thorax et se glisse entre mes deux seins. La colère a disparu de mon corps, mais la passion s'en est emparée. Le désir pour Kallias fourmille entre mes cuisses, dans le creux de mon ventre et jusqu'à la pointe de mes seins. Ses lèvres se posent dans mon cou, derrière le creux de mon oreille. Il suce ma peau faisant trembloter mes jambes. Mais ses mains vigoureuses me tiennent toujours fermement contre lui. J'essaie de me concentrer sur cet immense nuage que je mentalise dans mon esprit. Je ne sais même pas si c'est en train de se produire, mais j'essaie de lui donner une forme de nuage, malgré la présence enivrante de Kallias dont les mains courent toujours sur ma peau nue.

— Je suis fou de toi, me glisse-t-il à l'oreille, tandis que sa main a trouvé un chemin jusqu'à la peau nue de mon mamelon qu'il pince désormais entre ses doigts.

Mon corps lutte entre mon envie de lui arracher sa tenue en cuir et avec l'immense nuage que j'essaie de créer dans mon esprit.

Je sens mes forces qui s'amenuisent au fur et à mesure que je me concentre.

— Si nous étions dans ta chambre, j'aurais arraché ce corset et ce pantalon moulant, et j'aurais déjà glissé mes doigts à l'intérieur de toi, puis ma langue...

Au son de ces mots, un feu s'embrase entre mes cuisses. Kallias me met à rude épreuve. Il me pousse dans mes retranchements. Mais à l'étrange relief que je sens contre mon bas-ventre, je ne suis pas la seule à être brûlante de désir. Son érection s'enfonce contre ma peau pendant que sa langue passe contre mes lèvres entrouvertes. Je m'agrippe à sa nuque, inclinant ma tête pour que sa langue puisse se perdre dans ma bouche. Kallias me soulève du sol, ses mains sous mes fesses cambrées contre son sexe prêt à tous les plaisirs. Nos deux bouches fusionnent à la perfection. Cet homme a été conçu pour moi. Même si son corps a donné du plaisir à d'autres femmes. Il n'était destiné qu'à moi. Et à moi seule.

Soudain des gouttes de pluie tombent sur mon front. Puis sur mes cheveux. Nos deux bouches s'écartent et nous levons la tête. Au-dessus de nous, l'énorme nuage façonné par mes soins déverse ses gouttes d'eau sur nos deux corps brûlants.

— Regarde ce que tu as créé, crie-t-il avec fierté.

Je n'en reviens pas ! J'ai réussi !

— J'ai le meilleur professeur ! C'est toi qui m'as aidé avec Archy, et maintenant avec mon pouvoir. Sans toi, je n'aurais pas été capable de survivre à tout ça.

— Et j'espère que tu auras encore besoin de moi, même lorsque tu gouverneras le monde.

— J'aurai toujours besoin de toi, Kallias Felirson, peu importe où je me trouve !

Je dépose mes lèvres contre les siennes tandis que la pluie s'abat toujours sur nous à grosses gouttes. Mes cheveux sont plaqués le long de mon visage et de l'eau s'écoule entre nos lèvres jointes. Mais ça nous est égal car rien ni personne ne peut arrêter cet instant.

***

Lorsque nous regagnons le palais, nous sommes trempés de la tête aux pieds. Ceux que nous croisons nous dévisagent car dehors, le soleil brille de mille feux. Le nuage que j'ai généré est resté au-dessus de nous et personne ne s'en est aperçu. Tant mieux, car ce que nous faisions dessous aurait déclenché une bien plus grosse tornade si Basil l'avait appris. Kallias m'abandonne près de l'aile où se trouve sa chambre. Nous avons été installés à l'opposé dans le palais. Lorsque j'arrive près de la porte de ma chambre, je tombe sur un visage familier.

— Oh, Vinira, bonjour !

— Salut Réna, comment vas-tu ?

— Bien, et toi ? Que t'est-il arrivé ? me demande-t-elle les yeux rivés sur l'eau qui dégouline encore de mes vêtements.

— J'ai fait une petite baignade dans l'étang, je plaisante en ouvrant la porte de ma chambre, tu veux entrer un moment ?

— Oui avec plaisir !

Une fois dans la chambre, je me débarrasse aussitôt de mes vêtements humides. Les affaires que j'ai laissées à Deerwood avant ma fuite ont fait le voyage en même temps que nos cerfs et sont déjà rangées dans les étagères de mon placard. J'attrape une robe verte pour me changer.

Réna est debout, immobile près de la porte et semble soucieuse.

— Tout va bien ? je lui demande en la reluquant dans le miroir de ma coiffeuse.

— Je vais t'aider, se précipite-t-elle en saisissant ma brosse à cheveux.

Elle s'applique à démêler mes boucles dorées, pendant que j'ajuste le tissu de ma robe sur ma poitrine.

— Au fait, toutes mes félicitations !

— Tu... tu es au courant ?

— Basil me l'a confié ce matin. Je suis très contente pour vous.

Elle repose délicatement la brosse sur la coiffeuse tout en inspectant mon visage.

— Tu n'es pas en colère contre moi ?

— Pas le moins du monde. Basil et moi n'étions pas faits pour être ensemble.

— Pourtant, il n'est plus le même depuis que tu as disparu. Il est froid, distant, même avec moi ! Je pense qu'il t'aime encore !

Je me lève et place mes mains autour des siennes pour la rassurer.

— Il n'y avait pas d'amour entre Basil et moi, Réna. Je pense qu'il est juste préoccupé par la guerre qui approche. Laisse-lui du temps ! Vous finirez par apprendre à vous connaître. Et puis c'est toi qu'il a choisi, c'est qu'il doit beaucoup tenir à toi.

— Merci Vinira ! marmonne-t-elle la larme à l'œil. Je pensais qu'avec ton retour, il tomberait à nouveau dans tes bras et... j'ai fini par m'attacher à lui malgré tout.

— Je comprends ! Mais tu n'as aucun souci à te faire par rapport à moi ! Je n'éprouve rien pour Basil et puis... c'est mon cousin !

— Alors c'est vrai ? J'ai entendu cette rumeur, mais je n'en étais pas certaine.

Sans nul doute. Je suis née sur une île flottante au-dessus de la mer et non à Deerwood.

Après m'avoir remerciée une dizaine de fois et brossé tous mes cheveux, elle se dirige pour quitter ma chambre.

— Réna ! je l'interpelle. Et Alden dans tout ça ?

Ses yeux s'écarquillent de surprise. Elle ne se doutait pas que je puisse être au courant mais je le suis.

— Alden est un homme génial, mais il n'est pas Basil ! avoue-t-elle avant de quitter ma chambre.

Cette phrase reste suspendue un moment dans l'air. A-t-elle renié ses sentiments pour mon meilleur ami car elle n'a pas eu le choix, ou bien est-elle si obnubilée par le pouvoir qu'Alden ne compte déjà plus ? En tout cas, mon ami a le cœur brisé et il n'a pas d'autre choix que d'essayer de l'oublier.

En quittant ma chambre une heure plus tard, je n'ai qu'une hâte, c'est de retrouver mon père pour lui faire part de mon exploit de l'après-midi. Avoir réussi à créer ce nuage au-dessus de Kallias et moi me redonne de l'espoir. Les jours passent à une vitesse folle et il me reste à peine trois semaines pour m'entraîner.

Grâce à ma colère, puis ensuite à mon incroyable self-control alors que Kallias baladait ses mains sur mon corps, j'ai réussi à canaliser assez d'énergie pour créer le vent et la pluie. Mais l'expérience de mon père m'aiderait, dans les jours à venir, à me surpasser davantage.

En arrivant près du couloir qui mène à sa chambre, un son de voix qui s'échauffent me parvient aux oreilles. J'entrevois la robe blanche de mon père face à la chevelure noire de la reine du Désert.

— Tu es fou, mon ami, as-tu perdu l'esprit dans ce cachot immonde ?

— Tu ne sais pas que ce j'ai vécu sous la torture d'Hecmar. Tu ne sais rien, Myrna !

Une intuition me pousse à me cacher derrière le mur pour ne pas me faire repérer.

— Arran, c'est maintenant qu'il faut agir, nous devons en finir et le tuer ! Tout de suite !

— Il n'en est pas question !

Mon cœur s'emballe et ma respiration s'accélère. Le tuer ? De qui parlent-ils ?

— Tu te laisses aveugler par tes sentiments, comme toujours ! Tu as déjà perdu ta femme, tu tiens vraiment aussi à perdre ta fille ?

— C'est pour elle et uniquement pour elle que je me bats, Myrna !

— Tu fais le mauvais choix, Arran, et nous allons tous en payer le prix !

Des bruits de pas, probablement ceux des gardes du palais, surgissent à l'autre bout du couloir, les interrompant aussitôt. Ils mettent un terme à leur conversation et se séparent, laissant planer un silence terrifiant dans le couloir.

Je ne suis plus debout, mais assise au sol, la tête collée contre le mur. Je n'ai rien compris à ce que j'ai entendu. Absolument rien. Mais une chose est sûre, c'est que mon père et la reine ont des choses à cacher.

7

Le lendemain, après un petit-déjeuner express, je pars avec Mélione en direction de l'étang. Les pégases enlevées par Hecmar ont été libérées la veille de leur cachot sur l'une des îles du Nord. Puis, elles ont été conduites par mon père et Maddor derrière la clairière où je me suis entraînée avec Kallias.

Je fais le trajet à côté de mon amie, sur le dos de Pyme pour le grand bonheur de Mél qui voit une pégase pour la première fois de sa vie.

— Elle est magnifique, m'avoue-t-elle admirative. As-tu autant galéré qu'avec Archy pour la monter ?

— Non. En réalité, lors de mes premières transpositions, mon esprit allait directement dans le sien plutôt que dans Archy, c'est pour ça que j'ai eu du mal à canaliser avec lui. Pyme est ma pégase depuis ma naissance.

— C'est dingue que tu sois liée à deux créatures !

— Les pégases nous sont destinées. Seul un véritable Aile peut monter une pégase. Le lien avec le cerf est différent. Il s'acquiert par la force et le courage lors de l'épreuve de la plaine.

— Je n'en reviens toujours pas que nous ayons détesté ton royaume depuis si longtemps, alors qu'en réalité, c'est Hecmar qu'il aurait fallu tuer.

— L'important est que la vérité soit rétablie et que mon père soit innocenté. Nous ne pouvons malheureusement pas réécrire l'histoire.

Nous arrivons enfin aux abords de la clairière. Devant mes yeux subjugués, apparaît un magnifique attroupement d'ailes blanches.

Des centaines de pégases, libres et vivantes se sustentent tranquillement dans la clairière.

— Dieux ! Je n'ai jamais rien vu d'aussi beau, jure Mélione.

— Plus beau que le corps de Tieran ?

— Tieran concourt dans une autre catégorie d'étalon !

— Ça a l'air d'aller plutôt bien entre vous ?

— Il me plaît beaucoup. Il est gentil et sexy ! Notre relation n'a pas de nom. Je ne suis pas fermée aux autres hommes. Et pour lui, c'est pareil !

— Du moment que tu es heureuse !

Ma meilleure amie est si différente de moi, mais ses penchants ne me dérangent pas. Elle est en accord avec elle-même et c'est tout ce qui compte.

— Et toi avec Felirson ? J'ai loupé aussi plusieurs épisodes. Quand tu m'as retrouvée sur l'île centrale, je m'attendais à tout sauf à te voir avec lui, et nous n'avons pas eu le temps d'en parler. Où est-ce que vous en êtes tous les deux ?

C'est la première fois qu'on me demande de mettre des mots sur ma relation avec Kallias. Nous n'avons jamais évoqué clairement le statut de notre relation. Nous n'en avons pas eu besoin car la puissance de nos sentiments parle pour nous.

— C'est juste... dingue. Kallias est si différent lorsqu'il est avec moi. Rien à voir avec le Guerrier froid du début d'année. Il... il me rend dingue.

— Ça se voit ! Tu as l'air différente ! Épanouie. Et puis, il est fou de toi, ça crève les yeux ! Et pourtant, ce n'est pas l'homme le plus démonstratif. Mais il tient à toi.

— Kallias ne veut pas que Basil l'apprenne. Même s'il a choisi Réna, il m'a avoué hier, toujours éprouver des sentiments pour moi. Et nous ne voulons pas risquer d'entraver la paix. J'étais censée l'épouser et s'il apprend que Kallias et moi...

— Tu as parfaitement raison. Votre histoire vous appartient. Mais maintenant que tu n'es plus une simple Guerrière de Tortagen, tous les regards des hommes vont se porter sur toi ! Tu risques d'attirer tous les jeunes et beaux célibataires du monde entier !

— C'est vraiment le dernier de mes soucis en ce moment !

— Je me doute, mais je disais ça pour que tu en fasses profiter ta meilleure amie !

Incorrigible. Mélione n'a rien perdu de son authenticité. Et c'est ce j'aime chez elle.

— C'est toi qui aurais dû être princesse, Mél, je lâche en plaisantant.

— Mon dieu, tu imagines ! Je n'aurais pas une seule seconde de libre pour gouverner, je passerais mon temps au plumard !

Au loin, près de l'arène de combat, j'aperçois mon père suivi de Maddor, Myrna et Basil.

— Je dois y aller !

— Tu vas y arriver, tu es la meilleure, m'encourage-t-elle avant de poser ses lèvres sur ma joue.

Quand je rejoins l'arène, une dizaine d'hommes de la garde de Basil sont présents. Et dire que j'aurais pu être à leur place. Avoir l'honneur de protéger et défendre le roi. Mais Basil n'a jamais été mon roi. Quand j'ai foulé les portes de Tortagen en début d'année, j'étais loin d'imaginer que je découvrirai un peuple encore vivant à Horswing et que je deviendrai leur princesse.

En haut dans les gradins, Réna est présente, vêtue d'une belle robe comme les grandes dames de Deerwood. Elle est venue assister au premier entraînement de son futur époux ou probablement le surveiller. Je ne sais pas si Basil lui donnera un jour l'affection qu'elle attend. L'aimera-t-il un jour ?

Maddor m'aperçoit et s'avance vers moi d'un pas assuré. Je n'en reviens pas que cet homme soit mon oncle. J'ai passé toute une année à la citadelle bien plus entourée que je ne l'imaginais. Depuis qu'il est arrivé à Deerwood, son visage s'est adouci. Retrouver son frère lui a redonné un nouveau souffle, de nouveaux espoirs. Je dois ma vie à cet homme, autant qu'à mon père.

— Je suis passée voir les pégases, je lui stipule, elles sont tellement plus nombreuses que je ne le pensais.

— Oui, il y en a plus d'un millier. Certaines viennent des montagnes. Elles sont venues au secours d'Horswing lors de la guerre des Ailes alors qu'elles ne possédaient pas encore de Cavaliers. Ce qui explique le fait qu'il y ait plus de pégases que de survivants à Horswing.

— Vous y êtes allé ?

— Oui. Lorsque Tieran, Démir et Teivel sont venus me prévenir qu'Horswing était encore debout. J'ai aussitôt prévenu Myrna qu'il était temps de repartir à la conquête du monde. Basil avait invité la reine pour négocier en vue de la guerre à venir. C'était le bon pour moment pour pénétrer à Deerwood sans être arrêté. J'ai ensuite volé jusqu'à notre royaume pour voir de mes propres yeux les survivants des Ailes. Quand je suis arrivé, j'y ai trouvé un peuple toujours debout, mais surtout mon frère... en vie. Ismène m'a raconté votre escapade jusqu'aux îles du Nord pour tenter de retrouver les pégases survivantes. Jamais je n'aurais imaginé un seul instant, retrouver mon frère vivant...

Ses yeux se remplissent de larmes et de remords. Je sais ce qu'il ressent. J'ai éprouvé autant de souffrances lorsqu'Arran m'a raconté l'enfer qu'il a vécu, enfermé dans ce cachot pendant vingt-et-un ans.

— ... sinon j'aurais tout tenté pour le secourir. Je comprends mieux le pacte qu'Hecmar m'a fait passer. Ne pas réclamer le trône en échange de ma vie. Il savait que si je découvrais qu'il y avait des survivants, j'aurais mené ma propre bataille pour les venger et découvert que mon frère vivait toujours.

Ma main hésitante se pose sur le bras du vieux Sage.

— Vous n'avez rien à vous reprocher, Sage. Vous avez sauvé sept enfants à Horswing. Vous avez sauvé le pouvoir des Ailes. Vous n'auriez pas pu remporter cette guerre tout seul.

Il sèche du revers de sa main une larme qui coule de son œil bleu.

— Quand nous avons compris que vous aviez certainement été arrêtés, ton père est devenu fou. Il reprenait des forces petit à petit, et nous avons dû le tenir fermement à l'infirmerie pour l'empêcher de partir sur-le-champ à votre recherche. Il était trop faible et Myrna partait à peine du Désert avec son armée. Je suis désolé de ne pas avoir tenté de vous sauver aussitôt, mais nous avions besoin de renfort. Kallias m'a dit ce que vous a fait endurer Nister.

Les images de ces deux jours de torture me reviennent de plein fouet. Mais je n'en veux pas à Maddor ni à aucun des autres Ailes. Ils seraient morts avant d'avoir pu atteindre Deerwood.

— Et aujourd'hui il a la protection de Basil ! Et je dois supporter sa présence dans ce palais sans avoir le droit de le tuer.

— Comme j'ai dû supporter Hecmar pendant vingt ans alors qu'il avait tué mon frère, Clarine et mon peuple.

— Je ne sais pas comment vous avez fait. J'aurais été incapable de survivre seule dans ce monde.

— Tu es une Horswing, tu es capable de bien plus de choses que tu ne l'imagines ! Et tu l'as déjà prouvé à plusieurs reprises.

Il tend sa main vers moi.

— Viens, il est l'heure de commencer à leur montrer l'étendue de ton pouvoir, ma nièce !

***

— La première fois que mon pouvoir s'est manifesté, je dormais tranquillement dans mon lit. L'eau s'est engouffrée dans ma chambre, et j'ai bien failli me noyer, déclare Myrna pour tenter de nous effrayer. J'espère que vous vous en sortirez vivants, vous aussi !

— Vous êtes capable de noyer un individu en claquant des doigts ? lui demande Basil l'air inquiet.

Myrna s'avance vers lui, avec un sourire charmeur. Cette femme possède un sex-appeal époustouflant et Basil a déjà les yeux rivés sur sa poitrine presque nue en se mordillant les lèvres. Pauvre Réna! Il ne changera donc jamais.

— Tu penses que je serais capable de te noyer dans ton sommeil, mon mignon ? demande-t-elle à Basil qui ne recule pas face à sa provocation.

Arran, c'est maintenant qu'il faut agir, nous devons en finir et le tuer ! Tout de suite !

Sa discussion de la veille avec mon père trotte encore dans ma tête. Et si c'est Basil qu'elle veut éliminer ? Pour l'empêcher de marcher dans les traces de son père !

— Tu n'as rien à craindre, avoue-t-elle, j'ai besoin d'une grande quantité d'eau à proximité pour générer assez d'énergie pour noyer un ennemi.

Un ennemi ? C'est comme cela qu'elle le voit ?

Basil déglutit. Et moi aussi. Se mettre à dos la reine du Désert serait une très mauvaise idée.

— Veux-tu commencer, princesse ? me demande-t-elle.

Ce mot dans sa bouche sonne comme une provocation. J'acquiesce et m'approche d'elle au centre de tous les autres. Mon père me fixe avec un sourire d'encouragement.

— Ferme les yeux, m'ordonne-t-il alors.

Je m'exécute. Lui seul sait comment maîtriser le pouvoir des Ailes et je lui fais confiance. Tandis que je me concentre sur ma respiration, je ressens les battements de mon cœur qui ralentissent dans ma poitrine, et le vent qui se lève au contact de ma peau et qui soulève les mèches de mes cheveux. J'entends même le bruit des pégases quelques centaines de mètres plus loin.

— Tu dois ressentir la nature autour de toi, laisse ton corps s'en imprégner, laisse le vent s'infiltrer dans tes narines, pénétrer à l'intérieur de tes vaisseaux…

J'inspire profondément en me concentrant sur les odeurs. La terre, les arbres, les fleurs. Je perçois même celle de chaque personne autour de moi. Le parfum de Maddor, celui de mon père, de la reine, ceux des gardes. Une note boisée et citronnée s'infiltre même dans mes narines. L'odeur de Kallias. Il doit être là, tout proche. Le vent s'enroule autour de mon corps. Je le sens vibrer et prospérer à l'intérieur de moi.

— C'est très bien, Vinira, continue !

Oui. Je m'accroche à ce courant froid qui fourmille dans mes doigts. Je suis le vent. Je suis le temps. J'ouvre alors les yeux, prête à me servir de ce que je ressens à l'intérieur de mon corps brûlant. Je lève la tête vers le ciel, mais à mon grand étonnement, il n'y a rien. Pas un nuage, pas une trace de tempête au-dessus de ma tête, comme la veille avec Kallias. Mais oui, suis-je bête ! Je dois me servir de mes émotions. La joie, la colère ou bien une autre, car ce sont elles qui me contrôlent. Je serre mes poings, puisant au fond de mes tripes la puissance et la force dont j'ai besoin pour générer mon pouvoir.

Soudain, une bourrasque puissante traverse l'arène, et fait tomber Basil à la renverse avant de s'enrouler autour de moi, emportant le sable dans son sillage en créant une mini-tornade.

— Impressionnant, lâche Myrna.

Deux gardes se précipitent pour relever Basil, encore plaqué au sol par la puissance de ce que je viens de déclencher.

Je lève les bras au ciel, et le vent s'envole au-dessus de nous. Je le fais tourner de plus en plus vite, créant un cyclone spectaculaire. Les armes des gardes, les feuilles, la terre, se retrouvent aspirées, provoquant l'angoisse des hommes en armure. Le cyclone attire ce que je désire car c'est moi qui le contrôle. Je n'en reviens pas. C'est époustouflant. Mais d'un coup, mes forces s'amenuisent. La nausée monte dans ma gorge, derrière mes amygdales. Je transforme alors cette tornade en un beau nuage gris qui pleut aussitôt sur les gradins de l'arène. Réna, trempée des pieds à la tête, prend ses jambes à son cou. Puis, je m'écroule sur le sol.

— Est-ce que ça va ? me demande mon père en me relevant.

— Oui, je... j'ai peut-être été un peu trop loin.

— Vinira, c'était impressionnant, crie Maddor de joie.

— Je... Merci. J'ai besoin de marcher un peu.

— Viens, je t'accompagne, continuez sans nous, lance Maddor aux autres tandis qu'il me soutient vers l'extérieur de l'arène.

Mon corps fourmille des pieds à la tête, mais j'ai réussi. J'ai créé cette rafale en un rien de temps, et la fierté que j'ai lu sur le visage de mon père vaut tout l'or du monde. Il va me falloir maintenant beaucoup d'entraînement pour pouvoir générer davantage de puissance sur une plus longue durée. Le roi des Ombres ne se vaincra pas avec un petit nuage de quelques minutes.

— Je suis si fière de toi, Vinira, ce que tu viens de créer pour une première fois est spectaculaire.

— En réalité, j'ai réussi à produire un nuage hier... grâce à Kallias. C'était donc ma deuxième fois. Enfin si l'on ne compte pas ce qui s'est passé à Tortagen.

— Ton père a eu du mal aussi lors de ses premiers essais, mais il lui a fallu plus de temps avant de créer la moindre goutte de pluie. Il était plus âgé que toi lorsque notre père est mort et qu'il a hérité à son tour de son pouvoir.

— Comment était-il ? Votre père ?

— C'était un homme sévère, mais juste ! Son rêve était que ses deux fils deviennent des Cavaliers redoutables. Il disait toujours que la lignée des Horswing comptait des Cavaliers depuis des générations. Quand j'ai rejoint le clan des Sages, il m'a demandé de rentrer à la maison, mais j'ai refusé. Arran était l'héritier de la couronne et avait intégré le clan des Combattants, ton clan. C'est comme ça qu'il se nommait avant la guerre. Les Guerriers de Deerwood et les Cavaliers du Désert et des Ailes intégraient le même clan malgré leur différente monture. Tortagen était autrefois un territoire neutre où chaque personne de ce monde digne d'y être reçue venait se former. Arran était donc à sa place et moi j'avais trouvé la mienne chez les Sages. Mon père m'en a longtemps voulu, mais Arran a vite comblé ses attentes en tant que prince héritier et je suis devenu un Sage.

— Le meilleur, je dis.

Maddor esquisse un léger sourire.

— Si tu veux en découvrir plus sur tes ancêtres, mes sphères de souvenirs te seront grandes ouvertes, Vinira. J'en ai caché un bon nombre dans les sous-sols d'Horswing. Tout n'a pas été détruit lors de la Guerre des Ailes.

— Je vous remercie... mon oncle !

— Tiens, voilà un visage familier, lance-t-il en regardant derrière moi.

Dans une tenue en cuir moulante à souhait, Kallias s'avance d'un pas décidé vers nous. J'étais sûre d'avoir senti son odeur pendant que je me concentrais dans l'arène.

— Puis-je te la confier, Felirson ? Elle a besoin de se dégourdir un peu les jambes après le travail fantastique qu'elle vient d'accomplir. Je te retrouve dans quelques heures, Vinira, pour les premières immersions dans les souvenirs de Deerwood.

— Merci beaucoup, à tout à l'heure.

Je m'agrippe au bras de Kallias tandis que Maddor rebrousse chemin pour retrouver Basil qui doit, à son tour, s'exercer avec son pouvoir.

— Tu vas bien ? me demande-t-il.

Ses yeux noirs brillent au milieu de son beau visage pâle. Cet homme est d'un charme électrisant et je me retiens pour ne pas me plonger sur ses lèvres qui me rendent folle.

— J'ai réussi !

— J'ai vu ça, tu as été époustouflante !

— Où étais-tu ?

— Caché en haut d'un gradin. À quelques centaines de mètres de toi.

— J'ai senti ta présence et ton odeur. C'est comme si tu étais juste à côté de moi.

— Impressionnant. Tes sens s'améliorent de mieux en mieux. À quelle émotion t'es-tu accrochée cette fois-ci ?

— À toi !

Son visage s'illumine.

— J'ai pensé au bonheur que je ressens lorsque tu me prends dans tes bras, lorsque tes lèvres me touchent. Et la tornade est aussitôt arrivée.

Je lis sur son visage un désir imminent de m'embrasser, mais nous sommes en plein milieu du chemin qui mène au palais, visibles par tous les gens de la cour. Il se contente simplement de resserrer ses doigts contre mon dos. C'est terriblement dur d'être si proches sans pouvoir se toucher librement.

Nous traversons un immense pont qui relie la forêt et l'arène au palais de Deerwood, à un rythme lent, mais cela me permet de passer du temps accroché au bras de Kallias sans que ça ne paraisse suspect.

Soudain, un léger tremblement de terre vibre sous nos pieds.

— Ah ! On dirait que Basil commence à se perfectionner lui aussi ! confie Kallias.

De toute évidence. Il allait lui aussi, après mon exploit dans l'arène, se donner les moyens de prouver de quoi il est capable. Il le faut. Nous avons besoin de lui pour gagner la guerre et pour réparer le pont.

— Kallias, que se passerait-il si quelqu'un tuait Basil maintenant ?

Il s'arrête net dans son élan, regarde autour de lui pour être sûr que personne ne nous écoute et plonge ses prunelles dans les miennes.

— À quoi penses-tu ?

J'ai confiance en Kallias, bien plus qu'en n'importe qui en ce monde. Ce que j'ai entendu la veille me préoccupe et j'ai besoin de son avis avant de demander à mon père une explication. Je lui détaille alors la conversation que j'ai surprise entre mon père et Myrna. Kallias se frotte le front. Je connais ses mimiques de mieux en mieux, et lorsqu'il fait cela, c'est qu'il réfléchit. Et cela le rend terriblement irrésistible. Encore plus que d'habitude.

— Tu crois que la reine pourrait vouloir tuer Basil ? ou Nister ? je lui demande.

— Possible ! Cela lui permettrait de récupérer son pouvoir. Elle pense peut-être pouvoir s'en servir mieux que lui. Elle ne doit pas lui faire confiance. Mais elle aurait deux pouvoirs et elle serait bien plus puissante que toi, et ça ton père ne le permettrait pas !

Je n'avais pas pensé à ça. Pendant longtemps, j'ai abandonné l'idée qu'une personne puisse récupérer un pouvoir en tuant son détenteur. Mais après tout, pourquoi pas ?

— Tu crois qu'elle ambitionne de devenir le dieu unique ?

Les yeux de Kallias s'écarquillent. À l'évidence, il ne sait pas de quoi je parle, et je ne suis pas surprise. Je n'avais moi-même jamais entendu parlé de cette légende gravée dans les montagnes d'Horswing.

— Mon père m'a parlé d'une vieille légende qui aurait conduit Hecmar à perdre la tête. *Les hommes s'entretueront, obsédés par la quête des quatre pouvoirs. Mais un seul homme, le plus brave de tous, capable de renoncer en tout ce qu'il aime et ce qu'il possède. Lui seul sera en capacité de détenir les quatre pouvoirs de ce monde afin de devenir un dieu parmi les hommes. Ce dieu sera alors le plus puissant que l'histoire ait jamais connu...*

Je me rappelle mot pour mot ces phrases marmonnées de la bouche de mon père quelques jours plus tôt dans ma chambre. Elles m'ont fascinée comme elles le fascinaient lui aussi. J'ai essayé d'imaginer Hecmar, s'y accrochant dur comme fer, au point d'assassiner sa sœur, de déclencher une des guerres les plus meurtrières, et de séquestrer son plus vieil ami.

— Basil a dû grandir en apprenant cette légende comme on apprend une devise de famille, je reprends. Et s'il convoitait tous les pouvoirs comme Hecmar ? Cela expliquerait pourquoi Myrna se méfie de lui et souhaite en finir.

— Si c'est le cas, tu dois éviter Basil au maximum. Nous devons continuer à nous méfier de lui malgré les alliances. Je ne lui fais pas confiance non plus.

— Moi non plus. Mais nous avons besoin de lui pour gagner cette guerre !

— Pourquoi ne poses-tu pas la question directement à ton père ? Si Basil est une menace pour toi, il devrait t'en tenir informée.

Pourquoi ? Je n'en sais rien. Je viens à peine de le retrouver, de découvrir qui je suis. Ai-je peur d'être déçue si j'apprends qu'il manigance des actes immoraux avec la reine ? Mais Kallias a raison, je vais devoir, tôt ou tard, poser des questions à Arran, car si je dois monter sur son trône après la guerre, nous devons apprendre à nous faire confiance l'un l'autre même si nous ne sommes encore que deux étrangers.

En arrivant à l'étage de ma chambre, le couloir grouille de monde. Moi qui imaginais Kallias me suivre à l'intérieur une petite heure, cela semble compromis.

— On se voit au dîner ce soir ? me dit-il aussi déçu que moi.

— Et si je demandais aux servantes de me livrer le repas dans ma chambre, nous pourrions peut-être dîner, ou bien faire autre chose ! je murmure tout bas en me mordant les lèvres.

Ma proposition a l'air de le tenter plus que l'idée de souper dans la grande salle.

— Je te rejoindrai aussi vite que je le pourrai, gémit-il tout bas en inspectant autour de nous.

— J'ai hâte.

— À tout à l'heure, Majesté, me lance-t-il avant de rebrousser chemin.

J'en profite pour lorgner ses fesses qui me donnent déjà envie d'être à ce soir. Au moment où je m'apprête à rentrer dans ma chambre, j'aperçois Réna au loin, avec ses dames de compagnie qui me fait un rapide bonjour de la main. Je la salue aussitôt avant de rentrer dans ma chambre et de m'écrouler de fatigue dans mes draps.

***

Les sous-sols de Deerwood ne sont pas différents de Tortagen. Quoique les couloirs ont l'air plus larges et moins humides qu'à la citadelle, et que des gardes y sont postés à chaque virage. Si je suis devenue une adepte en matière de sphères de souvenirs grâce à mes escapades avec ma sœur, pour certains, se plonger dans une sphère sera une grande première, et j'entends déjà des Guerriers spéculer sur ce qu'ils vont vivre dans quelques instants.

Nous avons été répartis en petits groupes pour les descentes aux sous-sols. Les chefs de guerre étant nombreux, il était impossible de plonger tous ensemble dans les sphères sans risquer de les endommager.

Maddor finit par apparaître en haut des escaliers, accompagné d'Arran, de Myrna et du vieux Sage chauve qui était présent lors de notre « procès » dans la salle du trône. Basil fait irruption avec deux membres de sa garde par une porte qui a l'air de mener directement dans ses appartements.

Le vieux Sage pose la paume de sa main sur l'une des portes face à nous qui se déverrouille sous une lumière bleutée. À l'intérieur, une énorme sphère bleue et orange qui en émerveille plus d'un.

— Salut, murmure une voix suave à côté de moi.

— Salut Wyatt !

— Comment dois-je t'appeler ?

— Comment ça ?

— J'ai appris, lors du dernier conseil, que non seulement le roi des Ailes et son peuple avaient survécu, mais qu'il avait également une fille qui ne m'était pas totalement inconnue.

Mon identité a donc été révélée à tous les Guerriers lors du conseil.

— Alors, je te le demande, comment dois-je t'appeler ? Votre Majesté ? Ma princesse ?

— Vinira suffira ! Je suis toujours la même, je n'ai pas changé !

Un sourire malicieux s'affiche sur son visage. Maddor et le vieux Sage dont j'ignore le nom, fournissent les explications avant de pénétrer dans la sphère. Mais cela n'a pas l'air de capter l'attention de Wyatt, dont les yeux sont toujours rivés sur moi.

— J'ai un truc sur le nez ?

— Non. Je trouve juste que tu es de plus en plus belle !

— Le trouves-tu vraiment, ou ça t'est venu depuis que tu sais que j'ai une couronne sur la tête ?

— Non, bien sûr que non, ricane-t-il. Tu m'as toujours plu, Fadyenaï. Ton caractère. Ta force. Ton courage. Ta détermination. Ton petit cul...

— Ok, je crois qu'on va s'arrêter là pour les compliments, Mathew !

Heureusement que Kallias n'est pas là, sinon cet imbécile aurait déjà la tête plantée au bout d'une pique.

— Ça ne te gênait pas à l'époque !

— Trois ans se sont écoulés depuis ! Nous avions décidé de rester amis, tu te souviens ?

Ses yeux se tournent à nouveau vers les deux Sages, laissant planer un silence glacial entre nous. Ok, nous avons passé du bon temps tous les deux. Une relation amicale qui a dérapé sur quelques parties de jambes en l'air. Rien de plus. Et ça l'est encore moins aujourd'hui. Ce que j'ai connu avec Wyatt n'a rien de comparable avec ce que je ressens pour Kallias. Rien du tout.

— Pardonne-moi, Fadyenaï, je ne voulais pas t'offenser ! Tu m'as juste manqué !

À moi aussi, il m'a manqué, mais en tant qu'ami. Je ne veux pas qu'il se fasse de fausses idées. Je n'ai aucunement l'intention de recoucher avec lui. Mais, je ne peux pas lui dire que mon cœur bat pour Kallias Felirson, le Second arrogant et glacial de Tortagen qu'il a l'air de détester. Premièrement, il ne me croirait pas, et deuxièmement, Basil ne doit pas l'apprendre. Pas maintenant. Ma vie privée doit le rester coûte que coûte.

— Je te pardonne pour cette fois, la prochaine fois ma dague te traversera le crâne.

— J'ai entendu dire que tu avais brillé cette année à Tortagen !

— À quel niveau ?

— En combat d'abord. Puis, pour dompter le plus grand et le plus terrifiant cerf de la plaine. Tu as impressionné plus d'un Guerrier. Il paraît même qu'un prince t'aurait demandé en mariage. C'est pour cela que tu refuses que je parle de ton petit...

Je pose ma paume sur ses lèvres avant qu'il ne parle encore de mes fesses à haute voix risquant de couvrir la voix de Maddor dont les explications se terminent enfin.

— Je ne suis plus fiancée ! J'ai accepté parce que je pensais ne pas avoir le choix ! Je venais de perdre Zielle, j'étais déboussolée. Et en plus de ça, il s'avère être mon cousin !

— Un mariage dans une même famille ! Ce ne serait pas la première fois et ce ne serait pas la dernière !

— Je n'aspirais pas à être reine !

— Mais tu vas le devenir pourtant !

Oui. Mais une reine libre sur un trône qui me revient de droit.

— Mais pas la sienne !

Il sourit malicieusement.

— Quoi ?

— Je suis content de voir que tu es restée la même !

La petite fille de Croll est devenue une femme, une Guerrière, une princesse mais j'ai gardé au fond de moi les mêmes valeurs qui me portent depuis toujours.

Les premiers chefs de guerre se mettent à plonger dans la sphère et je saute à mon tour, suivie de près par Mathew. La traversée est rapide et nous atterrissons en plein milieu… d'une guerre. Le souvenir appartient à un roi des Bois qui a vécu il y a des centaines d'années. Un de mes ancêtres. Le chaos autour de nous est sans précédent. Du sang, une marée de sang. Des cadavres jonchant le sol par milliers. J'ai un haut-le-cœur en voyant toute cette horreur face à moi. Dieu merci, ce n'est qu'un souvenir. J'ai pourtant l'impression que l'odeur de la chair déchiquetée monte à mes narines. Je crois que Maddor a tenté de nous prévenir avant de plonger, mais Mathew m'a tellement distraite que je n'ai écouté que la moitié du briefing.

— Ça va ? me demande mon père qui s'est glissé près de moi.

— C'est…

Je n'ai pas de mots pour qualifier ce que je ressens face à ce spectacle.

— La guerre est une chose terrible. Nous ne pourrons malheureusement pas éviter celle qui arrive. Nous verrons périr des milliers de nos hommes, de nos amis. Cela te demandera de faire preuve de courage.

J'en ai bien conscience. Et ce souvenir est destiné à m'y préparer.

— Où sommes-nous ?

— Dans une plaine aux abords de Deerwood. Regarde, les trois rois sont là.

Je tourne les yeux vers son index et j'observe, face à moi, les souverains réunis au milieu de leurs armées.

— Où est le roi des Ombres ?

— Il va arriver ! Il envoie d'abord son armée par vagues. Entre chacune d'elles, ses créatures ont besoin de se régénérer, ce qui laisse le temps à nos Guerriers de reprendre aussi des forces. Le roi ne se montre qu'à la fin de la guerre.

— Pourquoi ? Il a le pouvoir de brûler tout autour de lui. S'il survenait dès le début, il aurait plus de chance de remporter la bataille.

— Le roi cherche à étoffer son armée. Plus il tue nos hommes, et plus il a de chances de les transformer ensuite en monstres. S'il les brûle, il perd toutes ses chances de récupérer nos combattants.

— C'est pour cela que nous devons brûler nos morts ! je marmonne.

— Exactement ! Entre chaque vague, nous devons brûler autant de cadavres que possible.

Soudain, un cri assourdissant retentit autour de nous. Nous sommes dans un souvenir, mais tous nos chefs de guerre reculent d'un pas, pris de panique. Même Basil s'est retranché derrière ses deux gardes du corps.

— Le voilà !

Dans le ciel aussi noir que la mort, une multitude de points s'agitent. À l'horizon, des V apparaissent. Des V qui deviennent des créatures ailées, et au milieu d'elles, leur roi sur un monstre aux ailes gigantesques. Mon dieu. L'animal vole au-dessus de la mer avec la même grâce qu'une pégase. Ses ailes noires sont déchirées par endroit, mais ça ne le gêne pas pour avancer vers nous à une vitesse folle. Derrière moi, les rois du passé se dressent, prêts à riposter face à leur ennemi qui arrive droit sur eux.

— Que les dieux nous viennent en aide ! lâche Wyatt les yeux écarquillés de stupeur.

Rien de ce j'ai imaginé dans mes cauchemars les plus sombres n'est à la hauteur de ce que je vois sous mes yeux.

Quand l'animal du roi se pose à quelques centaines de mètres de nous dans la plaine, je ne sais pas ce qui me passe par la tête, mais je décide d'avancer dans sa direction.

— Qu'est-ce qu'elle fait ? lance un des chefs de guerre, surpris que je me dirige dans la gueule du monstre.

Mais, je sais qu'il ne peut pas me voir. Ce n'est qu'un souvenir. Une projection. En quelques minutes, j'ai suffisamment avancé pour être à seulement quelques pas de lui. Mon père m'a suivie dans cet élan de folie, car je sens son odeur tout près de moi au fur et à mesure que j'avance. L'animal est gigantesque. Il doit faire presque deux fois la taille de Pyme. Ses ailes noires battent légèrement, prêtes à décoller sur ordre de son maître. Son museau a moitié déchiqueté laisse apparaître sa dentition et sa langue alors que ses mâchoires sont fermées.

— Voici le roi Thalion… et sa monture Mithor.

Mon père a beau avoir passé vingt années au cachot, il a toujours toute sa tête et connaît par cœur l'histoire de notre monde.

Mithor crache et je jurerais sentir son souffle se projeter sur ma peau. Je lève mes yeux un peu plus haut pour découvrir Thalion, jadis roi du Feu et désormais le roi des Ombres. J'ai vu des dessins le représentant dans de vieux grimoires, mais ils ne lui rendent pas hommage. Ses cheveux noirs corbeau tombent sur ses épaules revêtues d'une tenue de cuir sombre et argentée. La peau de ses mains et de son cou est recouverte de marbrures noires impressionnantes qui remontent sur son visage. Ses yeux sans pupilles sont aussi sombres que la mort.

— Que fait-il ? je demande.

— Il les observe. Il joue avec eux. Son immortalité lui permet d'être sadique. L'attente augmente la peur dans le cœur des Guerriers. Viens, il faut qu'on recule un peu !

J'hésite un instant à lui demander pourquoi, mais au même moment, Mithor agite ses ailes, créant une bourrasque de vent autour d'elle. Sa bouche s'ouvre et une lumière orange apparaît dans le fond de sa gorge. Non, c'est impossible ! Un feu monstrueux s'échappe de sa gueule ouverte et fonce en direction des rois. C'est tellement spectaculaire que je trébuche en arrière. La flamme se répand à la limite de mes pieds. Elle ne peut pas m'atteindre. Je suis dans un souvenir, mais cela paraît tellement vrai. Mon père m'aide à me relever, et je tourne la tête vers les souverains qui ont les bras tendus dans les airs. Le roi des Ailes fait tournoyer le vent au-dessus de lui, cherchant à repousser les flammes. Le roi des Bois provoque des crevasses meurtrières, faisant chuter des centaines de Cavaliers des Ombres dans les profondeurs. Puis, l'eau jaillit de la mer, cherchant à éteindre les flammes provoquées par la bête de Thalion. Alors que celui-ci n'a pas encore levé le petit doigt, toujours son sourire sadique sur le coin des lèvres. Que leur réserve-t-il ?

— Rejoignons les autres, me lance mon père en me tirant par le bras.

Ils sont en retrait sur une petite butte, et assistent à la bataille comme s'ils assistaient à un cours de simulation de guerre. Quand nous les rejoignons, je me place près de Myrna et de Basil qui me jettent à un peine un regard. Ils sont trop occupés à observer nos ancêtres se servir de leur pouvoir tous ensemble.

— Regardez ce qui nous attend, lance-t-elle avant de se tourner vers nous. Vous vous sentez à la hauteur, mes mignons ?

Basil déglutit tandis que j'observe alors le feu jaillir du corps du roi Thalion. Les marbrures sur sa peau sont comme les cratères d'un volcan en éruption prêts à exploser. Il est un volcan. Invincible. Immortel. Mais condamné à sortir de sa montagne uniquement lors des lunes rouges.

C'est alors que le soleil surgit à l'horizon, offrant ses premiers rayons de lumière dans cette pénombre de terreur. Les monstres de l'armée se mettent alors à pousser un cri de terreur forçant le roi des Ombres à tourner la tête vers le soleil. La rage se lit sur son visage, mais il n'a pas le choix. Mithor s'envole alors, suivie par tous ses Cavaliers encore debout et ils disparaissent ensemble en direction de la montagne du royaume des Ombres.

Quand nous sortons du sous-sol, le soleil s'est couché depuis un moment sur Deerwood. Je me dirige aussitôt dans ma chambre, encore retournée par cette sensation d'avoir participé activement à cette guerre. Quand j'ouvre la porte de ma chambre, je découvre Kallias, vêtu seulement d'un pantalon terriblement sexy.

— Tu rentres tard !

— Oh, excuse-moi, j'ai complètement oublié notre dîner !

— Tu m'avais oublié ?

— Je... j'étais au sous-sol et...

Kallias s'avance vers moi, l'air inquiet et pose sa paume contre ma joue.

— Est-ce tu vas bien ? Tu as l'air tout retourné ?

— C'est juste que nous avons vu le roi des Ombres et je suis un peu... chamboulée. Je ne suis pas sûre d'être en état de faire l'amour ce soir !

Il glisse ses doigts contre mon dos pour m'attirer vers lui, et de son autre main, il guide la mienne qu'il place contre la peau chaude et nue de son torse.

— Eh, Vini ! Je suis là pour toi, d'accord ! Je ne viens pas là pour le sexe. Je viens parce que je veux passer du temps avec toi. Et si tu n'es pas bien ce soir, tu en as le droit, laisse-moi prendre soin de toi !

Je m'écroule aussitôt en larmes dans ses bras pour évacuer les tensions de cette journée. Ses doigts se glissent dans mes cheveux et caressent mes boucles tandis que ses lèvres se posent sur mon front.

— Ça va aller ! Tu es en sécurité ici. Je suis là pour te protéger.

Je me sens tellement bien dans ses bras. Kallias est un guerrier redoutable, mais il sait aussi se montrer doux et protecteur avec moi. Dieu que j'aime cet homme.

— Viens, je vais te mettre au lit.

Il recule d'un pas et se met à me déshabiller délicatement. Pas pour profiter de moi, ni même pour me reluquer, juste parce qu'il veut prendre soin de moi. Ses mains sont chaudes et ma peau réagit à son moindre contact. Ma tête est ailleurs, mais mon corps, lui, est en sa possession comme toujours. Une fois nue, il m'amène jusqu'au lit où je m'allonge sur le côté. Kallias ôte son pantalon et se place derrière moi m'enveloppant de ses bras musclés et protecteurs.

— Tu es parfait.

— Ne le dis à personne, on ne te croirait jamais. Tu veux parler de ce qui s'est passé ?

Non. Enfin peut-être que oui. Je lui raconte ce que j'ai vu et ressenti au cœur de cette sphère. Je lui confie à quel point j'ai peur de ne pas être à la hauteur de ce que l'on attend de moi, peur de perdre ceux que j'aime dans cette guerre meurtrière. Et à chaque phrase qui sort de ma bouche, les lèvres de Kallias se posent contre mon épaule, me réconfortant instantanément.

— Dors maintenant. Je veille sur toi.

— Je t'aime, je murmure dans la paume de sa main.

C'est la première fois que je m'endors près de lui sans que nous ayons fait l'amour juste avant. Le savoir avec moi cette nuit dans ce palais inconnu me réchauffe le cœur. Avant de sombrer, je sens son érection se blottir tout contre mes fesses, mais Kallias ne tente en aucun cas d'aller plus loin. Mon corps se hérisse, rempli de désir, mais la fatigue l'emporte sur tout le reste et je m'endors d'une traite, bercée par la douceur de ses baisers.

8

Ce matin, la salle du conseil est pleine à craquer. Tous les grands chefs de guerre et de bataillons sont placés autour de la grande table représentant la carte du monde. Myrna est debout et discute avec mon père, tandis que Maddor me fait signe pour m'indiquer où se trouve mon siège. Mon père tenait à ce que j'assiste à ce conseil. En tant que princesse et future reine d'Horswing, il désire m'impliquer le plus possible dans les grandes décisions pour cette guerre. Basil est assis à ma droite, toujours protégé par ses deux gardes du corps, comme s'il craignait que l'un d'entre nous ne l'assassine.

— Ton père t'a-t-il raconté que j'ai réussi à faire trembler la terre hier ? me demande-t-il fier de lui.

— Il n'en a pas eu besoin, j'ai senti les secousses en rentrant au palais, félicitations !

— Merci, et bravo à toi aussi ! La tornade que tu as créée hier était... dingue.

Ses doigts se posent sur ma main reposant sur l'accoudoir de mon fauteuil, puis il s'approche pour me murmurer à l'oreille :

— Nous allons y arriver, Vinira, et nous gagnerons cette guerre, ensemble. Nos destins sont liés... depuis toujours !

Ces paroles ne me réjouissent guère, et je me contente de lui adresser un sourire gêné. Les yeux de Wyatt Mathew à l'autre bout de la table sont rivés sur la main de Basil posée sur la mienne. Ce geste a l'air de lui plaire autant qu'à moi, et je me dégage rapidement en m'efforçant de ne regarder ni l'un, ni l'autre, et de me concentrer sur le Premier Commandant du royaume qui vient de se lever de sa chaise.

— Pour ceux qui l'ignorent, je suis le Commandant Braum, j'ai été nommé par le roi Basil de Deerwood comme chef de sa garde. Hier, vous avez tous pu assister à l'un des souvenirs d'un ancien roi des Bois, en pleine guerre des Ombres. Nous pensons qu'il était mieux que vous puissiez avoir une idée sur la façon dont ce genre de guerre se déroule, afin de comprendre la stratégie du roi des Ombres, et comment nos anciens rois l'ont affronté. Chaque jour, vous serez immergés dans d'autres souvenirs que les Sages sélectionneront pour nous permettre, nous aussi, de gagner cette guerre.

Cet homme dégage l'aura d'un grand chef mais je ne peux m'empêcher de penser que Kallias aurait dû se tenir là, à sa place. Il aurait mené tous ces hommes au combat et ils l'auraient suivi sans aucun doute. Je suis d'ailleurs déçue qu'il n'assiste pas au conseil. Mon père le lui a proposé, mais il préfère s'occuper de nos pégases et s'entraîner. Moi aussi, je préférerais être ailleurs. Avec lui...

— Vous avez vu ce monstre cracher du feu ? Quelle chance avons-nous face à cette bête ? lance un des Guerriers, inquiet.

— Ce monstre s'appelle Mithor, rétorque Braum, c'est une créature ailée qui a plus de quatre cents ans et, en effet, elle crache du feu. Mais c'est la seule capable de le faire. Les autres ne font que voler.

— LA SEULE ? Vous avez vu la puissance de ses flammes. Elle n'a pas besoin d'être accompagnée par les autres, elle fait le travail à elle seule !

— Je comprends votre angoisse ! Mais les pouvoirs des rois repousseront ses flammes.

Mon cœur fait un bon dans ma poitrine. Les Guerriers sont terrifiés, tout comme je le suis.

— Les pouvoirs ? Parlons-en des pouvoirs ! Sans vous manquer de respect, vos Majestés, mais il paraît que vous n'avez créé qu'une petite secousse et un pauvre nuage, et il reste à peine une vingtaine de jours.

Cet homme a raison d'être inquiet et les mots me manquent pour le rassurer. Pour les rassurer tous. Basil se lève de son siège, avec une expression que je ne lui ai encore jamais vue.

— Remettez-vous en cause ma souveraineté, Guerrier ?

Le Guerrier ne semble pas impressionné par Basil, alors que moi oui. Ses dents sont si serrées que je les entends grincer.

— Non, votre Majesté, mais comme beaucoup de Guerriers autour de cette table, nous nous demandons si nous avons une chance face à ce qui nous attend. Si nous sommes déjà condamnés, nous aimerions le savoir. Votre père vient de mourir et...

— TAISEZ-VOUS ! hurle Basil, me faisant sursauter sur ma chaise, la princesse des Ailes et moi serons prêts, et ceux dans cette salle qui ont le moindre doute concernant nos capacités, faites-le savoir, immédiatement !

Sa main est posée sur le pommeau de son épée, prête à être dégainée et à trancher la gorge du premier qui osera lui dire qu'il n'est pas à la hauteur. Je jette un regard inquiet à mon père, mais il est figé sur Basil tout comme Myrna. Mon cher cousin n'aime pas être discrédité, et soudainement, j'ai peur de ce qu'il pourrait faire au Guerrier qui lui a tenu tête. C'est alors que Mathew se lève de sa chaise, attirant tous les regards sur lui. Merde, à quoi joue-t-il ?

— Je suis le Guerrier Wyatt Mathew. L'année dernière, j'ai eu la chance de côtoyer notre roi Basil à Tortagen, et il a toute mon estime. Quant à la princesse Vinira, elle est la Guerrière la plus redoutable que j'ai rencontrée de toute ma vie. Si vous avez peur d'une créature comme Mithor, vous faites erreur, c'est Mithor qui devrait avoir peur d'elle...

Mon cœur s'emballe dans ma poitrine. Tous ces Guerriers qui ne nous connaissent pas doutent de nous, et Wyatt l'a bien compris.

— ... si nous devons mourir au combat, je serais heureux de mourir à vos côtés, vos Majestés car je sais que vous livrerez bataille de toutes vos forces jusqu'à votre dernier souffle.

Il lève ensuite le poing, suivi par l'ensemble des Guerriers autour de lui. Cet acte suffit à calmer Basil qui se rassoit dans son siège sans dire un mot. Je chuchote un merci à l'intention de Wyatt qui me répond par un clin d'œil. Grâce à lui, nous venons de gagner la confiance des membres du conseil, mais le chemin est encore long pour être à la hauteur de nos ancêtres.

Mon oncle prend à son tour la parole.

— Nous ne savons pas combien de temps durera cette guerre. Quelques jours ? Quelques semaines ? Tous nos pronostics ont été ébranlés avec cette lune rouge précoce. Ce que nous savons néanmoins, c'est que l'armée des Ombres surgit par vagues. Dans les vieux grimoires de nos archives, les anciens ont mentionné que les monstres se régénéraient sous la montagne. Leur capacité a donc des limites, et c'est pendant ces périodes d'accalmie que nous pouvons également nous reposer et brûler nos morts... car comme vous le savez, le roi cherche à augmenter son armée. Après avoir tué nos Guerriers et leurs montures, il les ressuscite en créatures des ténèbres.

Les chuchotements de la salle me font froid dans le dos.

— C'est pourquoi, son armée vient autant du ciel, que de la terre et de la mer. Ce sont nos hommes qu'il utilise contre nous. À chaque accalmie, votre rôle sera de brûler le plus de cadavres que vous pourrez, sans quoi vos plus fidèles amis risquent de vous tuer avant que vous n'ayez eu le temps de riposter.

— On dit que seules les armes de glace peuvent anéantir ces créatures ! stipule un Guerrier assis près de mon père.

— En effet, c'est pourquoi chaque bataillon sera approvisionné en armes. Pour les Cavaliers du Désert et d'Horswing, vous serez équipés de lances bleues. Ceux de Deerwood se serviront des bois de leur cerf pour décocher des flèches de glace.

Jusque-là, rien que je ne sache déjà. Je sais me servir de ces flèches de glace car je les ai utilisées pendant les cours de Rickel dans les plaines. Mais je vais devoir aussi apprendre à manier les lances si je dois combattre sur le dos de Pyme.

— Seules les armes de glace peuvent vaincre son armée et nous supposons qu'il en est de même pour le roi, mais personne n'a jamais réussi à le blesser. Il est trop fort, trop puissant. Mais les trois pouvoirs peuvent le repousser jusqu'au lever du soleil. Votre rôle en tant que chefs de guerre sera de mener vos hommes afin de neutraliser autant de créatures que possible, mais également de protéger la vie de ceux qui détiennent les pouvoirs. Sans eux, nous perdrons nos chances de survivre. Beaucoup d'hypothèses sont encore à étudier, et les Sages et Stratèges du monde s'y affairent. Nous vous tiendrons au courant à chaque découverte que nous ferons.

Maddor se rassoit et le Premier Commandant se relève.

— Hier, j'ai nommé les futurs chefs de guerre et de bataillons que j'ai affectés sur tous les territoires stratégiques. D'ici quelques jours, je vous demanderai de choisir des hommes et des femmes pour intégrer vos rangs. Même si chaque Combattant est plus à l'aise sur ses terres, il faudra des Guerriers et Cavaliers de chaque royaume dans chaque bataillon. Le Désert, Deerwood et Horswing combattront main dans la main.

Ensemble contre l'ennemi commun. Mais une question me taraude. Où serons-nous, nous les détenteurs de pouvoir ? Combattrons-nous ensemble ou bien serons-nous répartis sur nos royaumes en attendant l'arrivée de Thalion ?

— Le conseil est terminé pour aujourd'hui !

Les Guerriers se lèvent aussitôt, créant un bruit de foule.

— Père !

— Oui ma fille ?

— Où serons-nous Myrna, Basil et moi pendant la guerre ?

— Basil souhaite rester à Deerwood pour défendre son palais. Myrna dirigera ses troupes à la frontière entre son royaume et Deerwood dans un premier temps. Je pense qu'il serait sage que tu sois entre les deux, en attendant que le roi surgisse. Ton pouvoir, même seul, sera très utile sur un bataillon, c'est pourquoi vous ne serez pas au même endroit.

— Comment savoir où le roi se rendra quand il quittera sa montagne ?

Tant de questions me traversent l'esprit. Mon père lève les yeux et son regard croise celui de la reine à l'autre bout de la salle.

— Il viendra à vous. Et à ce moment-là, vous serez tous les trois réunis. Nous aurons l'occasion d'en reparler, d'accord ? Je dois y aller !

Il s'éloigne ensuite et quitte la salle avec Myrna sur ses talons. Mon instinct me dit qu'il ne me dit pas tout, mais j'ai déjà assez de tracas pour aujourd'hui. Le moment venu, je trouverai le courage de lui poser les questions sur leur querelle de l'autre soir.

— Salut, me lance Wyatt.

— Salut.

— Comment as-tu trouvé ce conseil ?

— Mouvementé. Merci d'avoir pris ma défense tout à l'heure.

— Ne me remercie pas. Les Guerriers sont méfiants. Ils ne vous connaissent pas. J'ai juste fait ce qui était juste.

— Tu n'étais pas obligé de dire que j'étais plus terrifiante qu'un monstre cracheur de feu.

— Oui, j'avoue que je me suis laissé un peu emporter. Mais je le pense, Fadyenaï. Tu es un ennemi redoutable au combat. Et pour te respecter, tes hommes doivent aussi te craindre.

— Où as-tu été nommé ?

— Je suis affecté sur un poste au sud de Deerwood, dans les terres. Le Commandant Rickel est mon chef de guerre.

— Tu as de la chance d'être guidé par Rickel. C'est le meilleur.

Nous sortons ensemble de la salle quand nous croisons Ismène dans le couloir.

— Tiens Mathew et... Fadyenaï, nous lance-t-elle en nous dévisageant l'un l'autre, apparemment surprise de nous voir ensemble.

— Salut, je lui lance.

— Je suis ravi de te revoir Ismène. Comme Vinira, il paraît que tu as changé d'identité toi aussi, depuis que j'ai quitté Tortagen !

Elle me lance un regard noir.

— Oui, mais je serai ravie de combattre à tes côtés, même si je ne suis plus une Guerrière des Bois. J'ai toujours mon cerf.

À l'évidence, Wyatt a l'air de mieux l'apprécier que Kallias.

— Ce serait avec plaisir, dit-il. Nous n'avons pas encore fait nos choix mais je te tiendrai au courant. Vinira aussi serait un bon élément pour notre bataillon.

— Génial ! marmonne-t-elle sans cacher son dégoût pour moi.

— Oups, j'ai gaffé ? Je pensais que vous étiez... dans le même clan.

— On se supporte, avoue-t-elle.

Quelle conne ! Je suis à deux doigts de lui dire que me détester ne fera pas revenir Kallias dans son lit, mais je ne peux pas. Elle me hait, c'est certain, et plus le temps passe et moins j'ai envie de faire d'efforts pour l'apprécier.

— Je crois que ce n'est pas moi qu'elle voulait comme reine ! je lâche.

— C'est certain, avoue-t-elle en soutenant mon regard avec une expression haineuse, tu as moins l'étoffe que lui. Je l'aurais suivi sans problème à la guerre, toi, ça reste à voir !

La colère me monte. Ou peut-être est-ce la jalousie de savoir qu'elle a pu toucher le corps de Kallias dans les moindres recoins. Je n'ai pas le temps d'analyser ce que je ressens.

— Tu l'aurais suivi pour quelles raisons exactement ? Parce que tu pensais vraiment qu'il était ton roi ou bien parce que tu n'attendais qu'une chose, c'est qu'il baisse son pantalon pour que tu puisses lui montrer ton dévouement inconditionnel ?

Ismène bouillonne de rage. Ses yeux sont presque sortis de leur orbite et elle s'avance pour se jeter sur moi.

— Ok ! Ok ! intervient Mathew en se plaçant entre nous deux.

— Fais attention, Fadyenaï, papa ne sera pas toujours là pour te protéger !

Elle crache à mes pieds avant de partir, folle de rage. Mathew attend qu'elle ait disparu pour me relâcher.

— Et bien, tu ne t'es pas fait que des amis à Tortagen !

— Cette conne ne m'a jamais aimée. Et elle ne m'aimera jamais.

— Elle parlait de Felirson ?

Merde.

— Ils pensaient tous qu'il était l'héritier des Ailes. Je crois qu'elle est déçue que ce soit moi.

— Elle a toujours eu un faible pour lui, avoue-t-il, pensant m'apprendre quelque chose. Ce que je n'ai jamais compris d'ailleurs. Ce mec est une sombre merde.

Ok. Je ne suis pas d'humeur à l'entendre enfoncer l'homme que j'aime.

— Excuse-moi mais j'ai des choses à faire. À plus tard Wyatt.

— Vinira, attends… ce serait sympa qu'on s'entraîne ensemble dans les jours qui viennent… en souvenir du bon vieux temps.

J'esquisse un sourire, mais les mots ne sortent pas de ma bouche. Je disparais aussitôt car j'ai besoin d'être seule.

***

Les journées qui suivent sont bien chargées. Entre les entraînements pour générer mon pouvoir, les conseils de guerre, les courses dans les plaines sur le dos d'Archy et les vols avec Pyme, je n'ai guère de temps pour partager un moment avec mes amis. Mais le travail commence à porter ses fruits. Je suis capable de générer suffisamment d'énergie pour créer des vents violents pendant près d'une heure d'affilée. Basil, lui, a réussi à soulever des rochers énormes et à déraciner des arbres rien qu'en fermant les yeux. Arran lui a demandé de s'attaquer au pont reliant Horswing. Un énorme défi, et après plusieurs tentatives, il a enfin réussi. Le pont a été réparé à l'identique et avec lui, sont revenus nos espoirs. Mon père est parti le jour même avec Maddor et les pégases pour rejoindre notre royaume. Moi, j'ai préféré rester car de nouveaux souvenirs à visionner ont été proposés au conseil.

J'ai assisté à d'autres guerres. Le roi des Ombres agit à chaque fois de la même manière. Ses armées attaquant par vagues, avant que lui-même ne surgisse de sa montagne sur le dos de Mithor. Toujours ce même regard, cette même rage au corps de tout brûler autour de lui. Je me demande comment ce roi a pu ainsi basculer dans l'horreur. Plus je plonge dans les sphères, et plus j'ai l'impression qu'il cherche quelque chose. Quel est son but ? Kallias tente chaque jour d'apporter des réponses à mes interrogations, mais lui comme moi sommes de plus en plus persuadés que l'on nous montre seulement une partie de la vérité. Et que si l'on veut en découvrir davantage, il va falloir le trouver par nous-mêmes.

— Quand je pense que tu es descendue dans les sous-sols de Tortagen tout ce temps, sans que personne ne te remarque ! me confie-t-il.

— Zielle endormait les Sages avec des fleurs d'amchia, et puis, je ne suis pas descendue non plus tous les soirs. Grâce à ça, j'ai pu découvrir moi-même la vérité sur la guerre des Ailes.

Kallias et moi marchons lentement dans les couloirs du sous-sol. Quand nous ouvrons la première porte, les gardes sont tous écroulés au sol, endormis par le breuvage qui leur a été servi quelques minutes plus tôt au moment du repas.

— Tu es épatante !

C'est Zielle qui l'était et elle m'a tout appris. Nous arrivons vite devant une porte scellée par de la vieille magie, où un vieux Sage est endormi au sol.

— Comment est-ce que tu as... ? me demande-t-il pendant que je déverrouille la porte de sa main, dégageant ainsi une lumière bleue.

— Chut, dépêche-toi d'entrer ! dis-je en refermant la porte derrière nous.

La sphère à l'intérieur tournoie lentement sur elle-même. Sa belle couleur orange et bleue prouve qu'elle est intacte.

— Comment sais-tu ce que nous allons voir ?

— Je me suis baladée avec le Sage assoupi dehors, cet après-midi. Il m'a fait faire un tour dans tous les couloirs. J'ai prétexté être une fan de leur pouvoir, et j'en ai profité pour lui poser des questions sur des souvenirs du temps ou Thalion était encore un « humain ». Il m'a montré les portes qui pourraient nous intéresser, mais il m'a confié qu'il ne pouvait pas me les montrer. Il a reçu l'ordre de ne pas les déverrouiller.

— De qui a-t-il reçu cet ordre ?

— De Myrna.

— Intéressant. Décidément il va falloir que tu parles à ton père !

— Je veux d'abord voir ce qu'il y a là-dedans.

Je suis persuadée que Thalion a un objectif ainsi que des failles. On ne livre pas bataille sans raison. Si son but est de devenir le dieu unique, il a simplement à tuer les trois rois. Mais il ne l'a jamais fait. Il a autre chose en tête. Son sourire sadique le prouve à chaque souvenir que je lis.

Kallias glisse ses doigts dans les miens et nous plongeons dans la sphère. La surprise me gagne lorsque je me rends compte du lieu où nous sommes. Pas l'ombre d'une guerre à l'horizon. Nous sommes en pleine réception d'un banquet dans la salle du trône de Deerwood. Il semble que ce soit un jour de fête car le vin coule à flot, et les rires s'esclaffent dans toute la salle.

— Ton Sage s'est foutu de toi, me dit Kallias, ça n'a rien à voir avec la guerre !

Il est prêt à s'en aller mais je saisis son poignet.

— Attends ! Faisons juste un tour.

J'avance lentement entre les tables, cherchant un visage, un indice sur l'époque où nous nous trouvons. Près du trône, une grande table a été dressée. Au centre, un roi sous sa couronne en bois de cerf, entouré par sa reine et ses conseillers. Deerwood est similaire à notre époque, seuls les visages dans cette salle nous sont inconnus.

— Vini, regarde !

Je suis Kallias du regard et, au bout de la table du roi, assis entre deux Stratèges, je reconnais le visage de Thalion. Sa peau est pâle, et il n'a aucune trace de marbrure sur son visage. Ses cheveux tombent sur ses épaules comme dans les autres souvenirs, mais ses pupilles sont présentes. Il est encore un homme. Un simple roi. Le roi du Feu. Je le trouve même beau, distingué, et dans son regard je perçois une once de fragilité. Que s'est-il passé dans le cœur de cet homme pour qu'il plonge dans les ténèbres ?

Soudain, Thalion se lève et se dirige vers le roi des Bois. Il lui chuchote à l'oreille avant de quitter la salle du banquet, suivi par une escorte de deux hommes.

— Suivons-le, lance Kallias.

Thalion traverse les couloirs du palais en direction des jardins. Nombreux sont les gardes qui le saluent sur son passage. Rien d'étonnant jusque-là. Il est le roi du Feu en visite à Deerwood.

— Il se dirige vers la plaine à côté de l'arène.

Nous le suivons de près, curieux de savoir ce qu'il va faire. Près des écuries, il finit par s'approcher d'un attroupement de gardes en train de seller sa monture. Je m'arrête, frappée de stupeur quand j'aperçois Mithor que je reconnais entre mille. Kallias aussi ne bouge plus, figé par ce qu'il voit sous ses yeux. Mon dieu. Je ne peux pas y croire. C'est impossible. L'animal a pourtant les mêmes yeux, le même regard, la même taille imposante que ce que j'ai vu dans les souvenirs de la guerre. Sauf qu'elle n'est pas encore immortelle comme son maître. Elle vit. Faite de chair et de sang. Ses ailes ne sont pas déchiquetées, ni noires comme la nuit. L'animal est blanc, blanc comme la neige, ses ailes sont magnifiques, splendides, divines. Mithor secoue son museau lorsque Thalion l'enjambe et, sous l'ordre de son maître, s'envole dans les airs tel un oiseau.

— Kallias…

Je n'arrive pas à prononcer ce que je vois à haute voix. Parce que je n'y crois pas. Je ne veux pas y croire. Mais Kallias se tourne vers moi, la bouche grande ouverte avant de me confirmer que je ne suis pas folle, que je ne suis pas en train de rêver.

— C'est… c'est une pégase !

9

Mon cœur s'emballe lorsque Pyme s'amuse à plonger en piqué dans les nuages. Je me prends de plein fouet les gouttes d'eau en les traversant, mais c'est un tel bonheur de la voir voler librement. Après un court voyage, j'aperçois enfin mon île, flottant au-dessus de la mer.

— Doucement ma belle, ralentis !

C'est la seconde fois que je viens ici, et je suis ravie de voir le pont reliant à nouveau les deux royaumes. Basil a puisé dans ses ressources pour réparer une des nombreuses erreurs commises par son père.

Lorsque j'atterris dans les jardins d'Horswing, près des écuries, une dizaine d'individus sont là pour m'accueillir.

— Princesse ! lancent-ils en s'inclinant face à moi.

— Bonjour.

— Ah, chère Vinira !

Pelian Hools, le vieux Stratège du palais, descend les marches du salon d'été en dernier pour m'accueillir, les bras grands ouverts. Cet homme a dirigé Horswing en l'absence de mon père. Il est l'un de ses rares conseillers à avoir survécu.

— Si vous saviez à quel point nous sommes heureux de vous revoir ! Ce que vous avez fait pour Horswing, princesse, jamais nous ne pourrons assez vous remercier. Vous nous avez rendu notre roi et, avec lui, un espoir immense.

Il s'incline face à moi pour me saluer à son tour.

J'ai un peu de mal avec tous ces gens qui s'abaissent comme si j'étais une divinité, mais je ne laisse pas transparaître ma gêne.

— Vous avez retrouvé vos pégases ?

— Oui. Elles sont là depuis quelques jours, saines et sauves, et c'est grâce à vous et à votre père.

Je me réjouis de savoir enfin les pégases chez elles, même si la guerre approche et que leur vie sera à nouveau menacée prochainement. Elles ont au moins regagné le royaume et leur Cavalier.

— Vous savez où je peux trouver mon père ?

— Il est près de la rivière, me dit-il, avec... votre mère.

Le paysage d'Horswing est différent de Deerwood. Il y a plus de fleurs et de cascades qui dévalent les sentiers. L'odeur de la nature se glisse dans mes narines alors que je traverse les sentiers verdoyants des jardins. Je m'inonde de cette incroyable sérénité qui m'entoure. Je suis chez moi.

Près d'un arbre aux milliers de fleurs blanches, j'aperçois la silhouette de mon père, debout près de la rivière. Lorsqu'il m'entend arriver, il se retourne, les yeux remplis de tristesse, mais la joie de me voir inonde aussitôt son visage.

— Ma fille, chuchote-t-il tandis qu'il pose ses lèvres sur mon front.

À ses pieds, une plaque en marbre blanc surplombée d'une magnifique statue de la princesse des Bois. Ou plutôt de la dernière reine des Ailes. Sur sa tête repose une couronne d'ailes de pégase.

— Je... je ne savais pas qu'elle reposait ici.

— Les survivants ont déposé ses cendres ici après la guerre, et ils ont forgé cette statue pour elle. Ils l'aimaient beaucoup. Tout le monde l'adorait ici.

— N'ont-ils pas fait une statue pour vous ?

— Nous ne pouvons pas faire une sépulture sans un corps. C'est la loi des dieux. Mais je devrais reposer ici avec elle. Sa mort est une telle injustice.

Je glisse ma main dans la sienne. Sa peau est moite et sa main tremblante.

— Mais vous êtes avec moi !

Arran se tourne vers moi et glisse sa paume le long de ma joue. Son odeur est exquise. Une odeur familière de drap en soie propre et de rose. Une odeur que je n'ai jamais oubliée malgré les années passées loin de lui.

— Et je donnerais ma vie pour sauver la tienne, à nouveau.

Tu as déjà perdu ta femme, tu tiens vraiment aussi à perdre ta fille ? Tu fais le mauvais choix, Arran !

Ce n'est clairement pas le bon moment, là, devant les cendres de ma mère pour oser demander à mon père ce que signifient les mots de la reine du Désert. Je suis pourtant une Guerrière, une femme puissante digne de confiance, et je possède le pouvoir des Ailes. Pourtant, mon père me cache des secrets. Je sais qu'il fait tout pour me protéger. Mais je ne veux pas qu'il se mette à nouveau en danger pour moi. Je ne le permettrai pas. Nous devons apprendre à nous faire confiance l'un l'autre.

Je lève les bras en me concentrant sur les émotions qui me submergent. La tristesse, la joie, la colère. Le vent se lève et cueille sur son passage les plus jolies fleurs au bord de la rive. Les fleurs s'élèvent dans le ciel, se mêlent et viennent se poser avec grâce en un magnifique bouquet aux pieds de la statue de ma mère.

Cette princesse à la beauté divine qui m'a tant intriguée toute l'année n'est autre que la femme qui m'a donné la vie, m'a bercée et m'a aimée avant que l'on ne m'arrache à elle.

— Elle serait heureuse de voir ce que tu es devenue. Tu es ce qu'elle a toujours rêvé d'être. Une femme libre, forte, montant une pégase. Je suis extrêmement fier de toi, ma fille !

Les mots ne sortent pas de ma bouche. Seules les larmes inondent mes yeux avant de tomber sur les pétales de fleurs posés sur la pierre en marbre blanc.

Mon père m'a demandé ce qui me ferait plaisir pour ma première soirée à Horswing en tant que véritable princesse des Ailes. *Un dîner*, lui ai-je répondu, *seule avec vous*. Je ne voulais pas de fête, pas d'ovation, pas de Cavaliers me baisant les pieds. Juste me retrouver seule avec mon père.

Ce repas est le meilleur de toute ma vie. La nourriture est délicieuse, mais ce qui rend cette soirée exceptionnelle, c'est l'homme à l'autre bout de la table, que j'écoute me raconter les histoires et les aventures les plus fantastiques de sa vie. Plus je l'écoute parler, et plus je me retrouve en lui. Dans sa force de caractère, dans son désir de bien faire, dans sa rage d'être le meilleur. *Tu es le portrait craché de ta mère*, m'a-t-il dit une bonne douzaine de fois. Oui, mais je suis aussi le sien. J'ai hérité autant de lui. Et quand il plonge ses yeux dans les miens, j'ai l'impression qu'il lit en moi comme dans un livre ouvert.

À la fin du dîner, nous nous installons sur le petit sofa de la terrasse. La nuit est sombre sans la lune pour nous éclairer, mais les bougies allumées sur la rambarde nous apportent un peu de chaleur.

— Pourquoi es-tu venue aujourd'hui ?

— N'ai-je pas le droit de venir à Horswing ?

Il trempe ses lèvres dans son verre de vin.

— Bien sûr que si. Tu es ici chez toi. Mais tu devais venir seulement dans quelques jours. Il s'est passé quelque chose à Deerwood ?

Comme dans un livre ouvert.

— On ne peut rien vous cacher !

— Tu es là depuis quelques heures et je vois bien, malgré ta politesse, que tu meurs d'envie de me parler. Que se passe-t-il, Vinira ?

Je suis heureuse qu'il me le demande. Je ne savais pas comment briser cet instant magique que nous partagions tous les deux.

— J'ai plongé dans les souvenirs des rois de Deerwood et... il y a des choses qui m'interrogent.

Il pose délicatement son verre sur la table.

— Sur la guerre ? Je ne suis pas aussi calé sur le sujet que les Sages, mais dis-moi, j'essaierai de t'aider de mon mieux. Qu'as-tu vu?

— Le roi Thalion !

— Oui, et ?

— Il était... vivant !

Les sourcils froncés, il détourne aussitôt le regard qu'il plonge dans l'obscurité de la nuit. Puis, il se lève pour faire les cent pas sur la terrasse.

— Tu n'étais pas supposée avoir accès à ces sphères !

— Parce que vous avez demandé à un des Sages de ne surtout pas déverrouiller ces salles ?

Il ne répond pas à ma question.

— Qu'as-tu découvert ?

— Que Mithor n'est pas bien différente de Pyme, de Parme, ou même de votre pégase Isore.

— Qui d'autre que toi l'a vu ?

— Il n'y a que moi, je mens.

Je ne veux pas que Kallias soit châtié alors que c'était mon idée.

— Père, avez-vous si peu confiance en moi pour me révéler ce que je dois savoir ? Je ne peux monter sur votre trône en ignorant les secrets du monde.

— Je te fais confiance, Vinira. Je veux juste... te protéger.

— Père, je ne suis plus une enfant. Regardez-moi !

Je m'agrippe à l'encolure de sa robe blanche pour plonger mes yeux dans ses iris bleu ciel.

— Vous ne pourrez pas me protéger de tous les dangers qui grondent à l'extérieur.

— J'ai déjà perdu ta mère, sanglote-t-il contre mon front.

Que répondre à cela ? Moi qui ai perdu mon père adoptif, puis ma sœur. Leur mort résonne encore fraîchement à l'intérieur de moi.

— Père, j'ai conscience que votre cœur est brisé, je dis en plaçant sa paume au-dessus de ma poitrine. Mais le mien bat encore. Il bat, et de plus en plus fort depuis que je vous ai retrouvé. Rien ne m'arrivera tant que nous serons ensemble, soudés dans les épreuves à traverser.

Un sourire se dessine enfin sur son visage terrifié. Il sait au fond de lui qu'il doit me parler. Il doit juste trouver la force et le courage de le faire. Je ne veux pas le forcer. Je veux simplement qu'il se sente suffisamment en confiance pour le faire.

— Viens avec moi.

En bas des marches, dans les profondeurs du palais, un Sage nous accueille et nous accompagne devant une porte close. Une magnifique porte sculptée avec des dessins que je n'ai pas le temps d'observer. La main du vieil homme se pose sur la porte qui se déverrouille sous une lumière bleue que je commence à très bien connaître.

À l'intérieur, un couloir avec des dizaines d'autres portes. Nous pénétrons dans l'une d'elles où une sphère orange et bleue, intacte et préservée ici depuis des centaines d'années, nous attend.

— Une partie de nos sous-sols a été détruite au moment de la guerre des Ailes, mais les Sages ont réussi à conserver et protéger certains couloirs avec des souvenirs... très importants.

La boule de feu tournoie lentement sur elle-même, laissant s'échapper des gouttelettes humides que mes doigts s'amusent à caresser.

— Vinira, ces salles n'ont jamais été visionnées par personne, sauf par les rois et reines d'Horswing avant nous. Pas même ton oncle.

Son ton solennel commence à me faire peur. Maddor est un Horswing. Que peut-il y avoir à l'intérieur que même mon oncle n'a pas le droit de découvrir ?

Cela veut dire qu'il me fait enfin confiance. Mais que je ne pourrai en parler à personne. Pas même à Kallias.

— Tu es ma fille, et l'héritière de ma couronne et de mon pouvoir. Et tu as raison, nous devons pouvoir compter l'un sur l'autre.

Je regarde un instant la main qu'il me tend pour plonger ensemble dans la sphère. Cette image restera gravée à jamais dans ma mémoire.

Le voyage est rapide. Après une légère secousse, nous arrivons dans un endroit qui m'est inconnu et probablement à une autre époque. Autour de nous, des montagnes gigantesques, fleuries, verdoyantes.

— Sommes-nous… au royaume des Ombres ?

— Non, nous sommes à Horswing ! Dans les montagnes.

Mon père s'avance sur le chemin comme s'il le connaissait par cœur.

— Les montagnes ? C'est d'ici que viennent les pégases sauvages avant qu'elles ne se lient avec nous ?

— Exactement. Elles vivent derrière ce rocher, dans ce qu'on appelle la plaine des Ailes.

À mon grand étonnement, nous croisons des personnes qui descendent du chemin sur lequel nous marchons. Je ne pensais pas que les hommes avaient le droit de venir jusqu'ici. Décidément, j'ai encore beaucoup à apprendre sur mon propre royaume.

Nous arrivons enfin en haut du chemin, et c'est alors que mes yeux tombent sur un immense palais caché dans la roche. En contrebas, la plaine des Ailes avec son troupeau de pégases sauvages.

— C'est magnifique, père !

— Bienvenue, ma fille, au royaume du Feu !

Il me faut quelques secondes pour être sûre d'avoir bien entendu.

— Le royaume du Feu ? à Horswing ?

— Quand les dieux ont choisi les hommes dignes d'hériter de leur pouvoir, il n'existait encore aucun royaume. Les peuples vivaient dans l'harmonie la plus totale. Les dieux étaient craints, respectés et dirigeaient notre monde. Quand l'ancêtre de Thalion a hérité du pouvoir du Feu, il vivait ici dans ces montagnes rocheuses. Notre ancêtre, lui, vivait en contrebas dans la vallée. Chacun s'est proclamé roi, et a érigé son royaume et ses frontières. Les montagnes sont devenues la propriété du roi du Feu, et la vallée, celle des Ailes. Mais il a été convenu que la plaine des Ailes n'appartiendrait à aucun d'eux, car les pégases étaient des animaux sauvages et elles choisissaient elles-mêmes leur Cavalier. Le royaume des Ailes et le royaume du Feu possédaient donc les mêmes montures mais cela ne posait pas de problèmes. Les deux royaumes vivaient en harmonie autant qu'avec ceux du Désert et des Bois.

Je suis mon père en direction de la plaine où des dizaines de pégases sauvages se prélassent. Je ressens autant d'émotions que lorsque je les ai découvertes pour la première fois de mes propres yeux sur l'île interdite. Elles sont magnifiques.

— Que s'est-il passé, père ? Pourquoi Thalion a-t-il basculé dans les ténèbres ?

Arran baisse les yeux au sol, comme si la honte venait de s'emparer de lui.

— Thalion et le roi des Ailes de l'époque étaient des amis d'enfance. Ils ont grandi ensemble et s'aimaient comme deux frères. Un jour, ils ont découvert, en galopant dans les montagnes, une vieille phrase gravée dans la roche.

— La légende du dieu unique !

— Oui... Ils se sont mis à rêver, à imaginer ce que cela ferait de devenir un dieu. Comme beaucoup avant eux, et... après eux.

Cette légende a décidément rendu fous tous les rois qui ont traversé les siècles.

— Je ne sais pas vraiment à quel moment les deux hommes se sont mis à se haïr. Les sphères ne révèlent que des bribes de l'histoire. Mais Thalion a fini par quitter les montagnes sur le dos de Mithor en direction d'une nouvelle terre à conquérir. Il avait entendu parler d'une montagne inhabitée dans les confins du monde. Il a alors entrepris un long voyage avec son armée pour tenter de la trouver. C'est ainsi qu'il a découvert, à l'ouest du royaume du Désert, une terre aride, sèche et volcanique. Il a décidé d'y construire son nouveau royaume et de quitter ainsi les montagnes près d'Horswing. Thalion était un homme ambitieux et l'acquisition de ces nouvelles terres lui donnait une tout autre légitimité en tant que roi. Ce qui s'est passé entre eux ensuite, je ne le sais pas. Ce que j'ai vu, Vinira, c'est un souvenir dans lequel les deux hommes ont combattu dans le cœur de la montagne volcanique du nouveau royaume de Thalion. Chacun d'eux était animé par une rage qui brûlait au fond de leurs yeux. Thalion faisait jaillir des flammes de son corps et le roi des Ailes les étouffait dans ses bourrasques.

Mon père tente de caresser le museau d'une des pégases devant lui, mais ses doigts passent au travers.

— Puis, le roi des Ailes, d'un coup de vent violent, finit par jeter Thalion et Mithor dans la lave fulminante du volcan en éruption en les maudissant pour l'éternité. L'armée des Ailes jeta ensuite son peuple et son armée dans le feu avec lui.

— C'est... horrible.

— L'histoire ne le dit pas car personne n'est au courant. La vérité a été cachée au monde par ton ancêtre.

— Pourquoi ?

— En le maudissant, il a fait de Thalion un monstre. Les ténèbres qui vivaient dans les profondeurs du volcan ont emprisonné l'âme de Thalion, ne le laissant s'échapper qu'à chaque lune rouge pour venir se venger. Il ne revient pas conquérir le monde, Vinira... il vient juste se venger de l'homme qui lui a pris tout ce qu'il possédait.

— Mais ce roi des Ailes est mort !

— Le pouvoir des Ailes a traversé les décennies et Thalion ne fait pas la différence entre notre ancêtre et nous.

Nous ! Plutôt moi. Car le pouvoir vit désormais en moi.

— Il... vient pour moi ? Pour me tuer ? C'est pour ça que vous ne vouliez pas que je le sache ?

— Je ne voulais pas que tu sois effrayée. Si tu savais combien je m'en veux que cette guerre arrive alors que tu commences à peine à te servir de ton pouvoir.

Il ne m'a rien dit pour me protéger. Mais l'ignorer ne m'aurait pas plus aidée à garder la vie sauve.

— Aucun roi des Ailes n'a été tué par Thalion, Vinira et je te fais la promesse que ça n'arrivera pas non plus cette fois ! Je te protègerai.

— Cette malédiction peut-elle être levée ? Y aurait-il un moyen quelconque de sauver Thalion des ténèbres ? Si le pouvoir des Ailes l'a créée, je pourrai peut-être la défaire ?

— Oui, il y a un moyen de la lever.

Une once de joie me traverse le cœur, mais elle n'est que de courte durée quand je vois la mine atterrée de mon père.

— Dites-moi, père !

— *Seul celui qui possède le pouvoir des Ailes peut lever la malédiction en offrant ses pouvoirs à celui qui a été maudit.*

— ... QUOI ?

— Thalion ne sera délivré qu'en recevant le pouvoir qui l'a jadis condamné. Ton pouvoir. Ce qui n'arrivera jamais. Son âme est perdue dans les ténèbres depuis bien longtemps. Si Thalion récupérait le pouvoir des Ailes, il te détruirait et anéantirait le monde. Et il en est hors de question.

Cet aveu me fait l'effet d'un coup de massue derrière la tête. Des milliers d'innocents meurent depuis plus de 400 ans parce que mon ancêtre a jeté Thalion au feu en le maudissant. Je ne me suis pas trompée. Thalion avait un but, un objectif. Il ne vient pas simplement augmenter son armée. Il vient pour se venger de celui qui l'a trahi. Son ami d'enfance. Que s'est-il passé entre ces deux hommes ? Cette légende du dieu unique les a rendus tous fous depuis des centaines d'années. Elle a aussi rendu fou Hecmar, au point qu'il tue ma mère. J'ai l'impression d'être dans un cauchemar et que je vais me réveiller. Cette guerre qui s'annonce est bien plus terrible que ce que j'imaginais. Je vais perdre des amis sur le champ de bataille, tout ça pour une malédiction vieille de 400 ans qui plane toujours au-dessus de ma tête.

— Est-ce cela les raisons de vos cachotteries avec Myrna ? Elle est au courant aussi, n'est-ce pas ?

Mon père semble surpris.

— Qu'est-ce qui te fait dire ça ?

— Je vous ai entendus l'autre nuit dans un des couloirs du palais. Elle vous a dit qu'il valait mieux le tuer maintenant ? De qui parlait-elle ?

— Myrna a accès aux souvenirs de son royaume. Elle sait ce qui est arrivé à Thalion, contrairement à Basil et au roi Hecmar. Mais, ce que tu as entendu l'autre soir n'a rien à voir avec tout ça !

— Alors, avec quoi ?

— Vinira, je t'ai dit aujourd'hui tout ce que je pouvais te dire. Il y a de vieux accords entre la reine et moi qui ne regardent que nous et ne te concernent pas. Je te demande de me faire confiance. Myrna est une reine impulsive et capricieuse, et j'en fais mon affaire. Toi, tu as d'autres préoccupations pour le moment. Concentre-toi sur ton pouvoir.

Je comprends à l'intonation de sa voix que ce n'est pas la peine d'insister. J'en ai appris suffisamment pour aujourd'hui, et ma curiosité est largement assouvie.

— Je sais à quel point ce secret est lourd à porter. Comme moi, et mon père avant moi, je sais que tu feras ce qu'il faut pour le bien d'Horswing. C'est ton devoir de protéger ton peuple.

Si Basil apprend ce que Thalion désire en réalité, il serait capable de me donner en pâture à Mithor rien que pour protéger sa petite couronne.

— Ne vous inquiétez pas. Je n'en parlerai pas.

Mon père a fait aménager ma nouvelle chambre dans le palais. Mon petit berceau a été remplacé par un gigantesque lit en bois d'acajou. Allongée dans mes draps, j'observe sur l'immense tableau face à moi le petit bébé dans les bras de sa mère. Cette petite fille qui tire les boucles de cheveux châtains de la reine Clarine, belle comme un ange. Le monde regorge de secrets, de mensonges, de légendes aussi vieilles que les dieux, et toutes ces choses n'apportent que du malheur autour d'elles. Je ne suis pas prête à perdre les gens que j'aime, mais je vais devoir me battre de toutes mes forces pour protéger un monde que mon ancêtre a fait basculer dans le chaos.

10

Quand j'atterris aux abords des écuries de Deerwood, trois pégases sont sellées, prêtes à s'envoler à leur tour.

Tieran, Teivel, Ismène et Kallias, mes camarades des Ailes sont en pleine discussion et tournent la tête vers moi lorsqu'ils me voient atterrir.

— Salut, je leur lance, vous allez quelque part ?

— Nous allons à Horswing, avoue Tieran, nous avons retrouvé des membres de nos familles.

— C'est super, je lâche, heureuse pour eux. Toi aussi, Kallias ?

— Non, moi, personne ne m'attend là-bas, et j'ai encore des entraînements à perfectionner !

Son visage est impassible. Fermé et froid. Du Kallias tout craché. Et pourtant, je perçois une once de déception dans le ton de sa voix.

— Tu es sûr de ne pas vouloir nous accompagner ? demande Ismène en posant la main sur son avant-bras. Moi non plus, je n'ai encore retrouvé personne, mais si nous cherchons ensemble, peut-être que...

Kallias se dégage de son étreinte avant que mon regard n'ait le temps de transpercer de rage la tête d'Ismène trop proche de lui à mon goût.

— Oui, allez-y ! Maddor m'a confié tout un tas de missions ici. Je n'ai pas vraiment le temps d'aller me balader.

Elle serre les dents et me jette un regard noir, certainement frustrée de savoir qu'il reste ici avec moi.

— Comme tu voudras, lâche-t-elle vexée avant de monter sur sa pégase.

— Bon voyage, je lance aux garçons, soyez prudents !

Ils décollent tous les trois en direction d'Horswing, me laissant seule dans les écuries avec Kallias.

— Tu m'as manqué, lâche-t-il en brossant le crin de Polla.

— Toi aussi, tu m'as manqué.

Je m'apprête à m'approcher de lui pour lui sauter dans les bras quand un bruit de pas m'interrompt aussitôt. À cette heure-ci, les écuries sont pleines. Des Guerriers entrent et sortent en permanence. À l'approche de la guerre, les armées de Basil ont toutes été rappelées à Deerwood. C'est un défilé constant de cerfs, mais aussi de chevaux car la reine du Désert n'est pas venue seule, mais avec des Cavaliers par centaines. Un lieu loin d'être propice à un quelconque rapprochement.

Kallias me toise et esquisse un demi-sourire.

— Tu t'es crue sur une île déserte ? plaisante-t-il.

— Même à Tortagen, nous avions plus d'intimité, je lâche en boudant.

— Approche !

Je m'avance vers lui discrètement. Puis, il pose ses doigts contre ma joue tandis que Polla se tient devant nous pour nous cacher du reste de la foule. Son contact est doux, mais m'électrise aussitôt.

— Tu as volé aujourd'hui ?

— Oui, Polla avait besoin de déployer ses ailes, et moi ça me permet de m'exercer avec les nouvelles lances qu'on nous a forgées.

— Et si nous montions dans ma chambre ? je lui souffle en me mordant les lèvres, j'ai envie d'être dans tes bras.

— Maintenant ? On risque de se faire repérer si on s'y rend tous les deux en pleine journée. Les couloirs doivent grouiller de monde.

— Avez-vous peur, Guerrier Felirson ?

Ses yeux noirs brillants s'écarquillent. Il colle son front contre le mien tout en se léchant les lèvres.

— C'est toi qui devrais avoir peur de ce que je te ferais si je pénétrais dans ta chambre maintenant !

— Ah oui ? Je serais curieuse de voir ça !

Sa main se glisse dans le bas de mon dos et me plaque contre lui. Heureusement que Polla est immense, et que son corps nous camoufle car je ne suis plus en mesure de m'éloigner de lui. Je n'en ai même pas envie.

— Tu joues à un jeu dangereux, Fadyenaï !

Je glisse mes doigts le long de sa nuque puis dans ses cheveux, le caressant lentement. Ses lèvres s'entrouvrent comme si cette caresse lui procurait un plaisir interdit, et je regrette d'être aussi loin du palais.

— Allons-y, maintenant !

— Je ne suis pas sûr d'être en état de marcher, avoue-t-il en me montrant la bosse durcie sous son pantalon.

Oui, il est plus que temps d'y aller !

Après avoir attendu que Kallias ait repris ses esprits, nous marchons en toute hâte en direction du palais.

— Comment ça s'est passé à Horswing ? Tu as pu parler avec ton père ?

La nuit dernière, j'ai songé pendant des heures à la façon dont j'allais avouer à Kallias ce que mon père m'avait révélé, sans trahir la promesse que je lui ai faite. J'ai promis de ne rien dire, mais Kallias a vu Mithor comme moi dans les sphères de Deerwood, et je n'ai pas le cœur à lui mentir.

— Oui. Mithor était bien une pégase lorsque Thalion était encore… un humain.

— Thalion était alors un homme des Ailes ?

— Oui et non. Quand son ancêtre a reçu le pouvoir du Feu, il vivait à Horswing dans les montagnes. Ce n'est qu'après qu'il y a édifié son royaume. La vallée est devenue le royaume du roi des Ailes. Les enfants de deux peuples ont continué à être destinés à des pégases. Il y avait donc deux rois sur l'île avant que Thalion ne devienne un monstre.

— J'aurais dû m'en douter. En y repensant, c'est vrai que Mithor a des similitudes avec une pégase et personne ne s'en est jamais aperçu.

— Comment aurions-nous pu le savoir ? Personne ne nous l'a appris et aucun grimoire ne le mentionne ! Le passé de Thalion a été effacé ou oublié.

— Il faut en parler au conseil, il doit y avoir une explication !

— NON !

Kallias se retourne et me dévisage, surpris par ma réponse !

— Le conseil ne doit pas en être avisé !

— Pourquoi ?

Merde. C'est plus dur que ce que je croyais.

— Je ne peux pas te le dire.

La surprise se lit sur son visage. Je n'ai jamais rien caché à Kallias depuis que nous avons quitté Tortagen. Rien.

— Tu ne PEUX pas ou tu ne VEUX pas ?

— Je ne PEUX pas, Kallias.

— Et bien, lance-t-il déçu, je pensais que l'on avait dépassé tout ça !

— Quoi donc ?

— Tu n'as toujours pas confiance en moi !

— Quoi ? Bien sûr que j'ai confiance en toi. C'est juste que...

— QUOI ? crie-t-il.

Une pointe de colère mêlée à de la déception émane de son regard, mais je ne veux pas trahir mon père.

— J'ai promis à Arran que je n'en parlerai à personne !

Il fait un pas en arrière comme si je lui pressais la trachée pour l'empêcher de respirer.

— Alors, c'est ça ce que je suis pour toi ? Personne !

— Tu sais très bien que non, ça n'a rien à voir avec toi. Et puis, toi aussi tu m'as caché des choses, Kallias, lorsque nous étions à Tortagen. Tu ne m'as rien dit pour ma cicatrice, ni pour les Ailes et tout le reste...

— C'était différent, nous n'étions pas...

Pas quoi ? Ensemble ? Un couple ? Il ne termine pas sa phrase, et sur le moment, ça me fait terriblement mal.

— Kallias, mon père m'a confié des secrets qu'il n'a révélé à personne d'autre, pas même à Maddor et à ma mère. Crois-moi, j'aimerais partager tout ça avec toi !

Ses poings le long de son corps sont si serrés que ses doigts deviennent tout blancs. Son visage s'approche du mien, tellement près que ma vision se trouble.

— J'étais vraiment persuadé que nous ne faisions qu'un.

J'aurais mieux fait de descendre dans ce sous-sol sans lui. Comment peut-il être aussi borné et ne pas comprendre que je ne puisse pas lui en parler ? Oui, nous ne faisons qu'un. Je le pense du plus profond de mon être, mais j'essaie de me montrer digne de la couronne, digne de mon héritage.

— Kallias, je...

— Ah, voilà la plus belle femme de ce royaume !

Il ne manquait plus que lui ! Wyatt Mathew, toujours là lorsqu'on ne l'attend pas, s'approche de nous et pose ses lèvres sur mes joues pour me dire bonjour devant un Kallias prêt à perdre son sang-froid. Il salue ensuite brièvement Kallias sans prendre la peine de le regarder.

— Tu allais quelque part ? demande-t-il comme s'il ne venait pas d'interrompre une discussion très importante.

Kallias me fixe, ne prêtant pas attention à Mathew qu'il a sûrement envie d'étriper. D'ailleurs, je me demande pourquoi il est toujours en vie alors qu'il vient à nouveau de poser sa bouche sur moi. Peut-être parce que finalement nous ne sommes pas ce qu'il a tant de mal à prononcer à voix haute.

— Nous avons juste quelques soucis à régler... concernant Horswing, je lance pour éviter que le silence ne soit trop suspect.

— Et le problème est réglé, lance Kallias, je dois partir, j'ai des choses à faire !

Il s'éloigne en direction de la forêt sans même me dire au revoir ! Non mais je rêve ou il vient de me planter là alors que nous avions prévu de...

— Tout va bien ? me demande Mathew, si tu veux que je lui donne une leçon parce qu'il t'embête, n'hésite pas !

— Ça va aller, il ne m'embête pas !

— On aurait pourtant dit qu'il voulait te tuer !

— Qui Felirson ne veut-il pas tuer ? je lance bêtement pour qu'il me lâche.

— Pas faux, ricane-t-il.

***

Je passe les journées qui suivent à m'entraîner dans l'arène avec Basil, sous l'œil attentif de Réna qui, malgré la météo, ne manque aucun de nos entraînements. Au début, je pensais qu'elle venait encourager son cher et tendre, mais plus les jours passent, et plus j'ai l'impression qu'elle veut s'assurer qu'il n'y a plus rien entre Basil et moi. Leur mariage n'a toujours pas été officié. Lui qui était si pressé de se marier il y a encore quelques semaines. La guerre a mis son projet en pause.

La présence de Réna ne me dérange pas, je finis même par l'oublier tellement je suis concentrée sur mon pouvoir. Et il est de plus en plus puissant. Je tiens plusieurs heures en manipulant le temps, créant la pluie, l'orage, faisant même tomber la foudre. Avec de nouvelles émotions : la souffrance et le manque.

Kallias m'évite. Enfin, c'est ce que j'en ai déduit car je ne l'ai pas recroisé une seule fois depuis notre dispute. Je me sers de ce que je ressens pour lui dans l'arène. J'ai essayé de déclencher la pluie en pensant à autre chose, mais en vain. Il est ma meilleure motivation même si notre relation est compliquée. S'il pouvait voir à quel point il m'inspire, il n'aurait aucun doute sur la confiance que j'ai en lui.

Basil a démoli l'arène une dizaine de fois cette semaine, obligeant à chaque fois sa future reine à prendre ses jambes à son cou. Peut-être en a-t-il marre qu'elle l'observe ? Son pouvoir est fascinant. Ce qu'il détruit, il peut le reconstruire aussitôt. Nous nous entraînons même à mesurer nos pouvoirs l'un contre l'autre. Le vent contre la force des pierres. Il ne m'a pas reparlé de ses sentiments pour moi, dieu merci. Myrna traîne toujours dans les parages, et cela le dissuade peut-être de relancer ce sujet que je préfère éviter.

— Vous m'impressionnez tous les deux ! Je n'aurais jamais cru que vous progresseriez aussi vite, avoue-t-elle.

— Le monde repose sur nos épaules, lâche Basil solennellement.

— Oui, ricane-t-elle, quand revient votre père, princesse ?

— Lorsqu'il aura réuni les Cavaliers pour la guerre, je présume, vous manque-t-il déjà ? Ou bien avez-vous besoin de lui pour une tâche quelconque ?

— Votre père ne m'intéresse pas si c'est ce que vous insinuez, quoi qu'il fût dans le temps un séduisant jeune homme. Le conseil de guerre pour la répartition des bataillons a été avancé à ce soir, et je ne suis pas sûre qu'il en ait été informé.

— Mon oncle doit revenir aujourd'hui d'Horswing. Je pense qu'il apportera avec lui le recensement des Cavaliers des Ailes si mon père n'est pas de retour d'ici-là.

— Très bien. J'espère que Deerwood compensera en Guerriers les pertes qu'il a infligées à Horswing. Je ne compte pas me battre en sous-effectif, ni perdre toute mon armée dans cette guerre, lance-t-elle à Basil.

— Bien évidemment ! Nous sommes tous alliés, je ne l'ai pas oublié.

— Voilà qui est rassurant, dit-elle avant de remonter sur son cheval. Je vous revois tout à l'heure pour le conseil.

Après avoir fait un détour par ma chambre pour me changer, j'arrive dans le hall de l'aile ouest, plein à craquer.

— Vini !

— Salut, Mélione, qu'est-ce que tu fais là ?

— Je savais que tu passerai par ici et je voulais savoir comment tu allais ?

— Ça va ! Je m'entraîne dur et ça porte ses fruits.

— Je ne parlais pas de ça, mais de... tu sais qui !

— Oh ! À vrai dire, je ne sais pas trop.

Kallias a disparu depuis plusieurs jours. Son absence commence à me peser, mais je me suis tellement consacrée corps et âme à mes entraînements au combat, à mes vols et tout le reste, que je me suis refusée d'y penser.

— Ça va s'arranger, Vini, me réconforte-t-elle en me serrant dans ses bras. Kallias est un homme orgueilleux. Tu devrais le savoir depuis tout ce temps. Vos querelles d'amoureux finiront par s'estomper.

Sauf que ça n'a rien de simples querelles. C'est bien plus complexe que ça, mais j'ai omis d'en raconter les détails à Mél. Maudite promesse !

— Oui, tu as sans doute raison.

— Un peu que j'ai raison, tiens, regarde qui voilà !

Je tourne aussitôt la tête et mon cœur inerte se met à tambouriner à nouveau dans ma poitrine. Kallias me voit et s'avance aussitôt vers nous.

— Salut, nous lance-t-il.

— Salut.

Son visage est marqué de cernes, ses joues ont l'air creusées comme s'il avait passé trop de temps à voler sans s'alimenter.

— Qu'est-ce que tu fais ici ? je demande en lâchant un petit sourire pour lui faire comprendre que je suis heureuse de le voir.

— Ton père me convie toujours au conseil et il paraît que c'est aujourd'hui que vont être annoncés les bataillons, je voulais y assister. Et puis j'avais envie... de te voir.

Cette phrase me ravit au plus profond de mon cœur, mais mon égo surdimensionné réagit en premier.

— C'est pour ça que tu m'évites depuis plusieurs jours ?

— Je n'ai pas cherché à t'éviter. J'ai juste passé beaucoup de temps à voler. Pour réfléchir.

Les portes de la salle du conseil s'ouvrent et la foule autour de nous s'avance à l'intérieur.

— On en parlera plus tard, d'accord ? Ce n'est pas vraiment le bon moment.

Il hoche la tête et ses doigts caressent furtivement les miens. C'est fou comme un simple petit contact peut me faire oublier la douleur de ces derniers jours en un rien de temps. Mais ce n'est pas pour cela que nous ne devons pas avoir une discussion sur ce qui s'est passé.

Je pénètre dans la salle et rejoins mon siège à côté de Basil, qui est déjà assis et en grande discussion avec... Nister.

Ce fumier est là, debout derrière lui. La simple vision de cet homme me donne la nausée. Il n'y a pas une nuit où je ne songe pas à la façon dont j'aimerais le tuer. Je m'avance lentement vers ma chaise et lorsqu'il me voit, il me jette un regard qui fait froid dans le dos.

J'observe autour de moi, tous ces hommes et femmes de Deerwood et du Désert. Avec Kallias, nous sommes clairement en minorité dans cette salle. Mon père me manque. Avant que les portes ne se referment, Maddor s'engouffre à l'intérieur. Il est arrivé à temps avec des parchemins plein les bras.

Quand Nister s'avance là où d'habitude se tient le Premier Commandant Braum, je comprends que c'est lui qui va faire le speech du jour. Je jette un coup d'œil furtif à Kallias qui a trouvé un siège à l'autre bout de la table, et qui semble bloqué lui aussi sur le Premier Gouverneur.

— Salut !

Je tourne la tête pour découvrir Wyatt qui s'est installé dans le siège à ma droite. À croire qu'il a décidé d'achever ma relation avec Kallias, dont il ignore l'existence.

— Salut !

— Anxieuse pour l'annonce des postes ?

Je réalise alors que ces derniers jours, j'ai tellement été obnubilée par Thalion, mon père, Myrna et ensuite Kallias que je n'ai même pas songé à l'endroit où je risque d'être affectée, ni avec qui. Mais en tant que détentrice d'un des trois pouvoirs, je pense avoir mon mot à dire si jamais Nister décide de m'envoyer PAR HASARD directement à l'entrée de la montagne du roi des Ombres.

— Non, je n'ai pas de préférence ! je lâche.

— Bonjour à tous, grogne Nister mettant fin à nos chuchotements qui ne sont pas passés inaperçus, vu le regard noir de Kallias. Aujourd'hui, nous allons finaliser les bataillons pour le départ à la guerre qui aura lieu dans deux jours. Je vais demander à chaque chef de me remettre sa liste.

Les Guerriers sortent chacun un parchemin pendant qu'un des Stratèges de Deerwood fait le tour pour les ramasser.

— Combien avez-vous recensé de Cavaliers des Ailes ? demande-il à l'intention de Maddor.

— Environ 2000 Cavaliers en capacité de combattre.

Je suis surprise par le nombre. Certains doivent être à peine en âge de combattre, mais leur motivation à sauver le monde doit être intacte.

— Ils seront répartis sur chaque poste. Les pégases seront de véritables atouts sur les terres des royaumes.

Je ris jaune. Il ose parler d'atouts alors qu'il les a torturées pendant plus de vingt ans. Quelle sombre merde ! La colère fulmine à l'intérieur de moi, et je fais un effort surhumain pour ne pas lui lancer ma dague dans le crâne.

Pendant près d'une heure, Nister détaille les points stratégiques une fois que nous serons en place sur les postes de combat. Je n'écoute plus. Sa voix me donne envie de vomir et je suis à deux doigts de me transposer dans Archy ou même dans Pyme, histoire de m'envoler loin de cette salle. Je crois même que j'ai fini par m'assoupir quand je sens le souffle de Mathew dans mon cou.

— Fadyenaï ? Tu dors ?

— Hein ? Je ne sais pas... c'est fini ?

— Les listes sont affichées au mur, murmure-t-il.

Je lève les yeux et découvre que tous les chefs de guerre font la queue pour visualiser les listes finales. Je me lève à mon tour pour découvrir le plan de bataille. Tout le mur est recouvert de parchemins. Il va me falloir des heures pour tout déchiffrer.

Le nom de Basil est en haut d'une liste de Guerriers qui combattront depuis Deerwood. Il n'est pas question pour lui de s'éloigner de son palais. Tout comme mon père qui combattra à Horswing. Myrna, elle, comme prévu, se trouvera à cheval entre son royaume et Deerwood. Elle sera la plus proche du royaume des Ombres mais l'armée attaquera de tous les côtés. Je finis enfin par trouver mon nom sur un parchemin, en haut d'une longue liste de noms. Je jette d'abord un coup d'œil à l'en-tête : *Poste sud forêt de Deerwood*. Puis, sur le nom de mon chef de guerre : *Commandant Rickel*. Je suis ravie. Il a été un mentor exceptionnel à Tortagen, et je suis heureuse et fière de combattre à ses côtés. Une dizaine de sous-bataillons seront sous son commandement. Juste au-dessus de mon nom, celui de Wyatt Mathew est inscrit en caractères épais. Il sera mon sous-commandant. Je suis à la fois contente et flattée qu'il m'ait choisie pour combattre à ses côtés, mais ma curiosité de connaître les autres Combattants me fait balayer rapidement la longue liste. Des noms inconnus défilent sous mes yeux. Je repère celui de Tieran Ermol. Puis, encore des noms inconnus. *Alden Hanz* ! Je saute de joie. Mon meilleur ami sera avec moi. Je suis heureuse que Basil lui ait permis de combattre dans un autre bataillon que le sien étant donné qu'il fait maintenant partie de sa garde. Mais ma joie est de courte durée quand je vois le prénom d'Ismène en-dessous du sien. Il ne manquait plus qu'elle. Et quand je finis de lire le dernier nom, mon cœur frappe dans ma poitrine. Kallias n'est pas sur cette liste. Je regarde alors les autres sous-bataillons pour voir s'il serait par hasard sur celui de Rickel. Que Wyatt ne l'ait pas pris, je le conçois, mais Rickel, lui, l'a forcément choisi, il ne peut en être autrement. Après une dizaine de minutes à décrypter tout le parchemin, je reste figée sur place pour tenter de réaliser. Je ne verrai pas Kallias pendant la guerre. Non, c'est impossible. Pas un seul moment, je n'ai envisagé cette possibilité. Depuis le début, Kallias a été à mes côtés. Le premier jour à Tortagen pour me faire passer mon examen d'entrée, puis pour transpercer la tête d'Hael qui a tenté de me tuer. Après la plaine des cerfs, pour me porter jusqu'à l'infirmerie, dans les cours de combat pour me provoquer tant qu'il pouvait. Dans les plaines pour nos entraînements. Pour égorger l'ours qui a failli me tuer. Pour tuer Jasper. Dans les sous-sols, quand Maddor m'a révélé ma véritable identité. Nous sommes liés depuis bien trop longtemps pour nous séparer maintenant.

Quand je lève la tête, les yeux remplis de larmes, son visage est la seule chose que je distingue. Ses yeux sont en colère, mais tristes à la fois. Sur le moment, je ne réfléchis pas, je ne songe pas à tous les chefs de guerre autour de nous en train de commenter les listes. Je cours jusqu'à lui, le cœur lourd.

— Où es-tu envoyé ?

Pourvu que ce soit à côté. Il y a des dizaines de postes à moins d'une heure de galop de la forêt du Sud. Oui. Il doit forcément être sur l'un d'eux, ce n'est pas envisageable autrement.

— Avec Maddor, dans les montagnes de Deerwood, près du Désert !

Sa voix comme un murmure me frappe en pleine tête.

— Mais c'est...

—À plusieurs heures de toi !

Je ne retiens pas les larmes qui coulent de mes yeux. Je suis fatiguée, épuisée même. Ces derniers jours ont été rudes et cette nouvelle... je n'arrive pas à l'encaisser.

Kallias touche mon visage et, du revers de sa main, essuie les larmes qui coulent sur mes joues, oubliant presque que nous ne sommes pas seuls. Mais ce geste est le dernier de nos soucis.

— Vini...

— Non, je vais arranger ça, je dis en me ressaisissant, attends-moi là !

Au même moment, mes yeux rencontrent ceux de Mathew qui nous observe. Mais ça m'est égal. Je laisse Kallias, à la recherche de la seule personne dans cette pièce qui puisse m'aider. Quand je l'aperçois enfin, en train de quitter la salle du conseil, je me précipite à ses trousses.

— Mon oncle, je crie, j'ai besoin de vous.

— Qu'y a-t-il, Vinira ?

— Y a-t-il un moyen de changer de bataillon ?

Il me regarde, surpris par les émotions sur mon visage.

— Avec Rickel, tu es en sécurité, ton père a jugé que c'était le meilleur endroit pour toi et...

— Mon père a vu les choix d'affectation ?

— Bien sûr, et il les a approuvés.

Je n'en reviens pas qu'il ne m'en ait pas parlé.

— Qu'est-ce qui te chagrine ?

Va-t-il me prendre pour une folle si je lui dis que je ne peux pas être séparée de l'homme que j'aime ? Sait-il au moins que Kallias et moi sommes plus que des amis ?

— Écoute, me chuchote-t-il discrètement, je ne suis pas responsable des choix qui ont été faits et je crois comprendre ce qui te met dans cet état-là, mais je ne peux rien faire pour toi. Si vraiment tu veux effectuer un changement, seul ton père est en mesure de l'accorder.

Soit, je vais devoir attendre qu'il revienne à Deerwood, et j'espère du fond de mon cœur qu'il arrive aussi vite que possible.

11

Le lendemain matin, je suis debout de bonne heure, faisant les cent pas dans les écuries, guettant le moindre V à l'horizon. J'ai très mal dormi. J'ai d'abord erré dans les couloirs de l'aile ouest pendant des heures pour tenter d'apercevoir Kallias, mais l'annonce des bataillons a entraîné beaucoup de réunions tardives. Les armées doivent quitter Deerwood demain, et Kallias a été sollicité par Maddor toute la soirée. En tant qu'Aile, il n'a pas été choisi comme sous-commandant pour diriger un bataillon, comme aucun d'entre nous d'ailleurs. Stratégiquement, mes six camarades des Ailes se sont vu confier des missions différentes étant donné qu'ils possèdent à la fois un cerf et une pégase. Mélione sera dans le même bataillon que Kallias, un second crève-cœur pour moi. Même si les savoir ensemble me réconforte un peu, je sais que mon père m'aidera à nous changer de bataillons. Je ne peux pas l'imaginer autrement.

— Bonjour Vinira, me lance une voix derrière moi.

La princesse Dixie, dans une belle robe vert pomme, s'avance vers moi d'un pas hésitant. Sa beauté est saisissante. Être de retour chez elle à Deerwood, lui va à ravir. C'est vrai, maintenant que j'y pense, notre ressemblance saute aux yeux. Nos yeux sont aussi verts que ceux de ma mère, mais nos cheveux diffèrent un peu. Moi j'ai hérité des reflets dorés de mes ancêtres des Ailes.

— Dixie ! Ça fait longtemps. Je suis heureuse de te voir !

— J'ai été très occupée ces dernières semaines. La guerre à venir sollicite les Stratèges en permanence, et Nister ne nous a pas laissé souffler une seule minute depuis que nous sommes arrivés.

Je déglutis à l'évocation du nom de cette ordure.

— Oui, il sait se montrer... persuasif !

Elle s'approche de moi, regardant tour à tour Archy, puis Pyme.

— Lequel des deux vas-tu emmener demain ?

— Je n'ai pas l'intention de choisir. Archy est très habile pour tout ce qui se passera dans les forêts. Quant à Pyme, elle me permettra de voler si l'armée des Ombres envoie ses péga... ses monstres volants.

— Je suis heureuse de ta nouvelle identité, lâche-t-elle.

— Vraiment ?

— Oui, j'ai toujours eu beaucoup d'estime pour toi et pour Zielle. Et je suis tellement navrée de ce que mon père a fait à ta mère. Je... j'ai eu beaucoup de mal à l'accepter.

— Tu n'y es pour rien. Tu n'es pas responsable de ses actes, et nous ne pouvons rien faire pour changer le passé.

— C'est vrai, dit-elle, mais je ne veux pas faire les mêmes erreurs qu'eux. Tu es de mon sang, et la future reine d'Horswing. J'espère que nous ne deviendrons pas des ennemies.

— Il n'y a aucune raison à cela. À moins que Basil et toi ne tentiez de m'assassiner dans mon sommeil, je lâche en plaisantant.

— Et dire que mon frère a failli épouser notre cousine ! Heureusement que tu l'as découvert avant, même si Basil a eu du mal à le digérer.

Mes sentiments pour toi sont intacts.

— Je pense que c'est son égo qui a été touché par mon départ. Je ne voulais pas le faire souffrir mais ces fiançailles étaient prématurées. Ton frère est quelqu'un de super, mais Réna est un bien meilleur choix pour lui ! Elle fera une épouse formidable.

Ses doigts caressent lentement le crin d'Archy.

— Mon frère est un homme... compliqué. Il fera un bon roi, mais pour être un bon époux, il a encore du chemin à faire ! avoue-t-elle d'un air songeur.

— C'est vrai qu'à Tortagen, il s'est montré entreprenant avec beaucoup de femmes.

— Il a toujours aimé user de son titre pour séduire, même avant d'arriver à Tortagen. Mon père a dû acheter le silence d'un nombre incalculable de sujets, pour éviter que son comportement ne s'ébruite dans tout le royaume. Ses aventures parfois tumultueuses lui ont valu sa mauvaise réputation.

Cela ne me surprend pas, mais je pense que Réna sait ce qui l'attend. Le goût de Basil pour les femmes n'a rien de nouveau.

Une bourrasque de vent s'engouffre dans l'écurie et j'aperçois Isore volant au-dessus de nos têtes. Enfin.

— Je te dis à ce soir au banquet ? Je dois aller voir mon père, lui dis-je en m'éloignant d'elle.

Elle hoche la tête timidement.

Je me précipite vers la sortie de l'écurie quand mon prénom résonne dans la bouche de Dixie !

— Vinira ! Je suis contente que tu ne deviennes pas ma belle-sœur, avoue-t-elle, car je t'apprécie… sincèrement !

Ses mots sont une énigme. Qu'entend-elle par là ? Elle doit savoir que je n'aspirais pas à devenir une épouse et encore moins celle de son frère. Ses paroles sont touchantes et je la remercie d'un sourire avant de m'élancer à la rencontre d'Isore et de mon père.

Je dévale trois par trois les marches qui mènent à la forêt où l'animal a atterri. La pégase secoue ses ailes énergiquement, laissant s'échapper des gouttes d'eau.

— Bonjour père, vous venez de traverser les nuages ?

— Non, Isore a juste volé au ras de l'eau pour se rafraîchir, avoue-t-il.

Il saute de son dos et me serre dans ses bras. Je me love dans le creux de son cou qui sent l'odeur des draps d'Horswing et des fleurs de ses jardins.

— C'est gentil de venir m'accueillir ! L'armée d'Horswing ne partira que demain. Tous les Cavaliers sont prêts à combattre pour défendre nos terres. Il a fallu leur expliquer pourquoi nous combattions aux côtés des Guerriers qui ont tenté de nous anéantir il y a vingt ans. Mais ils semblent tous avoir saisi l'urgence de la situation.

— À ce propos, j'aimerais vous parler du choix des bataillons…

— Je dois me rendre dans la salle du conseil, accompagne-moi, nous parlerons en chemin.

Nous reconduisons Isore aux écuries pour la débarrasser de sa selle, puis nous traversons ensuite la forêt jusqu'au pont qui mène au palais.

— Hier, le conseil a dévoilé les affectations pour les postes de combat.

— Majestés ! nous salue un groupe de Guerriers que nous croisons sur notre route.

— Oui, tu es à moins d'une heure de Deerwood, près de Basil. Quant à Myrna, elle vous rejoindra lorsque le roi sera prêt à sortir de sa montagne. Dans cette configuration, il ne devrait y avoir aucun souci pour que vous puissiez vous retrouver tous les trois. J'ai vu que tu étais sous le commandement de Wyatt Mathew et du Commandant Rickel. Cela doit t'enchanter !

— Père, est-il possible que Kallias Felirson puisse intégrer mon bataillon ?

Les yeux de mon père restent fixés devant lui.

— Pourquoi ? demande-t-il sans paraître plus surpris que ça.

— Je… j'ai besoin de lui à mes côtés. Il a toujours été présent à Tortagen pour moi. Il m'a sauvé de situations tellement catastrophiques. Je ne me vois pas combattre sans sa présence à mes côtés.

— Vinira, les Ailes doivent être répartis sur plusieurs bataillons, je ne peux pas rapatrier Kallias sur le tien, vous seriez beaucoup trop nombreux et cela mettrait en péril ceux où il en manquera.

— Très bien, alors faites un échange avec Ismène ou Tieran Ermol.

— Je ne peux pas, Vinira !

Ses mots froids sont comme un coup de massue. Je m'attendais à tout, sauf à son refus.

— Pourquoi ? Maddor m'a dit que vous seul pouviez y remédier. Je ne vous demande pas grand-chose. Juste un petit changement. Je ne pense pas que cela affecte la tournure des évènements.

— Nous avons jugé préférable que tu ne sois pas avec lui étant donné vos liens... étroits.

Nous ? Avec qui en a-t-il discuté ? De quoi parle-t-il ?

— Expliquez-vous !

— Si Kallias devait tomber au combat sous tes yeux, sa mort risquerait de t'empêcher d'accomplir ton devoir. En aucun cas, nous ne pouvons laisser cela se produire. Tu seras beaucoup plus efficace, s'il n'est pas présent.

Je n'en reviens pas de ce que j'entends. Un sentiment d'angoisse et d'injustice m'envahit.

— Alors, vous avez fait exprès de me séparer de lui ?

— Je n'ai rien fait du tout. Wyatt Mathew t'a choisie dans son bataillon et il s'avère, au vu du mépris qu'il éprouve pour Felirson, qu'il ne l'a pas choisi. Je me suis juste contenté d'approuver ce choix que je trouve juste et sensé.

Je tombe des nues. Il a approuvé. Il ne veut pas que je puisse être en état de faiblesse sur le champ de bataille. Comment peut-il raisonner aussi égoïstement ?

— Père, nous pourrions au moins...

— Vinira ! lance-t-il en haussant le ton, ce qui me laisse sans voix. Les bataillons ne changeront pas, il est inutile de m'en reparler. Tu seras au sud de Deerwood et le Second Felirson dans les montagnes. Fin de la discussion.

Je reste là, immobile, en plein milieu d'une allée fleurie, figée sur place tandis que mon père s'éloigne en direction de l'aile ouest. C'est la première fois qu'il hausse la voix avec moi, la première fois qu'il me dit non, et je me demande si son explication est sincère tellement elle me paraît grotesque. De qui parle-t-il en disant « nous » ? À part lui et quelques personnes de confiance, personne n'est au courant de ma relation avec Kallias. Comment peut-il prendre une décision telle que celle-ci à ma place ? Je trouve ça puéril et injuste.

Mon père n'a rien compris, rien du tout. Ma force, c'est de Kallias que je la tiens. Comment suis-je censée vaincre les ténèbres, si je dois m'inquiéter en permanence de là où il est et s'il va bien ? Ma vue se trouble et des bourdonnements s'intensifient dans mes oreilles. Je sens des gouttes de sueur perler sur mon front, et je suis obligée de m'accroupir quelques instants pour reprendre mon souffle. Ce soir aura lieu le dernier banquet avant le départ pour la guerre. Un grand moment festif où nous fêterons nos derniers instants tous ensemble. Après cela, je ne verrai plus l'homme que j'aime et je ne suis pas sûre de le revoir un jour. Prise de panique, je me relève rapidement et je décide d'aller trouver Kallias. S'il me reste quelques heures avant de le quitter, je ne veux pas que l'on se sépare sur une dispute non résolue et sans lui avoir dit une dernière fois à quel point je l'aime.

***

Après une bonne heure à le chercher dans tout le palais, je finis enfin par le trouver assis autour d'une table du réfectoire, en compagnie d'une bonne dizaine de Guerriers et de quelques pichets de vin. Lorsqu'il m'aperçoit, il esquisse un léger sourire, mais quand il comprend à mon expression que quelque chose me chagrine, son visage se referme, et il se lève aussitôt pour me rejoindre.

— Tout va bien ? me demande-t-il.

— Non, pas vraiment.

Il m'attrape par le bras et nous nous éloignons dans le couloir pour éviter que notre conversation ne devienne publique. Près de la porte, je m'adosse derrière une colonne en marbre, consciente que nous sommes en plein passage et visibles par n'importe qui.

— Mon père a refusé de faire un changement de bataillon.

— Tu lui as demandé de changer ?

— Pour être avec toi !

Ses yeux brillent d'une lueur de joie. Pensait-il vraiment que je n'aurais pas tout tenté pour être avec lui ?

— Mais il n'a pas voulu. D'après lui, ça m'empêcherait d'accomplir mon devoir s'il t'arrivait quelque chose au combat.

— Il n'a pas totalement tort !

— Tu approuves ces affectations ? je demande le cœur lourd.

— Non. Bien sûr que non. Quand j'ai vu mon nom sur un autre parchemin que le tien, c'est comme si on m'avait arraché un bout de moi-même. Pourtant, je m'y suis préparé, je savais que ça arriverait.

— Qu'entends-tu par là ?

— Et bien ton chef de bataillon y est pour beaucoup. Nous ne nous apprécions pas et il te veut à nouveau dans son lit. Il n'y a pas cinquante explications. Celle-ci est la plus plausible.

— Je ne pense pas que Wyatt projette de me mettre dans son lit en pleine guerre ! Et il n'est pas au courant pour toi et moi.

— Alors tu connais bien mal les hommes !

— J'ai été claire avec lui, je lui ai dit que ça n'arriverait plus !

Je regrette déjà d'avoir prononcé cette phrase lorsque que je vois le regard de Kallias se remplir d'une colère que je ne connais que trop bien.

— Donc, il a déjà tenté de se rapprocher de toi depuis que nous sommes là ! Putain !

— Kallias, j'ai été très claire avec lui !

— Tellement claire qu'il passe son temps à t'embrasser pour te dire bonjour. Tu es bien naïve !

— Est-on vraiment en train de nous disputer à cause d'un homme que je ne désire pas, Kallias?

— Mais tu l'as désiré !

C'est vrai. Je ne peux pas le nier. Mais il y a longtemps, et aujourd'hui je le considère comme un ami, un vieil ami, et désormais comme mon chef de bataillon.

— Tout comme tu as désiré Ismène, et tu ne m'entends pas te le reprocher chaque jour qui passe.

Je comprends sa colère mais je n'y suis pour rien. Il en a après Mathew et c'est moi qui en paie le prix.

— Tu as raison, excuse-moi ! Mais dès que je le vois s'approcher de toi, je deviens fou. Je ne suis pas en colère contre toi, c'est juste que... cette situation est difficile. Faire comme s'il n'y avait rien entre nous est compliqué, surtout quand je vois d'autres hommes s'approcher de toi.

— Ce que je t'ai dit l'autre soir n'a pas changé, Kallias. Mes sentiments pour toi ne sont pas un caprice. Je n'ai jamais ressenti ça avant.

Dans ses yeux bruns se met à briller une lueur d'espoir.

— C'est... c'est vrai ?

— Évidemment que c'est vrai. Pourquoi te mentirais-je ? Je ne suis pas parfaite, mais je suis sûre de ce que je ressens lorsque tu poses les mains sur...

Son doigt vient se poser sur mes lèvres pour m'empêcher de continuer ma phrase à voix haute.

— Chut, pas ici ! murmure-t-il en me poussant dans le recoin derrière la colonne en marbre.

Son corps comme un aimant s'est plaqué contre le mien. Son odeur boisée et citronnée emplit mes narines et je mordille son doigt collé sur mes lèvres.

Kallias gémit mon prénom comme un murmure qui me fait frissonner de désir. Ces jours passés sans lui ont laissé un vide dans mon cœur, qui ne demande qu'à être comblé passionnément et immédiatement.

— Vinira, je suis désolé pour ma réaction la dernière fois, je n'ai pas su comprendre l'enjeu de ce que ton père t'a confié. J'ai conscience que tu ne peux pas tout me dire et j'ai été blessé... que tu me caches des choses, mais...

— C'est à moi de m'excuser, Kallias, je ne voulais pas te faire de la peine, vraiment pas ! Et tu es la première personne à qui je confierais mes secrets si j'en avais le droit !

— Je sais. C'est juste que j'ai peur... de te perdre !

— Pourquoi me perdrais-tu ?

— Tu vas devenir la femme la plus convoitée de ce monde, la reine de tout un peuple... j'ai peur de ne pas avoir ma place auprès de toi.

Cette révélation provoque une décharge le long de ma colonne vertébrale, mais entendre Kallias me parler de ses craintes me fait chaud au cœur.

— Personne ne t'arrive à la cheville, Kallias Felirson. Ne me laisse pas dormir seule ce soir ! C'est la dernière nuit avant le départ. Je veux la passer avec toi.

Kallias jette un coup d'œil en arrière car des bruits de pas s'élèvent à l'autre bout du couloir. Puis, ses lèvres se collent contre ma tempe pour m'offrir un baiser tendre et réconfortant.

— Je ne te laisserai pas dormir du tout ! avoue-t-il avant de repartir aussitôt dans le réfectoire.

Quelques secondes plus tard, un groupe de Guerriers passe devant la colonne, mais ne me prête pas attention.

J'ai hâte que cette guerre se termine. Hâte de pouvoir vivre librement mon amour pour Kallias. Chez nous. À Horswing. Mais en attendant, je dois garder la tête froide et continuer à faire ce que l'on attend de moi.

***

J'ai proposé à Mélione de venir se préparer avec moi dans ma chambre avant le banquet. Les Guerriers ne dorment pas au palais. Seuls Kallias, Arran, Maddor, Myrna et moi avons eu une chambre à notre arrivée, ainsi que les chefs de guerre. Les autres sont logés dans le fort près de la clairière.

— Es-tu nerveuse ? me demande ma meilleure amie qui s'affaire à attacher les boucles de mes cheveux sur ma tête.

— Ça se voit tant que ça ?

— Tu n'as pas décroché un mot depuis de longues minutes alors que tu as toujours des ragots palpitants à me raconter !

— Excuse-moi, Mél, je suis juste... anxieuse !

— Eh, dit-elle en s'agenouillant face à moi, ça va aller, ok ? Tout se passera bien. Je veillerai sur Kallias même si c'est plutôt lui qui devrait veiller sur moi...

J'esquisse un sourire.

— ... et puis tu seras avec Alden, Wyatt et même Tieran. Et si l'envie te prend, tu pourras même zigouiller Ismène sans que personne ne te le reproche, plaisante-t-elle. Au moins, elle sera loin de Kallias. Vini, cette guerre ne durera pas des mois. Tu vas survivre parce que tu es la femme la plus puissante de ce monde. Et on se retrouvera tous après la guerre pour boire et fêter notre victoire ! Ta victoire !

Dès que j'ai croisé le regard de Mél, le premier jour à Tortagen, sous la statue de Clarine, j'ai su qu'elle deviendrait une amie fidèle. Mais elle est bien plus que ça désormais. Elle est un morceau de moi-même, mon soutien inconditionnel. C'est peut-être une bonne chose qu'elle soit finalement si loin de moi sur le champ de bataille. Si elle devait tomber, je ne supporterais pas de la voir mourir sous mes yeux. Cette idée me fait finalement accepter ce choix déchirant, et la colère que j'ai nourrie à l'égard de mon père toute la journée s'envole aussitôt.

— Promets-moi de faire attention à toi, Mél !

J'enveloppe mes mains autour des siennes et pose mon front contre le sien.

— Je vais découper ces créatures une par une et leur arracher le cœur ! Ça va aller, je te le promets. Maintenant fais-moi le plaisir d'enfiler cette robe sexy, et de montrer au monde à quoi ressemble la future reine des Ailes.

***

Quand nous pénétrons toutes les deux dans la salle du banquet, nos yeux s'écarquillent de surprise.

— Par les Dieux !

Des centaines de tables alignées les unes contre les autres autour d'une magnifique piste de danse. Je retrouve en quelques secondes l'ambiance des fêtes de Tortagen. Une dernière soirée tous ensemble avant de partir à la guerre. À chaque bout de la salle, trois tables ont été installées pour les rois et leurs conseillers. Sur la droite, Myrna est déjà assise, en grande discussion avec deux hommes aussi charmants l'un que l'autre, qui reluquent autant ses yeux que son décolleté. En face, la table de Basil où Réna, Nister,

Gils et les sujets de Deerwood sont déjà en train de boire des litres de vin. Et à gauche, Maddor, assis près de mon père, en train de saluer de nombreux Guerriers qui sont ravis de voir que le roi des Ailes est sain et sauf.

Après un rapide coup d'œil sur la salle, je vois que les Combattants de chaque royaume sont mélangés. Il n'y a pas de clan ce soir. Juste des hommes et des femmes, heureux de passer une soirée ensemble.

— Majesté !

Une voix amicale s'élève derrière nous et nous hurlons de joie lorsque nous découvrons Alden, dans une tenue de fête qui lui va à ravir. Ses beaux cheveux roux sont coiffés en arrière et tombent sur ses larges épaules.

— Je suis si contente de te voir, je murmure dans son cou pendant que nous le serrons dans nos bras.

— Je vous envie tous les deux de partir ensemble ! grogne Mélione.

— Comment as-tu fait pour être détaché ? Je croyais que la garde devait protéger Basil même en cas de guerre.

— Eh bien, Basil a négocié avec Maddor pour obtenir des Cavaliers des Ailes. Il ne voulait pas être le seul à ne pas avoir de pégases pendant la guerre et surtout à Deerwood. Maddor a accepté en échange de quelques Guerriers, et je me suis immédiatement proposé. Basil a accepté sans rechigner. Il voulait des Cavaliers coûte que coûte.

Je suis surprise. Alden a fait le serment de servir Basil.

— Mais protéger ton roi a toujours été le rêve de ta vie !

— Oui, mais protéger la future reine des Ailes est une chose que je me devais d'accomplir.

Mon dieu. Son allégeance me va droit au cœur. Je ne suis pas sa reine et, pourtant, il a choisi de combattre à mes côtés.

Je ne peux m'empêcher de le prendre encore une fois dans mes bras pour être sûre que je ne suis pas en train de rêver. J'imagine alors un monde où l'espoir de vivre à nouveau en paix les uns avec les autres est possible.

— Merci Alden. Je n'oublierai jamais ce que tu fais pour moi.

Je songe alors à Réna qui lui a brisé le cœur pour conquérir celui d'un homme qui ne l'aimera peut-être jamais. Elle ne sait pas ce qu'elle perd. Mais elle ne le mérite pas. Personne ne mérite un homme aussi bon et fidèle que mon ami. Ce poste loin de Deerwood, loin de Basil, sera aussi un nouveau départ pour lui, là où je pourrai veiller sur lui.

— Venez, je leur dis, allons manger et boire tous les trois comme au bon vieux temps.

Nous nous installons à la table de mon père qui est désespérément vide. Les Cavaliers d'Horswing feront directement la route demain depuis le royaume jusqu'aux postes de combat. Nous sommes donc en minorité ce soir au banquet, mais j'y vois là le moyen de montrer au monde, que peu importe nos origines, nous pouvons nous mélanger, car l'amour et l'amitié vont bien au-delà des frontières de nos mondes. Mes parents en ont été la preuve avant moi, et en mémoire de ma mère, je me dois de poursuivre son combat.

— Vous allez combattre sur le poste le plus proche de mon village, lâche Mélione, ma famille me manque, j'espère qu'ils vont bien !

— Je te promets que nous ferons notre maximum pour les protéger. Tant que je serai debout, pas un de ces monstres ne mettra un pied à Golath.

Nous ne pouvons pas faire évacuer les villages tout simplement car il n'y a pas d'endroit où se cacher. Il n'existe aucun moyen d'échapper à l'armée des Ombres tant que la lune rouge scintillera de mille feux dans le ciel.

Le repas se déroule dans la joie et la bonne humeur. Maddor et mon père s'adonnent à la narration de leurs souvenirs et bêtises de jeunesse, sous les crises de fou rire de Mélione et d'Alden. Tieran et Sorin nous ont rejoints pour le dessert, pour le plus grand bonheur de ma meilleure amie. Quand je les vois se regarder l'un l'autre dans le blanc des yeux, je suis bien contente que ma chambre ne soit pas à côté de la leur. Je me demande où est Kallias. La salle est tellement grande et je n'ai pas encore aperçu sa silhouette ce soir.

— Il a dû s'attarder aux écuries, me murmure Tieran au creux de l'oreille.

C'est fou ce don qu'il a de lire dans mes pensées à chaque fois que je pense à Kallias. Mais Tieran est un de ses amis les plus fidèles, et il sait parfaitement ce que nous représentons l'un pour l'autre.

Soudain, près des portes de la salle, derrière un groupe de Guerriers qui discute, je l'aperçois enfin, dans une tenue bleu nuit et dorée, parfaitement ajustée sur son corps musclé. Ses cheveux ébène sont plus courts que d'habitude, offrant à son visage plus de lumière pour le contempler.

J'ai le souffle coupé devant la beauté si parfaite de cet homme. Les battements de mon cœur accélèrent lorsque je le vois se frayer un chemin à travers toute cette foule jusqu'à moi.

— Ferme la bouche, Vini, ou bien ta mâchoire va finir par se décrocher, ricane Alden, qui n'en a pas perdu une miette.

Je recolle aussitôt mes lèvres et détourne les yeux pour rougir sur son épaule.

— Cet homme causera ma mort, je murmure, honteuse de m'être fait surprendre.

Soudain, les musiciens se mettent à jouer, emplissant la salle d'une mélodie entraînante.

— Oh, allons dansez !

Mélione nous tire par le bras les uns après les autres, et nous la suivons sans discuter. Seul mon père et Maddor restent assis autour de leur pichet de rouge à discuter.

Je n'ai pas été très initiée aux danses de palais durant mon enfance. Mon père adoptif a clairement passé plus de temps à m'entraîner à tirer à l'arc qu'à me faire valser dans notre salon.

— Choisis un partenaire, me conseille Mélione, ça va commencer !

— Ok !

J'attrape Alden par le bras avant qu'il ne s'échappe.

— Je suis un piètre danseur, avoue-t-il, gêné, en se frottant l'arrière de la tête.

— Ça ne fait rien, je ne suis guère mieux !

— Ça n'a rien de compliqué, nous dit Mélione tandis qu'elle place ses mains autour du cou de Tieran, je vais vous montrer quelques pas.

Sur l'air de la musique, ils déambulent tous les deux, ainsi que la totalité de la salle, dans une danse lente mais entraînante. J'observe rapidement la position de ses pieds sur le sol, et nous intégrons très vite les rangs. Alden se débrouille très bien, et je me laisse guider par ses bras vigoureux. Au bout de quelques minutes, l'assemblée se fige en même temps que la musique. C'est le signal que nous devons changer de partenaire. Alden passe à ma gauche et Tieran se retrouve face à moi. Je place mes mains autour de son cou et le rythme reprend de plus belle.

— Tu te débrouilles pas trop mal.

— Merci, j'apprends vite !

En réalité, il est bien meilleur que moi et je me laisse guider par ses bras autour de ma taille. Quelques minutes s'écoulent encore, avant que la prochaine musique s'enchaîne, entraînant également un nouveau changement. Tieran se dirige vers une femme sur ma droite, laissant la place pour mon nouveau partenaire qui n'est d'autre que... Wyatt.

— Salut !

Ses yeux balaient ma tenue avec un regard qui ne m'est pas inconnu. Celui du désir.

— Salut, je réponds.

Je place mes mains hésitantes autour de son cou, priant pour que Kallias se trouve à l'autre bout de la salle et n'ait aucun visuel sur cette scène.

— Je sais qu'on a déjà dû te le dire, mais tu es magnifique dans cette robe !

Si on peut appeler ce bout de tissu en soie une robe. La peau de mon ventre et de mon dos prend carrément l'air. Une fente s'étend du haut de ma cuisse jusqu'à mes pieds. Seuls mes seins sont cachés, et encore !

La façon dont Wyatt me regarde me rappelle ma discussion plus tôt avec Kallias concernant ses intentions. Espère-t-il vraiment recoucher avec moi alors qu'il n'a qu'à lever le petit doigt pour avoir toutes les femmes qu'il désire ?

— As-tu déjà songé à te marier ? je lui lance pour changer de sujet.

— Pourquoi ? Tu penses à moi pour partager ton trône ?

— QUOI ? Non ! Ce n'est pas ce que j'ai voulu dire.

Il ricane face à mon bégaiement.

— Dommage, car je t'aurais dit oui !

— Je n'ai pas besoin d'un roi, Wyatt. Je te demande si, après cette guerre, tu aurais envie de te marier, de ranger les épées et les dagues, rentrer à Croll par exemple ?

— Je ne sais pas. Pour cela il faudrait d'abord que je revienne vivant... et que la femme que je souhaite épouser ait l'intention d'accepter.

J'ai clairement perçu son sous-entendu, mais je fais mine de rien tout en continuant de danser dans le plus grand des silences. Quand le changement s'effectue, Wyatt se dirige vers la droite à mon plus grand soulagement.

Je tourne la tête de l'autre côté et découvre mon prochain partenaire. Ses cheveux fraîchement coupés sont encore plus beaux qu'auparavant, et quand mes yeux rencontrent les siens, je glisse sans hésiter mes mains autour de sa nuque et je laisse mon corps s'enivrer de son odeur citronnée et boisée.

12

Je jurerais que la musique s'est ralentie, à un rythme beaucoup plus lent, propice à plus de rapprochement et d'intimité. Ou bien, peut-être que ce sont mes oreilles qui se sont fermées à tous les sons pour me laisser profiter de cet instant ? Peu importe, mon bassin est désormais plaqué contre le sien, au milieu d'une foule de danseurs qui effectuent les mêmes pas que nous. Sûrement avec plus de candeur et moins d'arrière-pensées !

Les frissons qui traversent mon corps sont puissants et dieu merci, personne ne s'en aperçoit. Kallias me sourit, en caressant lentement la peau nue dans le creux de mes reins. Je passerais des heures à admirer ses yeux bruns, et je prie pour que la mélodie dure éternellement. Car je n'aimerais changer de partenaire pour rien au monde.

— J'ai cru que tu ne viendrais pas ! Je sais que tu n'affectionnes pas particulièrement ce genre de fête !

— Je les aime seulement parce que je sais que je peux t'y rencontrer!

— Qu'as-tu fait à tes cheveux ?

— J'ai taillé quelques mèches, ça ne te plaît pas ?

— Tu es magnifique, cela te va très bien.

— Tu aimes vraiment ?

— Évidemment.

Un rictus déforme ses sublimes lèvres charnues.

— Ça te rend... moins froid et encore plus séduisant ! Je suis un peu jalouse que toutes les femmes puissent désormais admirer ton si beau visage.

— Regarde autour de toi. Il n'y a pas une femme qui possède le quart de ce que tu as.

Je m'efforce de ne pas rougir, mais je suis presque sûre d'avoir échoué car je sens mes joues me picoter. Je jette un rapide coup d'œil autour de moi, juste le temps d'apercevoir que Wyatt Mathew valse désormais avec Ismène. Tous les deux nous observent du coin de l'œil, et au vu du regard que Wyatt nous lance, il est clair qu'il se pose des questions.

— Je vais m'employer à les mettre ensemble ces deux-là que nous soyons enfin tranquilles !

— Ne parlons pas d'eux. Je veux profiter de cet instant avec toi !

Je pose mon front contre son menton en veillant à ne pas trop en faire et j'en profite pour m'imprégner de l'odeur dans le creux de son cou.

— Cette robe est...

— Indécente ?

— Oui, mais tu la portes à merveille !

— J'ai l'impression d'être complètement nue, mais ce sont les tenues dans ce royaume de nudistes !

Il ricane. Son rire m'a manqué, tout comme le son de sa voix, et la douceur de sa peau. C'est exaltant de pouvoir le toucher en public sans que ça ne paraisse suspect.

— Dans ton royaume, tu pourras choisir comment te vêtir ! Mais d'après ton père, il fait encore plus chaud à Horswing, au vu de la configuration de l'île.

— Je ne suis clairement pas prête à vivre nue sur mon trône devant tous mes sujets.

— Je suis clairement prêt à vivre nu rien qu'avec toi... pour l'éternité.

À cette simple pensée, mes jambes fourmillent, et je cache ma pudeur contre son torse brûlant. Les mots qui sortent de sa bouche sont terriblement excitants, nous entraînant dans un jeu dangereux au beau milieu de cette salle.

— Alors, nous allons devoir nous trouver une île déserte où personne ne risquera de nous déranger ! Il n'est pas question que je prenne le risque qu'une autre femme que moi reluque les courbes parfaites de ton corps.

— Cette idée me plaît. Toi et moi. Nus sur une île. À faire l'amour sans jamais nous arrêter...

Sa voix comme un doux murmure m'électrise. Sa cuisse est venue se glisser entre mes jambes, enfin j'espère que ça l'est. Il n'est pas question que je baisse les yeux et m'aperçoive que c'est tout autre chose.

— Tu finirais par te lasser de moi !

— Ça, j'en doute ! Je ne peux pas me lasser de toi. Tu es ancrée là, dit-il en tapotant la partie gauche de sa poitrine. Seule la mort m'empêchera de t'aimer, Vinira !

— Alors, jure-moi de revenir vivant de cette guerre. Je ne vivrai pas dans un monde où tu n'existes plus.

Sa main se pose sur l'arrière de mon crâne pour me forcer à plonger mon regard dans le sien. Son intensité est troublante, mais ce que j'y lis me rassure. Je sais qu'il se battra pour me revenir. Je le sens. Où qu'il soit. Il me reviendra toujours.

Sa main presse ensuite ma tête pour que ma joue se colle contre son torse. Son souffle ondule dans les boucles de mes cheveux.

— Je te le promets !

Je n'ai pas d'autre choix que d'y croire, de m'y accrocher du plus profond de mes tripes car c'est pour cet espoir que je me battrai dans quelques jours contre le roi Thalion.

— Je préfère perdre cette guerre, plutôt que de vivre sans toi, Kallias !

Ses mains se resserrent autour de mon corps brûlant de désir. Les mots que j'ai employés sont forts, mais je suis sincère. Je ne me sens pas capable d'affronter à nouveau cette douleur brutale, ce trou béant que la disparition de ma sœur m'a laissé. La guerre nous enlèvera des êtres chers c'est certain, mais au fond de moi, brille une lueur d'espoir qui me permet d'espérer que je le retrouverai.

— Tu ne perdras ni cette bataille, ni moi, Vinira. Quand le moment sera venu, je serai près de toi pour l'affronter !

— Tu seras à plusieurs heures de moi sur un autre…

Ma respiration se saccade quand je sens sa main basculer à nouveau ma nuque en arrière. Ses lèvres rosées ne sont qu'à quelques centimètres des miennes. Que fait-il ? Va-t-il m'embrasser devant tout le monde ? Non ! Ce serait tellement imprudent ! Pourtant je ne me dégage pas. J'avance même mon visage, prête à recevoir ce qu'il a à m'offrir. Son autre main est toujours sur le bas de mon dos, à cheval avec le relief de mes fesses. Ses doigts jouent avec la couture de ma robe. Je meurs d'envie qu'il me l'enlève, qu'il m'ôte ce bout de tissu pour permettre à mon corps de respirer, de se laisser caresser librement par la pulpe de ses doigts. L'excitation me brûle désormais l'entrejambe au point que ça en devient presque douloureux. Kallias pose son pouce sur mes lèvres pour m'empêcher de les ouvrir. Il sait les sensations qu'il me procure rien qu'en m'effleurant. Il me connait par cœur.

— Vinira, quand le moment viendra, je serai là pour combattre à tes côtés.

Quand je reprends mes esprits, je réalise que la mélodie vient de s'arrêter et qu'il est temps de changer de partenaire. Je ne me suis pas rendue compte que mes ongles se sont enfoncés dans la peau de sa nuque. Mais il m'a laissé faire car il est conscient de la force que cela me demande de lui résister.

Nous sommes encore entourés des bras l'un de l'autre, lorsqu'un raclement de gorge nous fait tourner la tête. Le prochain danseur est derrière moi, et attend que Kallias lui laisse la place.

— M'autorises-tu à danser avec ma fille, Felirson ?

Je me sens tout à coup honteuse, comme si mon père venait de me surprendre au lit avec lui. Mais Kallias, lui, n'a pas l'air gêné. Il tend alors ma main à mon père et s'incline face à lui.

— Majesté !

Le roi des Ailes avance vers moi et place ses mains là où, quelques secondes plus tôt, étaient posées celles de Kallias.

La mélodie reprend et je m'efforce de ne pas regarder mon père dans les yeux, le temps que mon corps baisse en température. Mon précédent partenaire, lui, a trouvé une place à notre table près de Maddor, et vide d'un seul trait son verre de vin.

— Tu danses très bien ! me complimente-t-il.

— Je… je suis novice. La danse n'est pas une chose que j'ai pratiquée durant mon enfance ! Dieu merci, mon père m'emmenait plutôt à la chasse et m'entraînait au combat. J'ai passé bien plus d'heures une dague et un arc en main que dans des petits chaussons dorés.

— Il t'a bien entraînée. Je suis heureux de savoir que tu as été heureuse à Croll.

Heureuse ? L'ai-je vraiment été ? J'ai grandi avec un vide dans la poitrine sans trop savoir ce qu'il représentait. Je me suis mise en tête de devenir une Guerrière redoutable pour suivre les traces d'un homme qui n'était finalement pas mon père, mais qui m'a aimée comme sa fille. Heureuse, je l'ai été dans les moments insouciants avec Zielle. Cette sœur jumelle qui ne me ressemblait pas, mais qui m'a offert beaucoup d'amour. Mais une part de moi est restée à Horswing. Je ne peux pas dire à ce nouveau père que ma vie n'a pas toujours été des plus heureuses, lui qui a sacrifié la sienne pour que je puisse rester en vie.

— Es-tu toujours fâchée contre moi ?

— Non, père, je vous en ai voulu toute la journée, mais je comprends maintenant votre décision.

— Felirson a l'air d'être quelqu'un de bien ! avoue-t-il.

Je ne peux m'empêcher de sourire.

— ... et la façon dont il te regarde, je crois comprendre que tu comptes beaucoup pour lui.

— Il compte aussi beaucoup pour moi.

— Je me souviens du jour où ta mère est venue à Horswing, seule. Ce jour-là, c'est comme si la foudre s'était abattue sur moi. Je la voyais avec un regard différent, nouveau. C'est comme si j'étais soudainement devenu un autre homme, avec de nouveaux désirs. J'ai aimé ta mère d'un amour puissant, irrationnel, et elle m'a offert la plus belle chose au monde. Tu es devenue ma nouvelle raison d'être...

La mélancolie dans sa voix me brise le cœur car je sais où il veut en venir.

— Sa disparition m'a anéanti, dévasté. Une part de moi-même est morte avec elle ce jour-là. Je sais que j'ai été absent pour toi toutes ces années et je suis persuadé que ton autre père t'a parlé de toutes ces choses que l'amour peut vous faire faire ou ressentir....

En réalité non. L'amour était un sujet que Zielle et moi avions découvert seules, au cours de discussions et d'observations, puis dans les bras des jeunes hommes du village.

— Je ne veux pas que ton cœur saigne autant que le mien a souffert ma fille, même si je n'ai pas le pouvoir de t'en protéger. J'espère juste que tu feras toujours les meilleurs choix... pour toi... pour ton peuple.

Parle-t-il toujours des affectations ? Car je viens de lui dire que je ne lui en veux pas d'avoir fait ce choix.

— J'essaierai d'être digne de vous, père, du mieux que je le pourrai.

Ses lèvres s'écrasent sur mon front.

— Je t'aime, ma fille, et je donnerais à nouveau ma vie pour la tienne.

Mon cœur de petite fille fond sous la chaleur de ses bras. Mes larmes roulent sur mes joues, guidées par une vague incommensurable de bonheur. Du coin de l'œil, Kallias m'observe, l'air réjoui de me voir heureuse dans les bras de mon père. Sans lui, rien de tout cela n'aurait été possible.

***

Avant la fin du banquet, j'entraîne Mélione et Alden vers les bains, en dehors du palais. Je ne sais pas si c'est le vin qui m'a donné chaud ou si la nuit est particulièrement lourde ce soir, mais j'ai une envie soudaine de plonger entre les nénuphars. Et à l'évidence, je ne suis pas la seule à l'avoir eue car, lorsque nous arrivons, le bassin grouille de Guerriers entièrement nus.

— Vinira, je ne me souviens pas que tu aies eu une idée aussi... brillante, marmonne Mélione les yeux écarquillés.

Alden me jette un regard en coin et nous explosons de rire.

L'eau est fraîche, mais je plonge sans réfléchir la tête la première. En sortant la poitrine de l'eau, le drapé fin de ma robe se colle aussitôt à ma peau, et laisse transparaître la pointe de mes seins. Cette robe est décidément indécente. Mélione, elle, s'est entièrement dévêtue avant de sauter à pieds joints en nous éclaboussant. La voir aussi insouciante en cet instant me réchauffe le cœur. C'est probablement le vin qui la rend aussi euphorique, mais peu importe, elle est radieuse et je suis heureuse de partager cette dernière soirée avec elle.

Ce bassin est plus grand que celui de Tortagen. Tout autour, se dressent de grandes herbes fleuries ainsi que de gigantesques saules pleureurs dont les branches retombent dans l'eau avec grâce. Je m'aventure sur le dos à admirer le ciel sans étoiles et sans lune. Les sons s'évanouissent peu à peu autour de moi. Je ne perçois plus que les battements de mon cœur et les rires des Guerriers au loin. Le bassin se prolonge par un petit chenal qui contourne un des saules avant de rejoindre la mare. Je me laisse porter par ce léger courant qui m'entraîne autour de l'arbre. Les feuilles de ses branches fines et tendres frottent mon visage par moment. L'ambiance du banquet de ce soir était géniale, mais le silence de la nature me procure bien plus de sérénité. Je suis dans mon élément. C'est certainement dû aux nombreux entraînements nocturnes que j'effectuais seule, dans la forêt de Croll ! Ou bien à la vie sauvage qu'ont vécu Pyme et Archy et qui commence à déteindre sur moi. Cette connexion que j'ai avec eux est indescriptible. J'ai souvent l'impression de ressentir leurs émotions, leurs joies et leurs craintes. Parfois, j'ai même la sensation de percevoir leur voix murmurer dans ma tête quand je transpose dans leur esprit. Je me concentre pour essayer de leur parler avec l'espoir que l'un d'eux me réponde, mais en vain. La seule chose dont je suis sûre, c'est que ma vie est irrévocablement liée à la leur. Plus je me transpose et plus nos liens se consolident. Certains Guerriers ont survécu à la mort de leur monture, mais moi, je sais que la mort de l'un d'eux entraînera la mienne, c'est indéniable. Ils font partie de moi comme je fais partie d'eux.

Les longues branches du saule m'intriguent et je décide de m'aventurer sur ce petit bout d'île qui supporte l'arbre. Je sors du chenal en soulevant les pans de ma robe gorgés d'eau qui pèsent un cheval mort. Je jette un coup d'œil autour de moi et, lorsque je suis certaine d'être seule, je la retire pour l'essorer. Je suis bien trop pudique pour me balader nue devant tout ce monde. Sans la lune, je peine à voir où je mets les pieds. À travers les longues branches tombantes du saule, j'aperçois Mélione à une centaine de mètres de moi, au milieu des Guerriers éclairés par les lueurs de quelques bougies au bord du bassin. Elle ne semble pas s'être aperçue de mon escapade, et rit à s'en décrocher la mâchoire.

Soudain sur mon petit bout d'île, le bruit d'une branche qui craque me fait sursauter. J'attrape ma robe que je place devant ma poitrine nue. Mes yeux balaient autour de moi, mais la luminosité est faible et je ne perçois pas à deux mètres devant moi. Je saisis la dague du fourreau de ma cuisse par réflexe. Les rires des Guerriers résonnent au loin, mais j'ai le sentiment de ne pas être seule sous cet arbre gigantesque. Le vent s'engouffre sous les feuilles des branches, me provoquant des milliers de frissons. Je fais un pas en arrière, me rapprochant ainsi de l'eau. Mes yeux se plissent, cherchant à s'habituer à cette obscurité angoissante. Puis, j'aperçois brièvement une ombre qui passe derrière le tronc de l'arbre. Cette fois, j'en suis sûre, je ne suis pas seule. Ma dague est brandie au-dessus de mon visage, prête à être envoyée.

Je provoque une autre bourrasque sans le vouloir. La peur que je ressens agit avec une aisance incroyable sur mon pouvoir. Il est puissant et vibre maintenant à la surface de mon corps comme une couche de protection. Le vent amène à mes narines une odeur fraîche et excitante. Une odeur que je connais parfaitement bien. J'abaisse ma dague, certaine de qui se trouve alors dans l'obscurité. Lorsque l'ombre s'approche de moi, elle se transforme en une silhouette familière.

— Tu m'as fichu une de ces frousses, Kallias !

— Pardonne-moi, je ne voulais pas t'effrayer ! Es-tu seule ?

— Oui !

J'ai à peine le temps de m'habituer à son visage dans l'obscurité que je sens ses lèvres s'écraser sur les miennes m'arrachant un baiser fougueux et plein de désir. Le gémissement qu'il émet me fait comprendre que ça fait plusieurs heures qu'il en rêvait. Ma bouche s'entrouvre sans retenue pour accueillir sa langue contre la mienne. Je me love contre lui, plaquant ma poitrine contre les muscles saillants de son torse. Il tressaute de surprise et fait un pas en arrière en me tenant par les coudes pendant que ses yeux font le contour des courbes de mon corps.

— Mon Dieu, mais tu es... nue !

— Est-ce interdit ?

J'ai du mal à discerner l'intégralité des traits de son visage, mais je sens son regard pénétrant sur ma peau, et le bruit de ses dents blanches mordillant ses lèvres.

— Ce qui est interdit, c'est ce que je risque de te faire si tu ne remets pas cette robe tout de suite !

— Nous ne sommes pas seuls, je dis en désignant du doigt les Guerriers à quelques centaines de mètres de nous.

— Si tu savais à quel point ça a été difficile de te regarder toute la soirée sans pouvoir te toucher ! Tu n'imagines pas le contrôle que ça me demande chaque jour de masquer mon désir pour toi.

Je le sais parfaitement car m'empêcher de regarder Kallias alors qu'il est dans la même pièce, ne pas l'embrasser alors que j'en meurs d'envie, est une épreuve difficile que je m'inflige à moi-même.

— Tu regrettes cette décision de nous cacher ?

— J'aimerais crier au monde ce que je ressens pour toi ! Mais nous avons fait le bon choix. Imagine la façon dont Nister s'y serait pris, s'il soupçonnait nos sentiments l'un pour l'autre. Je ne veux pas être une faille pour toi. Je ne veux pas... que l'on te fasse du mal pour m'atteindre !

— Personne ne me fera plus de mal désormais, sauf s'il veut perdre la vie !

— Je sais ! Mais laissons d'abord cette guerre se terminer !

— Je vais finir par croire que tu as honte d'être avec moi, Kallias !

— Mes amis les plus fidèles sont tous au courant de ce que j'éprouve pour toi. Ton père aussi. Les autres n'ont aucune importance.

Avant que je n'aie le temps de lui répondre, la paume de sa main se pose sur mon sein et l'autre sur le bas du dos pour me rapprocher de lui. Des frissons me parcourent de la tête aux pieds.

Il incline sa tête, et sa bouche vient aspirer le creux de mon cou, derrière mon oreille, me provoquant une énième montée de désir.

— Si tu savais comme j'ai envie de toi ! Chaque minute, chaque seconde...

Cette pensée me fait rougir. À travers son pantalon, son membre dur se frotte contre la peau nue de mon ventre.

— Kallias ! Pas ici.

Mais il ne s'arrête pas. Ses mains malaxent mes hanches, puis mes fesses. Ses doigts jouent avec mon téton qui durcit aussitôt. Au loin, j'entends les rires des Guerriers qui m'empêchent de me détendre. Si quelqu'un nous surprenait, ça serait terrible ! Mais je n'arrive pas à le repousser. Mon corps est sous son emprise, fourmillant de désir pour lui.

— Tu veux que j'arrête ?

Non ! Bien sûr que non ! Je braverais tous les interdits avec lui. Ses doigts remontent ensuite dans mes cheveux et détachent les nœuds de ma coiffure. Les boucles tombent sur mes épaules, guidées par ses gestes délicats. Ses doigts caressent mes clavicules, puis ma nuque, avant d'embrasser chaque recoin de mon visage en prenant soin d'éviter ma bouche.

— Vinira, dis-moi d'arrêter !

Sa voix est plus dure, mais l'ordre qu'il me donne reste en suspens dans l'air, tandis qu'il continue de caresser mon corps en plaquant son bassin contre moi.

— Je...

J'essaie de penser à ce qui pourrait arriver si quelqu'un nageait jusqu'à nous, si un Guerrier indiscret allait répandre la rumeur que l'ex Premier Commandant de Deerwood et la future reine des Ailes étaient en train de faire des choses indécentes sous l'arbre du bassin. Mais je n'y arrive pas. En mordillant la peau de mon cou, Kallias doit me priver ainsi de l'oxygénation de mon cerveau car je suis incapable de raisonner intelligemment.

— Dis-moi d'arrêter, Vini, et j'arrêterai !

Un cri s'échappe de ma bouche quand sa main glisse lentement le long de ma cuisse, se rapprochant dangereusement de mon entrejambe. Non, je n'ai clairement pas envie qu'il s'arrête, même si les risques sont énormes. Mon désir l'est encore plus.

Des rires fusent dans le bassin. Des baigneurs se rapprochent, mais nous sommes cachés dans la pénombre et sous les branches spectaculaires du saule. *Personne ne peut nous voir.* C'est ce que la petite voix dans ma tête me murmure.

Kallias relève la tête pour m'observer, la bouche entrouverte pendant que deux de ses doigts se glissent contre ma culotte humide sur la partie la plus sensible de mon anatomie. Un plaisir incontrôlable m'envahit et un gémissement s'échappe de ma gorge. Kallias s'empresse de poser ses doigts contre ma bouche pour m'empêcher de crier, tout en esquissant un sourire satisfait.

— Ne fais pas de bruit ! Je n'ai pas l'intention que quelqu'un assiste à ce que je vais te faire là, maintenant !

Je dégage lentement sa paume de mon visage en la mordillant.

— Ne t'arrête pas !

Ses yeux s'écarquillent.

— En es-tu sûre ? Parce qu'il va falloir que l'on soit très discret ! Et je ne suis pas sûr de pouvoir me retenir.

Est-il sérieux ? Il me torture pour ne pas aller au bout ! J'attrape fermement son membre dur à travers son pantalon et, à son tour, il pousse un bruit guttural.

— Dis-moi d'arrêter, et j'arrêterai, Kallias !

Il sourit contre mes lèvres et étouffe son gémissement pendant qu'il ondule son bassin dans la paume de ma main.

— Tu veux ma mort ?

Sa main se glisse sous ma culotte avec une rapidité effarante. Je suis parcourue d'une vague brûlante lorsque ses deux doigts me pénètrent d'un seul coup.

— Putain, je savais que tu ne souhaitais pas que j'arrête ! Ton corps me réclame !

Mon bassin se met à onduler contre ses doigts pendant que ma main glisse à son tour sous la couture de son pantalon. Des vagues de plaisir intense me parcourent à chaque fois qu'il entre à nouveau en moi. Mon corps hurle intérieurement, mais ma bouche étouffe ces cris contre la langue chaude et humide de Kallias.

Des rires se rapprochent dangereusement de nous, et c'est Kallias qui redresse la tête le premier.

— Putain, non ! Pas maintenant, marmonne-t-il.

— Je t'ordonne de continuer, je lance en l'empêchant de reculer.

— Vini, je ne veux pas quelqu'un te voit comme ça ! avoue-t-il, prêt à m'abandonner ici. Rentrons au palais !

— Non !

C'est moi cette fois-ci qui donne les ordres, et le ton que j'emploie le laisse quelques instants sans voix. Je continue à bouger ma main sur les contours de son sexe qui a atteint sa taille maximale et... spectaculaire. Kallias se met à trembler contre moi. Il n'est pas question que l'on s'arrête là. Mon corps est bien trop assoiffé pour attendre de regagner ma chambre. Autour de nous, les rires se calment faisant place à l'agitation et au grondement de l'orage.

— Il pleut les gars, il faut rentrer... VITE !

Il s'arrête quelques instants pour me dévisager.

— C'est toi qui as fait ça ? demande-t-il surpris alors qu'autour de nous, s'abat une pluie diluvienne sur le bassin, chassant ainsi tous les baigneurs.

— Tu voulais me faire des choses interdites, et je ne voulais pas que tu arrêtes !

— Es-tu sûre qu'il n'y a plus personne ? Parce qu'une fois que j'aurai commencé, je veux que personne n'entende les bruits indécents que tu feras.

La température monte encore d'un cran, et j'abats en même temps la foudre tout autour de l'arbre. Personne ne se risquera à s'aventurer ici à présent et l'orage camouflera parfaitement nos cris.

— Tu peux réussir à faire les deux en même temps ?

— As-tu déjà oublié notre première nuit dans ma chambre ? La tempête a fait vibrer les carreaux de ma fenêtre, et pourtant je n'avais aucune idée que je possédais un tel pouvoir.

— Tu crois vraiment que j'ai déjà oublié cette nuit-là ? Celle où je t'ai vue nue pour la première fois...

Ses doigts effectuent désormais des cercles sur mon clitoris gonflé.

— ... cette nuit où j'ai pu enfin goûter à la douceur de tes lèvres, lécher ton corps dans ses moindres recoins, me perdre en toi jusqu'à en oublier mon propre nom...

— Kallias...

Ma respiration s'accélère et mes jambes commencent à fléchir sous les mouvements de ses doigts qui accélèrent.

— ... cette nuit où j'ai découvert pour la première fois ce que ça procure de donner du plaisir à la première femme dont je suis fou amoureux.

Alors je suis la première ! Je ne sais pas si c'est le son de sa voix, ses paroles ou bien ses caresses entre mes cuisses qui me font frémir, peut-être les trois à la fois, mais mon corps explose de bonheur. Le plaisir fuse en moi, me traversant par vagues de toutes parts, en même temps que les éclairs tombent sur l'eau.

— ... alors non, Fadyenaï, je n'ai rien oublié de cette nuit-là. Cette nuit où mon cœur s'est enfin mis à battre. Jamais je ne l'oublierai. Je suis à toi. Ici, maintenant, et quand tu le décideras. Je serai toujours à toi.

Mon dieu. Il se rappelle de cette phrase que j'ai prononcée dans ses bras alors que j'étais promise à un autre. Mon cœur lui appartient, depuis le premier jour et jusqu'à mon dernier souffle.

— Je t'aime Kallias. Si tu savais à quel point...

Sa bouche m'empêche de terminer ma phrase. Ses baisers passionnés se transforment alors en baisers sauvages, violents. Ses mains me soulèvent, se nichant sous mes cuisses pour me plaquer contre lui. J'enroule mes bras autour de sa nuque et j'agrippe mes doigts dans ses cheveux courts. Sa bouche se mêle en parfaite harmonie avec la mienne. Je pourrais le laisser me dévorer des heures durant, mais mon corps est à bout de souffle. Mon sexe trempé désormais collé contre son ventre s'électrise lorsqu'il fait bouger mon bassin contre lui. Je suis incapable de contrôler les bruits d'extase qui sortent de ma bouche. Je n'en ai même pas envie. L'orage couvre nos cris sur des centaines de mètres. Il n'y a que lui et moi, seuls sous cet arbre, dans la pénombre de cette nuit torride.

En un instant, Kallias me bascule sur le dos, en plaquant son corps entre mes cuisses tremblantes. Mes mains autour de son visage le maintiennent pour que nos langues se retrouvent. Mais Kallias tremble. Je connais son corps, et je sais qu'il commence à perdre pied.

— Enlève ton pantalon, je veux te sentir en moi !

Il se redresse en poussant son juron habituel et défait rapidement les lacets de son pantalon tout en le retirant. Je me sépare en même temps de ma culotte, me retrouvant à présent totalement nue sur l'herbe fraîche.

Kallias se place à genoux, une main sur chacun des miens, et écarte mes cuisses sans tressaillir. Son sexe épais est sublime, prêt à se perdre en moi. Ses yeux me reluquent, avant de s'attarder entre mes cuisses pendant qu'il se mordille les lèvres.

— Je te ferais l'amour tous les jours, et même toutes les heures s'il n'y avait pas cette maudite guerre ! maugrée-t-il.

Moi aussi, j'aimerais passer mes journées au lit avec lui. Mais pour l'heure, je me contente de contempler son visage parfait se décomposer lorsque son sexe s'enfonce en moi, centimètre par centimètre avant de me pénétrer entièrement.

La pression est parfaite, exquise, et j'ondule sous son corps pour que mon plaisir continue de grandir.

— Vini... !

Kallias gémit de plus en plus sans se retenir. Il sait que je contrôle le vent et la pluie et cela lui permet d'être lui-même, de laisser son corps vibrer de plaisir sans craindre d'être interrompu ou entendu. Ses mouvements de bassin sont puissants, efficaces à chaque poussée. Une main s'est glissée sous mes fesses pour empêcher mon corps de bouger à chaque assaut qu'il me donne. Sa bouche mordille mes seins et mes lèvres, pendant que mes doigts s'agrippent à ses fesses pour le guider dans un rythme qui étourdit mon corps. Il n'y a rien de plus fort au monde que ces décharges brûlantes qui me traversent de toutes parts.

— Tu veux toujours que je te demande d'arrêter ? je gémis.

Il esquisse un sourire contre mes lèvres, mais sa respiration saccadée l'empêche de me répondre. Il augmente par contre la force de ses assauts tout en observant mon visage. Mon dieu. Je suis parcourue de spasmes. C'est comme si la foudre traversait mon corps, mais que j'en voulais toujours plus. Mais Kallias ralentit ses va-et-vient. Il bouge désormais lentement entre mes cuisses avec une délicieuse tendresse.

— J'aimerais que ça ne s'arrête jamais... j'aimerais rester ici avec toi sous cet arbre... que le monde oublie notre existence.

Je caresse lentement, du bout du doigt, la cicatrice au-dessus de son œil. Je culpabilise toujours de ce qu'il s'est infligé par ma faute en rencontrant ces vagabonds près de Tortagen, cette fameuse nuit où il pensait que j'étais avec Basil. Tout comme Kallias culpabilise de la balafre que l'ours m'a laissée. Nos cicatrices font partie de nous et nous rappellent, chaque jour, ces évènements que nous préférerions oublier. Mais malgré l'obscurité, je discerne dans le fond de ses yeux, une cicatrice bien plus profonde. La peur a laissé une trace indélébile dans le cœur de Kallias. Ce qui s'est passé dans les cachots l'a affecté bien plus que de raison, et demain, il ne pourra plus veiller sur moi.

— Je n'ai jamais ressenti ça, Vinira... jamais...

Cette phrase est encore meilleure que de le sentir onduler entre mes cuisses.

— Moi non plus.

Dans le bas de mon ventre, une étincelle puissante s'allume et se répand dans tout mon corps. L'orgasme fuse en moi comme une flèche dans sa cible. Je gémis son prénom si fort que l'orage gronde au même moment. Kallias me suit immédiatement. Son corps est parcouru de tremblements et de frissons. Mes mains entourent son visage, le forçant à rester au-dessus du mien pendant qu'il m'assène ses derniers coups de bassin.

Si l'on m'avait dit ce premier jour à Tortagen, quand j'ai croisé le regard de ce Guerrier froid et arrogant, qui m'a empêché d'utiliser toutes mes dagues dans mon premier combat, que je finirai par en tomber follement amoureuse, j'aurais ri de toutes mes forces. Et pourtant, quand j'ai plongé mes yeux dans les siens, un frisson indescriptible m'a parcourue ce jour-là. Un sentiment que j'ai tenté d'étouffer au plus profond de mon corps.

Mais malgré tous les efforts, on ne peut éteindre un feu qui a déjà commencé à vous consumer.

— Promets-moi de ne jamais oublier ça !

Je suppose qu'il veut parler de ce que nous venons de faire. Comment le pourrai-je ?

— Vini... promets-moi de ne jamais oublier à quel point je t'aime...

13

KALLIAS

Dehors, l'orage s'est arrêté. Il n'y a plus une seule bourrasque de vent, ni une goutte d'eau qui tombe sur les larges plaines de Deerwood. La nuit est calme et silencieuse. De la fenêtre de sa chambre, j'aperçois à peine la nature à quelques mètres devant moi. Ce palais m'est si étranger. Je ne m'y suis jamais senti très à l'aise, même lorsque Hecmar était encore de ce monde. Dans quelques heures, l'aube pointera le bout de son nez. Vinira dort à poings fermés derrière moi. Comme je l'envie. Moi je n'y arrive pas. Mon esprit est bien trop occupé à ressasser les évènements de la soirée.

Quand je l'ai vue nager seule autour de cet arbre, je n'ai pu m'empêcher d'aller à sa rencontre. Tous les Guerriers étaient trop occupés à cuver dans l'eau pour se rendre compte que la princesse des Ailes s'éloignait pour chercher un peu de calme et de tranquillité. Ces moments où elle peut être seule, à admirer et rêver face au Grand Vent lui manque, je le sais. Elle déteste autant ce royaume que moi. Nous ne nous sentons pas chez nous dans ce palais sombre et étouffant. Tout comme sa mère avant elle, Deerwood lui insuffle le sentiment d'être dans une cage dorée. Vinira est une Aile. Elle a besoin d'espace, d'explorer les airs sur le dos de sa pégase. Elle est une Guerrière et une Cavalière. Les robes en soie et les chaussons dorés ne sont pas faits pour elle même si cela lui va à la perfection. Elle est bien plus heureuse dans sa tenue en cuir moulante, harnachée de ses dagues et de son arc.

La voir s'éclipser dans le bassin n'a fait que me confirmer à quel point nous sommes similaires. Je la connais par cœur et elle me comprend bien plus que quiconque.

Sa peau nue et frissonnante malgré la pénombre, la sensation de ses tétons durs contre ma peau m'ont rendu fou. Son odeur est comme une drogue dont je ne saurais me passer. Je connais chaque recoin de son corps, et dans l'obscurité, mes doigts exploraient chacune de ses courbes sans surprise. Je ne me lasserai jamais d'être en elle, de la faire crier mon prénom, de la voir s'extasier à chaque fois que je la pénètre de plus en plus loin.

J'avais besoin de lui dire, qu'elle était la première. La première pour qui mon corps a vibré. La première que mon cœur a aimée. J'ai baisé tant d'autres femmes auparavant. Tellement que je ne saurais les compter. Tant d'actes qui m'ont laissé un goût amer dans la bouche. Tant de parties de jambes en l'air où je n'ai assouvi que les pulsions sexuelles de mon corps. Et malgré toutes ces femmes que j'ai touchées, que j'ai laissé me caresser, il n'y en a aucune qui m'a donné envie d'éprouver un quelconque sentiment à leur égard. Il n'y en a aucune auprès de qui je suis resté dormir après les avoir fait jouir. Je ne les ai pas aimées. Je crois même que je les ai détestées.

Je n'ai jamais ressenti ça, Vinira... jamais...

J'avais tellement peur de lui révéler ces quelques mots, peur qu'elle me prenne pour un fou.

Moi non plus Kallias.

Sa réponse a fait chavirer mon cœur. Pas même ce connard de Mathew ne lui a fait ressentir ce qu'elle éprouve lorsque je la caresse.

Et dire qu'elle va être sur le même poste de combat que lui. La bile me monte dans la gorge rien qu'en y pensant. Je sais qu'il fera tout pour l'avoir à nouveau dans son lit. Je n'ai aucune idée de ce qu'il éprouve pour elle, mais il y a dans son regard une flamme de prédateur qui me laisse imaginer qu'il serait prêt à tout pour la toucher à nouveau. Et maintenant qu'elle s'apprête à monter sur le trône de son père, elle est devenue une proie pour ce genre d'individus. Mais Tieran sera là pour veiller sur elle en mon absence. J'ai sa parole. Je partirai demain le cœur un peu moins lourd. Mais je cogiterai chaque nuit à la façon dont je le torturerai s'il tentait de poser à nouveau la main sur elle.

Rien que de le voir la tenir dans ses bras pendant la danse au banquet, j'ai cru devenir fou. Ce banquet que j'ai failli rater. Seule Vinira a remarqué mon absence pendant le repas, mais dieu merci, elle ne m'a posé aucune question. Elle ne doute pas un seul instant d'où j'étais, ni pourquoi je suis arrivé aussi tardivement.

Arran a confié à sa fille des secrets sur Thalion, le roi du Feu, dont elle ne peut parler, pas même à moi. Je respecte son choix de ne rien me dire car ce n'est pas le sien, mais celui de son père. Arran sait des choses que le monde ignore et il vient de transmettre ses secrets inavouables à sa fille. Un fardeau à porter pour une future reine des Ailes. J'aime cette femme bien plus que ma propre vie, et rien ni personne ne m'empêchera de la protéger.

Alors que chaque Guerrier se préparait pour le début du banquet, j'ai grimpé sur le dos de Polla, et me suis envolé en direction d'Horswing. Le voyage commençait à m'être familier et en moins d'une heure, j'ai atterri discrètement au nord du palais. Je ne me suis aventuré dans les jardins qu'une fois certain de n'y trouver personne. À cette heure-ci, les Cavaliers étaient en train de préparer leurs montures à l'extérieur du palais et les servantes s'affairaient à préparer le dîner. Je ne pouvais pas risquer de me faire repérer et je préférais que personne ne sache que j'étais venu à Horswing, car ce que je m'apprêtais à faire n'était pas autorisé.

Je me suis aventuré dans le palais en prenant soin de choisir les couloirs les moins empruntés. Chaque endroit m'était familier grâce à mes nombreux voyages via les sphères de Tortagen.

Une fois à l'étage, j'ai crocheté sans mal la serrure de la chambre du roi. Je me suis engouffré à l'intérieur en refermant soigneusement la porte derrière moi. Arran était à Deerwood pour le banquet, et il n'y avait aucune chance pour que je le croise ici.

Près de sa cheminée, j'ai rapidement trouvé ce qui m'intéressait : une porte dérobée qui menait en toute intimité à l'intérieur même des sous-sols d'Horswing. Car je savais ce lieu protégé par bien plus de gardes et de Sages que dans les autres royaumes. Cela aurait dû piquer ma curiosité, mais après la guerre des Ailes, je me suis dit que le peuple cherchait à préserver sa mémoire coûte que coûte. Après un rapide tour dans les couloirs, j'ai trouvé une porte close assez étrange. En observant les détails du bois, j'ai cru reconnaître des flammes assemblées formant un symbole. J'ai attendu plusieurs minutes qu'un des Sages passe par ici. Je n'ai pas eu pas d'autre choix que d'assommer légèrement le premier que j'ai vu afin de déverrouiller la porte pour pénétrer à l'intérieur. J'ai enchaîné les portes de ce couloir les unes après les autres, plongeant dans les souvenirs de l'ancêtre de Vinira du temps de Thalion. Les sphères de souvenirs m'ont fait voir tellement de choses que j'ai mis un moment à rassembler les évènements dans l'ordre. Je ne savais pas ce qu'Arran avait montré à sa fille. Vinira m'avait parlé d'une seule sphère. Ici, j'en comptais des dizaines. Des dizaines de sphères où j'ai découvert Thalion dans son enfance, puis lorsqu'il a obtenu le pouvoir du feu, et jusqu'à ce fameux jour où il est tombé dans la montagne, et a subi la malédiction infligée par le roi des Ailes. Tout s'est éclairci dans mon esprit. J'ai compris rapidement pourquoi Vinira était en danger, et pourquoi Arran ferait tout pour empêcher le monde de découvrir la vérité. Il n'était pas question qu'elle meure à cause de son ancêtre. Elle devait à tout prix conserver son pouvoir.

L'heure tournait et je devais me hâter de rentrer pour assister au banquet, mais je ne sais pas pourquoi mon instinct m'a crié de consulter la prochaine sphère. Encore une. La dernière. J'ai regretté aussitôt. Ce que j'y ai vu m'a laissé sur le cul. Vinira ignorait cela, c'est certain. Arran ne lui avait rien dit. Il gardait ce secret à l'abri, même de sa fille. Je suis resté un moment assis devant la boule orange et bleue tournoyante à côté de moi sans être sûr d'en avoir compris le sens. Putain. Je ne pouvais même pas lui en parler. Ni de ce que j'avais vu, ni que j'étais venu ici. Elle ne me le pardonnerait pas. Je devrais porter ce secret tout seul. C'était mon fardeau à présent.

Obnubilé par mes pensées, le retour sur le dos de Polla s'est fait en un éclair. Je l'ai déposée à l'écurie et j'ai couru jusqu'au banquet. Quand je l'ai vue, dans cette robe indécente, j'en ai presque oublié que je venais de pénétrer secrètement dans les sous-sols de son royaume. Mais je ne regrettai pas mon geste. Je savais désormais ce que cherchait réellement Thalion.

Je sors aussitôt de mes pensées lorsque les bras de Vinira se glissent autour de mon torse nu. Sa main caresse délicatement la peau en-dessous de mon nombril me provoquant une vague de frissons.

— Tu n'arrives pas à dormir ? me demande-t-elle.

Je saisis sa main et dépose un doux et long baiser dans le creux de sa paume.

— Pas vraiment !

Ses seins se plaquent dans mon dos pendant que ses lèvres s'écrasent lentement sur ma peau.

— Viens, dit-elle tandis que ses doigts s'enroulent autour de mon membre, j'ai envie de toi.

Je la laisse me tirer jusqu'au lit pour assouvir une dernière fois ses envies et les miennes, avant de nous faire nos adieux demain matin. Mais en la regardant s'endormir contre moi après lui avoir fait l'amour encore une fois, je murmure à voix basse, dans le creux de son cou, une promesse que je tiendrai quoi qu'il m'en coûte.

— Je te protègerai toujours, je t'en fais la promesse et s'il s'en prend à toi… je le tuerai de mes propres mains.

14

VINIRA

Du haut de la colline, j'observe les plaines d'un regard émerveillé. Je n'ai jamais vu avant aujourd'hui autant de Guerriers réunis. Des milliers d'hommes et de femmes s'apprêtent à quitter le royaume pour les postes de combat. Une émotion intense me traverse. De la peur mélangée à une agréable sensation d'être exactement là où je dois être. J'ai toujours rêvé de servir et défendre mon royaume, et c'est exactement ce que je m'apprête à faire. Je vais combattre aux côtés de tous ceux qui souhaitent empêcher le roi des Ombres de plonger notre monde dans le chaos.

Malgré la foule agitée, je repère facilement le Commandant Rickel et Wyatt Mathew sous la bannière de notre bataillon. Tieran est déjà là, non loin d'Ismène et d'Alden. J'ai enfilé, comme eux, mon armure de combat aux couleurs d'Horswing. Mon blason.

Avant de les retrouver, je me dirige vers la tente des rois où se trouvent Basil, Myrna et mon père.

Basil qui, lui, reste à Deerwood, est enveloppé dans une magnifique cape verte et dorée. Sa couronne est posée sur son épaisse chevelure blonde depuis la mort de son père. C'est la première fois que je vois la reine du Désert entièrement habillée. Elle porte une tenue en cuir noir intégrale. Quand mon père m'aperçoit sur le seuil de la tente, un sourire se dessine sur son visage.

— Vinira, tu es là !

J'ai marché à reculons ce matin car je redoutais devoir dire adieu aux personnes que j'aime plus que tout. Mon père, Mél, Kallias...

— J'ai manqué quelque chose ?

— Non, nous étions en train de finaliser le départ, répond-il. Mais il est à présent temps de partir.

Pendant que mon père fait ses adieux à la reine, Basil s'avance vers moi.

— On se revoit bientôt ! lance-t-il pour essayer de détendre l'atmosphère.

Ses traits sont crispés, et il me paraît plus tendu que d'habitude.

— Oui ! Ça va aller ?

— Je suis prêt à affronter le monde des ténèbres. Essaie de ne pas mourir, cousine, nous aurons besoin de toi.

— Ne t'en fais pas, je reviendrai très vite pour t'aider à renvoyer Thalion dans la lave.

Il pose ensuite ses lèvres sur ma joue. Mon visage se crispe à son contact. Quelle erreur j'aurais faite en l'épousant ! Il quitte la tente, suivi de près par Myrna qui me salue simplement d'un « bonne chance princesse ».

Oui, nous allons avoir besoin de beaucoup de chance. Une fois seule avec mon père, nos yeux brillants se fixent l'un l'autre quelques instants, avant que je ne me jette dans ses bras. Mon cœur bat si fort dans ma poitrine que je le sens palpiter sous mon armure épaisse.

— Ma fille... murmure-il dans mes cheveux.

Je viens à peine de retrouver mon père et j'ai le sentiment de le perdre à nouveau. C'est tellement injuste. En cet instant, j'en veux à Hecmar, à Nister, au monde entier de m'avoir privée de lui autant de temps.

— Dans quelques jours, nous serons à nouveau ensemble, Vinira, je t'en fais la promesse.

A-t-il un tel pouvoir ? De me promettre une fin dont il ignore le dénouement ? Je me force à y croire de toutes mes forces car je n'ai pas d'autre choix.

— Promettez-moi de ne pas prendre de risques inutiles. J'ai encore besoin de vous.

— Ne t'en fais pas. J'ai une trentaine de gardes avec moi qui ont reçu l'ordre de ma fille de me protéger, ricane-t-il.

C'est vrai que j'ai fait tout mon possible pour qu'il ne risque rien. Son corps est tellement affaibli que je ne suis pas sûre qu'il soit encore capable de mener des combats, tels que cette bataille des Ombres. J'ai renforcé sa sécurité même s'il ne risque plus rien, car ce que Thalion veut, c'est moi qui le possède désormais.

— Quoi qu'il se passe, je sais que tu feras les bons choix...

Je ne vois pas en quoi combattre pour survivre est un choix, mais oui j'ai choisi d'aider le monde à gagner.

— N'oublie jamais que je t'aime, et que jusqu'à mon dernier souffle je me battrai pour toi, Vinira.

Ses lèvres s'écrasent sur mon front pour un dernier baiser d'adieu, puis le roi des Ailes quitte la tente pour rejoindre sa pégase.

Il me faut quelques secondes pour ravaler mes larmes et ma tristesse, avant de sortir à mon tour de la tente. Au loin, la pégase de mon père se met déjà en route, suivie par des centaines de Guerriers. Je n'ai pas le temps de m'attarder sur son départ. Je dois regagner les bataillons car il me reste encore des adieux à faire.

Quand j'arrive en bas de la plaine, Mélione est toujours près de ma bannière à côté de son cerf.

— Salut, je lui lance, ton bataillon est prêt à partir ? je demande.

— On ne va pas pouvoir se faire nos adieux tout de suite, Vinira!

— ... ?

— Notre bataillon est à plusieurs heures de route, et Maddor veut récupérer des documents sur votre fort, nous vous accompagnons donc jusque là-bas, et nous repartirons dans la foulée après que les cerfs se soient requinqués.

— Tu te moques de moi ?

— Tu n'as pas l'air heureuse ?

— Je m'attendais à pleurer dans tes bras tout de suite ! Si, bien sûr que je suis heureuse !

Elle rit aux éclats en caressant ma joue.

— Eh bien, tu pleureras plus tard ! Et puis, ça vous laisse encore un peu de temps ensemble, lance-t-elle en désignant quelqu'un par-dessus mon épaule.

J'essaie de masquer la joie qui m'inonde avant de me retourner car je sais déjà qui est posté derrière moi. Son odeur est unique, tout comme lui. Quand mes yeux croisent les traits de son visage, je suis une fois de plus saisie par la beauté qui s'en dégage. Kallias ne peut pas être humain. Il a forcément été envoyé dans ce monde pour me tourmenter. Ses boucles noires plus courtes s'agitent sous l'alizé que je viens de créer, caressant les formes de ses mâchoires anguleuses.

— Tu nous accompagnes jusqu'au fort près de Golath ?

J'ai besoin d'entendre de sa bouche qu'il passe encore quelques heures près de moi, et que je ne suis pas obligée de lui dire au revoir maintenant, devant toute cette foule.

— Oui, tu n'allais pas te débarrasser de moi comme ça, princesse!

— FELIRSON !

La voix de Mathew retentit derrière moi et je me crispe sur place.

— Tu es sous les ordres du prince Maddor, tu n'as pas ta place dans le cortège de ce bataillon. Ce n'est pas parce que nous allons au même endroit que tu dois te permettre de quitter tes rangs !

La mâchoire de Kallias se crispe si fort que je me sens obligée d'intervenir avant que son poing ne s'écrase sur le nez de mon sous-commandant.

— C'est moi qui l'ai retenu ici, Wyatt, il s'apprêtait à rejoindre sa place.

— Très bien, alors qu'il y aille, lance-t-il avant de s'éloigner.

— Tu ferais mieux d'y aller, je murmure à Kallias, on se voit là-bas ?

Il s'éloigne après un bref signe de tête. Finalement, ces deux-là sur le même bataillon, ça n'aurait pas fonctionné. Ils se seraient entretués bien avant l'arrivée des créatures des Ombres.

Après une bonne heure de trajet, nous arrivons enfin sur le fort au sud du palais de Deerwood. Sur la route, j'ai pu apercevoir en contrebas le village de Golath, là où a grandi Mélione. Ce doit être tellement difficile pour elle, de passer si près de chez elle sans avoir le droit de passer voir sa famille. La guerre a été déclarée tellement vite que tous les Guerriers de Tortagen ont été aussitôt réquisitionnés. Ils n'ont eu droit à aucune permission pour rentrer chez eux depuis la disparition de la lune.

Je conduis Archy et Pyme aux écuries, avant d'aller aider les Stratèges à vider les charrettes de provisions. Chaque bataillon a pris la route, accompagné d'une vingtaine de Stratèges. Ils ne sont pas envoyés sur le front pour le combat mais leurs pouvoirs sont très utiles pour anticiper l'arrivée des ennemis. Grâce à eux, nous ne serons jamais attaqués par surprise. Ils sont capables d'anticiper le début d'une bataille plusieurs minutes à l'avance.

Je songe à Zielle et à tous ses entraînements qui lui donnaient des migraines épouvantables. Elle aurait dû être ici, avec moi. C'était son rêve autant que le mien de servir le monde. J'aimerais tellement qu'elle puisse voir ce que je suis devenue. Dans mon cœur meurtri, j'ai l'espoir que de là où elle se trouve, elle soit fière de moi.

En passant dans le tunnel pour apporter des caisses de pommes dans les cuisines, une main saisit mon bras et m'entraîne dans un recoin sombre. Kallias a toujours le don pour surgir de n'importe où. À force de me faire peur, un jour, je dégainerai ma dague si vite qu'elle finira par se loger dans son cœur.

— Il faut que tu apprennes à me prévenir quand tu fais ce genre de choses.

— Excuse-moi de t'avoir fait peur.

— Vous repartez bientôt ?

— Maddor ne va pas tarder à redescendre de la salle de commandement.

Je ne peux masquer la douleur que je ressens au fond de ma poitrine. Je sais d'avance que cet adieu va me briser le cœur.

Ses mains entourent mon visage, et je m'appuie sur ses bras musclés.

— Je ne vais pas pouvoir rester longtemps. Écoute, Vini, entre chaque vague d'attaques de l'armée des Ombres, il y aura des accalmies où les Guerriers pourront se reposer. Chaque bataillon enverra un messager sur les autres postes, pour faire le point sur le nombre de morts et de dégâts. Dans l'éventualité où ni toi ni moi ne pourrons être amenés à voyager, j'aimerais que tu envoies Archy.

— Archy ? Mais où ça ?

— Guide-le à la lisière de la forêt près de la rivière en bas des montagnes, c'est à une heure et demie d'ici. Moi j'enverrai Ellen.

— Je ne comprends pas, Kallias.

— Je... j'ai besoin de savoir que tu vas bien et que tu es saine et sauve. Nous ne pourrons pas quitter nos bataillons librement. Et la route est trop longue entre nos deux postes de combat pour la faire nous-mêmes, mais si nous envoyons nos cerfs se retrouver, je saurai que tu vas bien, et que tu es en vie.

Cette idée est brillante et m'émeut aux larmes. Mes lèvres s'avancent près des siennes, mais il maintient ma tête en arrière.

— Promets-moi, Vinira, que tu enverras Archy !

— Oui, Kallias, je le ferai.

Il expire de soulagement et murmure un merci contre mes lèvres. Ce baiser est délicieux. Probablement parce que c'est l'un des derniers qu'il me donne.

— Je veux juste savoir que je ne t'ai pas perdue... que tu n'es pas morte... je te retrouverai avant que le roi ne surgisse de sa montagne, mais avant, je ne le pourrai pas, sans risquer d'être sévèrement puni pour abandon de mon poste.

À travers ses paroles, je sens qu'il a peur, bien plus que moi. Il sait qu'il ne pourra pas me protéger comme il l'a toujours fait. Mais je possède un pouvoir que personne n'a.

— Kallias, tout va bien se passer ! Je vais combattre comme je sais le faire, je vais repousser ces monstres, tu n'as pas à t'en faire pour moi.

Mes mots calment peu à peu son angoisse. Mon front contre le sien, je cale ma respiration sur la sienne. Mes doigts se posent dans son cou et nos battements cardiaques ralentissent ensemble, s'harmonisant sur le même rythme.

— Je ne vivrai pas dans un monde où tu n'existes plus, murmure-t-il.

Une chaleur indescriptible afflue le long de ma colonne vertébrale.

— Tu es la meilleure chose qui me soit arrivée, Vinira, la plus incontrôlable, irréelle, mais la plus belle...

Ses lèvres se fondent une dernière fois sur les miennes, emportant avec elles les larmes qui roulent sur mes joues. Putain, c'est plus dur que ce que j'imaginais. Je ne suis pas sûre d'y arriver. Et s'il ne revenait jamais, cet au revoir serait alors un adieu. Je me refuse de l'imaginer, mais une part de moi en est bien consciente. Nous ne partons pas repousser l'armée du Désert cette fois. Les sphères nous ont prouvé que cette guerre sera bien plus meurtrière que tout ce que nous avons connu. Ce baiser sauvage provoque une intense chaleur qui inonde mon corps. Mon cœur se serre et lorsque Kallias s'éloigne d'un pas rapide sans se retourner, mes jambes se dérobent et mon corps glisse contre le mur jusqu'au sol.

***

J'ai fait mes adieux à Mél et à tous les autres dans une ambiance morose. La cloche du rassemblement retentit juste après leur départ, ne me laissant pas le temps de l'encaisser. Dans un coin de la cour du fort, sous la bannière de mon bataillon, Wyatt Mathew recense ses Guerriers. Mon visage doit être encore rouge et bouffi par les larmes que je n'ai pu retenir, mais je m'en moque.

— Excuse-moi, es-tu la princesse Vinira d'Horswing ?

Une voix douce et féminine m'interpelle dans le regroupement.

— Oui, c'est moi !

— Je suis enchantée de te rencontrer. Je ne savais pas que tu étais sur ce bataillon. C'est un immense honneur, m'avoue-t-elle en me serrant la main.

— Merci. Qui es-tu ?

— Je m'appelle Aveline Barisen. Je viens d'arriver d'Horswing.

Je plisse mes yeux de surprise. J'ai été tellement obnubilée par le départ de Kallias et de Mélione que j'ai oublié que les Ailes devaient arriver peu de temps après nous, et je n'ai même pas pris le temps de les accueillir.

— Tu es une Aile ? Tu as l'air si jeune !

— J'ai tout juste vingt ans, avoue-t-elle. Je suis née après la guerre.

— Tu as pu être formée au combat ? As-tu une pégase ?

— Je suis entraînée depuis que j'ai l'âge de tenir une épée. Mais je n'ai récupéré ma pégase que lorsque le pont a été réparé. Toutes celles de la plaine des Ailes sont venues à la rescousse d'Horswing lors de la guerre, et le roi Hecmar les a toutes emmenées, mêmes les sauvages, pour nous empêcher de nous envoler et quitter le royaume.

— Oui, j'en suis sincèrement désolée.

— Tu n'y es pour rien. Enfin pas vraiment. Et c'est grâce à toi que nous les avons récupérées. Je sais que je n'aurais pas eu l'âge requis pour entrer à Tortagen, mais à Horswing nous avons été bien formés et je ne me voyais pas rester là-bas les bras croisés.

Son courage traduit une grande loyauté. C'est la première jeune Cavalière des Ailes que je rencontre et sa motivation est entière.

— Tu es très courageuse, et je suis heureuse que tu fasses partie de ce bataillon !

Ses beaux yeux bleus s'écarquillent de joie et elle me regarde comme si j'étais une divinité. Je détourne ensuite la tête pour me concentrer sur Mathew qui continue d'appeler les Combattants au fur et à mesure.

— Alden Hanz, Fadyenaï, vous êtes affectés dans l'aile nord, lance-t-il.

***

— On partage la même chambre ? me demande mon meilleur ami, alors que nous traversons les couloirs du fort.

— Oui. Avec grand plaisir.

La chambre est minuscule et ressemble, à quelques détails près, à celle de Mélione sur l'île centrale. Les forts de combat ont été édifiés à l'identique, il y a des centaines d'années. Les deux lits sont presque collés l'un à l'autre, et une minuscule lucarne grillagée fait office d'apport de lumière.

— Ce n'est pas le même luxe que les chambres de Tortagen, constate Alden.

— Non, mais elles nous serviront seulement pour dormir entre les attaques. Tant qu'il y a un lit, moi ça me suffit.

Mathew passe dans le couloir à ce moment-là.

— Fadyenaï, j'ai demandé à ce que tu puisses avoir une chambre plus spacieuse, pour toi seule !

— Et pourquoi donc ? je demande surprise.

— Au vu de ton titre, il me semblait logique que tu sois dans un environnement plus confortable.

— Ce n'est pas nécessaire, je suis ici pour combattre comme tous les autres. Cette chambre me va très bien.

Son sourire s'estompe de son visage. Je n'ai pas l'intention de changer de chambre pour avoir plus de confort et puis, avec Alden, je suis en sécurité ici. Aucun risque que Wyatt ne vienne taper à ma porte au beau milieu de la nuit.

— Bon, on en reparlera plus tard, lâche-t-il en jetant un coup d'œil à Alden avant de continuer à arpenter les couloirs.

— C'est tout vu, je me marmonne à moi-même.

Alden referme la porte derrière lui et s'allonge sur le lit, les bras croisés derrière la tête.

— Est-ce que tout va bien, Vini ? Tu as l'air préoccupé !

— Es-tu au courant que des Guerriers éclaireurs vont être envoyés entre les attaques sur les autres bataillons ?

Alden se redresse et pose ses coudes sur ses genoux.

— Vini, nous venons à peine d'arriver, et tu songes déjà à fuir dans les montagnes !

Décidément, il me connait par cœur.

— Non, c'est juste que je me demande comment sont choisis ceux qui voyagent.

— Étant donné ton pouvoir et au vu de l'adoration que te porte notre sous-commandant, je ne suis pas certain qu'il te laisse t'envoler librement pour aller retrouver ton bien-aimé.

— Fais chier !

— Ce sont généralement les moins compétents qui sont détachés. À la place de Mathew et de Maddor, je ne laisserai partir ni Kallias, ni toi.

— Est-ce que les éclaireurs peuvent nous communiquer le nom des défunts ?

— Non, c'est interdit. C'est contre-productif pour la guerre.

Je comprends mieux pourquoi Kallias m'a demandé d'envoyer Archy. Il n'y a que lorsqu'il apercevra mon cerf à la lisière de la forêt qu'il saura que je suis saine et sauve.

Alden glisse sa main dans la mienne.

— Vini, je n'ai jamais vu un Guerrier aussi puissant que Kallias. Il a même été choisi comme Premier Commandant par Basil. Il est sous le commandement de Maddor le Sage et le Cavalier le plus entraîné de ce monde.

— Je... j'ai vu de la peur dans ses yeux. Kallias n'a jamais peur. De rien, ni de personne. J'ai l'impression que quelque chose ne tourne pas rond.

— Kallias t'aime Vinira. Et sa seule crainte est de te perdre. Il n'y a rien d'anormal à ça. Au contraire, cela signifie qu'il est tout de même humain derrière ce masque d'arrogance qu'il arbore en permanence. C'est une bonne chose !

Je souris car je sais qu'il a raison. Je n'ai aucune raison de m'inquiéter. Tout va bien se passer !

— Tu n'es pas seule ici, je suis là pour toi !

J'enroule mes bras autour de sa nuque.

— Merci, Alden.

— Allez viens, allons manger un peu !

***

Au réfectoire, j'attrape un bol de soupe de légumes et un morceau de viande de mouton, assaisonné avec du gros sel. La salle est déjà bondée mais j'entrevois deux places à une table et je m'installe avec Alden, face à des Guerriers inconnus.

— Bonjour, ces places sont libres ?

— Je crois que oui.

L'homme face à moi possède une imposante coiffure. Ses cheveux blonds sont reliés par des dizaines de tresses qui retombent sur ses épaules. Quand ses yeux plongent dans les miens, j'ai l'étrange sensation de l'avoir déjà vu quelque part.

— Vinira Fadyenaï, je lui dis en lui tendant ma main.

Il lâche son bout de pain et frotte ses mains pour se débarrasser des miettes, avant de me tendre la sienne.

— Damon Fros, enchanté !

Alden se présente à son tour et je me rappelle alors où j'ai déjà vu cet homme.

— Tu connais Felirson, je me trompe ?

— Ça dépend, a-t-il commis un crime ?

— Non, enfin pas à ma connaissance ! C'est juste que je me souviens t'avoir vu avec lui au réfectoire à Deerwood.

Damon recule sur sa chaise et me reluque en silence.

— Ouais, je me souviens maintenant de toi !

— Est-ce un ami à toi ?

— Nous avons grandi ensemble dans les montagnes. Son père chassait le buffle avec le mien. On peut dire que c'est un ami.

Je tente de masquer le petit sourire qui se dessine sur mon visage. Ça me fait plaisir de savoir qu'il n'y a pas que des personnes qui détestent Kallias.

— Et toi ?

Je déglutis, gênée par sa question.

— Je l'ai connu cette année à Tortagen, et il est... devenu aussi un ami !

— Cool, alors on devrait bien s'entendre !

Je l'espère. Je ne tiens pas à me faire d'autres ennemis pendant la guerre. J'ai déjà des milliers de créatures mortes à combattre.

— Comment était Kallias petit ?

Damon enfourne sa côtelette de mouton dans sa bouche.

— Mmm, Kallias a toujours été un enfant discret, qui ne parlait pas beaucoup. Mais il était un garçon gentil, fiable et toujours prêt à rendre service. Il aimait passer du temps à chasser. Au départ, je pensais qu'il aimait ça, mais je me suis rendu compte que ce qui lui plaisait, c'était la solitude et le calme que lui procurait la nature. J'ai toujours pensé qu'il lui manquait quelque chose pour être heureux, qu'il ne se sentait pas totalement à sa place.

Cette même sensation que j'ai ressentie toute ma vie de ne pas être là où j'aurais dû. Lui aussi a dû l'endurer comme moi.

— ... mais à présent, je comprends pourquoi. Kallias a été arraché à son monde, et il a grandi sans savoir qui il était vraiment ! C'est un gars bien. Il n'y en a pas deux comme lui.

Ça c'est certain. Il est unique, et je ne vivrai pas dans un monde où il n'existe plus.

15

Il doit rester un peu moins de vingt-quatre heures avant le début de la guerre, et on sent que la tension est montée d'un cran. Dans la cour du fort, j'affûte mes dagues et mon épée forgées en pierre bleue. Plus elles seront tranchantes, et moins je me fatiguerai pendant les combats. Archy et Pyme sont déjà sellés, prêts à s'élancer sous mes ordres. Archy peut galoper seul dans les plaines et tenter de blesser des créatures, mais Pyme ne peut voler si je ne suis pas sur son dos. Seule notre connexion mentale peut la guider, et je ne pourrai pas me transposer en elle si je suis en train de combattre au sol. C'est beaucoup trop dangereux, même pour moi. C'est extrêmement compliqué de diriger deux montures, et je ne veux pas prendre le risque de perdre l'une d'elles.

— Comment te sers-tu de ces flèches de glace quand tu es sur ton cerf ? me demande Aveline, la jeune Aile du bataillon.

— Regarde au milieu de ses bois, il y a une petite fente. Ça fonctionne comme un arc. En plus puissant. La flèche se place dessus et part à des centaines de mètres.

— Ça doit être impressionnant !

— As-tu pu étudier à Horswing ? Tu as appris des choses sur les autres royaumes et sur les légendes ?

— Oui, j'allais à l'école dans le quartier ouest. Nos professeurs nous ont tout enseigné sur l'histoire de notre monde. Je connais par cœur les légendes sur plusieurs générations.

— Et la légende du dieu unique, en as-tu entendu parler ?

— Bien sûr. On nous l'apprend dès l'entrée à l'école. Surtout que cette légende est née sur notre territoire, dans les montagnes. Je l'ai même vue de mes propres yeux !

Je ne masque pas ma surprise.

— Raconte-moi ! je lui demande en posant mes dagues sur mes genoux.

Aveline s'assoit sur une botte de foin face à moi.

— Un jour, nous avons décidé avec mes amis de partir explorer les montagnes. Notre rêve était de voir de nos propres yeux la plaine des Ailes. Nous avons marché des jours et des nuits et nous avons fini par y arriver. Une vaste étendue d'herbes hautes s'étendait sous nos yeux, mais sans aucune pégase. À cause de la guerre, elles avaient toutes disparues. C'était assez effrayant. Puis nous avons continué notre exploration dans les rochers. L'un de mes camarades a trouvé une grotte au moment où une pluie diluvienne s'est abattue sur nous, et nous y avons trouvé refuge. Quand la nuit est tombée, une étrange lumière s'est mise à briller à l'intérieur de la grotte. Nous avons suivi la lueur et avons découvert une cavité. Les murs étaient recouverts de dessins et d'écritures. L'une d'elle disait : *Les hommes s'entretueront, obsédés par la quête des quatre pouvoirs. Mais un seul homme, le plus brave de tous, capable de renoncer en tout ce qu'il aime et ce qu'il possède. Lui seul sera en capacité de détenir les quatre pouvoirs de ce monde afin de devenir un dieu parmi les hommes. Ce dieu sera alors le plus puissant que l'histoire ait jamais connu...*

— Les inscriptions brillaient dans le noir ?

— Oui, c'était incroyable. Je n'avais rien vu de tel. Une somptueuse couleur dorée qui se révélait à la nuit tombée. Quand nous sommes rentrés, nous n'en avons pas parlé à nos professeurs, ni à nos familles, car nous n'avions pas le droit d'aller jusque là-bas. Ce territoire était interdit depuis la guerre.

— Et que pensaient tes professeurs de cette légende ?

— Les Ailes vénèrent cette légende comme les dieux. Probablement comme dans tous les autres royaumes.

— On ne nous l'enseigne pas à Deerwood. Je ne l'ai appris que récemment.

— Vraiment ? C'est bizarre !

— Pas tellement. Cette légende a rendu folles des générations d'hommes avant nous. Je crois que c'est plus une malédiction qu'autre chose. Ils ont sûrement jugé bon de l'enterrer plutôt que d'endoctriner les enfants avec.

— Réussir à tuer un roi n'est pas une chose courante et facile, alors en tuer quatre pour avoir tous les pouvoirs, je n'ose imaginer le fou qui oserait l'envisager. Surtout que personne n'a réussi à blesser Thalion, depuis des centaines d'années.

Elle a raison. Il faudrait être dingue pour penser un jour devenir une divinité. Hecmar en a perdu la raison. Tout comme Thalion avant lui. Mais si cette vieille légende compte toujours pour lui, il n'essaiera pas seulement de se venger de mon ancêtre en me tuant, il tuera également Myrna et Basil pour leur voler leur pouvoir. Je ne peux pas lever cette malédiction en espérant tous les sauver. La seule chose que nous pouvons faire, c'est tenter de survivre et de le tuer une bonne fois pour toutes en enfonçant une flèche de glace dans son cœur. Si tant est qu'il en ait encore un.

— Bonjour, nous lance un visage inconnu. Le sous-commandant Mathew vous cherche, Majesté.

— Je te remercie. Je crois que je n'ai pas le plaisir de te connaître.

— Je m'appelle Arlie Manson. Je suis Guerrière dans un des bataillons de ce fort, Majesté.

— Vinira suffira. Je suis enchantée de faire ta connaissance, Arlie. Voici Aveline Barisen.

— Ravie.

Les deux femmes se serrent la main quelques instants en ne se lâchant pas du regard. Une tension est palpable dans l'air, et il me faut quelques secondes pour comprendre qu'une attraction charnelle est en train d'opérer sous mes yeux. Je me racle aussitôt la gorge.

— Mmm, je vais aller voir ce que me veut le sous-commandant. Où se trouve-t-il ?

— Dans la salle de guerre, me dit-elle tout en continuant de dévorer Aveline des yeux.

Ok. Je suis vraiment de trop. Je me lève rapidement en ramassant mes dagues, et je m'éloigne des deux jeunes femmes.

— Soyez sages, je me chuchote à moi-même.

***

Quand je passe le pas de la porte, je suis heureuse de voir que Wyatt n'est pas tout seul, mais entouré par d'autres sous-commandants et par Rickel. Il ne me fait donc pas venir pour me reparler de cette histoire de chambre.

— Fadyenaï ! lance Rickel dès qu'il m'aperçoit.

— Commandant, je suis heureuse de vous revoir !

Ses mains se posent fièrement sur mes épaules.

Je ne l'ai pas revu depuis mon départ de Tortagen. C'était il y a quelques semaines, mais depuis il s'est passé tellement de choses.

— Ravi que tu sois là, me dit-il, approche, nous sommes en train de finaliser les plans de bataille.

Je me faufile entre les sous-commandants autour de la table.

— Bien ! Dans quelques heures, le combat débutera ! Les Stratèges ont ressenti les premières secousses provenant de la montagne des Ombres. Nous estimons à environ vingt-quatre heures le début de la guerre, mais nous n'en avons pas la certitude. C'est pourquoi vous devrez être prêts à partir, si jamais la cloche devait retentir plus tôt. Devant vous, se dresse la carte de la plaine avec la position de tous vos bataillons. Chacun de vous dirigera des Cavaliers d'Horswing. Comme convenu, ils ne seront pas déployés dans les airs dès le début de la guerre. Il est inutile de les envoyer au front si Thalion envoie un nombre bien plus important de Cavaliers volants. Ils seront donc au sol avec les Guerriers et Cavaliers du Désert dans un premier temps. Nous avons besoin de garder en vie le maximum de Combattants. Il a été convenu avec le roi Arran des Ailes que, lorsque les Stratèges ressentiront l'arrivée de Thalion sur la bataille, les Cavaliers des Ailes s'envoleront aussitôt avec Vinira d'Horswing sur le lieu de rendez-vous des trois rois. Mathew, je vous confie la tâche de protéger la future reine d'Horswing. Vous avez souhaité qu'elle soit sous votre commandement, soyez digne d'elle et protégez-la quoi qu'il en coûte, car sans elle, nous ne survivrons pas.

Wyatt pose le poing sur son cœur et frappe d'un léger coup sec.

— Je vous promets de la protéger jusqu'à mon dernier souffle !

C'est la première fois que l'on jure solennellement de me protéger, et un frisson me parcourt des pieds à la tête.

— Vinira ! m'interpelle à mon tour Rickel. Comment te sens-tu… avec tes deux montures ?

Rickel sait à quel point ma connexion avec Archy a été difficile durant cette année à Tortagen, et que j'ai réussi à la maîtriser grâce aux entraînements intensifs avec Kallias. Il a appris comme le reste du monde que je possède maintenant une pégase et un des pouvoirs les plus puissants de ce monde. L'inquiétude est palpable sur son visage. Il est réellement inquiet pour moi.

— J'ai travaillé dur ces dernières semaines, mais je peux combattre sur Archy et Pyme sans aucun problème.

— Heureux de l'apprendre, lâche-t-il avec un discret clin d'œil. Ne prends aucun risque inutile, et si tu as besoin de protection pour utiliser ton pouvoir, ton bataillon sera là pour te protéger. Tous sont fiers d'être à tes côtés pour te servir de bouclier.

Cette image me fait frissonner. Je n'ai pas imaginé un seul instant que ceux de mon bataillon risqueront bien plus leur vie en se battant à mes côtés car ils devront aussi me protéger. Wyatt m'a choisie en toute connaissance de cause, et cette pensée me réchauffe le cœur. Il ne m'abandonnera pas. Ni lui, ni aucun d'entre eux.

— Je vous conseille d'aller vous reposer quelques heures. L'armée des Ombres sera bientôt là !

En quittant la salle, je rattrape Wyatt dans le couloir.

— Salut, je lui lance.

— Salut.

Il ne ralentit pas sa foulée, et je cale mes pas sur les siens.

— Je peux te poser une question ?

— Je t'écoute.

— Est-ce vrai que tu as insisté pour m'avoir avec toi dans ton bataillon ?

— Tu remets en doute la parole du Commandant Rickel ? Moi qui pensais que tu le voyais comme un mentor, plaisante-t-il.

Mais je n'ai pas le cœur à plaisanter.

— Pourquoi l'as-tu fait Wyatt ?

— Parce que tu es l'une des meilleures Guerrières que je connaisse.

— Comme l'a dit Rickel, ceux qui me protégeront risqueront leur vie bien plus que sur un autre poste ! Quelle est la vraie raison ?

Il s'arrête alors dans le tunnel qui mène à la cour, me faisant désormais face.

— La vraie raison est que je veux te protéger. Personne ne s'est bousculé pour te choisir. Il n'y a pas eu un volontaire pour te prendre sous son commandement, Vinira ! Les Guerriers ne te connaissent pas et beaucoup doutent de tes capacités à maîtriser ton pouvoir. Je ne dis pas que je t'ai choisie par dépit, je l'ai fait parce qu'au fond de moi, je sais que c'est mon devoir de protéger la future reine.

— Mais je ne suis pas ta reine, Wyatt !

— Non, mais tu es mon amie, avoue-t-il, et peut-être même plus que ça ! Je sais que tu ne veux pas l'entendre, mais tu as compté pour moi. Énormément. Et tu comptes toujours.

Il glisse sa main contre ma joue.

— Wyatt, arrête, je dis en reculant lentement d'un pas.

— Ne me dis pas que tu ne ressens plus rien pour moi, Vinira ! Ne me dis pas que tu n'as aucun souvenir des nuits que nous avons passées ensemble à Croll.

— Wyatt, c'était il y a des années. Je t'aime comme un ami et je veux que ça reste ainsi…

Ses yeux glissent le long de mes jambes.

— … je te remercie de m'avoir pris sous ton aile. Vraiment. Je suis fière d'appartenir à ton bataillon, mais ce que tu attends de moi, je ne peux pas te le donner.

— Parce qu'il y a quelqu'un d'autre ?

Sa voix tremblotante me fait un drôle d'effet. Est ce qu'il se doute pour Kallias et moi ? Il a dû nous observer pendant le banquet ou pendant les affectations des bataillons. Mes lèvres se sont légèrement entrouvertes avec la volonté de lui répondre, mais étrangement aucun son ne sort de ma bouche. Il me regarde, et pousse un soupir en secouant la tête.

— Va te reposer, finit-il par dire, la guerre approche !

Il s'éloigne en direction de la cour, le visage fermé et contrarié. Il n'a jamais été question entre nous de sentiments. Notre relation amicale a certes dérapé à plusieurs reprises, mais jamais pour autre chose que du sexe. Pourquoi, tout d'un coup, m'avoue-t-il tout ça ? Le pense-t-il vraiment ? Je le regarde s'éloigner et passer devant Ismène. Elle est adossée contre un mur, et le dévisage avant de se tourner vers moi avec un sourire mesquin. Je la connais suffisamment pour savoir qu'elle a tout entendu, et que cette situation lui provoque une grande satisfaction. Mais je ne lui donnerai pas matière à ruiner ma relation avec Kallias. Peu importe ce que pense éprouver Wyatt pour moi, ce n'est pas réciproque, et il me semble avoir été très claire avec lui. Encore une fois.

Dans la cour, je rejoins Alden qui range des flèches de glace dans son carquois. À côté de lui, Damon finit de seller sa monture.

— Ton cerf est magnifique, je lui lance.

— Oui, il n'a pas été facile de l'apprivoiser. J'ai failli y laisser la vie.

— Oh, je crois que tu ne peux pas faire pire que Vinira ! L'épreuve de la plaine n'est pas son meilleur souvenir de l'année, confie Alden.

— Ah oui ? Tu as fait pire que d'attendre toute la nuit par des températures négatives que l'animal te laisse le monter ?

Je le regarde un instant avant de lui répondre.

— Un de mes camarades m'a prise en chasse, et m'a planté deux flèches dans le corps avant que je ne tombe mourante dans la rivière glacée. C'est Archy qui m'a sauvée de la noyade et qui m'a portée jusqu'au pont de la cité. Puis, Felirson m'a trouvée et m'a conduite jusqu'à l'infirmerie.

Ses yeux s'écarquillent de surprise.

— Je comprends pourquoi tu apprécies Felirson. Et ton camarade, j'espère qu'il n'est pas dans notre bataillon, je ne tiens pas à mourir dans mon sommeil si un tel malade traîne dans le coin!

— Il est mort ! Kallias lui a tranché la gorge, et moi, celle de sa sœur.

C'est la première fois que j'avoue à voix haute ce qu'il s'est passé avec les Stohl dans la plaine après la mort de Zielle. Cette histoire de vagabonds était grotesque et je ne crains plus d'être punie désormais pour ce que j'ai fait.

— Eh bien, je préfère devenir ton ami que ton ennemi ! lâche-t-il avec un sourire admiratif.

— C'est ce que les Stohl auraient dû comprendre dès le début. Malheureusement pour eux, ils ont enchaîné les mauvais choix.

Damon se lève et se rapproche de moi.

— Tu sais, j'ai entendu beaucoup de choses sur toi en arrivant à Deerwood. Mais je me rends compte que tu es bien plus menaçante que tous ces Guerriers expérimentés que j'ai rencontrés sur mes différents tours de garde. Tiens, me dit-il, en me tendant une petite dague rouge comme le sang, qu'il sort du fourreau de son dos.

— Qu'est-ce que c'est ?

— Une dague que j'ai fabriquée dans les montagnes près de mon village. Prends-la !

— Pourquoi m'en fais-tu cadeau ? Tu me connais à peine.

— Je suis assez intelligent pour reconnaître une personne digne de confiance quand j'en croise une. Et Felirson semble t'apprécier, sinon tu n'aurais pas la dague que je vois, accrochée près de tes côtes. Prends celle-là également, elle pourra peut-être te sauver la vie, un jour.

— Et toi ?

— J'ai en ai une autre identique. Je les ai fabriquées avec Kallias, et je crois que tu mérites de la porter. Si tu gagnes cette guerre, alors tu pourras faire le choix de me la rendre ou de la garder.

— Je te remercie sincèrement, Damon.

Je déglutis et tente de masquer l'émotion qui me submerge. Une dague que Kallias a fabriquée et qui m'est offerte par un de ses plus vieux amis. Ce présent a une importance très forte pour moi et je lis dans les yeux de Damon que je peux désormais compter sur lui. Kallias n'est pas avec moi, mais une part de lui vit dans les souvenirs de son ami, et dans cette nouvelle dague qui vient trouver sa place autour de mes hanches.

***

Le silence est pesant dans la salle du réfectoire ce soir. C'est certainement notre dernier repas avant l'arrivée des créatures. Malgré mon estomac noué, je me force à engloutir les rations de viande que j'ai mises dans mon assiette. Ce n'est pas le ventre vide que je tiendrai pendant des heures au combat. À côté de mon assiette, je joue nerveusement avec cette nouvelle dague offerte par Damon. Je la trouve superbe. Savoir que Kallias l'a fabriquée de ses propres mains me fascine. La pierre du manche est rouge comme le sang et doit être faite de roches qui se trouvent près de leur village. Les Guerriers à ma table ne semblent pas connaître de perte d'appétit, car eux, engloutissent des assiettes énormes de côtes de mouton. Ces hommes sont habitués à partir sur le front. Pour certains, cela fait vingt ans qu'ils repoussent les hommes du Désert des terres de Deerwood. Même si les créatures des Ombres n'ont rien à voir avec les Cavaliers de Myrna, cette ambiance avant le départ n'a rien de nouveau pour eux, et je ne perçois aucune peur sur leur visage. Juste l'envie de protéger le monde en accomplissant leur devoir.

Tieran fait son entrée dans la salle, et trouve une place à côté d'Alden, juste en face de moi.

— On dirait qu'Aveline a déjà trouvé sa place ici, lance-t-il en regardant derrière moi.

Je tourne la tête et l'aperçois en grande discussion contre la porte avec la jeune Arlie Manson.

— Oui, tout à l'heure, dans la cour, j'ai bien senti qu'il y avait une alchimie entre elles.

— Elle est rapide ! Nous ne sommes là que depuis deux jours ! rétorque Alden.

— La guerre est à nos portes. Si ces deux-là se plaisent, elles ont raison de ne pas perdre de temps. Qui sait ce que la guerre nous réserve ? Tu devrais en faire autant, lui lance Tieran.

Mon meilleur ami rit aux éclats.

— Avec qui veux-tu que je passe le temps ? demande-il.

— Que dirais-tu d'Ismène ? je suggère plus que sérieuse. Ça la détendrait et ça lui permettrait de me lâcher un peu, moi et... vous savez qui.

Les deux hommes se dévisagent l'un l'autre, avant de ricaner dans leur barbe.

— Quoi ? J'ai l'impression qu'elle fait une fixation sur moi.

— Tu es avec l'homme qu'elle convoite, chuchote Tieran, c'est normal qu'elle ait envie de t'égorger !

— Je ne lui ai pas piqué sa place, il me semble. Et je ne force pas Felirson à être avec moi. A-t-elle si peu d'estime d'elle-même ?

— Ismène est... spéciale ! Elle n'a jamais supporté la concurrence. Ni au combat, ni avec les hommes. Tu devras faire avec !

— Oui, eh bien si quelqu'un pouvait l'aider à se détendre, je lui en serais très reconnaissante, j'avoue.

— Ton vœu sera peut-être exaucé plus vite que prévu, stipule Alden.

Tieran et lui ont les yeux fixés derrière moi, la bouche grande ouverte. Je me retourne discrètement, et découvre Ismène dans le couloir près de la porte avec... Wyatt.

— Qu'est-ce qu'ils trafiquent ? je demande.

— Elle négocie sûrement pour récupérer la peau de ton visage après ta mort, me taquine Tieran, ça lui donnera une chance de récupérer Felirson.

Alden se tord de rire à côté de lui en lui donnant des grandes claques dans le dos.

— Très drôle ! je lance tout en continuant de les observer.

Il est clair qu'elle m'a vue avec Wyatt tout à l'heure dans le tunnel. Je songe alors à ce qu'il m'a avoué. Elle sait certainement maintenant que nous avons eu une aventure. Cherche-t-elle à le séduire en pensant m'atteindre ? Si c'est le cas, elle se trompe, Mathew peut coucher avec elle s'il en a envie, ça m'est égal. Ça leur permettra l'un comme l'autre de penser à autre chose qu'à moi.

— Fais pas cette tête, Vini, confie Tieran. Je plaisantais.

— J'espère juste qu'elle sera discrète concernant ma relation avec Kallias !

— Ismène est une teigne, lâche Tieran, mais c'est une Aile, et elle ne fera rien qui pourrait nuire à la paix. Elle ne t'aime pas, c'est une chose, mais elle ne dira rien pour vous deux, sois-en certaine !

Puis-je vraiment en être sûre ? Tieran a l'air de le penser, mais j'émets quelques doutes. Une petite lueur dans le fond de ses yeux me dit qu'elle serait capable de n'importe quoi pour l'homme que nous aimons toutes les deux. Je suis certainement trop méfiante, mais avoir vu ma mère mourir sous le coup de grâce de son propre frère a éveillé en moi une peur irrationnelle de trahison.

Cette relation que nous avons choisi de taire est finalement un fardeau bien difficile à porter. Je me languis que cette guerre se termine et de rentrer à Horswing, où je serai libre d'aimer qui je veux, de faire ce qu'il me chante dans mon propre palais. Les Ailes ont été tellement chaleureux lors de mes voyages que je n'ai jamais envisagé une seule seconde ne pas être appréciée par mon peuple. Ismène me rappelle que parfois un roi ou une reine ne fait pas l'unanimité. Sa façon odieuse de me parler m'est toujours passée au-dessus car elle était une Seconde et moi une Première à Tortagen, mais si je dois gouverner un peuple, je vais devoir, après la guerre, instaurer certaines règles de respect. Car je deviendrai sa reine, que ça lui plaise ou non, et je ne laisserai pas son amertume saper mon autorité.

Une fois dans la chambre, je m'enroule sous mon énorme couette, histoire de me reposer quelques heures. J'ai le temps de faire une nuit complète avant l'arrivée des créatures. J'ai le ventre bien rempli et la tête qui grouille de pensées en tout genre. Je pense à Ismène et à sa dévotion inconditionnelle pour Kallias, à Mélione qui doit être en train de boire du vin pour calmer ses angoisses, à Wyatt et sa déclaration, à mon père qui doit faire les cent pas dans son palais, et surtout, je pense à Kallias. Que fait-il ? Comment se sent-il ? Je presse ses dagues contre ma poitrine pendant que je sombre dans un doux sommeil où un rêve vient me cueillir.

Un rêve doux, chaud et apaisant. Je suis à Horswing, dans mon palais, avec une magnifique couronne d'ailes sur la tête. Je suis la nouvelle reine, emmitouflée dans une sublime robe blanche. Mais je suis seule. Il n'y a personne autour de moi. Quelque chose cloche. Je cherche Kallias tout en l'appelant à voix haute. Soudain, la panique s'empare de moi. Des frissons me parcourent de la tête aux pieds. Une étrange sensation de... danger. Je dévale les escaliers qui mènent aux jardins tout en continuant d'appeler Kallias de toutes mes forces. C'est alors qu'une petite voix dans ma tête me répond. Comme un doux murmure. *Vinira*. C'est sa voix. Où est-il? Puis, le monde tourne autour de moi. Tout devient sombre. L'orage éclate au-dessus de ma tête et un bruit assourdissant retentit. Un son de cloche qui retentit de plus en plus fort et qui ne s'arrête plus.

Vinira. La voix n'est plus la même. Ce n'est plus Kallias que j'entends mais... Alden ?

Deux mains vigoureuses me secouent par les épaules.

— Vinira, debout !

Je me réveille en sursaut dans mon lit. Il me faut quelques secondes pour me rappeler que je suis dans ma chambre, sur le fort près de Golath.

— Qu'est-ce qui se passe ?

La cloche ne s'arrête pas et continue de tinter dans mes oreilles. Elle est bien réelle. Alden tire la couette pour me forcer à sortir de mon lit.

— L'armée des Ombres... elle arrive !

16

Dans les couloirs, c'est l'affolement. Les Guerriers se bousculent pour accéder aux escaliers qui mènent à la cour intérieure du fort. Comme moi, nombreux sont ceux qui ont été réveillés en plein milieu d'un sommeil profond. Combien de temps ai-je dormi ? J'étais censée pouvoir me reposer tranquillement au moins six heures.

— Attention ! crie Alden alors que je manque de me faire percuter par un Guerrier qui ne regarde pas devant lui. C'est la pagaille ici ! L'armée des Ombres a jailli plus tôt que prévu.

— Je croyais que les Stratèges pouvaient anticiper tout ça !

— Oui, tout comme il nous restait encore une quinzaine d'années avant cette guerre !

Il n'a pas tort. Nous ne pouvons pas anticiper parfaitement l'arrivée de nos ennemis tout simplement car le roi des Ombres n'obéit qu'à une seule règle. Celle de la lune rouge et personne ne sait par quel phénomène elle apparaît depuis des siècles.

Une fois dehors, je lève la tête vers le ciel, mais je ne vois rien d'autre qu'un immense brouillard.

— Combien de temps nous reste-t-il ? je lui demande.

— Attends-moi là, je vais me renseigner.

Alden s'éloigne en direction d'un attroupement de gradés tandis que j'en profite pour ajuster mon armure et vérifier que dans ma précipitation, je n'ai pas oublié mes nouvelles dagues bleues.

— Vinira, tu es là ! m'interpelle Damon, suivi de près par Tieran et Aveline. Il est temps de rejoindre les cerfs à l'extérieur du fort.

— Oui, j'attendais Alden. Le voilà qui revient !

— Ok, d'après les chefs de bataillon, nous avons une demi-heure devant nous, annonce-t-il.

— Alors allons-y, lance Damon avec conviction.

Je m'élance avec notre petit groupe à l'extérieur du fort jusqu'au regroupement des bataillons. Nos cerfs sont déjà en rangs, prêts à s'élancer sous les ordres de notre chef de bataillon. Wyatt galope entre les rangées de Guerriers qui enjambent au fur et à mesure leur monture.

— Guerriers, l'heure est venue de montrer ce dont nous sommes capables ! hurle-il pour motiver ses troupes.

Je dois reconnaître que le charisme qu'il dégage en cet instant est stimulant. Wyatt a toujours été un meneur d'hommes. Même lorsque nous vivions à Croll, il était le chef d'une petite bande de jeunes Guerriers chasseurs. Personne n'osait lui chercher des poux car, malgré son jeune âge, il était brave et courageux, et son talent au combat laissait tout le monde sans voix. Aujourd'hui, son heure de gloire est enfin arrivée. Il mènera un bataillon sur le front avec le privilège de protéger la future reine des Ailes.

En passant près de moi, nos regards se croisent.

— Tu vas bien ? me demande-t-il.

— Est-ce que tu poses la question à la centaine de Combattants sous ton commandement ?

Un demi-sourire s'esquisse sur son visage.

— Tu sais bien que non !

— Ça va, je marmonne, et toi ?

— Je me suis préparé toute ma vie pour cette guerre. J'ai hâte de pouvoir enfin montrer ce dont je suis capable.

Pyme frotte son museau contre la peau nue de ma nuque. Elle ressent mes émotions et comprend ce qu'il se trame. Nos animaux sont dotés de capacités extraordinaires et elle s'impatiente de me voir grimper sur son dos.

— J'ai fait placer ta pégase et ton cerf derrière moi. Je veux pouvoir garder un œil sur toi.

Je tourne la tête des deux côtés et découvre que je suis entourée de Tieran, Damon et Alden. Mathew a organisé son bataillon en fonction de moi. Je ne sais pas si je dois lui être reconnaissante, ou bien si je dois me sentir vexée qu'il me pense aussi faible, et de m'avoir collé autant de Guerriers sur le dos.

— Tout va bien se passer, Wyatt !

Je ne sais pas si cette phrase est pour le rassurer lui ou pour me rassurer moi-même, mais il hoche la tête et reprend son galop entre les rangs. Je monte aussitôt sur le dos de Pyme tout en caressant la tête d'Archy. Le commandant Rickel m'a demandé de monter ma pégase dès les premiers combats car, ne sachant pas ce qui nous attend, il veut que je puisse m'envoler si cela tourne mal. Je n'ai pas cherché à contredire son ordre. J'ai plus d'expérience en combat sur Archy car j'ai passé toute l'année avec lui à Tortagen, mais je me sens aussi à l'aise sur le dos de Pyme. Je ne saurais expliquer ce lien qui nous unit. Mais il est puissant et, une fois mes cuisses posées contre ses flancs, je me sens en sécurité et rien ne peut m'arrêter.

Les premiers bataillons commencent à s'élancer dans les plaines. Quand tous les Combattants autour de moi sont prêts, Mathew nous guide au galop et nous nous élançons derrière lui dans un même cri de combat.

L'adrénaline parcourt mon corps pendant que Pyme galope dans le brouillard sombre qui s'étend à perte de vue. Sur ma gauche, les cheveux roux d'Alden se soulèvent dans le vent glacial. Son visage est animé d'une rage extrême, camouflant probablement une peur au fond de ses tripes. De l'autre côté, Damon a déjà son bras levé en l'air brandissant une lance bleue étincelante. Ses tresses blondes volent derrière sa tête avec grâce. Je suis fière de galoper aux côtés de ces valeureux Guerriers.

Tout à coup, le cerf de Wyatt ralentit et s'arrête brutalement. Tout le bataillon freine à son tour et j'observe Mathew du regard. Qu'a-t-il vu ? Ses yeux plissés sont levés vers l'épaisse couche de nuages noirs au-dessus de nos têtes. Il n'y a pas un bruit, pas un murmure du vent, ni même un chant d'oiseau. Les nuages s'éloignent les uns des autres et mes yeux s'écarquillent alors devant cette incroyable lueur qui brille désormais dans le ciel. Une immense sphère, de la couleur du sang, apparaît entre les nuages, sous nos yeux stupéfaits.

— La lune rouge !

Wyatt n'a pas l'air surpris. Personne ne devrait l'être mais elle est bien plus spectaculaire que dans mon imagination. La force de sa lumière dissipe même le brouillard dans les plaines à l'horizon. Mon cœur tambourine dans ma poitrine. Mes mains sont moites et je peine à déglutir ma salive. La peur a envahi toutes les cellules de mon corps. Je n'arrive pas à détacher mes yeux de cette lune éblouissante. Combien de temps va-t-elle briller dans ce ciel macabre ? Notre survie dépend de sa présence au-dessus de nos têtes.

Un cri strident, assourdissant, surgit au loin et nous fait tous abaisser la tête. Les épées sortent des fourreaux, créant une mélodie métallique. Mes yeux se plissent, cherchant dans l'obscurité ce que je redoute le plus. Le cerf de Wyatt devant Pyme frotte ses sabots sur le sol sableux de la plaine, prêt à s'élancer au combat.

Je retiens ma respiration, agrippée au pommeau de ma selle d'une main et de l'autre sur ma lance de glace. Damon se tourne vers moi et me lance un clin d'œil.

— Bonne chance à toi, murmure-t-il.

Les mots ne sortent pas de ma bouche, mais je hoche la tête en lui offrant une mimique en guise de remerciement.

— Les voilà ! lance Wyatt.

Une première ombre apparaît dans le brouillard. Puis une seconde et une troisième. Des dizaines, des centaines de silhouettes sombres surgissent sous nos yeux. Le brouillard disparaît en quelques secondes, nous offrant alors une vue sur des kilomètres à l'horizon. L'armée des Ombres est là, devant nous. Je distingue des cerfs et des chevaux placés en rangées anarchiques. Des animaux morts... mais debout. Leurs yeux sans pupilles paraissent vitreux. Leur peau est sombre comme la mort. Sur certains, j'entrevois même leur squelette. C'est terrifiant. Les Combattants sur leur dos ne sont ni des hommes ni des femmes. Ce sont des cadavres aux pupilles inexistantes, juste un globe oculaire noir. Leur peau, pour ceux qui en ont une, est sombre et craquelée.

— Revenez-tous en vie ! hurle Wyatt en se tournant vers le bataillon. Ou alors vous finirez dans le même état qu'eux !

C'est suffisamment motivant. Un son de cor retentit dans la plaine et tous les bataillons s'élancent dans la même direction. Chaque Combattant hurle pour se donner le courage et la force de foncer la tête la première en direction de l'armée de Thalion. Chaque monstre face à nous était autrefois un être vivant de nos royaumes. Aujourd'hui, ils ne sont plus que des créatures sans âme, ni cœur, mais nous ne les laisserons pas s'emparer de nos vies.

Pyme galope à toute allure derrière les premiers rangs de Combattants. Nous avançons face à la mort qui se rapproche de nous à vive allure. Les Guerriers en première ligne commencent à décocher les premières salves de flèches, grâce aux bois de leur cerf. Les premières créatures des Ombres tombent sous la violence des pointes bleues qui s'abattent déjà dans leur direction. Je suis encore trop loin pour me servir de ma lance, je dois attendre d'être le plus près possible pour avoir les meilleures chances de toucher un monstre. Nous ne sommes plus qu'à une centaine de mètres d'eux. Ils sont nombreux, mais nous sommes bien plus. Nous devons profiter de notre avantage pour faire le maximum de dégâts. Plus que quelques dizaines de mètres ! Je resserre ma main moite sur ma lance tout en inspirant profondément. Puis, mon bras se contracte et je lance mon arme de toutes mes forces. En une seconde, elle vient transpercer le crâne d'une créature qui tombe aussitôt de sa monture.

Puis, dans un bruit fracassant d'os cassés et de thorax perforés, les deux armées se percutent. Des chevaux volent au-dessus de ma tête avec une violence impressionnante. Je baisse la tête pour éviter qu'elle ne finisse coupée par une épée qui ne passe pas loin de mon visage. Pyme galope toujours et je rattrape une lance plantée dans un cadavre au passage. Je dégaine mon épée aussi vite que possible et je tranche toutes les têtes que je croise sur ma route. Un liquide fétide se répand sur mon armure et mon visage. Mon dieu. Ça n'a pas la couleur du sang. C'est noir et ça sent le poisson fumé, voire brûlé. Je me retiens pour ne pas vomir tout en continuant de frapper tout autour de moi. Mes oreilles bourdonnent dans mon crâne sous le bruit tonitruant des cris et des combats d'épées autour de moi. Du sang rouge vif est déjà répandu sur le sol des plaines. Le sang de nos Combattants.

— VINIRA !

Wyatt hurle mon nom à travers la foule qui nous sépare. Il tente de se frayer un chemin jusqu'à moi mais les créatures sont bien trop nombreuses. Mon épée s'abat sur ma gauche, puis sur ma droite dans un rythme effréné. La peur a quitté mon corps. En cet instant, une rage inhumaine m'habite. Je ne laisse aucune chance à mes ennemis. Aucune.

Je tourne la tête sur la droite un instant, juste le temps de constater qu'Aveline a chuté de sa pégase. Merde. Elle combat désormais au sol des monstres qui sont également tombés avec le choc de l'impact. Je me fraie un chemin vers elle en décapitant quelques bêtes au passage. Je finis par l'attraper d'un bras et la balance sur la croupe de Pyme. Cette dernière hennit car les pégases ne portent que leur propre Cavalier, mais là, je ne lui laisse pas le choix.

— Tais-toi Pyme, vole, dépêche-toi !

Elle se débat mais finit par m'obéir. Ses ailes se déploient et nous décollons immédiatement du sol.

— FADYENAÏ !

J'entends Wyatt hurler de rage. Ce n'est clairement pas ce qui était prévu mais il n'est pas question que je laisse Aveline sans monture. J'ignore les cris de mon sous-commandant, tandis que je vole au-dessus de cette scène d'horreur, le temps de trouver la pégase d'Aveline.

— Je la vois, lance-t-elle.

Je finis par repérer l'animal en train de déchiqueter un cerf des Ombres.

— Ok, je vais ralentir, et une fois que nous serons au-dessus d'elle, tu sauteras sur son dos !

Elle hoche la tête sans broncher. Décidément cette petite a du cran. Elle n'est pas une Aile pour rien. Pyme hennit et agite ses ailes pour perdre de l'altitude. À seulement quelques mètres du sol, je donne le signal à Aveline qui saute aussitôt de son dos sans difficulté. Pyme remonte et finit par atterrir quelques mètres plus loin. Au moment où je m'apprête à brandir ma lance, un coup brutal me projette sur le sol. La force de la chute me coupe la respiration et des bourdonnements sifflent dans mes oreilles. Malgré la douleur, j'essaie de me redresser aussi vite que possible, en m'assurant d'être toujours en un seul morceau. Mon armure est enfoncée au niveau de mon thorax, mais je suis intacte. Je dégaine mon épée au moment où une créature hideuse s'avance face à moi en courant. Nos lames se percutent l'une contre l'autre. Je résiste à la force surhumaine de mon adversaire. Ses yeux globuleux sont à vomir, et la couleur de sa peau est aussi sombre que la nuit. Ma lame tente de s'abattre sur une autre partie de son corps, mais il repousse encore une fois mon attaque. Les coups s'enchaînent et aucun de nous n'arrive à blesser l'autre. Il est coriace. Soudain, il se redresse d'une rapidité incroyable, et son pied s'écrase contre ma poitrine me faisant basculer en arrière. Je chute dans une flaque de boue qui me cloue au sol. Mon armure est trop lourde et je peine à me redresser. Merde, je suis vraiment mal. La créature se dirige en courant face à moi pour m'abattre. Ma main au sol tâtonne à l'aveugle dans la boue et trouve enfin le pommeau. Lorsqu'il est au-dessus de moi, je brandis l'épée aussitôt et la plante en plein dans son ventre. Le monstre s'arrête et un cri s'échappe de ce qu'il reste de sa bouche. J'en profite pour me redresser, puis je m'agrippe à nouveau au pommeau qui dépasse de son abdomen, et d'un coup sec, je remonte la lame jusqu'au sommet de son crâne. La créature se déchire en deux et les morceaux de son corps chutent sur le sol boueux.

J'ai à peine le temps de me redresser que déjà d'autres créatures se dirigent vers moi. Merde. Au même moment, Archy surgit de nulle part et s'élance dans ma direction coupant la route aux monstres qui me foncent dessus. Ni une, ni deux, je saute sur son dos et m'élance au galop. Au loin, je discerne Wyatt, Damon et Alden en train de dilacérer des créatures. Pyme s'est éloignée et se trouve en retrait sur une colline. J'ai l'impression que le nombre de créatures s'amenuise et que nous sommes en train de remporter cette vague. Mais un hurlement qui déchire mes oreilles retentit dans la plaine. Je lève les yeux pour apercevoir une vingtaine de monstres volants à l'horizon. Des monstres sur des pégases.

Je sors une flèche de mon carquois et la place sur les bois d'Archy. Les Guerriers m'imitent, tandis que les Cavaliers continuent d'achever les monstres dans la plaine. Pyme agite ses ailes sur la colline. Qu'est-ce qu'elle fait ? Elle hennit si fort que les créatures volantes la repèrent et se dirigent vers elle. Non !

— Pyme !

Je hurle de toutes mes forces, mais elle ne semble pas vouloir bouger de là où elle est !

Je décoche ma flèche qui vient se nicher en plein dans la tête du monstre de tête.

— Pyme, sauve-toi !

Elle ne m'entend pas. Je décide de fermer les yeux et de me transposer dans son esprit le temps de la faire galoper pour s'enfuir d'ici au plus vite. Au bout de trois respirations, mes yeux sont les siens. Je suis en haut de la colline, et j'observe le carnage du champ de bataille. Les créatures continuent d'affluer vers moi. Je galope alors dans le sens opposé et descend la plaine pour me fondre dans la masse. Je dois les attirer sur nous. Et ça marche ! Les créatures changent aussitôt de direction, et en oublient ma pégase. Je rouvre les yeux dans mon propre corps, juste le temps d'observer la prochaine salve qui abat une dizaine de monstres qui tombent aussitôt du ciel.

Autour de nous, il ne reste quasiment plus de monstres. Nous sommes en majorité, et je décide qu'il est temps d'utiliser mon pouvoir. Sur le dos d'Archy, je songe à la seule personne qui me permet de générer la plus grande masse d'énergie. En quelques secondes, mes bras se lèvent en direction du ciel et je crée une gigantesque tornade faisant tournoyer les créatures qui volent encore vers nous. Mes yeux se ferment, et par la pensée, je décroche toutes les lances, accrochées sur les selles des Guerriers, et dans un même mouvement, je les envoie transpercer les derniers survivants de l'armée des Ombres. Quand je relâche les bras, toutes les créatures tombent au sol. Pas une n'est en capacité de se relever.

Il faut un moment aux Combattants pour se dévisager les uns les autres, cherchant si une créature se cache encore parmi eux, avant de hurler de joie. Nous avons remporté cette première manche.

***

L'odeur nauséabonde qui se dégage du champ de bataille me donne la nausée. L'odeur du sang de nos Guerriers, mais aussi celle du liquide étrange des créatures des Ombres. Je m'éloigne de cette horreur pour rejoindre Rickel et les sous-commandants sur la colline en hauteur, là où Pyme s'est égarée un peu plus tôt.

— Il est encore trop tôt pour estimer le nombre de nos pertes, lance Rickel. Des centaines de Combattants ont péri. Mais ce n'est rien comparé aux dégâts que nous avons infligés à cette première vague de l'armée des Ombres. Les prochaines seront certainement bien plus importantes. Ceci n'était qu'un avant-goût.

Ces paroles me laissent un goût amer dans la bouche. Mais il a raison, ce n'est que le début et ce qui nous attend dans les prochaines heures sera certainement bien pire.

— Les Guerriers March et Lohm vont partir pour les montagnes aussitôt le nombre de morts comptabilisés, et Amos et Luins partiront pour Deerwood. Fadyenaï, bravo pour ce que tu as accompli grâce à ton pouvoir. C'était spectaculaire !

— Je vous remercie, Commandant.

— Rentre au fort te reposer, nous n'avons pas besoin de toi pour brûler les morts.

— Oui, Commandant !

Je ne proteste pas car en effet je dois rentrer immédiatement. J'ai encore une chose à faire avant de me reposer. En remontant sur le dos d'Archy, je jette un coup d'œil en bas dans la plaine. Des centaines de corps de nos Combattants sont déjà alignés les uns à coté des autres, prêts à être brûlés. À côté, un autre bûcher se prépare pour les cadavres des Ombres. Je prie pour qu'aucun de mes amis ne s'y trouve. Puis, je regarde les morts s'embraser et je quitte la plaine au galop en direction du fort.

***

Une fois dans ma chambre, lavée et en tenue légère, je m'allonge sur mon lit, prête à ouvrir les yeux dans le corps d'Archy. Le voyage peut durer une bonne heure et demie, et je préfère qu'Alden me croit endormie plutôt qu'il ne me découvre assise en tailleur, les yeux fermés sur mon lit. Je ne suis pas sûre qu'il serait d'accord avec le fait que je me fatigue à conduire Archy jusqu'à Ellen. Ni Rickel d'ailleurs. Mais cela ne les concerne pas. J'ai choisi d'écouter mon cœur. Pour lui. Pour moi. Nous avons besoin de savoir que l'autre est en vie. C'est un sentiment qu'aucun d'eux ne peut comprendre.

Malgré la fatigue que la bataille m'a laissée, je me retrouve en quelques secondes à l'orée de la forêt, près du fort, où Archy est déjà en train de manger quelques baies en compagnie d'autres cerfs. Je jette un coup d'œil autour d'eux pour être sûre qu'aucun Guerrier ne se trouve dans les environs puis, sans perdre une minute, je m'élance au galop en direction des montagnes. La forêt est illuminée grâce à la lune rouge flamboyante qui brille au-dessus de ma tête. Combien de temps restera-t-elle dans le ciel ? Quelques jours ? Quelques semaines ? Personne n'a la moindre idée de ce qui nous attend et de quand cette guerre se terminera. J'espère que mon père va bien et que l'armée des Ombres n'a envoyé aucun monstre à Horswing. Mon peuple a déjà tellement souffert et il serait injuste qu'à peine sa liberté retrouvée, il la perde à nouveau. J'aurais aimée être avec eux, combattre au royaume des Ailes pour les guider, mais on m'a confié des responsabilités trop importantes. Le monde compte sur moi et sur le pouvoir hérité de mes ancêtres. Le pouvoir des dieux.

Galoper dans les plaines est bien plus fatigant que ce que j'avais imaginé. Archy a combattu brillamment aujourd'hui et je ressens sa fatigue, sa faim et sa soif.

— *Arrête-toi,* je lui murmure, avant de le laisser errer pour chercher de l'eau et de quoi manger.

Tout en étant en lui, j'arrive à le laisser reprendre le dessus. Ce lien est fascinant et me surprend de plus en plus chaque jour qui passe.

Archy s'élance à nouveau pour continuer sa trajectoire, et au bout d'une dizaine de minutes, nous sortons enfin de la forêt. Au loin, j'aperçois les montagnes.

— *Nous y sommes bientôt, mon beau, courage* !

Ces reliefs ressemblent beaucoup aux montagnes que j'ai découvertes, la fois où nous sommes partis avec Kallias pour un entraînement qu'un ours féroce a abrégé violemment. Cette pensée réveille une petite douleur aiguë le long de mon dos, à l'endroit même de la balafre laissée par la bête.

Ce jour-là, Kallias ignorait ma véritable identité. Il n'en avait pas la moindre idée. Mais il était là, avec moi. Parce que ses sentiments pour moi avaient pris le pas sur sa raison. Ce jour-là, nous nous sommes disputés. Kallias pensait que j'éprouvais des sentiments pour Basil alors que je n'aspirais qu'à devenir un membre de la garde royale. Aujourd'hui, toutes ces disputes, toutes ces incompréhensions entre nous, sont claires dans ma tête. Nous avons tenté tous les deux d'étouffer ce que nous ressentions l'un pour l'autre, en maquillant cela avec de la haine, de la colère et de multiples disputes. L'orgueil et l'arrogance ont pris le dessus sur la véritable nature de nos sentiments.

— *Voilà la rivière*, je marmonne à Archy.

Un magnifique cours d'eau s'étend devant nous sur des kilomètres. Avant de le traverser, je jette un coup d'œil aux alentours. *Où est Ellen ?* Une pensée désagréable vient se nicher à l'intérieur de mon esprit. Et s'il ne venait pas ? S'il était arrivé quelque chose à Kallias ? Je me refuse à cette idée, mais nous sommes en guerre et Kallias n'est pas immortel. Le début d'une interminable attente commence alors, et la peur envahit mon corps, mais aussi celui d'Archy. Ses sabots frottent sur le sol humide de la clairière. Sa tête se secoue comme s'il cherchait à me faire sortir de sa tête. Je suis en train de l'épuiser. Physiquement et mentalement.

— *Du calme, Archy* !

Mais mes mots ne l'apaisent pas, c'est tout le contraire. Je le sens se débattre si fort que j'en ai la tête qui tourne. Je respire profondément pour essayer de reprendre le contrôle. Je lui en demande trop. Il a besoin que je le soulage. Je force un peu plus sur notre lien pour reprendre le dessus. Son corps s'immobilise enfin, et je souffle de soulagement.

Vinira.

Une voix retentit dans ma tête. Suis-je en train de rêver ?

Vinira.

Non je ne rêve pas.

— *Archy ? Est-ce que c'est toi... qui me parle ?*

Mais aucune réponse. Ok. Je crois que je deviens folle. Soudain mes sens me font lever la tête en direction de la rivière. À une centaine de mètres devant moi surgit un cerf noir derrière un buisson. Mon cœur tambourine dans ma poitrine. Ellen. Il est en vie.

Je m'avance au pas sur le minuscule pont pour traverser la rivière et le rejoindre.

— *Dieu soit loué ! Kallias est vivant,* je murmure.

— *Oui, Vinira, je suis là !*

Cette fois-ci, je ne rêve pas, cette voix résonne à l'intérieur de ma tête aussi clairement que je vois Ellen devant moi et... il me répond.

— *Kallias ?*

17

Mon premier réflexe est de le chercher autour de moi. Il ne peut quand même pas être venu avec Ellen jusqu'ici ! Pourtant c'est bien sa voix. Où est-il ? Décidément mon esprit me joue des tours. J'ai sûrement trop abusé de la transposition aujourd'hui. Sur le bord de la berge, j'avance à pas hésitants. Je suis submergée par l'émotion de voir son cerf face à moi, même si la fatigue a pris le dessus sur mon état. Ellen est là, devant moi. Cela veut dire qu'il va bien, que tout va bien. Je n'avais aucune raison de m'en faire et d'imaginer le pire. Ellen a l'air en pleine forme malgré la course qu'il a dû réaliser dans les montagnes pour arriver jusqu'ici. Ils vont bien tous les deux.

— *Vinira !*

Encore cette voix qui chantonne dans ma tête.

— *Est-ce que toi aussi tu m'entends, Vini ?*

Quoi ? Alors je ne suis pas folle ?

— *Kallias ? Mais où es-tu ?*

— *Je suis là devant toi.*

Mes yeux cherchent un instant autour de la rivière avant de finalement comprendre l'impossible.

— *Je suis dans Ellen, mais j'entends... ta voix. C'est du délire.*

— *Comment est-ce que tu fais ça ?*

— *Je n'en ai pas la moindre idée. Je ne savais même pas que c'était possible.*

Incroyable.

— *Je dois être en train de rêver, je ne vois pas d'autre explication.*

— Tu ne rêves pas, Vini. Nous sommes bien là tous les deux dans cette forêt. C'est ici que je t'avais demandé de me rejoindre et tu es venue. Dieu merci. Est-ce que tout va bien ? Tu n'as pas été blessée ?

— Non je vais bien. Et toi, tu es en un seul morceau ? Et Mélione comment va-t-elle ?

— Mélione va bien et moi aussi, ainsi que Maddor. Je n'ai pas fait le tour du bataillon pour évaluer nos pertes, je suis parti aussitôt la première vague terminée. Si tu savais à quelle vitesse j'ai galopé dans les montagnes. Pauvre Ellen ! Je ne lui ai même pas laissé une seule seconde de contrôle depuis notre départ. J'avais tellement peur de ne pas te trouver en arrivant ici. Et... putain ce que tu m'as manqué !

Les mots me manquent, et je sens mon cœur fondre dans ma poitrine de soulagement.

Ellen s'approche d'Archy et frotte son museau humide contre le sien. La sensation est étrange, mais c'est comme si Kallias posait son visage contre le mien.

— C'est si bon de te voir... enfin de voir ton grand bestiau plein de poils... je n'en reviens pas de pouvoir t'entendre et te parler. Je ne savais pas qu'une telle prouesse était possible ! C'est la première fois que tu fais ça ?

— Oui, enfin il m'a semblé t'avoir déjà entendu m'appeler dans la montagne, lorsque l'ours m'a blessée. J'avais perçu ta voix dans mon esprit, mais avec la douleur je n'y avais pas prêté attention plus que ça. Tu crois que c'est parce que nous avons deux animaux ? Une pégase et un cerf, et que les liens se sont interconnectés ?

— Je ne crois pas. Je n'ai jamais entendu aucun de nos camarades des Ailes communiquer avec moi au cours de nos nombreuses transpositions, et je n'ai jamais lu une telle chose là-dessus dans les bibliothèques.

— C'est peut-être à cause de mon pouvoir ! Peut-être qu'il me donne une faculté supplémentaire. Dommage que mon père soit à Horswing. Il aurait pu nous éclairer.

— Je poserai la question à Maddor. Peut-être qu'il sait quelque chose à ce sujet.

Je n'en reviens pas. Communiquer ainsi avec Kallias alors que nous sommes chacun à des centaines de kilomètres l'un de l'autre. C'est impensable, mais tellement réconfortant.

— Tu crois que nous pouvons communiquer aussi via Pyme et Polla ? Et si nous ne sommes pas en transposition ? De ton esprit au mien directement ?

— À vrai dire, je n'en ai aucune idée. Nous pourrons essayer une fois réveillés. D'ailleurs, il va être l'heure de rentrer même si je n'ai aucune envie de te quitter. Je sens qu'Ellen s'épuise.

Oui, et Archy est dans le même état. La bataille lui a demandé beaucoup d'énergie et je tire sur la corde en l'ayant fait venir jusqu'ici après les combats. Il est temps de rentrer.

Ellen repose son front tout contre celui de mon cerf, et une vague de chaleur m'envahit.

— J'ai hâte de te retrouver, Kallias...

— Moi aussi, Fadyenaï, moi aussi. Allez, rentre vite jusqu'au fort, nous nous reverrons à la prochaine accalmie.

— Je... je t'aime.

— Moi aussi... plus que ma propre vie.

***

Sur le retour, je laisse Archy galoper seul. Il connaît le chemin pour revenir jusqu'à la forêt près du fort, et notre connexion a besoin d'être rompue.

Je n'arrive pas à trouver le sommeil. Cette découverte m'a retournée. Je peux communiquer par la pensée. Je me demande jusqu'où s'étend ce pouvoir. Suis-je la seule à avoir cette faculté ou est-ce que d'autres ont déjà pu échanger comme Kallias et moi ? Et si d'autres ont le même don, peuvent-il m'entendre et lire dans nos pensées ? Ou peut-être est-ce lié uniquement au pouvoir des Ailes ? À force de réfléchir intensivement, mon ventre commence à se nouer d'inquiétude. Je décide de fermer à nouveau les yeux, et de me projeter cette fois-ci dans Pyme.

Ma pégase est dans le bois avec toutes les autres montures du bataillon. Certains animaux ont l'air d'avoir été sacrément amochés par les combats. D'autres sont exténués et dorment déjà sur la mousse humide de la forêt. *Kallias. Est-ce que tu m'entends ?* J'essaie de l'appeler plusieurs fois, mais en vain. Ça ne marche pas ! Je ne perçois rien.

Soudain, j'aperçois Archy qui arrive au galop. Enfin ! À peine a-t-il fait un pas dans la clairière, qu'il fonce dans la rivière où il trempe sa gueule pour boire à grosses gorgées. Le pauvre. Il est assoiffé et épuisé. Il s'écroule quelques secondes plus tard sur le sol et s'endort paisiblement. Je culpabilise de ce que je lui inflige, mais cette sortie en valait la peine. J'ai pu m'assurer qu'Ellen et Kallias étaient en vie, ainsi que mon oncle et ma meilleure amie. Au moment où je m'apprête à quitter Pyme et rouvrir les yeux, je discerne une silhouette encapuchonnée derrière un tronc en train d'observer mon cerf endormi. Je m'approche lentement sans me faire remarquer. Ce n'est que lorsque la silhouette recule, prête à rentrer au fort, que je l'aperçois distinctement. Ses cheveux blancs argentés coupés courts ne me laisse pas de doute sur son identité. Il s'agit d'Ismène, et au vu du sourire qu'elle arbore, je comprends qu'elle a vu Archy rentrer de son escapade, et si elle est suffisamment intelligente, elle doit se douter d'où il revient.

***

Après avoir dormi presque deux heures, je descends au réfectoire car mon ventre émet des grondements insupportables. Il faut que je mange quelque chose. J'ai la bonne surprise de trouver Alden assis avec Damon, Tieran et Aveline. Leur visage est souriant, et j'en conclus que malgré les combats sanglants, nous n'avons pas perdu d'amis proches.

— Vinira !

Aveline Barisen se lève et me prend aussitôt dans ses bras. Je suis stupéfaite par l'étreinte qu'elle m'offre, et je regrette de ne pas avoir mis mon armure pour encaisser le choc brutal de ses bras musclés.

— Je ne sais pas comment te remercier pour ce que tu as fait tout à l'heure, tu m'as sauvé la vie et... sans toi je ne sais pas si j'aurais survécu. Ils étaient si nombreux et... je suis désolée, je ne pensais pas que je tomberai de ma pégase.

Ses yeux se baissent comme pour masquer sa honte.

— Eh, tu n'as pas à t'en vouloir de quoi que ce soit. Monter une pégase est une chose très difficile. Et encore plus, lorsqu'on essaie de te tuer, et c'est mon rôle de te protéger.

— Ce... c'était plutôt à moi de te protéger, j'ai failli à mon devoir.

— Ne t'inquiète pas pour moi. Je suis capable de me débrouiller sans avoir de gardes du corps et je suis sûre qu'un jour, tu sauras me rendre la pareille. Ne t'excuse en aucun cas de ce qui s'est passé. Tout ça n'est pas ta faute, d'accord ?

Une larme roule sur sa joue que j'essuie avec la pulpe de mon pouce.

— Nous sommes en vie et c'est tout ce qui importe.

— Oui, tu as raison, merci.

Je lui souris tout en posant mes lèvres sur son front. Quelque chose en elle me rappelle étrangement ma sœur. Ses yeux, ses cheveux ? Ou peut-être la pointe de fragilité que je perçois au fond d'elle et qui me donne envie de la protéger. Cette petite a du cran et ne manque pas d'envie, mais elle a vécu trop longtemps à Horswing, recluse du monde, sans pégase, et elle se retrouve désormais plongée dans une horreur à laquelle elle n'a pas été préparée. Je me devais de l'aider, de la sauver.

Cette guerre est devenue mon combat. Mon fardeau à porter. Je suis l'héritière de l'homme qui a créé le monstre qu'est devenu Thalion, et je ne peux pas supporter de voir les gens qui me sont chers périr sous mes yeux.

Combien d'hommes et de femmes vont encore tomber dans les ténèbres de la montagne des Ombres dans les siècles à venir ? Combien d'héritiers d'Horswing seront encore poursuivis par Thalion avant qu'il ne finisse par obtenir ce qu'il cherche ? Je ne pourrai pas tous les sauver, mais plus les heures passent, et plus je me dis qu'il est temps d'essayer d'en finir avec ces lunes de sang et ses guerres sans fin. Il faut en finir avec Thalion. Il est impossible de le sauver de sa malédiction, sans conséquences funestes, mais il ne doit pas être impossible de le tuer.

Nous nous asseyons à table avec les autres, et je ne peux m'empêcher de jeter des coups d'œil autour de moi pour voir qui manque à l'appel.

— Nous avons perdu des centaines de Combattants, me dit Alden avant que je ne lui pose la question. Des hommes du Désert, des Guerriers de Deerwood, et à peine une dizaine de Cavaliers des Ailes.

— Une dizaine, c'est déjà beaucoup trop ! je lâche le cœur serré.

— Je sais que tu te sens responsable de tous ces hommes autour de toi, Vinira. Je te connais. Tu as un cœur pur, une âme prête à servir le monde, mais tu ne pourras pas tous les sauver. Tu ne pourras pas tous NOUS sauver. Certains de nous mourrons avant la fin de la lune rouge. Et tu dois accepter le fait que tu ne puisses rien y faire.

Non, mais ce que Thalion veut, c'est moi, et ça, Alden l'ignore. Je ne peux lui confier les secrets de mon père, tout comme je n'ai pu les confier à Kallias. Thalion veut ma tête sur une pique. Mais même s'il réussit à obtenir sa vengeance, je ne suis pas sûre qu'il en reste là. Je ne peux prendre le risque de me sacrifier en espérant sauver le monde. Thalion est devenu une créature, un monstre dont les seules motivations sont la vengeance et la destruction. Après ma tête, il convoitera celle de Basil et de Myrna. La légende du dieu unique doit toujours vivre dans son esprit, et quoi de mieux que de devenir un dieu pour être tout-puissant à jamais. Cette simple idée me provoque des frissons sur la peau nue de mes avant-bras.

Je lève les yeux et remarque Damon qui m'observe d'un air étrange.

— C'est généreux d'avoir sauvé Barisen ! me lance-t-il. Même si tu as pris des risques. Le sous-commandant n'était pas content.

C'est drôle. À sa façon de parler, j'ai l'impression d'entendre Kallias. Mais étant donné que ces deux-là ont grandi ensemble, ça n'a rien d'étonnant.

— Oui, je l'ai entendu hurler mon nom dans la plaine ! J'ai fait ce qu'il fallait, il ne va pas me punir pour ça !

— Détrompe-toi ! Il peut très bien te tenir à distance des combats jusqu'à l'arrivée du roi.

Je toise Damon pour chercher à savoir s'il est sérieux ou s'il veut juste me faire peur.

— Je l'ai entendu le demander à Rickel tout à l'heure ! Si tu te fais tuer, tu mets sa carrière en péril.

— Merde ! J'irai voir Wyatt tout à l'heure pour lui expliquer. Rickel ne va quand même pas me mettre en retrait des combats parce que j'ai voulu sauver une camarade !

— Non, reprend Alden, Rickel te connaît, et même si Wyatt aimerait t'enfermer dans sa chambre rien que pour lui, Rickel ne le permettra pas.

— Je l'espère, car il est hors de question que je reste les bras croisés pendant les prochaines vagues des Ombres.

Une discrète fossette apparaît sur la joue de Damon lorsqu'il sourit.

— Tu as du cran et j'aime ça ! Quoi que tu décides de faire, princesse, tu pourras compter sur moi, dit-il en pressant son poing sur son cœur.

— Merci, je chuchote.

Je réalise alors que je n'ai même pas dit à Kallias que j'ai rencontré son ami d'enfance et que je combats à ses côtés. Avoir le soutien de Damon Fros me fait un bien fou. Il est l'un de ses rares amis à me tolérer. Ismène souhaite me voir découpée par Thalion ou bien dévorée par Mithor. Teivel, lui, est tellement froid qu'il est impossible de deviner ce qu'il pense. Et Tieran semble m'apprécier, mais je me demande s'il ne le fait pas plutôt pour faire plaisir à Mélione qu'à Kallias.

Damon est un allié en qui je peux avoir confiance, et dans ce fort où je me sens terriblement seule malgré la présence d'Alden, cela me rebooste pour les épreuves qui m'attendent.

En quittant le réfectoire, Damon prend un chemin opposé pour regagner sa chambre à l'autre bout du fort. Aveline semble attendue dans la cour car Arlie est adossée contre le mur, et se redresse dès qu'elle l'aperçoit.

— Je vous rejoins plus tard, nous lance-t-elle avant de partir en direction de la jeune femme.

— Elles ont bien raison. Qui sait si elles seront encore en vie demain ? je lâche.

— Allez viens, Vini, allons dormir un peu.

Alden glisse sa main dans mon dos et nous nous dirigeons vers notre chambre. Même si j'ai pu dormir après la transposition dans Archy, je sens que mes yeux redemandent encore à plonger dans l'obscurité. Nous traversons les couloirs vides du fort. À l'étage inférieur du nôtre, une porte s'ouvre, et Alden me pousse aussitôt dans un des recoins.

— Mais qu'est-ce-que...

Sa main se pose sur mes lèvres avant que je n'aie le temps de prononcer le moindre son audible. Il pose un index sur ses lèvres, et je comprends que nous devons rester cachés. Je penche discrètement la tête au moment où Wyatt Mathew referme la porte de sa chambre.

Ce que je vois me laisse dubitative. La chevelure blanche d'Ismène quitte la chambre du sous-commandant discrètement, avant de disparaître à l'autre bout du couloir.

— Tu crois qu'elle est venue lui apporter son repas ? ironise Alden.

— Je n'en sais rien. Mais mon intuition me dit que cette fille rêve chaque nuit à la meilleure façon de me nuire. Il va falloir que je me méfie sérieusement d'elle.

— Elle est tellement... désinvolte. Je me demande bien comment Felirson et elle ont pu...

— Inutile de me mettre cette pensée dans la tête, Alden. J'essaie chaque jour d'oublier que ça ait pu arriver.

— Excuse-moi. Je ne voulais pas... bref, allons dormir !

Il est clair qu'il ne voulait pas me blesser, mais savoir qu'Ismène éprouve des sentiments pour le même homme que moi m'inspire un profond dégout. Je n'ai pas peur de ce que Kallias pourrait ressentir pour elle, il a été clair sur le sujet. Elle n'est qu'une simple amie avec qui il a dérapé il y a des années. Tout comme Wyatt et moi. Je crains juste ce qu'elle serait capable de faire pour récupérer son attention. À Tortagen, nous n'avions pas d'autre choix que de nous allier pour survivre, mais aujourd'hui tout est différent. Les royaumes sont à nouveau en paix. Elle n'a plus besoin de faire semblant de m'apprécier, et il semble que je sois devenue sa nouvelle cible à abattre.

Pendant que je me glisse sous la couette, Alden enlève morceau par morceau chaque partie de son armure.

— Les éclaireurs de Deerwood sont arrivés pendant que tu dormais tout à l'heure. Ils n'ont eu que très peu de pertes. Les attaques n'ont pas été très importantes contrairement à nous. C'est comme si l'armée avait été concentrée en grande partie sur nos plaines. C'est bizarre, non ?

Est-ce dû au fait que je m'y trouvais ? Le roi des Ombres est-il capable de sentir ma présence tout en étant dans les profondeurs de son royaume ?

— Oui, ça l'est. Si seulement nous voyions clair dans les stratégies de Thalion, cela nous permettrait d'éviter de perdre autant d'hommes.

Une fois son armure retirée, Alden ôte sa tunique blanche, laissant apparaître son thorax musclé recouvert d'ecchymoses. Mon cœur se pince dans ma poitrine à la vue de ses blessures. Je n'ai moi-même pas inspecté mon corps après la bataille. Mis à part des douleurs aux côtes et aux poignets, je n'ai pas l'impression d'avoir été blessée plus que ça.

— Tu as été à l'infirmerie ? je lui demande.

— Oui, j'ai récupéré un flacon de sirop, mais je n'ai pas grand-chose contrairement à ceux que j'ai vu en train de gémir avec des membres en moins. Certains ne pourront pas remonter en selle.

J'imagine parfaitement dans quel état doivent être certains Combattants. Je n'ai pas eu le cœur de descendre à l'infirmerie pour voir l'étendue des dégâts. J'aurais éprouvé de la culpabilité de les voir souffrir tout en étant impuissante.

Une fois tout son attirail enlevé, Alden s'assoit sur le rebord du lit et pose ses coudes sur ses genoux.

— C'est bien que tu te sois rapprochée de Damon Fros ! C'est un bon Guerrier et il inspire confiance.

— Oui, c'est un vieil ami de Kallias. Ils ont grandi dans le même village.

— Ça se voit. Ils ont l'air d'avoir le même tempérament, même si Damon a l'air moins flippant.

Je lui lance mon oreiller au visage.

— Kallias n'est pas comme ça ! C'est parce que tu ne le connais pas comme moi je le connais.

— Dieu merci ! plaisante-t-il. Me retrouver nu avec Kallias dans un lit, non merci.

— Tu ne sais pas ce que tu rates !

— Et je ne veux pas le savoir, avoue-t-il en riant.

— Tant mieux parce que je n'ai pas l'intention de te partager le moindre détail.

Alden se contente d'un simple sourire tout en continuant à me fixer du regard.

— Je suis sûr qu'il va bien, Vini !

Il cherche à me rassurer, mais il ignore tout de ma petite escapade jusqu'aux montagnes.

— Je sais qu'il va bien !

Ses yeux me fixent avec un regard interrogateur.

— Tu peux préciser ?

— Je le ressens... c'est tout.

— Vinira ! As-tu quelque chose à me dire que j'ignore, et qui risquerait de te causer de gros ennuis si quelqu'un l'apprenait ?

— Non !

Dans ma bouche, ce simple mot sonne comme un triste mensonge qui ne me convaincrait pas moi-même. Je finis par tout avouer à Alden.

— Vous êtes aussi fous l'un que l'autre. Pas étonnant que vous soyez attirés comme deux aimants. Fais attention à ce que Mathew ne le découvre pas, car pour le coup tu finirais enfermée dans les cachots du fort.

— Je suis plus que prudente. Je transpose depuis mon lit et il n'y a aucun risque pour que Mathew vienne me rejoindre en pleine nuit et ne le découvre.

— À son plus grand désespoir !

— Je n'ai pas revu Mathew depuis des années, et subitement il m'avoue ressentir plus qu'une simple amitié pour moi, j'avoue que je suis perplexe. Il n'a jamais été question de sentiments entre nous. Uniquement… de sexe. Par pitié, ne répète jamais cette phrase à Felirson ! Je ne comprends pas ce qu'il éprouve tout d'un coup.

— Tu crois que ta nouvelle identité lui a ouvert les yeux sur ses sentiments pour toi ?

— Tu penses qu'il s'est mis à éprouver des sentiments pour moi depuis qu'il sait que je vais être couronnée reine ? À vrai dire, je ne voulais pas y penser. Mathew a toujours été un ambitieux, mais dans sa volonté de devenir un Guerrier. Que ferait-il sur un trône à côté de moi ?

— Gouverner ! Tu avais bien accepté d'épouser Basil, et si mes souvenirs sont bons, ce n'était pas pour ses beaux yeux. Tu avais accepté l'idée pour gouverner Deerwood à ses côtés.

Il a raison, mais de là à ce que Wyatt me fasse croire qu'il éprouve des sentiments pour moi pour avoir une chance de devenir mon roi ne me convainc pas.

— J'espère sincèrement que ce n'est pas le cas. Et je ne cherche pas un roi.

— Non. Mais tu l'as déjà plus ou moins trouvé, je me trompe ?

Je tourne la tête vers lui.

— Kallias, s'asseoir sur un trône ? Je ne pense pas que ce soit un rôle qu'il ambitionne.

Alden s'allonge à son tour sur son lit et croise les bras sous sa tête.

— Peut-être, mais en tant que nouvelle reine d'un peuple survivant, tes conseillers souhaiteront que tu te maries, et que tu offres des héritiers à ton royaume. Tu crois vraiment que Kallias refuserait de t'épouser ?

— À vrai dire, je ne sais pas, nous n'en avons jamais parlé. Tout est allé si vite. En quelques semaines, j'ai perdu ma sœur, je suis devenue une Aile, j'ai retrouvé mon vrai père et découvert que j'avais un des quatre pouvoirs. Le mariage n'est pas un sujet que nous avons eu le temps d'évoquer. Notre relation est tellement récente. Depuis que je ne suis plus obligée d'épouser Basil, je n'ai pas imaginé une seule seconde devoir me marier.

— Je comprends. Ton père ne s'est pas marié de suite après son couronnement. Il a épousé ta mère bien des années plus tard. Mais avec ce qui est arrivé pendant la guerre des Ailes, les conseillers d'Horswing craindront une nouvelle attaque de Deerwood, et te demanderont peut-être de l'envisager.

— Tu crois que l'on peut m'obliger à me marier ?

— Je n'en sais rien, Vini, je dis juste que tu dois commencer à y penser. Si ton royaume estime qu'il le faut, il faudra que tu fasses un choix entre tous tes prétendants.

— Ton humour est merdique, Alden. Méfie-toi, je pourrais te choisir toi.

— Oh pitié ! Je ne veux pas me faire égorger par Felirson et le sous-commandant.

Je repose ma tête sur l'oreiller, laissant planer un doux silence dans la chambre. Le sommeil commence à gagner mes paupières, malgré cette conversation qui tourne en boucle dans ma tête.

— Vini ?

Je sursaute et rouvre les yeux.

— Oui ?

— C'est beau ce que tu as fait pour la petite Barisen, tout à l'heure ! Je sais qu'elle te fait penser à ta sœur, mais ne t'attache pas à tous les Guerriers que tu croises. La guerre n'est pas finie et beaucoup perdront la vie.

Je ne trouve pas les mots immédiatement pour lui répondre car son conseil résonne un moment dans ma tête. Je sais qu'il a raison, et que je ne dois pas perdre de vue mes objectifs. Mais c'est plus fort que moi, je ne peux pas ignorer tous ceux qui ont juré de me protéger. Le ronflement d'Alden finit par retentir dans la chambre, et me berce jusqu'à ce que mes paupières finissent par se fermer.

18

— Entrez !

Je referme lentement la porte derrière moi. La salle des registres est une grande pièce spacieuse, dans laquelle, au centre, est disposée une table représentant la carte du monde. Sur les murs, s'étendent d'immenses bibliothèques. Seules quelques personnes habilitées sont aptes à pénétrer dans cette pièce.

— Vinira !

Wyatt Mathew semble surpris de me voir ici.

— Excuse-moi de te déranger, Rickel m'a informée que tu serais ici. J'espère que je ne te dérange pas. Il fallait que je te parle.

— Non, tu ne me déranges pas, entre je t'en prie.

Wyatt est assis derrière un bureau au fond de la pièce, le nez plongé dans un livre ouvert. C'est à peine s'il lève la tête alors que je m'avance lentement jusqu'à lui.

— Tu as besoin de quelque chose ? demande-t-il tout en continuant de tourner les pages de son grimoire.

— Oui, je voulais savoir si tu avais déjà choisi les éclaireurs qui partiront pour les montagnes après la seconde vague, et si tu pouvais envisager la possibilité... de m'y envoyer ?

Ses yeux se figent sur son ouvrage, mais il ne lève toujours pas les yeux vers moi.

— Non !

— Non ?

— Pourquoi souhaites-tu partir dans les montagnes ?

— J'ai besoin de voir mon oncle... concernant mon pouvoir.

— Il ne m'a pas semblé que tu sois en difficulté, lors de la première vague.

— Non, mais il y a des choses que j'aurais besoin d'éclaircur et mon oncle...

— Ton père serait sûrement plus apte pour t'aider, mais je ne t'enverrai ni à Horswing, ni dans les montagnes, c'est bien trop risqué.

Son attitude désinvolte m'agace. Il ne m'a pas adressé un seul regard depuis que j'ai franchi la porte de cette pièce.

— Est-ce que tu m'en veux pour une raison particulière, Wyatt ? Car si c'est le cas, nous devrions en discuter plutôt que de tourner autour du pot.

J'ai légèrement haussé le ton, suffisamment pour lui faire enfin décoller le nez de son bouquin.

— Tu as pris de gros risques hier !

— Aveline Barisen était tombée de sa pégase ! Je l'ai juste aidée à remonter dessus pour éviter qu'elle ne se fasse tuer, je ne vois pas en quoi...

— Ce n'est pas à toi de sauver les Combattants du bataillon, Fadyenaï ! hurle-t-il en me faisant sursauter. Tu aurais pu te faire tuer !

— Tu exagères ! Je n'ai pas une égratignure et elle non plus.

— Tu devais rester près du premier rang. Je t'ai ordonné de revenir à plusieurs reprises et tu as désobéi. Je suis désolé, mais je n'ai plus confiance en toi !

— Quoi ? Qu'est-ce que ça veut dire ? Tu ne vas quand même pas me mettre à l'écart ?

Il se lève de sa chaise et me tourne le dos.

— L'idée m'a traversé l'esprit, mais je ne le ferai pas.

Elle a fait plus que lui traverser l'esprit car il en a fait la demande à Rickel, mais ce dernier a dû refuser.

— Je suis désolée, Wyatt, si je t'ai déçu. J'ai fait ce qu'il me semblait juste. C'était probablement imprudent de ma part.

Il se retourne avec un air furieux que je ne lui ai encore jamais vu.

— Tu n'imagines pas dans quelle situation tu m'as mis…

Il se rapproche si près que son visage est désormais à quelques centimètres du mien.

— … Je suis ton sous-commandant. Ton supérieur ! Tu es censée obéir à mes ordres et ne pas faire le contraire. Tu m'as désobéi devant un bon nombre de Guerriers. Tu mérites d'être punie pour ce que tu as fait.

Il a vraiment l'air furieux contre moi, mais étrangement sa remontrance ne me donne pas envie de me taire, mais ne fait qu'augmenter ma colère.

— Eh bien, punis-moi ! Si tu trouves que je le mérite vraiment, fais-le !

— Tu ne seras pas envoyée en éclaireur, c'est une punition suffisante !

— Vraiment ? Je ne suis pas sûre que mon action de sauvetage dans la plaine soit la véritable raison pour m'empêcher d'aller dans les montagnes !

Ses yeux se plissent et je sens ses mâchoires se crisper.

— Où veux-tu en venir exactement ?

— Pourquoi ne me dis-tu pas clairement pourquoi tu ne veux pas que j'y aille ? Sois franc avec moi !

— C'est toi qui n'es pas franche, Vinira ! Ton histoire de pouvoir ne tient pas la route.

Après tant d'années, Wyatt me connaît par cœur. Il sait très bien que je lui ai donné un faux prétexte pour m'échapper d'ici.

— Pourquoi ne veux-tu pas avouer que tu veux aller là-bas pour le retrouver ?

Et merde ! « Le » ne peut signifier qu'une seule et même personne. L'a-t-il compris tout seul ? Où Ismène l'a-t-elle lancé sur la piste ? Je ne sais même pas quoi lui répondre. J'aime beaucoup Wyatt, et je le respecte trop pour lui mentir. Mais avouer pour Kallias revient à me condamner immédiatement. Il ne me laissera pas plus y aller si je lui dis la vérité.

— Tu sais, Vinira, j'ai toujours su que je n'étais qu'un ami pour toi. Toutes ces fois où tu t'es offerte à moi, j'ai su que tu ne cherchais qu'à assouvir tes désirs momentanés. Mais si j'avais la chance que tu me regardes comme tu le regardes lui, je ne chercherais pas à me cacher, j'aurais envie de le crier sur tous les toits. Tu devrais te demander pourquoi il ne veut pas que ça se sache...

Putain, qu'est-il en train d'insinuer ? Ses yeux brillants sont plongés dans les miens et j'y vois un mélange de déception et de tristesse. Sa main se glisse contre ma joue, mais je ne me dégage pas. Même s'il dit ne plus me faire confiance, ce n'est pas mon cas. J'ai toujours confiance en lui et je sais qu'il ne tentera pas de faire une chose irraisonnée.

— ... Pendant le combat, j'ai eu... peur pour toi, Vinira. Je ne supporterais pas s'il t'arrivait malheur.

Soudain, la cloche du fort se met à retentir si fort qu'elle nous fait sursauter. La deuxième vague.

Wyatt se redresse et son visage se crispe aussitôt.

— Va te préparer, il est déjà l'heure d'y retourner, me lâche-t-il sèchement avant de se diriger vers la porte. Et concernant les éclaireurs, ma réponse n'a pas changé. Je n'envoie que des Guerriers qui sont légèrement blessés et trop faibles pour les combats. Il est inutile de m'en reparler.

***

Tandis que je me presse de retrouver Archy et Pyme à l'extérieur du fort, les mots de Wyatt résonnent encore dans mon esprit : *Tu devrais te demander pourquoi il ne veut pas que ça se sache !*

Que sait Mathew que j'ignore ? Des pensées diverses affluent dans ma tête alors que je devrais être concentrée sur la deuxième vague de l'armée des Ombres. Je connais Wyatt depuis longtemps, et je sais qu'il ne dit jamais rien sans raison. Son rapprochement avec Ismène ces derniers temps lui a-t-il permis d'apprendre des détails que j'ignore ? Non ! Je me refuse de penser que Kallias a d'autres raisons de cacher notre relation que celle que nous connaissons tous les deux. Mais Wyatt vient de jeter un pavé dans la mare pour que je le découvre par moi-même.

Je me suis placée dans le rang entre Damon et Alden, juste derrière la croupe du cerf du sous-commandant. En jetant un bref regard derrière moi, je croise le regard d'Aveline, prête à tenir sur sa selle cette fois-ci, et celui d'Ismène qui me toise avec dégoût. Je ne me souviens plus à quel moment nous avons franchi le point de non-retour elle et moi. Peut-être était-ce dans les sous-sols de Tortagen, lorsqu'elle a compris que Kallias et moi avions une relation bien plus complexe que ce qu'elle imaginait, ou lorsque Kallias lui a sauté à la gorge pour l'étrangler quand elle s'est permise de me manquer de respect.

— Tout va bien ? me demande Alden.

— J'ai hâte que tout ça se termine, je lance en fixant à nouveau droit devant moi.

— On a un coup de mou ? me questionne Damon.

— Disons que je me sens légèrement oppressée.

— Le sous-commandant a refusé ta requête ? m'interroge mon ami.

— À ton avis !

— Ce n'est pas comme si c'était une surprise, mais au moins tu as essayé !

Un son de cor retentit sur notre gauche, et nous levons aussitôt la tête dans sa direction.

— Qu'est-ce que c'est que ça ? je demande surprise.

Le son ne provient d'aucun bataillon présent dans la plaine, il semble venir de bien plus loin. Le cerf de Wyatt s'agite devant moi. L'animal secoue la tête dans tous les sens et les autres montures commencent à l'imiter.

Je tends le regard au loin dans la plaine pour essayer d'apercevoir nos ennemis, mais je ne vois rien. Pas de brouillard. Pas de créatures.

— Où sont-ils ?

Un cheval arrive au galop et traverse la plaine de bataillon en bataillon. Quand il approche enfin, le Cavalier du Désert s'adresse à Wyatt.

— Les Combattants des Ombres arrivent par milliers, par la mer et les airs, hurle-t-il, il faut rejoindre la plage.

— Par la mer ? Que font-ils là-bas ? demande Wyatt.

— Aucune idée, hurle le Cavalier en s'empressant d'aller informer les autres bataillons, vous n'avez qu'à aller leur demander vous-mêmes !

— Merde, jure-t-il en s'élançant entre nos rangs.

Sans perdre une minute, je quitte ma place entre Alden et Damon et m'élance derrière lui.

— Commandant !

— Qu'est-ce que tu fais, Fadyenaï ? Retourne à ta place, nous devons nous rendre au bord de la mer sur-le-champ !

— Wyatt, attends-moi ! Et si c'était un piège ?

— De quoi tu parles ? me répond-il sans même me jeter un regard.

— Si nous envoyons tous nos bataillons sur la plage, nous risquons de nous faire encercler. Nous serons à découvert, et si les créatures volantes arrivent par la mer, elles vont nous pulvériser. Je ne pourrai pas me servir de mon pouvoir avec efficacité si nous sommes tous entassés sur la plage. Je risque de blesser nos Combattants.

Mais Wyatt ne m'écoute pas, il continue de galoper entre les rangs pour annoncer notre départ pour la plage.

— Wyatt, je t'en prie, écoute-moi !

— Non, toi, écoute-moi, Fadyenaï ! Je suis ton Commandant. Les troupes du bataillon s'élancent toutes en direction de la plage, il est trop tard pour faire marche arrière. Nous devons les suivre.

— Nous courons à la catastrophe !

— Rejoins ton rang et ne t'avise pas d'en sortir cette fois ! Me suis-je bien fait comprendre ?

Est-il fou au point de ne pas vouloir entendre ce que je viens de lui dire ? Mon pouvoir n'est pas un don que je maîtrise parfaitement et je vais blesser des Guerriers de notre clan si je l'utilise. L'armée des Ombres l'a très bien compris, elle, et c'est certainement pour ça qu'elle veut nous forcer à sortir des plaines pour pouvoir nous tuer bien plus facilement.

— Tu fais une grosse erreur, je lui lance avant de repartir au galop vers le premier rang.

Une fois à ma place, je descends du dos d'Archy et accroche mes armes sur la selle de Pyme.

— Qu'est-ce que tu mijotes ? me questionne Damon, perplexe.

— Mathew nous envoie tous à la mort. Il commet une énorme erreur en suivant les autres bataillons. L'armée des Ombres va nous pulvériser en un rien de temps si nous restons tous ensemble.

— Tu songes encore à désobéir ?

— Je ne compte pas mourir parce qu'un sous-commandant à l'égo surdimensionné a décidé de ne pas m'écouter.

J'enjambe ma pégase, aussitôt mes armes chargées dessus, et caresse le museau d'Archy qui me regarde avec un air penaud.

— Pardonne-moi, mon grand, mais ça ne sera pas pour aujourd'hui. Fonce dans la forêt et reste caché. Préviens-moi si tu vois quelque chose d'anormal !

Archy s'échappe en direction de la forêt derrière nous, avant que Wyatt ne s'en aperçoive. Si les créatures ont l'intention de nous surprendre, il m'en informera et cela permettra peut-être de limiter les dégâts.

Mathew revient quelques secondes plus tard, et nous nous élançons derrière lui en direction de la plage. Tous les bataillons sans exception se sont élancés vers le bord de mer. Les créatures terrestres ont longé la côte et les volantes ont été repérées au-dessus de la mer contournant les terres depuis le royaume des Ombres. Qu'est-ce qu'ils fabriquent ? Ont-ils vraiment une stratégie de bataille ou attaquent-ils au hasard ? Malgré nos nombreuses descentes dans les sous-sols pour découvrir les souvenirs des anciens rois, Thalion reste toujours un mystère. Si c'est moi qu'il veut, qu'attend-il caché au fond de sa montagne ? Horswing a été très peu attaqué lors de la première vague, et pourtant c'est aux ancêtres de mon royaume qu'il en veut. À quel jeu pervers se livre-t-il ? Nous avons brûlé le maximum de nos morts pendant la première vague, empêchant ainsi aux cadavres de se relever.

En arrivant près de la plage, notre bataillon s'arrête en haut d'une butte, nous offrant un visuel sur toute la côte qui s'étend à perte de vue.

— Où sont-ils ? demandent Mathew.

— Il faut partir, Wyatt, où nous allons tous mourir ici, je t'en prie, nous sommes assez nombreux pour rester en retrait, et prendre les créatures par-derrière. Elles ne vont pas arriver par là. Nous sommes trop à découvert.

Son cerf s'agite et le visage de Wyatt commence à se crisper. Puis, un cri strident retentit au-dessus de la mer et un trait noir apparaît à l'horizon. Les voilà. Au même moment, une sensation étrange me parcourt, et je sens qu'Archy a besoin de moi. Je ferme les yeux pour me projeter à l'intérieur de son corps. Quelques respirations plus tard, je rouvre les paupières pour me retrouver au milieu d'une forêt. Archy a peur et sent le danger arriver. Les cris des créatures commencent à émerger à l'entrée des bois à quelques centaines de mètres. J'avais raison. *Déguerpis Archy, vite !* Il obéit sur-le-champ et je rouvre les yeux au bord de la mer face à Wyatt qui me dévisage d'inquiétude.

— Ils arrivent par la forêt, je lui révèle, je te l'avais dit !

— Tieran Ermol, hurle-t-il, rassemble tous les Ailes du bataillon, nous allons quitter la plage et regagner la forêt. Fadyenaï vous guidera là où elle a vu les créatures des Ombres.

— Il faudrait que quelqu'un descende prévenir Rickel et nous rejoigne ensuite. Je pense qu'un Aile serait le plus rapide. Ismène ! je crie à son attention.

— Je n'ai pas d'ordre à recevoir de toi ! maugrée-t-elle furax.

— Fais ce qu'elle te dit ! lui ordonne Wyatt.

Elle nous jette un regard à l'un et l'autre, avant de capituler et de descendre à vive allure sur le dos de sa pégase pour annoncer au Commandant que nous sommes tombés dans un piège.

— Merci, je murmure à l'attention de Wyatt.

— Je ne t'ai pas écouté la première fois, je me dois de me rattraper, me lance-t-il avec une légère pointe de honte dans le regard. Prends le maximum de Cavaliers des Ailes avec toi. Nous allons avoir besoin de vous.

— Tu… tu me fais confiance pour me détacher du groupe ?

— Je n'ai pas dit que j'étais enchanté par le fait que je ne puisse pas avoir un œil sur toi, mais là, je crois que nous n'avons plus beaucoup d'autres options.

Sur le moment, je regrette un peu de m'être emportée contre lui plus tôt dans la journée.

— Wyatt, merci !

— Tu me remercieras quand la guerre sera finie, Vinira, et reviens vivante !

Une pointe de nostalgie brille dans ses yeux avant qu'il ne détourne la tête et donne ses ordres à son Second.

Tieran apparaît derrière moi avec des dizaines de Cavaliers sur leur pégase. Aveline Barisen me regarde, comme tous ceux derrière elle, prêts à obéir à mes ordres. Je ne connais aucun d'eux et pourtant ce sont mes Cavaliers.

— Majesté, glisse Aveline qui me voit perdue dans mes pensées, nous attendons vos ordres !

Mes ordres ! Je regarde tous ces visages suspendus à mes lèvres. C'est à moi que Wyatt a confié la tâche de les mener.

— Cavaliers, je lance alors d'une voix puissante, les créatures des Ombres arrivent en masse par la forêt. Nous devons les réduire en poussière avant qu'elles ne puissent atteindre la plage et encercler les autres bataillons. Est-ce que vous êtes avec moi ?

Des cris stridents retentissent. Des poings se lèvent, me donnant la force et la confiance pour m'élancer au galop devant eux.

Nous dévalons la colline en faisant le tour de la forêt par laquelle nous sommes arrivés. Le but est de les surprendre, et pour ça, nous devons les laisser avancer en les contournant. Les pégases galopent derrière moi sans aucune hésitation. Elles me font confiance.

Les premières créatures commencent à apparaître devant nous, et je dégaine une lance de glace. Les Cavaliers m'imitent et lorsque mon bras s'élève pour jeter la lance, des centaines d'autres la suivent et viennent perforer le crâne des créatures face à nous. La chute des Cavaliers les stoppe dans leur course et les monstres se tournent dans notre direction. Ça y est, nous venons de les prendre par surprise. Nous arrivons si vite qu'ils n'ont pas le temps de s'élancer face à nous. Mon épée dégainée vient s'abattre en plein sur la nuque d'une créature, sectionnant la chair noire qui recouvre ses cervicales. L'odeur de fumée se dégage aussitôt et emplit mes narines sensibles. Les Ailes combattent dignement, et en quelques minutes, nous réduisons de moitié les monstres de Thalion. Certaines pégases gisent désormais sur le sol de la forêt dans une mare de sang au milieu des milliers de cadavres des Ombres.

— Tieran, il faut qu'on regagne la plage !

— Oui, il est temps de s'envoler.

— Allez ma grande, déploie tes ailes !

Pyme s'exécute et guide les autres pégases au-dessus de la forêt. Au loin, les monstres de Thalion ont atterri sur la plage et combattent déjà contre les bataillons de Rickel. Ils sont aussi nombreux que nous, mais ont l'avantage de pouvoir s'envoler.

D'ailleurs, avant même que nous ayons le temps de les survoler, les créatures ailées nous repèrent, et s'envolent à leur tour dans notre direction pour nous combattre.

— Cavaliers, tirez le maximum de lances, je hurle en me tournant vers mon armée.

Je n'ai jamais fait combattre Pyme en plein vol, et je ne sais pas ce dont sont capables les créatures si elles se percutent. Je dégaine aussitôt mon arc et tire des flèches, faisant tomber des monstres par dizaines.

— Fadyenaï, attention !

Un énorme monstre volant descend du ciel à une vitesse ahurissante. Grâce à Tieran, je lève les yeux juste à temps pour éviter la bête qui me fonce dessus. Sa vitesse envoie valser Pyme à quelques dizaines de mètres en contrebas. Mais ses ailes s'agitent et nous reprenons vite de l'altitude, juste le temps d'apercevoir les monstres déchiqueter les pégases. Mon dieu ! J'assiste à une vision d'horreur. Mes Cavaliers tombent un à un du ciel sous l'impact violent des monstres. Mon cœur tambourine si fort que je suis incapable de bouger.

— Fadyenaï !

La voix de Tieran surgit au cœur du combat.

— Fadyenaï, utilise ton pouvoir !

Mon pouvoir ! Je ne peux pas ! Je risquerais de blesser mes camarades. Je ferme les yeux pour essayer de chasser mes angoisses. *Kallias, aide-moi !* Après deux grosses inspirations, l'énergie afflue dans mon corps. Le vent souffle, s'infiltrant entre les Combattants comme une légère brise. Je dois me concentrer pour ne toucher que nos ennemis. Mais après un essai rapide qui manque de faire tomber Aveline, je fais retomber la bourrasque.

— Je n'y arrive pas, Tieran ! je sanglote.

— Vinira, tu peux le faire ! Fais-toi confiance !

Sa voix se déchire dans les airs. Les Ailes continuent de tomber au sol dans un bruit de terreur. Ils sont en train de mourir à cause de moi. Mes mains se mettent à trembler. De grosses gouttes perlent le long de mes tempes. J'inspire un grand coup, et mes mains se dressent en avant. Mes doigts tendus sont tremblotants. Un cri s'échappe de ma gorge. Un cri de rage et de peur. Au même moment, une onde de choc s'échappe de mes doigts. Une onde si puissante que Pyme se retrouve projetée en arrière. Je glisse de son dos et me retrouve sur le sol humide de la plaine. Quand je passe la main dans mes cheveux, une trace de sang se répand sur mes doigts. Je me redresse, juste le temps d'apercevoir que les créatures de Thalion ont explosé sous l'impact du choc et que les Cavaliers sont toujours dans les airs en train de crier victoire. Ma tête me lance. Ma vision se trouble, avant de devenir aussi noire que la nuit.

19

Après avoir bu quelques cuillères de sirop, je suis à nouveau sur pied.

Je me presse dans la cour du fort pour rejoindre ma chambre quand je croise Aveline, tourmentée.

— Tout va bien ?

— C'est Arlie, elle a été blessée !

— C'est grave ? je demande.

— Je n'en sais rien, elle a été conduite à l'infirmerie ! lance-t-elle, le regard soucieux.

— Tu veux que je t'accompagne ?

Je dois rejoindre Kallias dans les montagnes, mais si mon amie a besoin de moi, je peux demander à Archy de partir seul, et prendre le temps de l'accompagner car elle a l'air désemparée.

— Non, c'est gentil ! Ça va aller. Tu dois te reposer ! Nous avons besoin de toi plus que tout. Ce que tu as fait tout à l'heure... c'était spectaculaire... incroyable.

Je n'ai pas le temps de lui répondre qu'elle s'éloigne déjà en direction de l'infirmerie. Sans perdre de temps, je grimpe les escaliers qui mènent à ma chambre. Dans le couloir, Tieran m'interpelle.

— Fadyenaï, le sous-commandant Mathew souhaite te parler dans la salle des registres !

— Maintenant ?

— Maintenant !

Putain. Il sait choisir son moment celui-là !

— S'il te plaît, Tieran, dis-lui que je suis épuisée et que j'ai besoin de me reposer. Je viendrai le voir quand j'aurai dormi quelques heures.

— Ça ne va pas lui plaire, mais je vais lui dire, tu peux compter sur moi !

— Merci ! je lance.

Mathew peut bien attendre. Kallias, non !

Quand j'ouvre la porte de ma chambre, Alden est déjà blotti sous ses couvertures, et un léger ronflement s'échappe de ses narines. Je me dévêtis rapidement et m'allonge à mon tour. Mais en fermant les yeux, ce n'est pas le sommeil que je viens chercher, mais Archy.

En une bonne heure, nous sommes à la rivière près des montagnes. Ellen est déjà là, en train de tremper sa langue dans l'eau froide pour se désaltérer, et la voix de Kallias résonne à nouveau dans mon esprit.

— Dieu merci ! Tu es en retard, Fadyenaï !

— Je suis désolée. J'ai fait aussi vite que j'ai pu, je lâche la voix hésitante.

— Tout va bien, tu n'as pas été blessée ?

— Non ça va ! J'ai juste perdu connaissance après avoir anéanti une centaine de créatures volantes à moi toute seule.

— Qu'est-ce qui s'est passé ?

— Les créatures nous ont tendu un piège et nous ont encerclés. J'ai tenté de prévenir Wyatt, mais il ne m'a écoutée une fois que c'était trop tard !

— Quel connard ! S'il te met en danger, tu dois en informer Rickel.

— Rickel est tombé dans le piège comme nous tous. Wyatt n'a fait qu'obéir aux ordres. Mais on s'en fout ! Comment vas-tu ?

— Moi ça va !

Sa voix est rauque et je comprends que quelque chose ne va pas. Mon cœur se serre dans ma poitrine. Je pense à Mélione, à mon oncle, à tous ceux que je connais sur son bataillon.

— *Qu'y a t-il, Kallias ?*

— *Démir Porlk est mort !*

Démir ! Un de nos camarades des Ailes ! Je n'ai jamais eu de sympathie pour lui. Sa proximité avec mon ennemi juré, Jasper Stohl, nous a forcés à nous détester. Mais malgré tout, l'annonce de sa mort me laisse un goût amer dans la bouche.

— *Je l'ai vu tomber de sa pégase,* reprend Kallias, *nous avons été attaqués principalement par les airs cette fois-ci, et nous n'étions pas assez nombreux. Son corps a chuté, mais je ne crois pas que nous l'ayons retrouvé.*

— *Cela veut dire que...*

— *Que s'il n'est pas brûlé avant la prochaine vague, il renaîtra en Cavalier des Ombres.*

Mon dieu. La mort n'est pas ce qui peut nous arriver de pire dans cette guerre. Renaître en étant maudit est bien pire.

— *Sinon, Mélione va bien et tous les autres aussi. Nous avons perdu beaucoup d'hommes, mais personne que tu chéris.*

— *Mon oncle va bien ? As-tu pu lui parler à propos de... ça ?*

Cette faculté de se parler à travers les cerfs est incroyable, et j'espère que Kallias a trouvé des réponses à mes questions.

— *Maddor va bien, Vini, mais je n'ai pas pu lui parler. Il a été très occupé. Sur le camp des montagnes, il a dû jouer entre l'égo des Cavaliers du Désert et ceux de Deerwood. Ce n'est pas facile ! Mais dès que je le peux, je te promets de lui poser la question. As-tu réussi à entendre d'autres personnes que moi ?*

— *Non, Kallias, il n'y a que toi que je perçois. J'ai même essayé via Pyme en rentrant mais sans succès.*

— *Entendre ta voix me fait tellement de bien, même si je préfèrerais me lover dans tes bras.*

Moi aussi. Je donnerais tout pour pouvoir sentir son odeur, sentir sa peau se hérisser sous mes caresses, embrasser ses lèvres si douces. Il me manque même si cela ne fait que quelques jours qu'il est parti pour les montagnes.

— J'ai hâte que l'on puisse s'aimer librement.

Je le pense sincèrement, et j'ai besoin de lui dire maintenant, mais aussi parce que les dernières paroles de Wyatt concernant Kallias ont semé un léger doute en moi.

— Oui !

Un simple oui s'échappe de ses lèvres alors que j'attendais tellement plus !

— Oui ?

— La guerre n'est pas finie et nous devons rester prudents !

— Je vois !

— Quoi ?

— Il a peut-être raison après tout.

Je pensais me parler à moi-même, mais malheureusement j'ai prononcé ces mots trop fort dans ma tête.

— De qui tu parles ?

— De personne ! Laisse tomber.

Ellen se dresse devant moi et je comprends à travers ses yeux que Kallias est fou de rage.

— Tu ne vas pas t'en tirer comme ça, Fadyenaï ! Qu'est-ce qu'il y a ?

Est-ce une bonne idée de lui parler de ce que Wyatt a insinué dans la salle des registres ? Cela reviendrait à faire comprendre à Kallias que Wyatt est au courant pour nous deux. J'aurais dû mesurer mes paroles avant de les prononcer car je me suis lancée dans une conversation qui risque de mal se terminer.

— Wyatt a insinué que tu cherchais à cacher notre relation pour une bonne raison !

— Que... ? QUOI ?

Les narines du museau d'Ellen se dilatent comme si j'étais devenue un ennemi à abattre.

— *Comment se fait-il qu'il soit au courant pour nous deux ? Est-ce que c'est toi qui le lui as dit ?*

— *Non, bien sûr que non ! Il insinue juste que tu ne veux pas que cela se sache pour des raisons qu'il ne semble pas ignorer.*

— *QUEL CONNARD ! Et… ne me dis pas que tu le crois ?*

Aucun mot ne s'échappe de ma bouche ! Car sur le moment, je n'ai pas la réponse. Je fais confiance à Kallias tout comme j'ai confiance en Mathew, mais j'avoue que j'ai besoin d'être rassurée.

— *Putain. Tu le crois !*

Sa voix s'est brisée en même temps que ses mots.

— *Non ! Ce n'est pas ce que j'ai dit. Je cherche juste à comprendre, et je me demande juste s'il a connaissance d'informations que j'ignore ?*

— *Es-tu sérieuse ? Tu crois vraiment, après toutes les épreuves que nous avons traversées, que je ne t'ai pas tout dit ? Que je me joue de toi?*

— *Non, Kallias, je n'ai pas dit ça !*

— *Non, mais tu le penses ! Parce que ton ex petit-ami t'a bourré le crâne de conneries.*

— *Il n'est pas mon ex petit-ami !*

— *Ah oui ? Il est quoi alors ? Le mec avec qui tu couches en ce moment ?*

— *Tu dérailles, Kallias !*

Un rire se mêle à sa voix alors qu'Ellen commence à avoir les yeux qui se révulsent. La colère de Kallias est en train de faire souffrir son cerf.

— *Tu insinues que je te mens et c'est moi qui déraille, Vinira ? Comment peux-tu penser que j'ai honte d'être avec toi ? Que je n'ai pas envie, moi aussi, de m'afficher avec toi ?*

— Cette idée, c'était la tienne et nous n'en avons jamais vraiment discuté.

— Je croyais que nous étions d'accord là-dessus pour des raisons bien plus qu'évidentes ! Je ne pensais pas que tu serais capable de remettre en question ma sincérité. De NOUS remettre en question !

J'ai dépassé les bornes, j'aurais mieux fait de me taire.

— Kallias, je n'ai jamais remis notre relation en question. Je voulais juste que tu saches qu'après cette guerre, j'aurai envie d'être avec toi, de ne plus me cacher. Vivre. Sans mensonge. Juste toi et moi. Je t'aime plus que ma vie, s'il te plaît, pardonne-moi. Je ne voulais pas te blesser.

Mais il est trop tard car mes mots ne lui sont pas parvenus. Ellen a repris le contrôle de son corps avant que Kallias ne l'explose de l'intérieur. Le cerf secoue son cou et sa tête et repart immédiatement en direction des montagnes, me laissant seule au milieu de cette clairière avec le cœur aussi lourd que les mots que Kallias m'a jeté.

Quand je rouvre les yeux dans mon lit, mes larmes coulent sans que je ne puisse les retenir. Nous nous sommes disputés à cause des mots de Wyatt, et Kallias a quitté la rivière avant mes excuses. Il doit m'en vouloir terriblement. Les mots qu'il a employés étaient durs et me font un mal de chien. Je serre ma dague contre ma poitrine et je me laisse porter par la fatigue et par les souvenirs de son visage. Si beau. Si parfait.

Quand je me réveille quelques heures plus tard, Alden n'est plus là. Après un rapide coup d'œil dans le morceau de miroir accroché au mur, je remarque que mes yeux sont gonflés et rougis par le chagrin qui me submerge. Un trou béant est niché au centre de ma poitrine, me procurant une douleur incessante.

J'ai déçu le seul homme qui m'importe. Par ma bêtise et mon innocence. J'ai laissé Wyatt me mettre des idées saugrenues dans la tête. Après tout, que sait-il de ma relation avec Kallias ? Et que peut-il m'apprendre que je ne sache déjà ? Son rapprochement avec Ismène ces dernières semaines aurait dû me mettre la puce à l'oreille. Il ne sait rien et cette garce a simplement dû lui raconter n'importe quoi pour essayer de m'atteindre. Je suis en colère contre moi-même. Je m'habille rapidement avant de rejoindre le réfectoire.

Je me glisse sur le banc autour de la table, entre Damon et Aveline, l'estomac aussi noué que douloureux. La pomme devant moi ne me fait pas envie, mais je me force à croquer dedans.

— Tu as dormi longtemps ! constate Damon.

— Ce qui s'est passé hier m'a épuisée ! Comment va Arlie ? je demande à Aveline.

— Elle reprend des forces ! Elle a perdu un œil et subi d'importantes fractures ouvertes.

— Mon dieu. Je suis tellement désolée.

— Ça aurait pu être pire ! Mais elle est en vie. Ses plaies cicatriseront rapidement grâce aux soigneuses mais je ne suis pas sûre qu'elle récupère la vision de son œil. Mais elle n'a pas perdu son sens de l'humour, dit-elle le sourire aux lèvres.

— C'est sérieux entre vous ? je demande.

— Elle est super. Je l'aime beaucoup !

— Ça se voit. Tu as l'air... épanouie.

— Elle me fait beaucoup de bien. Je ne pensais pas rencontrer autant de personnes incroyables de l'autre côté du pont d'Horswing. Et tu en fais partie, Vinira. Tu es une comme une grande sœur ici pour moi.

Le mot sœur me procure un coup de massue, mais malgré la douleur que l'absence de Zielle me laisse, je me préoccupe et prends soin d'Aveline comme j'aurais pris soin d'elle.

Ses lèvres se posent sur ma joue avant qu'elle ne se lève du banc.

— Je vais passer la voir avant que la cloche ne retentisse. Elle ne combattra pas dans cette nouvelle vague. À tout à l'heure.

Tandis qu'elle s'éloigne, Damon glisse la main dans sa poche et me tend un morceau de tissu.

— Tu es trop sentimentale, princesse. Mais c'est tout à ton honneur.

— Merci pour le mouchoir, Damon, mais je t'interdis de dire à qui que ce soit que la princesse d'Horswing est devenue sensible.

— Ton secret est bien gardé avec moi !

Tandis que je m'efforce de manger ma pomme et de boire mon potage bouillant, Damon me dévisage en silence.

— As-tu pu voir le Commandant Rickel depuis notre retour ?

— Non, j'ai dormi quelques heures. J'avais besoin de sommeil.

— J'ai entendu dire que Wyatt s'est fait sermonner pour ne pas t'avoir écoutée plus tôt quand tu l'as mis en garde. Son imprudence a coûté la vie a beaucoup de nos hommes. Nous en avons brûlé des centaines.

Plus la liste des décès s'allonge et plus je commence à connaître les noms qui y figurent. Des guerriers de Tortagen, des Cavaliers des Ailes. Beaucoup sont tombés durant cette seconde vague, mais je ne peux pas prendre le temps de les pleurer. Pas maintenant. Cette guerre est loin d'être finie.

— Wyatt a fait ce qu'il semblait juste.

— Ne lui cherche pas d'excuse. Il n'en a aucune. Je ne sais pas ce qu'il a contre toi, mais on dirait qu'il t'en veut en ce moment. Ce qui l'empêche de raisonner clairement quand les idées viennent de toi.

— Il veut ce que je ne peux lui donner ! je lance sans m'en cacher.

— Fais attention à toi, parfois les vieux amis peuvent se trouver être nos pires ennemis !

Wyatt est-il en train de le devenir ? En tout cas, je m'en veux de l'avoir laissé me faire douter de Kallias. Il cherche certainement à m'éloigner de lui pour des raisons plus que douteuses, et je suis tombée bêtement dans le panneau.

La cloche du fort retentit alors à nouveau pour la troisième fois depuis notre arrivée. Tous les Combattants se lèvent sans tarder car l'heure de la troisième vague est arrivée.

***

Quand je rejoins Pyme et Archy dans la clairière, un sous-commandant m'interpelle au passage.

— Vinira d'Horswing !

— Oui, c'est moi !

— Le Commandant Rickel m'a demandé de vous escorter jusqu'à lui !

— Maintenant ? Les combats vont commencer.

— Maintenant. C'est un ordre que je viens de recevoir !

Je grimpe sans discuter sur Pyme et je suis le Guerrier au galop le long des sentiers.

En haut d'une colline, entouré par plusieurs de ses sous-commandants, Rickel donne ses ordres pour la troisième vague des Ombres.

Je l'écoute d'une oreille finir son discours, le visage fermé et grave. Quand les sous-commandants repartent, je croise furtivement Wyatt qui ne semble pas surpris de me voir.

— Il paraît que Rickel m'a fait appeler, je dis pour tenter de justifier ma présence ici au lieu d'être sur le bataillon.

— Oui je suis au courant. Vinira, je suis sincèrement désolé, j'espère que l'on pourra discuter plus tard !

Je hoche la tête, ne sachant que répondre. Il y a en effet des choses dont nous devrons parler.

— Horswing ! m'appelle Rickel.

Je le rejoins aussitôt et me place à ses côtés en haut de la colline. La vue sur les bataillons d'ici est impressionnante. Des milliers de Combattants sont prêts à partir à nouveau.

— Vous m'avez fait demander, Commandant ?

— As-tu pu te reposer ?

— Oui, merci ! Mais avec tout le respect que je vous dois, je ne pense pas que vous m'ayez fait venir pour me demander si j'ai bien dormi !

— J'ai appris ce qui s'était passé avec Mathew. Il a commis l'erreur de ne pas te faire confiance hier.

— Il pensait bien faire, mais je pense qu'il a compris et que ça ne se reproduira plus !

— Ça c'est certain. Tu resteras en retrait aujourd'hui.

— Quoi ? Non. Je veux aider sur le champ de bataille.

— Tu les aideras d'ici. Ton pouvoir n'est utile que si tu as l'énergie nécessaire pour combattre.

— Mais, je...

— Vinira, tu as toujours été l'une des meilleures Premières à Tortagen. Je sais ce dont tu es capable, mais je connais aussi tes limites. Je veux que tu restes ici, et que tu te serves uniquement de ton pouvoir pour repousser ces pourritures volantes le plus possible. Les Combattants en bas sont en nombre suffisant pour repousser celles au sol. Ils n'ont pas besoin de toi sur le champ de bataille, mais ici. Fin de la discussion.

Sur ce, Rickel redescend de la colline me laissant seule avec deux Guerriers pour m'empêcher de faire ce qu'il vient de m'interdire. Descendre dans la plaine et combattre comme une Guerrière.

La vague des Ombres finit par arriver, affluant de tous les côtés. Les affrontements se déroulent sous mes yeux impuissants. Des Combattants tombent sous les armes des créatures. Et des monstres se font découper par la rage de notre armée.

Je me sers de mon pouvoir en repoussant les pégases mortes, les faisant virevolter dans des tornades que je crée, puis je les laisse s'écraser sur le sol. J'essaie d'agir aussi sur les monstres au sol tout en évitant mes camarades pour ne pas les blesser. Plus le temps se gâte dans le ciel, plus je m'épuise en haut de la colline. Au bout de quelques heures, nous venons enfin à bout de cette vague qui a encore une fois fait d'importantes victimes. Sentant mes forces me quitter, je pose la tête sur le crin de Pyme, le temps de reprendre mes esprits et mon souffle. Les cris de joie des Guerriers résonnent en bas de la plaine. Nous avons encore remporté cette salve.

***

Je fais un détour par l'infirmerie pour récupérer un flacon de sirop. La pomme ne m'a pas assez tenue au corps, et j'ai besoin d'une potion plus forte pour me requinquer.

Quand je regagne la cour, je repère Ismène en train de seller sa pégase.

— Où vas-tu ? je lui demande, curieuse.

— Je suis envoyée comme éclaireur dans les montagnes, me dit-elle en me narguant.

— Toi ? Tu as été blessée ?

— Non. J'en ai fait la demande à Wyatt Mathew, et il a accepté sans hésiter.

Incroyable !

— Tu veux que je fasse passer un message à quelqu'un là-bas ? me demande-t-elle.

— Est-ce que tu le ferais vraiment ?

— Bien sûr que non, glousse-t-elle avant de lancer sa pégase au galop, et de disparaître de ma vue.

Je suis hors de moi. Pas parce qu'elle va se rendre là où je crève d'envie d'aller depuis des jours, mais parce que j'ai l'impression que l'on se fout de moi. Je ne me dirige pas vers ma chambre, mais je pars immédiatement à la recherche de Wyatt. Car il me doit une explication.

20

KALLIAS

Cette troisième vague a duré bien plus longtemps que les deux autres. J'ai vu beaucoup d'hommes tomber, mais je me suis forcé à détourner la tête pour continuer à combattre. Des centaines de cadavres sont désormais entassés sur le sol sec et rocailleux des montagnes du sud, prêts à être embrasés. Cette fois-ci, je prends le temps de les regarder se consumer. Debout face au bûcher, je suis comme une ombre incapable de ressentir la moindre émotion.

Ma dispute avec Vinira m'a anéanti. L'entendre douter de moi m'a brisé le cœur. Ce connard de Mathew lui a mis des horreurs dans la tête, j'en suis sûr. Mais si elle avait vraiment confiance en moi, elle n'aurait jamais écouté le moindre de ses bobards. Je donnerais tout pour écraser mon poing sur le visage de ce fumier. Il cherche à la récupérer. À me la voler. Il est au courant de notre relation, et malgré cela, il essaie de la séduire à nouveau.

Cette dispute non terminée me laisse un goût amer dans la bouche. Bien plus que je ne l'aurais imaginé. Ellen m'a rejeté de son esprit, alors que Vinira était en train de m'expliquer qu'elle ne comprenait plus pourquoi nous nous cachions. Comment a-telle pu oublier si vite que Basil et les guerres entre nos royaumes sont deux raisons suffisantes pour nous cacher ? Pour la protéger ! Si ça ne tenait qu'à moi, je crierais au monde entier que je suis fou de cette femme. Mais je ne veux pas devenir une faiblesse pour elle. Ce que nous avons vécu dans les cachots sous la torture de Nister, je ne peux pas envisager que ça puisse se reproduire.

Je suis tellement en rogne que j'avance à reculons. La troisième vague vient de se terminer et j'hésite encore à envoyer Ellen dans la forêt. Après ce que nous nous sommes dit la veille, il y a de fortes chances qu'elle ne vienne pas, et je ne suis pas prêt à accepter cette idée. Mon orgueil en a pris un coup. Comme souvent.

En arrivant près de la tour, j'aperçois Maddor marchant seul en direction des sous-sols.

— Sage, je l'interpelle.

— Ah, Felirson ! Tu as été brillant tout à l'heure. Ta maîtrise des lances de glace est spectaculaire.

— Merci, Sage. J'aimerais vous poser une question importante si vous avez un peu de temps ?

Il s'arrête lorsqu'il entend mon ton solennel.

— Je t'écoute !

— Est-ce que vous avez déjà entendu parler de communication par la pensée ? Lors de transposition ? D'un animal à un autre ?

Ses sourcils se froncent et il se gratte l'arrière de la nuque.

— Non, je n'ai jamais entendu parler d'une telle chose, ni jamais lu quoi que ce soit à ce propos ! Pourquoi cette question, Kallias ?

Je ne sais pas si Maddor approuverait ce que nous faisons avec Vinira, mais après tout, il est son oncle et si quelqu'un peut nous aider, c'est probablement lui.

Je lui raconte alors nos rendez-vous à mi-chemin entre nos postes de combat. Maddor écarquille les yeux de stupéfaction lorsque je lui révèle que nous avons pu communiquer à travers l'esprit de nos cerfs.

— C'est... intrigant ce que tu me dis là, Kallias ! J'avoue que je n'ai jamais entendu parler d'une telle chose. Je n'ai moi-même jamais réussi à parler à qui que ce soit via Parme.

— Est-ce que cela pourrait être lié au pouvoir des Ailes ? Peut-être que Vinira peut communiquer via ce don ? Elle n'entend et ne peut parler qu'avec moi. Ce qui est assez étrange.

— Ça l'est en effet. Je ne sais pas quoi te dire. Je pense que si le pouvoir des Ailes permettait une telle chose, mon frère m'en aurait parlé à un moment donné ou l'aurait confié à sa fille.

— C'est aussi ce que je me suis dit !

Je suis déçu que le Sage ne puisse pas m'apporter une réponse précise. Car si Maddor ignore les raisons de ce lien qui me permet de communiquer avec Vinira, je ne suis plus certain de pouvoir en dire autant.

Je traverse l'aile ouest du fort où doit avoir lieu la prochaine réunion des Commandants.

— Kallias !

Une voix aiguë qui me hérisse le poil résonne dans mes oreilles. Est-ce vraiment sa voix ? Je me retourne aussitôt et découvre une courte chevelure blanche entourant un visage qui s'illumine à ma vue. Ismène marche vers moi d'un pas décidé, et m'entoure de ses bras. Ses cheveux ont une odeur fraîche de fleurs et de savon. Pas vraiment l'odeur d'une fille qui vient de voler sur une pégase, juste après un bain de sang.

— Qu'est-ce que tu fous là ? je demande en la repoussant.

— J'ai été envoyée en éclaireur !

— Toi ? Vraiment ?

— Ça a l'air de te surprendre ?

Un peu que ça me surprend.

— Tu n'as pas l'air blessé et inapte au combat.

— Ça n'a pas l'air de te faire plaisir de me voir ! lâche-t-elle en posant sa main contre un de mes bras croisés sur ma poitrine. J'ai été l'une des rares personnes à demander à Wyatt Mathew de venir jusqu'ici, et il a accepté sans hésiter, reprend-elle.

Mathew ! Bien évidemment ! Il se fout de ma gueule. Je suis sûr qu'il a refusé de laisser partir Vinira, mais a envoyé une autre Aile pour me narguer. Putain. J'essaie de contrôler la rage qui monte en moi.

— Vinira a dû demander à venir, et pourtant ce n'est pas elle qui t'accompagne, je lance en désignant le gringalet sur un cerf derrière elle.

— Oh non ! Wyatt lui a laissé l'opportunité de venir si elle le souhaitait, mais elle a refusé.

Je manque de m'étrangler avec ma salive en entendant ça. Non, ce n'est pas possible. Vinira n'aurait jamais refusé de venir. À moins qu'elle ne m'en veuille toujours, et qu'elle doute vraiment de moi. Je ne comprends pas à quel moment j'ai merdé. Je ne suis pas très démonstratif, c'est vrai. Je ne souris presque jamais. Je suis un mec froid et un putain d'orgueilleux, mais elle ne peut pas remettre mon amour pour elle en question. Tout sauf ça.

— Elle doit être fatiguée... à force de manipuler son pouvoir ! je lâche pour essayer de masquer la douleur qui s'empare de mon corps.

— Fatiguée, certainement, rigole Ismène, à cause de son pouvoir... peut-être pas uniquement !

Au même moment, Maddor fait irruption près de nous.

— Ah, Ismène, je suis content de te voir. Je ne pensais pas voir une Aile arriver comme éclaireur. Tu dois être exemplaire sur ton poste de combat.

Je n'entends plus les sons qui sortent de la bouche d'Ismène et de celle de Maddor. La bombe qu'elle vient de lâcher est irréelle. Inimaginable. D'ailleurs, qu'est-ce que ça veut dire ? Le sang bout dans ma tête, et en un battement de cils, je vrille. J'attrape Ismène par le bras, l'arrachant de sa discussion avec Maddor.

— Eh, piaille-t-elle, surprise par la force que j'exerce sur son biceps.

Mais en cet instant, je m'en contrefous. Je veux juste entendre la suite. Une fois que je l'ai traînée assez loin de toutes les oreilles indiscrètes, elle se dégage de ma prise d'un coup sec.

— À quoi tu joues, Felirson ? Tu te rends compte à quel point c'est malpoli ? Je parlais avec le Sage…

— Dis ce que tu as à dire ! je lui ordonne car je sais pertinemment qu'elle s'amuse à jouer avec mes nerfs.

Elle se redresse, faisant mine de ne pas comprendre.

— Je ne vois pas de quoi tu parles !

— Parle. Dis-moi ce que tu sais concernant Vinira !

— Oh ! Sur… elle ! En effet, je sais des tas de choses !

— PARLE BORDEL !

Je hurle tellement fort que certains Guerriers tournent la tête vers nous. Un silence glaçant prend place dans la cour du fort, alors qu'à l'intérieur de mon corps, mon sang me brûle.

Ismène se dirige vers l'autre bout de la cour, et je la suis sans réfléchir. Quand nous pénétrons dans un couloir à l'abri des regards, je la plaque contre le mur, ma main sur sa gorge.

— Je t'écoute !

Elle me regarde en soufflant de désintérêt.

— J'ai entendu dire que Vinira et le sous-commandant étaient très intimes.

— Ils ont eu une aventure il y a longtemps, ce n'est pas un secret, je lâche en partie soulagé. Mais le supplice reprend de plus belle dès qu'Ismène rouvre la bouche.

— Il y a longtemps… peut-être. Mais je trouve qu'ils sont encore bien proches. Elle ne le regarde pas seulement comme un sous-commandant, si tu vois ce que je veux dire.

— Non, je ne vois pas Ismène ! As-tu vu quelque chose de clair, oui ou non ?

Ses yeux soutiennent les miens tandis que les battements de mon cœur accélèrent dans ma poitrine.

— Le peu de temps libre que nous avons, ils le passent clairement ensemble… sans parler des nuits.

— QUOI ?

— Oui. Ils dorment dans la même chambre. Et ça n'a pas l'air de déplaire à ta petite princesse.

Mon poing s'écrase contre le mur à quelques centimètres de son visage. Ismène pose la main sur ma poitrine comme pour me réconforter, mais je l'attrape aussitôt. Je ne veux pas qu'elle me touche. Que personne ne me touche. Je ne peux pas croire les mots qu'elle vient de prononcer. Ismène n'a jamais apprécié Vinira, mais de là à inventer toute cette histoire. Ma tête se met à tourner et la nausée monte le long de mes amygdales.

— Elle ne te mérite pas ! Tu ferais mieux de l'oublier ! lâche-t-elle d'une voix tendre en glissant ses doigts contre ma joue.

Je recule d'un bond.

— NE ME TOUCHE PAS !

Son air enjoué se retrouve figé par les mots que je viens de lui lancer. Si elle croyait qu'en me disant ça, je finirais dans ses bras, elle se trompe. Il n'y en a qu'une qui occupe mes pensées. Même si je ne suis plus le seul homme qui occupe les siennes.

Sans perdre une seconde, je me dirige en courant dans le bureau de Maddor. J'ouvre la porte si brutalement que je fais sursauter le vieux Sage assis derrière son bureau.

— Sage, je dois partir pour le fort au sud de Deerwood. Je ne vous demande pas votre permission. J'irai là-bas quoi qu'il m'en coûte. Je… je dois voir Vinira.

— Est-ce qu'elle va bien ?

— Elle, oui ! Moi… je ne sais pas ! Mais je dois partir.

Maddor a toujours été un homme intelligent, et il a très vite compris que j'étais lié à sa nièce par autre chose que notre appartenance à Horswing. En quittant les montagnes, je risque d'être puni, mais je n'en ai plus rien à foutre. Il faut que je voie par moi-même ce qu'Ismène vient de me révéler.

« Pars tranquille ». Ce sont les mots de Maddor. Il n'a pas cherché à en savoir davantage car il savait que je ne dirais rien.

Je vole au-dessus des forêts, hurlant à Polla de foncer aussi vite que possible. En quittant les montagnes, je survole rapidement la rivière où nous avions rendez-vous. J'atterris sans descendre de ma pégase. Archy devrait être ici depuis un moment. Elle me l'avait promis. J'attends un instant avant de finalement réaliser qu'elle ne viendra pas. Je redécolle sans perdre de temps, mais pas pour rentrer dans les montagnes. Non. Je me dirige vers le nord.

Mon cœur est brisé. Il saigne si fort que les larmes me montent aux yeux. Je les essuie aussitôt d'un revers de la main. Pas maintenant. Pas tant que je n'en suis pas certain. Je dois le voir de mes propres yeux. Que Vinira s'est rapproché de cet enfoiré. Pourquoi ne m'a-t-elle pas dit qu'elle dormait dans la même chambre que lui ?

Je les imagine tous les deux dans le même lit. Elle, allongée, son corps si parfait... nue, pendant que lui la touche... la caresse.

Putain. Je hurle de douleur, ce qui fait paniquer Polla qui chute d'un mètre avant de rétablir son équilibre. Elle accélère sans que je ne lui demande. Elle sent l'urgence de la situation.

J'arrive enfin au sud de Deerwood. Je lâche Polla à l'entrée du fort pour ne pas m'attirer d'ennuis. J'enfile ma capuche sur la tête pour éviter que quelqu'un ne me reconnaisse.

Ce fort est immense et je risque de passer un temps fou à la chercher. J'attrape par le bras le premier Guerrier que je trouve.

— La chambre de la princesse d'Horswing ? je demande à cet inconnu.

— Dans les quartiers sud, il me semble !

Ça ne m'aide pas beaucoup, mais c'est mieux que rien.

Je fonce jusqu'à l'aile ouest et je grimpe les premiers escaliers. Une jeune femme croise ma route dans les couloirs, et je lui pose la même question.

— Troisième étage, la porte tout à droite au bout du couloir, me lâche-t-elle.

— Merci. Elle n'a pas une chambre individuelle ?

— Non, elle est avec un homme il me semble !

Putain. Ismène avait raison. Je me dirige à l'étage indiqué et quand je trouve enfin la porte, je perds aussitôt mon courage. J'ai peur. Peur de ce que je pourrais découvrir de l'autre côté de cette porte close. Je m'appuie sur le dormant de la porte, et j'essaie de calmer ma respiration qui s'emballe. Je suis prêt à faire demi-tour sans entrer. Mais je dois savoir. Je dois le voir pour y croire. Ma main saisit alors la poignée et j'ouvre la porte d'un coup sec, puis j'entre à l'intérieur.

La jeune femme avait raison. Un homme torse nu se dresse devant moi. Je reste quelques instants devant lui, bouche bée.

— Felirson, mais qu'est-ce que tu fous là ?

— Alden ?

— Tu te sens bien ?

Je tombe les fesses en arrière sur un lit simple près du mur.

— Je peux savoir ce que me vaut ta venue dans ma chambre ?

— Ta chambre ? C'est ta chambre ici ?

— Bah oui. La mienne et celle de Vinira. Tu as le cul posé sur son lit.

Je jette un coup d'œil rapide en arrière et reconnaît ses affaires, posées sur une étagère au-dessus du lit. J'attrape d'une main l'oreiller que je plaque contre mon visage. Son odeur exquise s'imprègne dans mes narines. C'est bien son lit.

— Ça n'a pas l'air d'aller, Felirson ! lance-il en s'asseyant face à moi. Ça me fait bizarre de te demander ça, mais... tu as besoin d'aide ?

— Ismène a été envoyée en éclaireur chez nous !

— Oui j'ai appris ça ! Vinira était folle de rage.

— Elle m'a dit que Vini et ce connard partageaient la même chambre sur ce fort et qu'ils semblaient assez proches !

Alden rit aux éclats avant de voir que je ne suis pas d'humeur à plaisanter.

— Excuse-moi, dit-il, mais je crois qu'Ismène s'est foutue de toi.

— Pourquoi ferait-elle ça ?

Alden se lève et se frotte l'arrière de la tête.

— J'aurais dû me douter qu'ils manigançaient ensemble ces deux-là !

— De quoi tu parles ?

— Ismène et Wyatt ! Nous les avons surpris ensemble à plusieurs reprises depuis que nous sommes ici. J'aurais dû me douter que ce n'était pas sans arrière-pensée. Je pense qu'ils essaient de semer la zizanie entre vous. Elle a repoussé plus d'une fois les avances de Mathew, mais il n'a pas l'air d'avoir abandonné. Ismène a dû lui proposer son aide pour vous séparer. Elle aussi en pince toujours pour toi.

Soudain, tout s'éclaire. J'ai été berné comme un con. Je me repasse tout en boucle, et tout s'assemble dans mon esprit. Vinira s'est mise à douter de moi, et Ismène vient de me faire douter d'elle. Ces deux-là veulent nous séparer pour nous récupérer.

— Tu me le jures ? je demande d'une voix sanglotante.

Alden écarquille de grands yeux, surpris par la fragilité que je lui laisse entrevoir. Mais je n'ai pas le cœur à faire semblant de masquer mes émotions.

— Felirson, je ne te porte pas dans mon cœur, mais ma meilleure amie t'aime. Du plus profond de son être. Et je sais que tu l'aimes aussi. Ni Basil, ni Mathew, ni même aucun autre homme ne prendra jamais la place qu'elle t'a faite dans son cœur. Je suis prêt à le jurer sur ma vie.

Des larmes de soulagement s'échappent de mes yeux.

— Eh ! Tout va bien ! marmonne-t-il en me tapotant le dos. Je ne sais pas ce que tu as imaginé, mais tu fais fausse route.

— Tu sais où elle est ?

Il se redresse et croise les bras sur son torse.

— Ça fait une heure que je l'attends. Quand elle a compris que Wyatt avait envoyé Ismène en éclaireur, elle est devenue folle de rage. Mais sa colère s'est accentuée quand elle a réalisé qu'Archy avait été enfermé pour la nuit.

— Comment ça ?

— Je pense qu'Ismène a prévenu Mathew que vous vous rejoignez à mi-chemin grâce à vos cerfs, et il a donné l'ordre de garder Archy et Pyme à l'écurie.

C'est pour ça qu'elle n'est pas venue. Pas parce qu'elle ne m'aime plus, mais parce que Mathew l'en a empêché. J'ai été une fois de plus emporté par mes émotions. Je ne suis qu'un con qui n'a pas su voir qu'on nous manipulait.

Je me lève du lit, furieux contre moi-même, mais aussi contre Wyatt et Ismène.

— Où vas-tu ? me demande-t-il.

— Je vais faire ce que j'aurais dû faire il y a bien longtemps !

Je quitte aussitôt la chambre en direction de la salle de stratégies de guerre. D'après Alden, Vinira doit être là-bas. Je ne croise personne dans les couloirs. Tant mieux, car je ne suis pas d'humeur à discuter. J'arrive rapidement devant la porte de la salle. Je prends une profonde inspiration, avant de donner un grand coup de pied dans la porte qui s'ouvre d'un seul coup.

En pénétrant dans la salle, je la vois, devant moi. Enfin ! Son magnifique visage est aussi choqué que celui de ce connard de Mathew, qui a dégainé une dague par réflexe suite à mon entrée fracassante.

— Que fais-tu ici, Felirson ? Tu n'as pas le droit d'être sur ce fort ! hurle Mathew hors de lui.

— Kallias ? murmure Vinira d'une voix hésitante.

Je la regarde un instant, juste le temps de voir les larmes lui monter aux yeux et de comprendre qu'elle est heureuse de me voir.

Mon cœur bat si fort, si intensément que j'oublie tout. Tous ces plans élaborés par ces deux cons pour nous briser. Tous les doutes qu'elle m'a confiés la veille, qui ne sont pas les siens, mais ceux que Mathew a insérés dans son crâne. Il voulait qu'elle se sente délaissée pour la récupérer. Il voulait me l'enlever. Mais il m'a sous-estimé. Il a sous-estimé l'amour que j'éprouve pour cette femme. Je suis venu ici, conscient que je bravais toutes les règles. Pour elle. Parce que je suis fou de Vinira. Je l'aime à en crever et je ne crains plus rien, ni personne.

Je fixe ses lèvres entrouvertes, ses yeux verts électrisants, ses cheveux dorés retombants sur ses épaules dénudées. Je reluque son corps tremblant qui m'a tant manqué. Il me faut quatre pas pour réduire cette distance entre nous. Quatre pas pour foncer sur ses lèvres que je dévore d'un baiser brûlant et passionné, sous les yeux de ce connard de Mathew. Vinira glisse ses doigts dans mes cheveux, et je sens son corps frémir de soulagement. Elle a compris. Elle sait maintenant que je suis prêt pour elle, et pour affronter le monde qui se ligue contre nous.

Je pose mes mains autour de son visage et éloigne sa bouche de la mienne. Un léger rire s'échappe de ses lèvres. Un rire si doux et si réconfortant. Puis, je glisse ma main dans la sienne, et je me rapproche de Wyatt.

Ce connard fait un pas en arrière, toujours sa dague en main. Il se cogne la tête contre la bibliothèque derrière lui, ne pouvant pas reculer davantage.

J'approche mon visage si près du sien, que je peux le sentir transpirer de rage et de colère. Mes doigts se replient autour de sa gorge. Il mérite que je le tue. Que je lui brise le cou sans plus attendre, mais la main de Vini se resserre autour de mon avant-bras et soudain, je me souviens pourquoi je suis venu. Pour lui montrer uniquement à quel point je suis fou d'elle et qu'elle m'appartient.

— Fini de jouer maintenant, Mathew ! Ne t'approche plus d'elle ou je te jure que je te tuerai !

Je n'attends pas une réponse de sa part car je n'en ai plus rien à foutre. Je quitte la pièce en tirant Vinira derrière moi. Plus souriante que jamais.

21

VINIRA

Cela fait deux heures que je m'époumone à supplier Wyatt de relâcher Pyme et Archy, deux heures que j'aurais dû me rendre à la rivière près des montagnes. Je suis folle de rage. Envoyer Ismène sur le fort où se trouve Kallias est la provocation de trop, et je ne l'accepte pas. Je crie. Je proteste. Mais Wyatt ne veut rien savoir.

Je lui ai dit que je le détestais même si ce n'est pas vrai, et lui m'a avoué qu'il m'aimait. Ces mots sont restés un moment suspendus dans l'air avant que je ne réalise qu'il venait de les prononcer. Ces mots… que je ne souhaitais jamais entendre de sa bouche ! Mais cela n'explique en rien les décisions immorales qu'il a prises.

— Si vraiment tu m'aimais, tu me laisserais faire mes propres choix.

— Je fais ce qu'il y a de mieux pour toi. Ce n'est pas un homme pour toi.

— Ce n'est pas à toi d'en décider !

Quand la porte s'ouvre dans un fracas terrifiant, je sursaute de peur. Mais elle s'évanouit lorsque je découvre Kallias. En chair et en os. Je suis tellement choquée de le voir ici que j'en oublie Wyatt, posté à l'autre bout de la pièce. Quand ses lèvres charnues s'écrasent sur les miennes, mon cœur fond dans ma poitrine. Ce baiser est incroyablement délicieux. Ses lèvres m'ont tellement manqué. Je m'agrippe aux boucles de ses cheveux et gémis contre ses lèvres. Kallias n'a plus l'air fâché contre moi, et le sentir contre mon corps tremblant me donne le courage de tout affronter.

Il décolle à peine son visage du mien, juste pour que nos yeux se retrouvent. Puis, d'un pas assuré, il se dirige vers Wyatt qui a reculé au fond de la pièce. Sa main se pose désormais sur sa gorge, prête à l'étrangler. Je sens les muscles de Kallias se contracter sous mes doigts. Je devrais être terrorisée par la colère qui émane de son corps, mais il n'en est rien. Un puissant désir s'empare de moi à la vue de Kallias, prêt à tout pour me protéger.

— Fini de jouer maintenant, Mathew ! Ne t'approche plus d'elle ou je te jure que je te tuerai !

Le regard de Wyatt transpire de jalousie, mais je n'en ai rien à faire. Kallias vient de lui montrer que je suis à lui. Et que s'il ose encore s'en prendre à nous, il le paiera de sa vie.

En quittant la salle, un profond sentiment de bonheur m'envahit. Il a traversé Deerwood pour me retrouver, et vient de m'offrir la plus belle preuve de son amour. Mon corps vibre de joie tandis qu'il ouvre la porte de la salle des registres et me pousse à l'intérieur. Il referme derrière nous et avant que je n'aie le temps de prononcer le moindre mot, nos bouches fusionnent à nouveau, heureuses de pouvoir se retrouver. Sa langue trouve la mienne, et mon corps s'électrise sous la chaleur du contact de ses doigts sur ma peau.

Enfin. Je rêvais de ce moment depuis tant de semaines que je peine à réaliser qu'il a bien lieu , ici et maintenant. Dans la salle des registres.

— Kallias, je marmonne contre ses lèvres, je suis tellement désolée pour...

— Chut, ne dis rien ! gémit-il en pressant son bassin contre le mien, me coupant aussitôt dans mes excuses.

Ses lèvres glissent à nouveau sur les miennes, me provoquant des milliers de frissons le long de ma colonne vertébrale. C'est comme si Kallias me découvrait pour la première fois, lorsque ses mains caressent mon visage. Mon cœur frappe intensément dans ma poitrine et un courant chaud traverse le bas de mon ventre, m'arrachant un geignement. Ses doigts dans mon dos me pressent de plus en plus, et le désir s'engouffre entre nos deux corps tremblants.

Kallias se plaque contre moi, nous faisant reculer. Je me heurte à la carte du monde au centre de la pièce, mais il me rattrape pour m'empêcher de basculer en arrière. Tandis que ses yeux scrutent l'ensemble de mon corps avec envie, ses mains se dirigent le long de mon cou et effleurent ma poitrine. Ses doigts passent sur le cuir de ma tenue, et d'un geste vif, il tire sur mon corset qui cède aussitôt.

— Tu es sublime.

Mes seins se retrouvent à la merci de ses mains, puis de sa langue, me provoquant des vagues de chaleur exquises. La tenue de Kallias se retrouve en un rien de temps sur le sol, suivi rapidement par le reste de mes vêtements. Puis, ses mains se glissent sous mes cuisses et me soulèvent. Je m'agrippe à sa nuque musclée, tout en lui volant un baiser vorace. Kallias m'allonge sur l'immense carte du monde. Les reliefs des montagnes se pressent dans mon dos, mais la douleur est secondaire.

Kallias me dévore du regard, en s'attardant sur mon entrejambe. Il mord sa lèvre inférieure tout en serrant son poing autour de son sexe dur et brillant.

— Viens, je lui supplie.

— Laisse-moi te contempler ! marmonne-t-il tout en agitant sa main autour de son érection.

Mais je n'ai pas envie d'attendre. Le voir perdre pied devant moi me rend complètement folle et la brûlure entre mes cuisses s'intensifie. Avec mes pieds, j'entoure fermement son bassin et tire ses fesses jusqu'à moi.

Son corps nu et gonflé de désir se retrouve coincé entre mes cuisses. Kallias capitule et s'allonge sur moi en me pénétrant d'un seul coup de bassin, puissant mais jouissif. Mon corps exulte de plaisir et sa bouche vient étouffer mes gémissements.

— Être en toi m'a manqué… tu m'as manqué, putain !

Nous avons été mis à rude épreuve depuis que nous sommes ici. Être loin de lui. Lui parler sans pouvoir le voir, ni le toucher. Que s'est-il passé pour qu'il décide de venir jusqu'ici me retrouver ? Est-ce à cause de l'absence d'Archy dans la forêt ? Peu importe. Il est là, et il m'a embrassé devant Mathew pour lui montrer qu'il n'a pas honte d'être avec moi. Que ses sentiments pour moi sont plus forts que tout. Je n'aurais pas dû douter de lui, et je m'en veux de lui avoir dit toutes ces horreurs, mais Kallias ne semble pas disposer à en parler maintenant. Le désir est bien plus fort que les mots.

Je glisse mes doigts sur sa nuque et caresse les boucles de ses cheveux. Kallias n'a pas verrouillé la porte derrière lui, mais c'est le dernier de mes soucis. En cet instant, cette pièce nous appartient.

Son corps tremble au-dessus du mien et des gouttes de sueur perlent de son front pâle. Des larmes montent au coin de mes yeux. De larmes de joie tant le plaisir est intense.

— Mon amour, murmure-t-il lorsqu'il le remarque, je suis là et je ne te quitterai plus.

Cette promesse est suivie d'un baiser langoureux, électrisant et brûlant. Une vague de plaisir fuse dans mon corps. Mes jambes tremblotent, ma peau se hérisse et mes yeux se ferment sous la force de l'orgasme qui m'envahit. Kallias gémit de plus en plus fort tandis que son bassin accélère ses mouvements contre l'organe de mon plaisir. Ses doigts se mêlent aux miens au-dessus de ma tête et nous vibrons ensemble sur cette immense carte du monde.

Une fois nos esprits retrouvés, Kallias m'aide à me relever de cette table inconfortable et inspecte mon dos.

— Ça va ? Merde, tu as les marques de la carte dans le dos !

— Ça va, ce n'est pas grand-chose !

Je ramasse au sol mes vêtements, et je me rhabille rapidement. Cette pièce est rarement vide et je ne tiens pas à ce que Rickel ou un sous-commandant nous surprenne nus, ici tous les deux.

Nous quittons discrètement la pièce et regagnons aussitôt ma chambre. Alden n'est pas là. Il a dû partir reprendre des forces au réfectoire.

Je referme la porte après avoir jeté un rapide coup d'œil dans le couloir. Kallias, lui, s'est allongé sur mon lit, les bras derrière la tête, et semble déjà plutôt à l'aise dans ma chambre.

— Qui te dit que ce lit est à moi ?

— Je suis déjà venu ici.

— Ah oui ?

Il me raconte brièvement son arrivée au fort, après les aveux d'Ismène, puis son entrevue avec Alden, alors que j'étais retenue par Mathew dans la salle des stratégies.

— Tu as vraiment cru que je dormais dans la même chambre que Wyatt ? Je n'en reviens pas qu'Ismène t'ait balancé ça !

— Moi non plus ! Mais d'après Alden, Wyatt et elle complotent ensemble depuis un moment.

— Pourquoi ?

— Mathew te veut et…

— Ismène te veut.

C'est aussi simple que ça, et je ne les ai pas vus venir. Ismène a certainement dû remarquer que Wyatt me tournait autour, et elle en a profité pour le manipuler. Cela ne m'étonne pas d'elle ! Pour récupérer Kallias, elle serait prête à tout, mais que Wyatt se soit fait entraîner là-dedans, il redescend en flèche dans mon estime.

Je m'assois à côté de Kallias sur le rebord du lit, et me penche en avant en glissant ma main contre sa joue.

— Sache que rien ni personne ne m'empêchera de t'aimer, Felirson. Ne crois pas que tu réussiras à te débarrasser de moi comme ça !

Il se redresse sur ses coudes et vient mordre lentement ma lèvre inférieure.

— Je suis sincèrement désolé pour tout ça, lâche-t-il.

— Ne t'excuse pas, Kallias, tu n'es coupable de rien !

— Si, au contraire, je pensais qu'en cachant au monde ce que nous éprouvions l'un pour l'autre, nous serions en sécurité, que tu ne courais aucun risque, et que je ne serais pas une faiblesse pour toi...

Ses yeux sont brillants de sincérité.

— ... mais c'était une erreur, nous serons toujours en danger dans ce monde, peu importe ce que nous ferons. Basil, Wyatt, Ismène, Nister, le roi des Ombres...

— Qu'est-ce que Thalion vient faire dans notre histoire ?

— Il a le pouvoir de nous arracher l'un à l'autre autant que tous les autres, répond-il du tac au tac. Je ne veux pas que tu penses que je ne suis pas fier d'être avec toi, Fadyenaï, je suis le plus heureux des hommes depuis que tu fais partie de ma vie. Si tu veux que je le crie sur tous les toits pour te rassurer, je suis prêt à le faire.

— Chut !

Mon doigt se glisse contre ses lèvres pour le faire taire.

— Je n'ai pas besoin que tu cries quoi que ce soit. J'ai confiance en toi, Kallias. Nous avons la vie pour crier ce que nous voudrons, mais la guerre n'est pas finie. Réna Fells n'est pas encore assise sur le trône aux côtés de Basil, et je ne suis pas encore la reine des Ailes. J'ai déjà ce dont j'ai besoin. Ton amour. Et pour l'heure, ça me suffit.

Sa bouche s'écrase sur la mienne de soulagement, et il m'attire contre lui.

Kallias a fait preuve de courage en venant ici. Braver les interdits et m'embrasser devant Wyatt. Mais je choisis de faire preuve de sagesse en continuant à mon tour le travail commencé par Kallias depuis des semaines. Nous protéger car je pense qu'il a raison. Nous devons continuer à être prudents.

Après avoir passé une heure blottis l'un contre l'autre, je profite qu'il se soit assoupi pour quitter la chambre discrètement. Je dévale les marches qui mènent à l'étage inférieur. Je frappe deux coups sur une porte qui s'ouvre aussitôt. Wyatt apparaît, l'air stoïque et froid. Pas vraiment enchanté de me voir.

— Je peux entrer ?

Il s'écarte et me laisse passer sans prononcer un mot. La pièce est plus grande que ma chambre. Le lit plus large et un léger bureau est placé sous une fenêtre qui donne sur la forêt.

— Qu'est-ce que je peux faire pour toi ? demande-il en me tournant le dos.

— Je suis désolée, Wyatt.

— Ce n'est pas l'impression que j'ai eue tout à l'heure lorsque tu te faisais peloter sous mon nez.

— Ce que tu as fait aujourd'hui… faire partir Ismène dans les montagnes, enfermer Archy et Pyme pour m'empêcher de transposer, tu n'aurais pas dû !

— Mais je l'ai fait ! Vas-tu me dénoncer à Rickel pour ça, Vinira ?

— Non !

Ses yeux se tournent alors vers moi, surpris par ma réponse.

— Vraiment ? Et que vas-tu exiger en échange ?

— J'aimerais que tu ne dises rien… pour Kallias et moi !

Un rire jaune s'échappe de ses lèvres.

— Tu es décidément une femme bien étrange ! Un homme traverse le monde pour te prouver son amour, et toi tu veux que personne ne le sache ! Pourquoi ?

— Ma vie privée ne regarde que moi, Mathew. Je n'ai de compte à rendre à personne, mais je suis la future reine des Ailes.

— ... et tu ne souhaites pas que ton bien-aimé puisse devenir ta faiblesse !

— ...

— Tu m'en demandes beaucoup, tu sais !

— Je sais, mais si notre amitié compte encore à tes yeux, je te demande ce service. Je suis prête à te pardonner tes manigances avec Ismène parce que tu es mon ami, et que je tiens à toi !

Le silence pèse lourd dans l'atmosphère de la chambre, et pendant un moment, je me demande quelle va être sa réaction.

— S'il te plaît !

Il soupire, mais j'ai espoir que cet homme face à moi, avec qui j'ai grandi, soit toujours le même jeune homme rempli des mêmes valeurs qu'autrefois.

— Je ne dirai rien, tu as ma parole !

— Merci, Wyatt !

Je m'apprête à quitter sa chambre car je n'ai pas envie de m'attarder plus longtemps ici. Je ne tiens pas à rendre les choses encore plus difficiles qu'elles ne le sont déjà.

— Vinira !

— ...

— Je ne peux pas te promettre qu'Ismène s'arrêtera là. Elle fait une fixation sur toi.

***

Quand j'arrive au réfectoire, j'ai la surprise de découvrir que Kallias a quitté mon lit et est en grande discussion avec Damon, son ami d'enfance. Les deux hommes ont l'air ravi de se retrouver. J'ai même cru apercevoir un sourire se dessiner sur le visage de Kallias. Discret. Mais je sais qu'il traduit une très grande joie.

— Salut, vous deux !

— Tu ne m'avais pas dit que tu avais fait la connaissance de ce chasseur de buffle de Damon Fros, m'interpelle Kallias.

— Oui, nous sommes dans le même bataillon ! J'ai même eu l'honneur de me voir offrir cette dague, je dis en sortant le poignard à la lame rouge d'un de mes fourreaux.

Kallias écarquille les yeux en posant ses mains sur ma nouvelle arme.

— Je ne savais pas que tu l'avais gardée... mon frère ! dit-il ému de retrouver ce qu'il a autrefois fabriqué.

— Cette dague m'a servi dans des situations bien périlleuses. Elle ne m'a pas quitté depuis des années. En arrivant ici, je l'ai offerte à Vinira, déclare Damon.

Une émotion profonde est lisible dans son regard.

— Tu souhaites la récupérer, Kallias ? Je suis prête à te la redonner si ça te tient à cœur.

— Non ! Bien sûr que non. Si Damon t'en a fait cadeau, c'est que tu l'as méritée.

— Je me suis douté que tu ne verrais aucun inconvénient à ce que je la lui lègue. Vous avez l'air proches et cette dague a fait son devoir auprès de moi. Il est temps qu'elle serve quelqu'un d'autre qui le mérite.

Kallias range soigneusement la dague dans mon fourreau tout en me dévorant des yeux.

— Je suis heureux que tu la portes. Je l'ai fabriquée de mes mains, il y a bien longtemps. C'est très symbolique pour moi.

— Je te jure d'en prendre soin, je murmure.

Il me sourit, et nous nous dirigeons tous les trois vers une table où nous retrouvons Aveline Barisen assise aux côtés d'Alden.

Je m'assois en face de mon meilleur ami, et Kallias prend place à côté de moi. Quand il lève la tête face à lui, il semble figé sur place.

— Bonjour, moi c'est Aveline, se présente-t-elle en lui tendant la main.

— Kallias.

— Tu es un ami de Vinira ?

— Oui, en quelque sorte, marmonne-t-il.

Alden fait semblant de s'étouffer avec un morceau de pain et je lui donne un coup de pied bien mérité dans le tibia.

— Je vais me rechercher un peu de bouillon, tu veux quelque chose, Vinira ?

— Un morceau de pain et une soupe fera l'affaire, merci, Aveline.

Tandis qu'elle s'éloigne pour aller gentiment chercher de quoi me nourrir, Kallias se penche vers moi.

— Elle ressemble beaucoup à ta...

— à Zielle ?

— Oui !

— Elle est aussi douce et intelligente qu'elle. Cette petite n'a même pas l'âge de combattre, mais elle a quitté Horswing avec la volonté d'aider le monde.

— Et tu t'es prise d'affection pour elle...

— Est-ce un crime ?

— Non, bien sûr que non ! Je sais que ta sœur te manque, mais tu dois essayer de rester en retrait de tout sentiment envers les Guerriers et les Cavaliers. Beaucoup perdront encore la vie.

— Et donc ? Je dois les ignorer parce qu'ils risquent de mourir ?

— Je n'ai pas dit ça...

— Non, mais tu le penses ! Tu crois que je suis trop gentille avec eux parce que je leur accorde de l'intérêt. Merde, Kallias, nous sommes en guerre, certains ne reverront jamais leur famille. J'essaie juste de me comporter comme une personne qui a un cœur. Et le mien bat toujours dans ma poitrine.

— Vini...

— Elle est l'une des nôtres, et je n'abandonnerai aucune Aile.

— Je souhaite juste que tu ne souffres pas !

Je comprends ses arguments, mais ce qu'il me demande est impossible, même si je dois en avoir le cœur brisé.

— Est-ce que Rickel sait que tu es là, Felirson ? demande Alden pour essayer de changer de sujet.

— Oui, je suis passé le voir tout à l'heure.

— Et que lui as-tu dit ? je demande surprise.

— Que Maddor m'avait envoyé pour m'assurer que tu allais bien et que tu arrivais à maîtriser ton pouvoir !

— Et il t'a cru ?

— Bien sûr ! Rickel m'apprécie beaucoup, il n'a pas de raisons de remettre en doute ma parole.

— Tu vas rester ici alors ? reprend mon meilleur ami.

— Il semblerait, ouais ! lâche Kallias en croquant dans le morceau de pain qu'Aveline vient de déposer face à nous.

— Super, dit Alden, je vais devoir me trouver une autre piaule !

— Pourquoi ? Vous... vous êtes ensemble tous les deux ? demande Aveline, choquée !

Kallias me regarde, l'air de dire « c'est à toi de répondre ». Alden me lance un regard qui signifie plutôt « merde, j'ai gaffé ». Et Damon ne semble pas surpris par la révélation que je m'apprête à faire.

— Oui, Aveline, mais ça doit rester entre nous pour l'instant, je chuchote.

Elle sautille sur sa chaise comme une enfant à qui on aurait promis un cadeau.

— Vous êtes très beaux tous les deux, dit-elle en se relevant de sa chaise, je vous laisse, je dois voir Arlie. À plus.

Nous la regardons s'éloigner.

— J'aime bien cette petite ! dit Kallias, heureux d'avoir entendu que nous formions un joli couple.

— Oui, mais tu ne dois pas t'attacher, Felirson car tu pourrais... SOUFFRIR !

Il me toise avec dédain avant de sourire bêtement.

— Et un point pour Fadyenaï, lâche Damon.

Alden et moi rions, mais notre moment de joie prend fin, au moment où la cloche retentit dans la cour du fort, annonçant le début de la quatrième vague.

***

Quand nous rejoignons la cour quelques minutes plus tard, après avoir récupéré nos armures et nos armes, Rickel nous interpelle.

— Fadyenaï ! Felirson !

Nous le rejoignons aussitôt.

— Oui, Commandant !

— Les Stratèges viennent de m'alerter. Le roi... s'apprête à jaillir de sa montagne.

Je reste un moment sans voix, le temps de réaliser ce que ça veut dire... pour moi.

— Vinira ! Il est l'heure de partir retrouver Basil à mi-chemin. Felirson, rassemblez tous les Cavaliers des Ailes et partez sur-le-champ. Dans quelques heures, Thalion sera là, et les trois souverains devront être réunis.

— Oui, Commandant ! répond-il.

Rickel se rapproche de moi et pose sa main sur mon épaule.

— J'ai été très heureux d'être votre Commandant cette année, l'un comme l'autre. Nous ferons de notre mieux pour ralentir cette vague, et vous laisser le temps nécessaire de repousser le roi des Ombres. Vous allez y arriver, Majesté !

Mes yeux s'emplissent de larmes, et je ne peux m'empêcher de poser ma tête sur son torse et l'entourer de mes bras. Rickel a toujours été un homme dur, mais juste. Et cette année passée à ses côtés a été très enrichissante pour moi.

— Merci, Commandant, je marmonne.

— Partez maintenant ! lâche-t-il avant de courir comme tous les autres Guerriers à l'extérieur du fort.

Soudain, une étrange sensation s'engouffre à l'intérieur de mon corps, et je suis incapable de bouger. Mes jambes sont paralysées par la peur. Ma respiration se ralentit alors que les battements de mon cœur accélèrent. Kallias finit par me tirer par le bras.

— Allez viens, Vinira, on y va !

22

Cela fait une bonne demi-heure que nous volons au-dessus des forêts de Deerwood en direction du nord. Kallias a rassemblé une cinquantaine de Cavaliers d'Horswing. Ces hommes et femmes qui ont vécu coupés du monde pendant plus de vingt ans chevauchent désormais leur pégase, derrière moi, sans aucune hésitation. En tant que leur future reine, c'est à moi que revient la tâche de les mener. Kallias vole à côté de moi sur la somptueuse Polla qui semble plus féroce que jamais.

Il y a encore quelques mois, je n'étais qu'une Guerrière novice qui effectuait ses premiers pas à Tortagen. Rien en ce premier jour, lorsque j'ai franchi les portes de la citadelle, ni même lorsque j'ai gagné mon premier combat, et que j'ai été ensuite affectée au clan des Guerriers, ne m'aurait laissé imaginer que mon destin prendrait une tournure bien différente. Que je tomberais amoureuse du Guerrier le plus mystérieux de Tortagen, que je dompterais un des cerfs les plus forts de la plaine, que je me lierais avec une pégase, et que je perdrais ma petite sœur tragiquement. Puis, que je découvrirais que je suis la fille du dernier roi des Ailes, et que je porte en moi l'un des pouvoirs des dieux. Tous ces évènements ont fait de moi ce que je suis aujourd'hui. Je me sens exactement au bon endroit, parce que c'est là qu'est ma place.

— Ils sont là ! hurle Kallias en montrant du doigt les troupes de Basil en contrebas.

Il siffle entre ses doigts pour indiquer aux Cavaliers que c'est le moment d'atterrir. Les pégases orientent leurs ailes, et rapidement, leurs sabots galopent sur la terre sableuse de la plaine.

Après un rapide coup d'œil, je repère rapidement la couronne dorée posée sur la tête de mon cousin. Il porte son armure ornée du blason de sa maison. Pas un centimètre de peau ne dépasse de son attirail. Son visage ne dégage aucune émotion à notre arrivée. Derrière lui, cette enflure de Nister et le premier Commandant Braum.

— Ravi de te revoir, Vinira, me lance-t-il comme si nous nous étions quittés depuis des années.

Il jette un coup d'œil rapide sur Kallias posté derrière moi, comme s'il était un moins que rien.

— Ton palais est-il toujours debout ?

— Dieu merci ! Nous avons repoussé les trois vagues aisément, même si les pertes humaines sont importantes.

Des bruits de sabots nous font lever la tête. Un gros nuage de poussière s'élève à l'horizon. Myrna apparaît sur la plage, quelques instants plus tard, avec une imposante armée de soldats. La reine du Désert, dans sa tenue sexy en cuir noir, s'avance vers nous.

— Je suis heureuse de vous voir toujours en vie, mes agneaux !

J'incline légèrement la tête pour la saluer, puis nous partons tous les trois, suivis de nos fidèles conseillers en direction d'une grande tente fraîchement installée.

Basil est accompagné par Nister et Braum. Myrna est entourée de deux de ses Cavaliers. Quant à moi, je pénètre dans la tente aux côtés de Kallias et Tieran Ermol.

Une fois à l'intérieur, pas de carte du monde. Seulement une grande table avec des pichets de vin et un grand saladier rempli de fruits.

— J'ai fait installer cette tente pour que nous puissions échanger en toute discrétion, lance Basil fier de lui.

Kallias et Tieran restent debout à l'écart, près de l'entrée, les mains sur leurs dagues et le regard ne lâchant pas le roi des Bois.

Les trois hommes n'ont pas beaucoup échangé depuis que nous avons été capturés à Deerwood. Il y a quelques semaines encore, ils étaient amis, du moins, ça y ressemblait. Mais Basil a mal vécu notre fugue de Tortagen, et à la façon dont il évite leur regard, je réalise qu'il ne leur a toujours pas pardonné.

— Tu es toute pâle, princesse ! As-tu mangé avant de venir ?

— Oui, je suis juste un peu fatiguée. Les trois vagues ont été éreintantes.

— Tiens, bois ça ! me dit Myrna en me tendant une petite fiole à l'odeur fruitée.

— Qu'est-ce que c'est ?

— Un petit remontant à base de fleurs de niro. Ça va te requinquer !

J'avale cul sec le contenu de la fiole. Le liquide descend le long de mon œsophage et réchauffe aussitôt toutes les parties de mon corps.

— Combien de temps avant que le roi... ?

— Une demi-heure environ ! m'interrompt-elle. Mais nous ne participerons pas au combat qui se jouera en bas dans la plaine. Nous resterons cachés jusqu'à ce que Thalion décide de surgir.

— Cachés ?

Je la dévisage, surprise.

— En retrait, si tu préfères !

— J'ai l'intention de mener mes hommes au combat. Pas de les regarder mourir sous mes yeux !

La reine soupire d'exaspération et fait un pas vers moi.

— Tu as deux Cavaliers derrière toi qui ont l'air de savoir mener une horde. Que tu sois là ou pas ne changera rien. Certains mourront et tu ne pourras pas l'empêcher.

Kallias ou Tieran, mener les Ailes ? L'idée est excellente, mais les regarder combattre en restant les bras croisés est difficile à avaler. Une main se pose doucement sur mon épaule, tandis qu'une odeur citronnée effleure mes narines. Mes paupières se baissent en même temps que ma nuque. Je sais déjà ce qu'il va me dire. Je sais pertinemment que cette guerre me dépasse.

— Majesté, m'interpelle Kallias, la reine du Désert a raison. Tu dois rester en retrait et garder tes forces au maximum pour Thalion. Je peux mener les Ailes, si tu m'en donnes l'ordre !

— Voilà quelqu'un de sensé ! ironise Myrna tandis que Basil lâche un petit rire moqueur.

Je tourne la tête vers lui et plonge mes yeux dans les siens. Il a raison. Ils ont tous raison. Je dois les laisser faire et attendre Thalion. Même si cette idée m'angoisse, je n'ai pas d'autre choix.

— Très bien !

Braum et Nister se dirigent vers l'entrée de la tente et font signe aux autres qu'il est temps de sortir. Les Cavaliers de Myrna se dirigent à leur tour vers la sortie, suivis de Tieran. Kallias m'adresse un dernier regard rempli de peur et d'amour, un au revoir distant, mais obligé.

— Je te promets que nous nous battrons aussi longtemps que possible, et je n'en ai aucun doute, tu anéantiras Thalion !

Ce sont les derniers mots qu'il m'offre avant de s'incliner face à moi, et de quitter la tente d'un pas rapide sans se retourner.

Je retiens les larmes qui me montent au coin des yeux tandis que je regarde cet homme s'éloigner en priant de toutes mes forces pour qu'il ne lui arrive rien. *Bonne chance Kallias.*

— Tant que nous serons proche l'un de l'autre, Vinira, il ne nous arrivera rien...

— QUOI ?

Je suis saisie par l'intensité de la voix de Kallias alors qu'il n'est même plus dans la tente. Je me retourne alors vers Myrna et Basil, qui me regardent interloqués. Je suis sûre d'avoir entendu Kallias me parler, et cette fois-ci directement dans ma tête et non par l'intermédiaire d'Archy.

— Allons-y ! lance Myrna, avant que l'on étouffe dans cette tente ridicule.

En arrivant en haut de la colline, nous avons une vue d'ensemble sur la plaine qui s'étend jusqu'à la mer. Basil est assis sur Wolls et je constate que sa couronne n'est plus posée sur sa tête, mais qu'il s'est muni, en revanche, d'un carquois avec une quantité de flèches bleues prêtes à être tirées sur nos ennemis. Archy, lui, a fait le trajet jusqu'ici avec Ellen et attendent bien sagement dans la forêt à l'ouest. Les rangées de nos armées en contrebas se mettent rapidement en formation avec efficacité. Les Commandants ont réalisé un travail exemplaire en menant les Combattants depuis plusieurs jours. Mais la guerre s'apprête à prendre une autre tournure. D'une façon ou d'une autre, Thalion sera repoussé jusqu'à ce que la lune rouge disparaisse. Cela peut durer encore des heures ou bien des jours. Mais nous ne le laisserons pas s'emparer de nos pouvoirs. Si ses créatures ont besoin de trêves pour se reposer, il doit en être de même pour lui.

Mon œil est attiré par la chevelure brune de Kallias, debout sur sa pégase, à quelques centaines de mètres de moi. Les Ailes le suivent comme s'il avait toujours été leur chef.

— *Si tu savais comme je t'aime*, je murmure à l'intérieur de ma tête.

Et… c'est comme s'il m'avait entendu car il tourne lentement la tête vers moi et me fixe un instant.

— *C'est vraiment toi qui viens de me parler ?* demande-t-il inquiet, sans décoller ses lèvres l'une de l'autre.

— *Tu… tu m'entends ?*

— *Un peu que je t'entends ! Et tu es à plus d'une centaine de mètres de moi !*

— *Est-ce que tu entends d'autres personnes autour de toi ?*

Il tourne la tête de chaque côté.

— *Non et toi ?*

— Je n'entends que toi !

— Bordel, Vinira ton pouvoir est...

— Rien ne prouve que ça vient de mon pouvoir !

Un son de cor retentit au bord de la plage, nous empêchant de continuer. Kallias tourne la tête vers la mer comme tous les Guerriers et Cavaliers de la plaine. Un silence angoissant s'ensuit.

Ils sont là.

Une vibration sourde se forme dans mes oreilles. Dans le ciel, une forme grise linéaire commence à apparaître. Puis la mer se déforme. Des vagues houleuses se créent sur le bord de la plage. Qu'est-ce qui se passe ?

— Putain, ce n'est pas possible !

Kallias est au centre de la plaine avec les autres Ailes. Étant plus près que moi de la mer, il a une meilleure vision de ce qui se déroule.

— Ne me dis pas que des Cavaliers vont sortir de l'eau ?

— De la mer, du ciel et de la terre... ça va être spectaculaire !

Et en effet. Dans les secondes qui suivent, je distingue au loin des créatures jaillir de l'eau et des ailes de pégases évoluer dans le ciel noir sous la lune rouge. Les animaux dans la plaine s'agitent, probablement pour se donner la force d'affronter ce qui arrive.

— Kallias, je t'en prie, ne fais pas voler les Ailes maintenant, ou vous allez tous mourir !

Car la masse de créatures ailées qui avance vers nous fait dix fois la taille de l'armée que Kallias s'apprête à conduire !

— Est-ce que Thalion est parmi eux ? demande Basil en montrant du doigt les créatures volantes.

— Non. Thalion va attendre que son armée tue le maximum de nos Combattants. C'est un sadique. Il veut que nous soyons en position de faiblesse et apeurés, lui répond Myrna.

Au bord de la plage, les premiers combats commencent. Des bruits de lames qui s'entrechoquent, de chairs, de membres déchiquetés et des hurlements de terreur retentissent. La bataille des Ombres reprend pour la quatrième fois, sous mes yeux impuissants.

Il n'y a rien de pire que d'assister à un combat qui tue vos alliés sans pouvoir y participer. Ma respiration s'accélère et les muscles de mes jambes s'agitent contre les flancs de Pyme.

— Ne pouvez-vous pas empêcher les créatures de sortir de l'eau ? je demande à la reine du Désert.

— Je le pourrais, mais je ne le ferai pas.

— Pourquoi ?

— Si nous utilisons nos pouvoirs maintenant, nous sommes en capacité tous les trois de réduire en cendres cette vague en un rien de temps !

Cet aveu me fait froid dans le dos. Alors pourquoi ne faisons-nous rien ?

Au loin dans la plaine, l'armée terrestre progresse de plus en plus. Kallias et mon peuple sont à quelques mètres des monstres de Thalion.

— ... Si Thalion sent que nous venons de détruire d'un seul coup son armée, il ne sortira pas de sa montagne, avoue-t-elle, et je veux qu'il sorte... qu'on en finisse maintenant !

— Vous sacrifiez vos hommes... nos hommes simplement pour forcer Thalion à sortir ?

Des milliards de pensées affluent dans mon esprit. Suis-je prête à regarder tous ces valeureux Combattants périr pour que Thalion se décide à venir ? Mon cœur s'emballe dans ma poitrine. En bas, Kallias est en train de combattre la mort, courageusement. Ses flèches de glace transpercent le crâne des créatures des Ombres face à lui. Tieran, une épée en main découpe des têtes aussi rapidement qu'il évite les coups des ennemis. Puis, mes yeux s'affairent sur une pégase dont l'aile vient de se faire déchiqueter par une créature. L'animal hurle si fort que le cri me transperce le cœur. La créature embroche ensuite le cœur de la pégase et son Cavalier s'écroule aussitôt comme si c'était son cœur que l'on venait d'arracher.

Le lien entre la pégase et l'homme n'est pas un mythe. Un de mes hommes vient de tomber au combat, emporté par la mort de son animal. Mon cœur se serre et ma respiration s'accélère me provoquant une douleur dans la poitrine.

— *Kallias...*

— *Je vais bien*, gémit-il pendant que ses armes continuent de décapiter un bon nombre de créatures.

Je me sens impuissante à regarder tous ces soldats périr sans qu'aucune aide ne leur soit apportée.

— Myrna, nous devons les aider !

— Non ! Il faut attendre !

Nous sommes tous les trois en haut de cette colline à les observer. Comme des lâches. Je sens la honte m'envahir. Mon père n'aurait jamais permis une telle chose. Il aurait aidé ses hommes et ceux des autres royaumes, et ne les aurait certainement pas envoyés comme des appâts.

— *Ils sont trop nombreux !* hurle Kallias tandis que les Ailes autour de lui diminuent.

Je ne peux m'empêcher de détacher les yeux de la zone où Kallias combat. À quelques mètres de lui, une créature terrifiante sur un monstre qui ressemble à un cerf mort, et dont le squelette laisse voir à travers, s'empare des vies des Guerriers de Deerwood. Il ne leur laisse aucune chance de se battre. En moins d'un coup de hache, les Guerriers perdent un membre ou bien leur tête, laissant leur cerf orphelin galoper en panique dans la plaine.

— *Kallias, derrière toi, il y a...*

— *Je sais, j'ai vu*, marmonne-t-il.

Et la créature l'a vu aussi. Elle continue de progresser dans sa direction.

Soudain, mes yeux tombent sur Aveline. Au galop, sur sa pégase, elle se rapproche de Kallias et s'arrête entre lui et les monstres.

— *Kallias, qu'est-ce que fout Aveline ?*

Son épée brandie, elle aide l'homme que j'aime à combattre les créatures autour de lui. Mais la créature monstrueuse continue d'évoluer vers eux... et Aveline ne l'a pas vue.

— *... trop nombreuses...*

Mon esprit vrille en une seconde lorsque je perçois la voix de Kallias dans ma tête. Je lance Pyme dans les airs pendant que Myrna s'affole derrière moi.

— Princesse, NOOON !

Mais il est trop tard. C'en est trop pour moi. Il n'est pas question que je les laisse mourir pour forcer Thalion à sortir de son trou. Je vole à mi-hauteur pour éviter aux volantes et aux terrestres de me blesser. En quelques coups d'ailes, j'arrive au-dessus de Kallias et, d'un coup d'épée, je tranche une dizaine de têtes au passage.

— *Vinira, tu n'as rien à faire là, fous le camp !*

Kallias est en colère, mais c'est le dernier de mes soucis.

— *Je ne te laisserai pas mourir ici, que ça te plaise ou non !*

Pyme fait demi-tour dans les airs et je fonce désormais vers Aveline qui combat seule deux créatures dont la langue et les yeux sont de la couleur du sang. D'un coup d'épée, je la débarrasse aussitôt de ses ennemis.

— Merci, hurle-t-elle à mon intention.

Kallias siffle si fort entre ses doigts que je tourne aussitôt la tête vers lui. Le signe pour les Ailes de décoller est arrivé. Les Cavaliers survivants s'envolent aussitôt et foncent sur les créatures au-dessus de nos têtes. Des lances bleues foncent sur les pégases maudites de l'armée de Thalion.

— *Vinira, retourne sur la colline s'il te plaît ! C'est trop dangereux !*

— *Raison de plus pour rester, je ne veux pas te perdre !*

Mais les ennemis sont trop nombreux. Et sans aide de ma part, nous n'aurons aucune chance. Peu importe ce que pense Myrna, je dois faire quelque chose.

Je n'ai pas besoin de fermer les yeux pour me concentrer. La rage qui bouillonne à l'intérieur de moi est puissante. Lorsque mes mains se lèvent en direction du ciel, une bourrasque de vent spectaculaire se glisse entre mes Cavaliers et soulève les créatures des Ombres. Ma force les sépare de leur monture et les fait tournoyer dans les airs. Et un battement de cil, je les fais chuter sur le sol en prenant soin d'éviter nos Combattants.

Je jette un rapide coup d'œil sur la colline, mais Myrna et Basil n'y sont plus. Autour de moi, les Ailes brandissent leur poing en l'air pour me remercier de ce que je viens d'accomplir pour eux.

— *Où est Aveline ?* je demande à Kallias.

— *Je ne la vois pas.*

Je baisse la tête en direction du sol et je l'aperçois en contrebas. Elle n'a pas réussi à s'envoler au signal de Kallias. Sa pégase est blessée. Merde.

— *Vini, ne fais pas ça !*

Je fonce vers elle sans réfléchir. Elle a besoin d'aide, et il n'est pas question que je la laisse là-bas. Obnubilée par ma jeune Cavalière, je ne vois pas la lance qui fonce sur moi et qui transperce l'aile de Pyme. Du sang gicle sur mon visage, et ma pégase se met à hurler de douleur. Elle atterrit dans la plaine et je saute de son dos pour retirer la lame logée dans son aile.

— Ne bouge pas, ma douce, ça va te faire mal mais je n'ai pas le choix.

Je tire de toutes mes forces et la lance ressort d'un coup sec.

— *VINIRA !*

Le désespoir de Kallias me parvient et je comprends qu'il m'a perdue de vue.

— Je vais bien, Pyme a été blessée à l'aile, mais elle redécolle !

— Reste où tu es !

— Il n'en est pas question !

Pyme n'attend même pas mon ordre, ses ailes se déploient aussitôt et nous reprenons de l'altitude. Mon seul but est d'aider Aveline. Quand je l'aperçois enfin, je me précipite vers elle. Son épée bleutée en main, elle continue de se défendre comme une vrai Cavalière des Ailes qu'elle est. Mais mon cœur s'arrête dans ma poitrine lorsque j'aperçois la créature monstrueuse de tout à l'heure, à quelques mètres d'elle.

— AVELINE, ATTENTION, DERRIÈRE TOI !

Je vocifère aussi fort que possible, mais elle ne m'entend pas. Je ne peux pas communiquer avec elle, comme avec Kallias. Pyme accélère en repliant ses ailes. Je ne suis qu'à une centaine de mètres d'elle et la créature progresse toujours dans sa direction. Je brandis une flèche bleue que je lance aussitôt, mais la bête l'esquive. Quand Aveline se retourne et voit la créature face à elle, elle ne recule pas. Elle dégaine deux dagues bleues qu'elle sort de ses fourreaux puis les lance aussitôt. Sans surprise, le monstre les évite.

— Aveline, cours !

Ma voix lui parvient enfin, et dieu merci, elle m'écoute et part à toutes jambes dans la direction opposée.

Quand Pyme s'approche au-dessus du monstre, je saute sur le sol en roulant sur moi-même. En une seconde, je dégaine mon épée bleue et me met en position de combat. Le monstre sort une énorme masse de son dos. L'arme passe très proche de mon visage, et je roule vers lui pour essayer de le frapper en pleine poitrine. Mais la créature est intelligente et elle esquive chacun de mes coups. Ce guerrier devait être un sacré coriace car il maîtrise parfaitement l'art du combat.

— *Où es-tu ?* demande Kallias inquiet.

— *Au sol dans la plaine ! Un peu d'aide serait la bienvenue !*

— *J'arrive !*

Autour de moi, l'agitation est palpable, et je ne perçois pas la monture de la créature me foncer dessus et me projeter sur le dos, une dizaine de mètres plus loin. Ma tête s'écrase sur le sol, suivie de mon corps. Des bourdonnements affluent dans mes oreilles et quand je tente de relever la tête, la créature avance vers moi rapidement. Mes armes se sont envolées avec la force de la chute et si Kallias ne tombe pas du ciel sur le champ, je risque de mourir ici même.

— *KALLIAS !*

Au même moment, un Guerrier se jette sur le dos de la créature et lui enfonce une lame dans l'œil. Mais ce n'est pas Kallias qui apparaît lorsque la bête tourne sur elle-même, hurlant de douleur. C'est Aveline.

Elle vient de voler à mon secours. Du sang noir, fétide, s'échappe du visage de la créature. Seul son œil est blessé, mais la dague n'est pas suffisamment enfoncée car en une seconde, il attrape Aveline qu'il jette sur le sol à quelques mètres de moi. Il passe ensuite la main dans son dos et dégaine une épée gigantesque.

— NOOOOOON !

Ma voix s'éraille dans les airs au moment où l'épée s'enfonce dans la poitrine d'Aveline. C'est comme si je venais de prendre moi-même cette lame en plein cœur car une douleur abominable me transperce. Pendant quelques secondes, le visage de Zielle apparaît à la place de celui d'Aveline. Le visage de ma petite sœur, morte noyée dans les bains de Tortagen. Une mort que je n'ai pas pu empêcher. Une petite sœur que je n'ai pas su protéger. Je me suis promis de protéger cette jeune Aile comme je n'ai pas pu le faire avec Zielle. Peut-être pour me racheter, pour me pardonner à moi-même d'avoir laissé Zielle mourir pour une stupide histoire de jalousie. Mais je viens à nouveau d'échouer.

Kallias atterrit dans la plaine et découpe en deux morceaux la créature qui a transpercé Aveline.

À la force de mes bras, je me redresse et me précipite sur elle.

— Vinira, sanglote-t-elle.

— Tout va bien, je vais te sortir de là !

Je siffle entre mes doigts et fait monter Aveline sur le dos de Pyme. Après quelques coups d'ailes, elle atterrit en retrait des combats sur une petite colline à l'est. Kallias nous suit de près et m'aide à faire descendre la jeune Aile du dos de Pyme, pour la déposer en douceur sur le sol.

— Tu... tu es venue... à mon secours, marmonne-t-elle émue.

— Tu ne croyais quand même pas que j'allais te laisser te débarrasser de moi comme ça !

Un sourire s'échappe de son doux visage, ainsi qu'un filet de sang entre ses lèvres entrouvertes. Mon cœur frisonne, et tandis que Kallias décolle les deux mains d'Aveline posée sur son torse pour inspecter sa blessure, une immense mare de sang s'en écoule.

— Dis-moi qu'elle va s'en sortir !

— Les plaies sont profondes...

— Kallias, dis-moi qu'elle va vivre !

Ses yeux se baissent et se posent sur Aveline qui se met à tousser violemment.

— Majesté, chuchote-t-elle, j'ai fait de mon mieux pour vous servir...

— Ne parle pas, garde tes forces, nous allons te soigner !

— J'ai... j'ai froid, gémit-elle en s'agrippant à mes mains.

— Kallias, fais quelque chose !

Mais il ne bouge pas d'un centimètre. Ses yeux cherchent les miens, mais je refuse de le regarder. Je refuse de voir la vérité en face. Il pose simplement sa main sur mon épaule pour me faire comprendre que c'est déjà trop tard. Non. Je ne peux pas croire que l'on ne puisse pas l'aider. Je soulève la tête d'Aveline et cale mes genoux en-dessous.

— Accroche-toi ma belle, j'ai encore besoin de toi.

— Je... dis à Arlie... que je tiens beaucoup à elle...

— NON ! Tu lui diras toi-même. Pourquoi est-ce que tu es revenue ? Je t'avais demandé de fuir ! Tu m'as désobéi !

— Je ne pouvais pas te laisser mourir ! Tu... tu es ma reine.

À ces mots, des larmes roulent sur mes joues et je laisse aller ma douleur en collant mon torse contre sa tête froide.

— Je suis fière d'avoir combattu à tes côtés, Vinira d'Horswing ! J'aurais tant aimé te voir monter sur le trône des Ailes.

— Tu me verras... il te suffit de tenir bon !

Mais au même moment, ses paupières se mettent à trembler et se referment sur ses beaux yeux bleus.

— Aveline ?

Son corps se relâche dans mes bras et son pouls finit par s'arrêter.

— Je suis sûre que nous pouvons trouver une potion sur le camp. Il suffit juste de voler jusqu'à une des tentes et de trouver une soigneuse.

Kallias s'agenouille derrière moi et me force à lâcher son visage. Ma peau s'est imprégnée de son sang et mes mains tremblent. La douleur me lacère la poitrine, arrachant de mes lèvres un cri d'agonie. Aveline Barisen vient de s'éteindre dans mes bras, et je n'ai rien pu faire pour la sauver. Cette jeune Aile, qui, comme beaucoup d'autres, a perdu la vie dans la plaine d'un royaume inconnu.

— Vini, regarde-moi !

Incapable de lui répondre, ni de le regarder en face, Kallias pose ses mains sur mon visage et dépose ses lèvres sur les miennes.

— Je n'ai pas su la protéger... j'ai failli à mon devoir !

— Tu n'es pas responsable de sa mort, Vinira, ôte-toi ça tout de suite de la tête !

J'en suis incapable. Je suis aveuglée par la souffrance. Son corps gît à côté de nous tandis que plus bas, les combats continuent.

— Nous devons y retourner, Vini !

Je ne peux malheureusement pas lui demander de me laisser ici avec elle quelques instants, le temps de pleurer cette seconde petite sœur, car un son de cor retentit au loin dans la plaine.

23

Je ne sais pas où j'ai puisé la force pour remonter sur le dos de Pyme, et suivre Kallias jusqu'en bas dans la plaine. J'ai abandonné une partie de moi-même à côté du corps inerte d'Aveline. Mon chagrin, ma joie, mes peurs, toutes ces émotions qui font de moi une humaine, qui me différencient de ces créatures que nous combattons sans relâche.

Quand les sons environnants me parviennent à nouveau, ce sont des bruits de lames qui s'entrechoquent et les hurlements de nos Guerriers que je perçois. Je suis à deux doigts de vomir la bile qui tapisse mon estomac, lorsque des effluves de sang et de chairs mortes s'engouffrent dans mes narines. Mais je n'ai rien à vomir. Je suis vidée de l'intérieur.

— *Vini, regarde-moi, nous devons continuer, il n'est pas question d'abandonner maintenant !*

La voix de Kallias dans mon esprit est le seul son qui me guide et m'apaise. Sa voix grave, mais réconfortante.

S'il n'avait pas été là, je serais restée en haut de la colline. Je ne sais pas si j'aurais trouvé la force de me relever. Mais ses mains chaudes sur mon visage, ses lèvres sur ma peau m'ont permis de me souvenir de mon rôle dans cette guerre. Je n'ai pas le droit au chagrin, pas maintenant.

Tu auras tout le temps de la pleurer une fois Thalion anéanti. Pense à toutes ces vies que tu dois encore sauver, Vini.

Aux abords de la forêt, Basil et Myrna font route vers nous au galop.

— Qu'est-ce qui t'a pris de partir comme ça ? Et sans nous prévenir en plus ! As-tu perdu la raison, princesse ?

La reine est furieuse et je la comprends, mais je n'ai pas la force de lui expliquer pourquoi j'ai foncé tête baissée dans les combats. Elle ne le comprendrait pas. Aucun d'eux ne le peut.

— Inutile de vous en prendre à elle, Majesté, me défend Kallias, Vinira voulait simplement aider nos Cavaliers !

— Tu n'as pas à t'adresser à moi sur ce ton ! hurle-t-elle. Tu n'es qu'un vulgaire Cavalier !

— Un vulgaire Cavalier qui se bat aux côtés de votre armée dans la plaine pour sauver le monde. Avez-vous si peu d'estime pour les hommes qui vous servent, Madame ?

Ce stupide affrontement entre eux me force à reprendre mes esprits.

— Ça suffit ! Je suis descendue défendre les Combattants parce qu'ils en avaient besoin. Que ça vous plaise ou non, Majesté, vous n'avez aucun ordre à me donner !

La reine fulmine de rage.

— Arran ne se serait jamais permis de me parler comme tu le fais, princesse !

— Nous allons très vite pouvoir le vérifier, répond Kallias en désignant du doigt un troupeau au galop derrière elle.

Mon cœur s'affole dans ma poitrine lorsque je réalise que c'est bien mon père qui s'élance vers nous, sur sa gigantesque pégase blanche. Isore galope à en perdre haleine, aussi majestueuse que dans mes souvenirs. Les larmes coulent à nouveau sur mon visage fatigué, mais dans la seconde qui suit, je me retrouve blottie contre la poitrine de mon père, entourée par ses bras protecteurs.

— Majesté, lancent en cœur les trois autres.

— J'ai volé aussi vite que j'ai pu lorsque les Stratèges ont annoncé que Thalion était sur le point d'apparaître ! Est-ce que tout va bien ? murmure-t-il près de mon oreille.

Son odeur enivrante m'arrache quelques instants à cette guerre meurtrière, et me replonge chez moi à Horswing, dans les jardins fleuris autour du palais. Je reste un moment à errer, seule, près de la rivière où se trouve la tombe de ma mère. J'imagine son magnifique visage qui me sourit, ses mains qui se glissent le long de mes joues roses, sa voix qui me murmure à quel point elle est fière de moi. Et puis, je me souviens ce que je dois faire pour me hisser à sa hauteur, ce que je dois entreprendre pour sauver mon peuple qui compte sur moi.

— *Vinira...*

La voix de Kallias dans ma tête, puis celle de Basil, Myrna et mon père autour de moi, me sortent peu à peu de mon état vaseux.

— ... de l'inconscience, voilà ce que je pense ! lâche la reine du Désert.

— Elle a risqué sa vie pour sauver ses hommes, Myrna, connais-tu beaucoup de personnes capables d'agir ainsi ? Vinira a toute ma confiance. Et tu dois apprendre à lui faire confiance, toi aussi !

Je lève la tête au même moment, et distingue le petit sourire satisfait sur le visage de Kallias. Mon père vient de remettre la tornade Myrna à sa place, tel un grand roi.

— Le son de cor qui a résonné il y a quelques minutes, qu'est-ce que c'était ? je demande alors.

— Thalion, me répond Basil, il a quitté son royaume.

— Combien de temps ? demande Kallias.

— Une heure... peut-être moins !

— Alors il est temps de prendre place, s'exclame le roi des Ailes.

***

En haut de la colline face à la mer de l'est, nos armées reforment les rangs. Mon père a amené des renforts supplémentaires d'Horswing car c'est ici qu'attaquera le roi des Ombres. Au moment où il quitte sa montagne, il regroupe ses troupes dans le seul but d'atteindre ceux qui détiennent ce qu'il convoite depuis si longtemps. Les pouvoirs des dieux et moi. L'héritière de l'homme qui, jadis, l'a maudit. Le condamnant à vivre éternellement comme un monstre dans les profondeurs des ténèbres.

En bas, dans la plaine, l'étendard de mon bataillon apparaît. Wyatt Mathew et ses hommes viennent d'arriver sur le champ de bataille. Je distingue la chevelure rousse de mon meilleur ami se soulever sur ses épaules au contact du vent. Plus loin, Maddor vient également de pénétrer dans la plaine. Des bataillons des quatre coins de ce monde viennent de se joindre à nous pour combattre l'armée que s'apprête à nous envoyer le roi des Ombres.

— Bois ça ! m'ordonne mon père en me tendant une petite fiole.

Je ne réfléchis pas et ingurgite la totalité du flacon dans la seconde.

— Cela va t'aider à te maintenir en forme pendant quelques heures ! Vous utiliserez vos trois pouvoirs ensemble, et tu pourras t'appuyer sur la force de la reine si tu te sens faiblir par moment. Tu ne seras pas seule !

C'est peut-être la potion qu'il m'a donnée ou bien mon courage qui a pris le dessus, mais je me sens tout à coup moins nauséeuse. Moins fatiguée. Moins triste.

— Père, vous devriez rester en retrait lorsqu'il arrivera. Je ne veux pas que vous soyez blessé.

— Ne t'inquiète pas. Je resterai à l'abri, mais je ne serai pas loin de toi.

Je tourne la tête vers Kallias, soucieuse de savoir ce qu'il va faire maintenant que j'ai retrouvé Basil et Myrna.

— Je ne te quitte pas d'un cheveu.

C'est ce dont j'ai besoin. Qu'il soit là, tout proche. Sentir sa présence m'aidera à faire jaillir les dernières forces qu'il me reste.

— Tu peux redescendre rejoindre tes hommes, lui lance Basil, alors qu'il ne lui a pas adressé la parole depuis des semaines.

Mon cœur tremble de désespoir. Basil a raison. Il n'a aucune raison valable d'être là.

— Il assure ma protection, déclare Arran avant que Kallias n'ait le temps d'ouvrir la bouche. Il restera avec moi, juste derrière vous.

Basil esquisse un sourire forcé, mais il ne peut rien rétorquer. Dès le départ, mon père a pris Kallias sous son aile. Dès le premier conseil des rois, il lui a donné une légitimité, et il sait à quel point j'ai besoin de lui à mes côtés.

Soudain, la terre tremble d'une violence inouïe sous nos pieds. Bien cramponnée au crin de Pyme, je me retiens de ne pas chuter au sol pendant les secousses qui durent plusieurs secondes. Les mêmes qu'à Tortagen, la nuit où la lune a disparu. Lorsqu'elles finissent par s'arrêter, l'armée des Ombres apparaît de nouveau à l'horizon. Des tâches sombres se dessinent dans le ciel et sur la mer.

— Bonté divine ! maugrée Basil.

Des milliers de créatures foncent dans notre direction. Je comprends rapidement que nous sommes en nombre insuffisant comparé à cette vague colossale, et que nous allons devoir nous servir de nos pouvoirs très rapidement.

Nous descendons tous les trois de nos montures, et avançons le plus près du bord de la colline. Pendant ce temps, mon père et Kallias se mettent en retrait dans la forêt.

La reine ferme les yeux et lève ses deux bras en l'air. Une vague jaillit de la mer, se dressant tel un gigantesque mur d'eau. Les créatures volantes se trouvent ralenties par cette vague spectaculaire, mais finissent quand même par la traverser. Ces bêtes sont coriaces.

Je ferme les yeux à mon tour et me concentre sur mon pouvoir. Il s'éveille aussitôt, me parcourant des pieds à la tête, et quand je rouvre les paupières, les monstres sont immobiles, figés par la puissance du vent que je viens de créer. Mais à l'intérieur de moi, je sens une puissance me résister, c'est comme si les créatures volantes repoussaient toutes ensemble mon pouvoir pour me forcer à lâcher prise.

— Résiste, beugle la reine du Désert, tandis qu'elle crée une nouvelle vague qui se glisse entre les créatures, les faisant chuter dans la mer.

— J'essaie mais... quelque chose m'en empêche !

— C'est Thalion ! Il est là !

Je lève mes yeux vers l'horizon et c'est ainsi que je l'aperçois, pour la première fois, de mes propres yeux. Les ailes gigantesques de Mithor sont reconnaissables entre toutes les autres. Deux grandes ailes noires déchirées, laissant apparaître son épais squelette. Sur son dos, le roi des Ombres, inchangé malgré les centaines d'années écoulées. Son visage est recouvert de marbrures noires remontant le long de son cou et recouvrant son visage. Ses cheveux bruns ondulent sous la force du vent en caressant ses épaules.

Quand Mithor atterrit dans la plaine entre les créatures des Ombres, elle pousse un cri strident, nous forçant à poser nos mains sur nos oreilles.

— *Le voilà !*

Entendre Kallias dans ma tête me donne l'impression qu'il est là, juste à côté de moi.

Thalion lève aussitôt la tête vers nous, vers moi. Ses yeux, même d'aussi loin, croisent instinctivement les miens, et un sourire pervers se dessine sur son visage. Mon cœur s'emballe dans ma poitrine avec une étrange impression d'être à sa merci. Il sait qui je suis. Au même moment, la gueule de Mithor s'ouvre et une vague de feu s'échappe de sa bouche, brûlant les Guerriers autour de lui dans la plaine.

— Myrna ! Je hurle de toutes mes forces.

La reine agite alors ses bras et crée une immense tornade d'eau qu'elle lâche au-dessus des Guerriers. La vague les recouvre quelques secondes juste le temps d'éteindre les flammes, mais pour eux, il est trop tard, Mithor les a brûlés vifs, et les hommes gisent désormais inconscients sur le sol.

Basil lève les bras à son tour, et la terre se met à trembler sous les sabots de Mithor. Autour du monstre, le sol se craquelle, formant des cratères, isolant le roi des Ombres du reste de nos Guerriers. Je rajoute une bourrasque de vent et le morceau de terre se soulève aussitôt à quelques mètres au-dessus du sol.

Mithor s'envole et prend de l'altitude. Sa gueule s'ouvre, laissant échapper un cri d'agacement. L'animal s'énerve, et la peau de son cou recommence à prendre une teinte rouge. De la couleur du feu.

Je me précipite au bord de la falaise. Il va diriger ses flammes sur nous, et je dois l'en empêcher.

Mes paupières se ferment et tandis que je laisse mon pouvoir s'emparer de mon corps, j'entends une voix suave chuchoter dans ma tête. *Je t'aime.* C'est ce dont j'ai besoin pour provoquer une tornade au-dessus du roi des Ombres, le repoussant sur des centaines de mètres en arrière.

— Magnifique, crie Myrna tandis que des trombes d'eau emportent les créatures au sol dans la plaine.

Quand je relâche les bras, je me sens comme vidée d'un énorme poids. Thalion résiste, et son pouvoir contre le mien me demande bien plus d'efforts que je ne l'aurais imaginé. C'est comme si un étrange lien nous relie l'un à l'autre. Une malédiction si puissante qui lui permet de savoir qui je suis, où je suis, et que pour se libérer de ses chaînes, il va devoir me tuer.

— Par les dieux, hurle Myrna, le regard figé dans la plaine.

Au même moment, des milliers de monstres surgissent de la mer et foncent droit sur nos armées. À ma gauche, Basil, choqué, a la bouche grande ouverte. Myrna a les bras tremblants et est incapable de bouger.

— Myrna, faites quelque chose !

— Je... je n'y arrive pas, j'ai besoin de me recharger, et nous sommes trop loin de la mer !

— Allez-y, tous les deux, je vous couvre d'ici ! je lance.

— En es-tu sûre ? Il va revenir !

— Alors dépêchez-vous ! Nos hommes ont besoin de vous, Majesté. Nous avons quelques minutes avant que Thalion ne réapparaisse. Je vais y arriver !

Myrna s'approche de moi et prend ma main dans la sienne en croisant nos avant-bras.

— Bonne chance, princesse, lâche-t-elle avant de monter sur son cheval noir et de descendre au galop avec Basil.

En quelques minutes, ils rejoignent les Combattants. Les volantes réapparaissent lentement à l'horizon mais sont encore bloquées par l'immense mur de vent que j'ai créé quelques minutes plus tôt. Je balaie rapidement du regard la plaine, et assiste impuissante à la chute de milliers de nos hommes. J'essaie de me persuader qu'Alden va bien, que mon bataillon est intact et que Mélione, mon oncle et tous les autres sont toujours en vie.

— *Nous repoussons des créatures dans la forêt*, m'informe Kallias.

— *As-tu besoin d'aide ?*

— *Non. Elles ne sont pas très nombreuses, on s'en occupe !*

— *Mon père...*

— *Je le protègerai jusqu'à ma mort !*

— *Ne meurs pas, je t'en prie !*

Les créatures de Thalion sont si nombreuses qu'elles ont réussi à nous encercler de tous les côtés pour nous mettre en difficulté.

J'aperçois la chevelure noir corbeau de Myrna qui a enfin atteint la mer. Au contact de l'eau, ses pouvoirs se régénèrent et elle noie tous les monstres qui tentent de s'approcher d'elle. Autour d'elle, un mur invisible s'est créé, un mur de vent si puissant qu'aucune créature n'arrive à traverser. Basil est près d'elle, et déforme la terre en rochers qui s'écrasent sur nos ennemis. Leurs pouvoirs sont en osmose, alors qu'il y a quelques semaines encore, Basil et moi en étions dépourvus.

Soudain, des grondements démoniaques se font entendre derrière moi. Trois créatures s'approchent, les bras brandissant des épées et des haches. Merde. Elles ont dû s'échapper de la meute que combat Kallias dans la forêt.

Une première créature se dirige vers moi, prête à me trancher en morceaux. Je saisis mon épée et nos lames s'entrechoquent. Une odeur nauséabonde émane de son visage presque collé au mien. Je me dégage et passe ma lame le long de son abdomen. La créature se sépare en deux morceaux et s'écroule sur le sol.

— J'ai de la visite, Kallias.

— J'arrive.

— NON ! Protège le roi des Ailes. Je gère !

Sur le moment, je le pense sincèrement, mais quand je remarque la deuxième créature s'avancer dans ma direction, mon cœur martèle dans ma poitrine. Démir Polk. Mon camarade des Ailes. Mort, debout devant moi. Ses yeux dépourvus de pupilles sont comme ceux de Thalion. Kallias a dit qu'il était tombé de sa pégase lors d'une des vagues, et à l'évidence, personne n'a pu brûler son corps. Autrefois, il était l'ami de mon ennemi juré, Jasper Stohl. Mais depuis que nous avions découvert que nous étions des Ailes tous les deux, nous avions enterré nos rancœurs du passé. Même s'il ne faisait pas partie des gens que je porte dans mon cœur, le voir face à moi dans cet état me procure une sensation désagréable.

L'homme que j'ai connu autrefois n'est plus. Dans ses yeux injectés de sang, je ne lis que de la rage et de la folie. Il se dirige vers moi en même temps que la dernière créature. Je les repousse en un coup de vent sur le sol de la colline.

Mes mains tremblent, incapables de planter une lame dans le cœur de mon ancien allié. La culpabilité m'envahit alors. Je n'ai pas su le protéger, lui non plus. Tout comme je n'ai pas su protéger Aveline. C'est à moi de tuer Thalion. De briser cette malédiction qui dure depuis bien trop longtemps.

Pendant qu'ils se relèvent, je remonte sur le dos de Pyme, prête à décoller, mais au même moment, au-dessus des deux créatures, apparaît une immense pégase noire. Mithor atterrit sur la colline et déploie ses immenses ailes déchiquetées face à moi. Lorsqu'elle se redresse, je réalise qu'elle fait presque deux fois la taille de Pyme. Le visage de Thalion surgit juste au-dessus du crâne de sa monture. Ses yeux noirs me toisent tandis que ses lèvres se retroussent de façon perverse.

Étrangement, je ne tremble plus. Je devrais fuir, m'envoler, retrouver Basil et Myrna pour les prévenir, mais j'en suis incapable. Assise sur Pyme, comme mes ancêtres avant moi, je fais face à l'ennemi le plus dangereux que le monde ait jamais connu. Je sais que Mithor ne me fera aucun mal, car si son maître veut mon pouvoir, il va avoir besoin de moi en vie.

Thalion lance sa jambe par-dessus la bête et en descend. Démir et l'autre créature sont immobiles, postés derrière les ailes désormais repliées de la pégase maudite, observant leur roi se diriger lentement vers moi.

Ma jambe se décolle du flanc de ma pégase, et mes pieds se rejoignent pour toucher le sol de la colline. Tout en fixant mon ennemi, ma main frappe la croupe de Pyme pour qu'elle s'éloigne et me laisse seule face à lui. Je dégaine ma grande épée avec sa lame bleue scintillante. Le roi me regarde et se met à sourire. Il sait pertinemment qui je suis, mais il ne m'intimidera pas. Je dois le tuer. Je dois le faire pour préserver les générations futures.

Thalion approche son poing de son visage et dans un geste presque délicat, il ouvre sa grande main à plat. Puis, il se met à souffler dessus, et une immense flamme en jaillit.

Mes réflexes sont rapides. Je tends ma main dans sa direction, et repousse d'un coup de vent la flamme vers lui. Le feu le recouvre entièrement et l'engloutit. Thalion brûle quelques instants avant que le bûcher ne s'éteigne et qu'il apparaisse à nouveau face à moi.

Mon arme brandie, je rassemble mon courage et fonce sur lui. Il dégaine à son tour une épée gigantesque. Nos lames se croisent et s'entrechoquent. Thalion est fort, puissant. La mort lui donne une force surhumaine. Un sacré avantage. Je suis obligée de forcer sur mon pouvoir pour le repousser alors que lui ne semble ni fatigué, ni essoufflé par mes attaques. Son visage est un mélange de beauté et de terreur. Il est rapide, trop rapide. J'essaie de frapper au niveau de son thorax, dans le seul but d'atteindre son cœur, mais il n'est pas dupe, et sa lame empêche chaque fois la mienne d'atteindre son but.

Pyme hennit derrière moi, paniquée à l'idée que je puisse être blessée.

— Je vais bien, ma belle !

Thalion en profite pour se jeter sur moi. Sa lame s'écrase sur la mienne. Elle finit par s'appuyer tellement fort qu'elle me glisse des mains, et finit sur le sol à plusieurs mètres de moi. Merde. Je dégaine mes dagues bleues que je lance les unes après les autres dans sa direction. Mais avant qu'elles ne l'atteignent, elles se mettent à brûler et finissent en cendres.

Debout, face à lui, je réalise alors que je n'y arriverai pas seule.

— Kallias... j'ai besoin que tu trouves Myrna et Basil, ça urge !

Le roi me toise et sourit. Il sait que je suis en difficulté face à lui. Et Kallias ne me répond pas...

Ma respiration commence à se faire difficile. Je brandis mon arc pour essayer de retarder le plus possible le moment où Thalion décidera d'en finir avec moi. Car pour le moment, il est en train de jouer. Il s'amuse à me torturer. Au bord de la falaise, il jette un coup d'œil aux combats en contrebas. Nos armées réduisent ses monstres en poussière, mais il s'en moque. Il veut que tout le monde le regarde, perché sur le haut de la colline, et l'observe accomplir ce pourquoi il venu. Me tuer. Avant de s'en prendre à Basil et à Myrna.

— Je ne te laisserai jamais prendre mon pouvoir !

Ma menace ne semble lui faire aucun effet car son sourire ne fléchit pas. Thalion fait un pas vers moi, son épée en main, en ne me lâchant pas du regard. Je décoche une première flèche qui finit en cendres avant d'atteindre sa cible. Son pouvoir est spectaculaire, il n'a même pas besoin de lever le petit doigt pour repousser mes attaques. Comment allons-nous pouvoir le tuer ? Quelles sont ses failles ? Il en a forcément. Le roi continue d'avancer vers moi tandis que je recule en arrière sur la falaise. Il n'est pas question que je fuie. Je dois réussir à le tuer. Pour ma mère. Pour Aveline. Pour nous tous.

— Tu ne deviendras jamais un dieu, Thalion. Pas après avoir embrassé les ténèbres.

Je décoche une seconde flèche qui finit comme la précédente. En poussière aux pieds de l'ancien roi du Feu.

Mes pieds s'approchent de plus en plus du bord de la falaise. Pyme hennit et secoue énergiquement ses ailes blanches. En bas, je n'aperçois ni Basil, ni Myrna. Que font-ils, bon sang ? Ont-ils décidé de s'allier pour me regarder périr ? Mon père et Kallias ne doivent pas être loin, mais ni l'un ni l'autre ne sont là. Je suis seule, en haut de cette colline, face à la mort.

Au moment où je suis prête à accepter que mon heure soit arrivée, une flèche surgit de nulle part et frôle de peu le roi maudit. Surpris, Thalion détourne aussitôt la tête. Il se redresse et les traits de son visage changent. Je cherche du regard à l'entrée de la forêt, et découvre Kallias, le visage collé à la corde de son arc, prêt à recommencer.

Mon cœur tambourine dans ma poitrine. Kallias, comme toujours, prêt à tout moi. Les boucles de ses cheveux se soulèvent sous l'agitation du vent. Son visage pâle comme la neige luit de mille feux sous le reflet de la lune de sang. Un homme courageux, prêt à affronter la pire créature du monde pour… moi.

Le roi reste figé un moment à dévisager l'homme qui est venu me sauver. Puis, contrairement à tout raisonnement logique, Thalion lâche son épée à ses pieds. Que fait-il ? Est-ce une technique ultime pour nous déstabiliser avant de nous tuer ? Kallias ne sait pas que Thalion est capable de nous blesser sans lever le moindre petit doigt.

Je suis prête à décocher ma troisième flèche, même si je sais qu'il la détruira encore une fois. Je ne veux pas qu'il s'en prenne à Kallias. C'est moi qu'il veut. Moi et mon pouvoir. Mais mon regard est obnubilé par l'émotion que je distingue sur son visage. Une émotion étrange, intrigante. Thalion est immobile, puis sourit à nouveau. Probablement pour nous montrer qu'il ne nous craint pas et que nous n'avons aucune chance contre lui.

— KALLIAS, VA-T-EN !

Mais il ne bouge pas. Thalion et lui sont immobiles et se fixent l'un l'autre. Je vois la poitrine de Kallias se soulever au rythme de sa respiration haletante. J'en profite pour décocher une flèche, profitant que Thalion soit de dos, mais elle finit en poussière, comme les précédentes. C'est alors que Thalion fait un pas vers lui.

— KALLIAS, NON, SAUVE-TOI !

Je me précipite vers lui, mais Thalion me repousse et me fait tomber sur le dos. Une force invisible me cloue au sol, serrant ma gorge de plus en plus fort.

— Kalliaaaas…

— LÂCHE-LA ! hurle-t-il au monstre.

L'air ne parvient plus jusqu'à mes poumons. Je ne peux plus respirer. Un froid glacial traverse ma poitrine jusqu'à mes mains. Thalion est en train de me tuer, sans même me toucher. J'arrive juste à tourner la tête pour voir un sourire satisfait sur son visage terrifiant.

Kallias encoche une autre flèche tout en fixant le roi qui fait un pas de plus vers lui.

J'essaie d'agripper l'herbe au sol pour tenter de me redresser. Ma gorge est toujours serrée par une main invisible, et des bourdonnements affluent à présent dans mes oreilles. J'entends à peine Kallias ordonner encore une fois à Thalion de me lâcher. Où sont Basil et Myrna ? Bon sang. Je vais mourir ici. Nous allons tous mourir. Mon père qui combat à quelques centaines de mètres va me découvrir morte, emportée par la puissance de Thalion. Lui qui s'est sacrifié pour me sauver. Tout ça n'aura servi à rien. Tous ses sacrifices auront été vains. Le roi des Ombres est bien trop puissant, face à une Cavalière inexpérimentée comme moi. Comment ai-je pu imaginer un seul instant que j'arriverais à me débarrasser de ce monstre, alors que tant d'autres ont échoué avant moi ?

— *Kallias, je... je t'aime.*

Mes yeux déversent les dernières larmes de mon corps, essayant de fixer une dernière fois l'homme que j'aime.

Mes paupières commencent à s'alourdir. J'entends à peine Kallias marmonner, puis le son d'une corde lâchée, celui d'une flèche décochée. Mes yeux se plissent pour essayer de comprendre ce qui vient de se passer. Mais contrairement aux fois précédentes, la flèche ne s'est pas transformée en poussière. Elle vient de transpercer de plein fouet la poitrine de Thalion. Kallias est debout, et abaisse son arc triomphant. Le roi des Ombres tombe à genoux, au bord de la colline, tandis que Mithor pousse un rugissement de douleur. Les yeux larmoyants de Thalion fixent un instant celui qui lui a porté le coup fatal avant de s'écrouler sur le sol de la plaine. Mort. La force invisible me relâche, et j'inspire de toutes mes forces pour chercher de l'air.

Mithor pousse un dernier rugissement assourdissant, avant de s'éloigner fébrile dans les airs.

Kallias se précipite vers moi et me prend dans ses bras.

— Tu n'as rien ?

Encore sous le choc, je ne parviens pas à comprendre ce qui s'est passé.

— Il... il est mort ?

Il se tourne vers lui et observe un moment le corps inconscient de Thalion.

— Je crois que oui !

En bas, dans la plaine, les combats ont cessé. Tout le monde a les yeux rivés sur Kallias, en haut de la colline, qui vient de tuer d'une seule flèche le roi des Ombres.

24

Les bras de mon père autour de mon cou. Les cris de joie des guerriers dans la plaine. Le sourire de Kallias. Le corps inerte de Thalion à quelques mètres de nous.

Nous venons de remporter la guerre. Mais cette victoire est différente de toutes les précédentes. Car cette fois-ci, le roi est mort. La flèche bleue tirée par l'arc de Kallias lui a été fatale.

Tout est allé si vite que je ne réalise pas encore ce qui vient de se passer. Comment la flèche de Kallias a-t-elle pu atteindre Thalion alors que toutes les miennes ont été réduites en cendres ? Le ciel est encore sombre, et la lune aussi rouge que le sang qui coule dans la plaine.

— Tu as réussi, Vinira. Tu as combattu avec beaucoup de courage, je suis tellement fier de toi.

Mon père est ému aux larmes. Ses lèvres chaudes sur mon front me font un bien fou. Nous avons réussi.

Myrna et Basil arrivent au galop sur leur monture. Comme tous les Combattants de la plaine, ils ont vu Thalion tomber à genoux. Comme tous, ils ont vu Kallias abattre le roi des Ombres d'une seule flèche. Leurs yeux se posent sur le corps inerte du roi et sur Kallias par intermittence. Aucune émotion n'est lisible sur leur visage, à part de la stupéfaction.

— Il faut brûler son corps sur le champ, aboie Myrna.

***

Nous arrivons aux écuries de Deerwood en fin de journée. Certains bataillons sont restés sur le champ de bataille, le temps de faire état du nombre de morts et de brûler les derniers cadavres. J'ai fait le trajet aux côtés des autres souverains, de mon père et de la garde rapprochée des rois, dans le plus grand des silences car la fatigue était plus forte que la joie.

— Mon palais sera le vôtre aussi longtemps que vous le souhaitez, déclare Basil tandis qu'il descend de Wolls.

— Je ne compte pas m'éterniser ici plus d'un jour, le royaume du Désert va avoir besoin de se remettre sur pieds.

— Vos chambres sont toujours disponibles au palais. Je pense que nous avons tous besoin de plusieurs heures de sommeil, et nous parlerons demain matin de notre avenir tous ensemble.

Basil a raison. Avant que chacun ne reparte dans son royaume, nous devons édifier de nouveaux accords de paix. La Guerre des Ailes a fragilisé l'entente entre les royaumes, et cela ne doit en aucun cas se reproduire.

En remontant en direction du palais, une jeune femme arrive en courant jusqu'à nous. Ce n'est que lorsqu'elle se jette dans les bras de Basil que je me souviens que Réna Fells est toujours la fiancée promise à Basil. Les larmes roulent sur ses joues. De bonheur. De soulagement. Mal à l'aise, je décide d'avancer pour les laisser se retrouver en toute intimité.

Kallias est resté sur le champ de bataille et arrivera d'ici quelques heures. Son absence me pèse déjà. J'ai tant espéré que cette guerre se termine pour pouvoir le retrouver.

Lorsque je pose ma tête sur le lit de ma chambre avec vue sur les jardins, je m'endors le visage face au ciel, qui peu à peu perd sa belle couleur rouge pour laisser place à une somptueuse nuit, éclairée par la voluptueuse lune blanche.

***

L'aube. La fraîcheur de l'automne et les premiers rayons du soleil me font ouvrir les paupières sur une nouvelle ère. Un monde où Thalion n'existe plus.

Je trempe rapidement mes pieds dans l'eau chaude et savonneuse de la baignoire, puis je me glisse dans l'une des robes mises à ma disposition dans la chambre. Impatiente de revoir mes amis, je descends rapidement les centaines de marches qui mènent aux jardins.

À peine la tête sortie dehors, je suis éblouie par la puissance du soleil qui rayonne à nouveau dans le ciel de notre monde. Combien de temps la lune rouge a-t-elle rayonné cette fois-ci ? Des jours ? Des semaines ? J'en ai complètement perdu la notion du temps. Mais peu importe. Car nous avons réussi l'impensable. La malédiction s'en est allée avec Thalion. Je ne suis plus liée à lui. Aucun autre hériter des Ailes après moi ne connaîtra la fureur du roi des Ombres.

Quand j'arrive près de l'arène où les Combattants arrivent par centaines, je croise immédiatement le regard d'Alden sous ses cheveux roux flamboyants. L'émotion me submerge. Je cours et lui saute dans les bras. Ses mains s'enroulent fermement autour de mon dos et me soulèvent pour me faire tournoyer dans les airs.

— Tu as réussi, murmure-t-il dans le creux de mon cou avant de me faire redescendre.

Ses mains chaudes se collent contre mes joues.

— Kallias a réussi, je rectifie.

— J'ai vu. Nous l'avons tous vu tuer Thalion. Mais ce que tu as fait tout au long de cette guerre était formidable. Tu as montré au monde le courage qui t'habite.

Wyatt Mathew s'avance vers moi, l'air joyeux, mais à la fois gêné par notre dernière discussion. Je lui ai demandé de ne rien dire pour ma relation avec Kallias. Et il a accepté à contrecœur après avoir manigancé avec Ismène pour nous éloigner l'un de l'autre.

Mais je ne suis pas rancunière. Le voir sain et sauf, face à moi, me fait aussitôt oublier nos différents, et je le prends à mon tour dans mes bras.

— On a gagné ! murmure-t-il.

— Vinira !

La voix grave de Damon Fros s'élève derrière moi. Ses longs cheveux blonds tressés sont recouverts de sang et de terre, mais il a l'air en un seul morceau. Dieu merci !

Au fur et à mesure, de nombreux Combattants défilent devant moi et m'enlèvent à chaque fois un poids en moins dans la poitrine.

— Damon, où est le Commandant ? Où est Rickel ?

L'expression que je lis sur son visage me fait froid dans le dos.

— Il n'a pas survécu !

— Non !

— Je suis désolé, Vinira ! Ils ont été attaqués par des centaines de volantes et son bataillon a connu de lourdes pertes. Très peu de ses hommes sont revenus.

La boule au ventre, je croise au même moment le regard vide d'Arlie Manson posé sur moi. À la mort de mon ancien Commandant se rajoute celle d'Aveline. L'image figée de son visage me revient avec violence, aussi brutalement que je l'ai perdue. Les liens qu'avaient tissés les deux femmes ces derniers jours étaient forts et intenses. Cette petite d'Horswing avait profondément touché mon cœur, et je comprends ce que ressent Arlie en cet instant. Lorsque j'avance vers elle, les larmes roulent sur ses joues, et je ne peux m'empêcher de la serrer de toutes mes forces dans mes bras.

— Merci... pleurniche-t-elle.

— Pourquoi ?

— Pour avoir tout tenter pour la sauver. On m'a raconté ce que tu as fait pour elle...

— Ne me remercie pas. Je n'ai pas su la protéger !

— Tu as fait bien plus ! Tu lui as permis de combattre à tes côtés, et elle en était très fière. Elle t'admirait énormément.

Ses paroles sont comme une lame qui me transperce et me déchire de l'intérieur. Aveline. Zielle. Je ne sais pas comment je vais pouvoir continuer sans elles.

Elle se dégage de mon étreinte et s'agenouille face à moi en posant le poing sur son cœur.

— Majesté, je jure sur ma vie de vous apporter mon aide et de vous protéger jusqu'à ma mort !

Arlie est en train de me prêter serment, au beau milieu d'une foule qui n'aspire qu'à prendre un bon bain et dormir à poings fermés. À côté d'elle, Damon s'agenouille également, effectuant le même geste symbolique que la jeune Guerrière. Ainsi que mon meilleur ami Alden.

Leur promesse me fait chaud au cœur. Malgré leur appartenance à un autre royaume, je sais que je pourrai toujours compter sur eux.

— Relevez-vous ! je marmonne émue.

En haut de la colline, le regard de Réna Fells qui n'en a pas perdu une miette croise le mien. Elle m'offre son plus beau sourire accompagné d'un discret signe de la main que je lui rends aussitôt.

Puis, un tonnerre d'applaudissements et de cris de joie retentit autour de nous. Le bataillon des montagnes arrive enfin à Deerwood avec à sa tête, Kallias Felirson, le héros de cette guerre. Le Guerrier qui a vaincu Thalion.

Mon cœur s'emballe dans ma poitrine lorsque je le vois traverser les rangées de Combattants, en les saluant timidement, assis sur sa pégase.

— Il a la classe d'un grand roi, lâche Damon à côté de moi.

— Ça ne fait aucun doute !

J'imagine ce qu'a dû ressentir Kallias lorsqu'il a compris qu'il n'était pas l'héritier des Ailes. Lui qui a le charisme d'un grand chef, la force d'un puissant Guerrier et la grâce d'un Cavalier. Aujourd'hui, cette victoire est la sienne, et je suis heureuse de voir à quel point l'homme froid et énigmatique de Tortagen est acclamé comme un héros par des milliers de Combattants des quatre coins du monde.

Derrière lui, mon oncle, le prince Maddor d'Horswing, le visage marqué par la fatigue, mais vivant. Leur bataillon est bien moins imposant que lorsqu'il est parti. J'observe un à un les hommes et femmes qui apparaissent sous mes yeux. Puis un mauvais pressentiment me vient lorsque je réalise que je n'aperçois pas Mélione. Où est-elle ? Je ne peux pas envisager qu'elle ne soit pas là. Pas elle. Je ne le supporterai pas.

Teivel passe alors devant moi et j'attrape son bras en marche.

— Vinira ! Ravie de te revoir !

— Moi aussi ! Mélione ! Où est Mélione ?

Ses yeux balaient mon visage, mais il ne répond pas. Un froid mordant s'insinue dans mon corps, faisant monter les larmes au coin de mes yeux. C'est alors qu'une main chaude se pose sur mon épaule.

— Tu croyais que tu allais te débarrasser de moi comme ça ?

Une voix douce et provocatrice résonne dans mes oreilles. Je tourne la tête brusquement et je découvre le visage angélique de ma meilleure amie. Une grosse balafre rouge traverse la peau fine de sa joue, mais elle semble en un seul morceau. Les lèvres entrouvertes, je reste figée un moment à la dévisager.

— Tu vas rester plantée là ou tu vas venir m'embrasser ?

Je lui saute au visage, soulagée.

— Putain, ce que j'ai eu peur, pendant un instant j'ai cru que...

— Eh, je suis là ! Tout va bien ! Tout est fini, d'accord ?

Je hoche la tête et j'expire de soulagement. Elle est vivante.

***

Basil a mis à disposition un des salons de son palais, sur la demande de mon père, pour que les Ailes puissent se réunir. Mes camarades de Tortagen sont tous présents, sauf un. Démir. L'image de son corps transformé en créature des Ombres est toujours présente dans mon esprit. Qu'est-il advenu après la mort de Thalion ? A-t-il fui ? S'est-il fait tuer par l'armée de mon père ? Tout est allé si vite et beaucoup de questions restent encore sans réponses.

— Tout va bien ?

La voix de Kallias me sort de mes pensées. Sur la terrasse qui donne sur les jardins flamboyants, les rayons du soleil passent sur le visage de cet homme qui fait chavirer mon cœur.

Derrière nous, mon père, ses conseillers et les autres Ailes présents énumèrent les pertes que nous avons subies.

— Oui… je vais bien. Nous avons perdu beaucoup d'hommes, et je ne peux m'empêcher de songer à ceux que nous ne reverrons jamais.

Je meurs d'envie de me jeter dans les bras de Kallias pour qu'il me réconforte, mais je me retiens. Même si cette guerre est finie, nous ne sommes pas encore à Horswing, et je n'ai pas le désir de partager notre intimité.

— Tu as été acclamé en héros tout à l'heure !

Ses yeux se perdent sur l'immensité des plaines qui s'étendent à perte de vue.

— Pourtant, c'est toi qui l'as combattu…

— … Mais c'est toi qui l'as tué !

— Je ne voulais pas te voler la vedette. J'ai juste agi pour te protéger.

— Eh ! Ce n'est pas parce que j'ai le pouvoir des Ailes que c'était à moi de le tuer. Je suis très fière de ce que tu as accompli, Kallias. Cette gloire te revient à toi et à toi seul.

— Je ne pense pas que Myrna et Basil ont le même ressenti que toi.

— Je me fous de leur avis. Tu es un homme des Ailes et tu appartiens à Horswing. Tu as sauvé leurs fesses autant que les nôtres. Je pense qu'ils ont été surpris que Thalion soit tué. Dans nos rêves les plus fous, chacun de nous l'avait espéré, mais personne ne pensait cela possible.

Kallias porte son verre de vin à ses lèvres sans lâcher des yeux la vue que nous offre le royaume de Deerwood.

— D'ailleurs, j'ai toujours du mal à comprendre ce qui s'est passé. Il a réduit en cendres toutes mes flèches, tout en me maîtrisant au sol, mais pas la tienne. Comment l'expliquer ?

Kallias se tourne vers moi, ses yeux ébène plongés dans les miens.

— Je n'en ai aucune idée, Vinira !

— Il les a détruites en un battement de cil, sans même bouger le petit doigt, sans même les voir. Mais la tienne lui a transpercé le cœur.

Évoquer cet instant qui nous a permis de mettre fin à cette guerre a l'air de l'embarrasser. Pourtant son geste a été héroïque, même si chacun de nous imaginait que tuer Thalion se révèlerait bien plus difficile.

— Nous n'aurons pas la réponse à cette question. L'important est que nous soyons débarrassés pour toujours de l'armée des Ombres.

Oui, il a raison.

— Kallias, Vinira, approchez !

La voix de mon père nous interrompt et nous rejoignons les Ailes autour de la table.

— Maintenant que la guerre est terminée, il est temps pour nous de parler de l'avenir, annonce-t-il. Cette guerre est finie, mais il ne faut pas oublier qu'il y a encore quelques semaines, les trois royaumes étaient ennemis. Cet après-midi, je vais me réunir avec Myrna et Basil pour établir de nouveaux accords entre nos royaumes. Même si nous devons tirer un trait sur le passé, il ne faut néanmoins pas l'oublier. L'homme est capable de commettre les pires actes pour arriver à ses fins. Ces accords permettront de protéger Horswing...

Tirer un trait sur le passé... sur la mort de ma mère et la torture de mon père. C'est difficile de songer à cela sans ressentir une profonde amertume. Mais nous n'avons pas le choix. Nous devons aller de l'avant.

— ... Ce soir, Basil organise un grand banquet pour fêter notre victoire.

Tout le monde est ravi autour de moi de pouvoir célébrer cette nouvelle page qui se tourne.

— Pour ceux d'entre vous qui souhaitent y participer, vous êtes les bienvenus.

— Vous ne comptez pas y aller ? je demande surprise.

— J'ai décidé de rentrer à Horswing après le conseil des rois, avec Maddor. Une bonne partie de l'armée souhaite retrouver rapidement sa famille.

— Nous pouvons tous rentrer avec vous, lâche Ismène qui n'a pas l'air d'avoir envie de s'éterniser ici plus longtemps.

— Vous pouvez rester si vous le souhaitez. Deerwood vous accueillera le temps que vous le désirerez. La reine du Désert partira également cet après-midi pour le Désert. J'ai beaucoup de tâches à préparer, et je ne compte pas m'éterniser ici.

— Quel genre de tâches ? je l'interroge.

— J'ai laissé Horswing entre les mains expertes de Pelian Hools, mais il y a un couronnement à organiser rapidement.

Mon cœur s'emballe dans ma poitrine. Tous mes camarades des Ailes me fixent, le sourire aux lèvres.

— Mon règne a assez duré. Et le pouvoir des Ailes doit régner sur Horswing.

— Vous souhaitez que je rentre avec vous dès aujourd'hui ?

— Non, reste ici pour le banquet. Après ce que nous venons de vivre, tu as mérité de profiter de cette soirée en compagnie de tes amis. Reviens juste à Horswing dans deux jours, que tu puisses prendre la place de ton vieux père.

Dans deux jours... je deviendrai reine.

— Je resterai ici pour veiller sur elle, avoue Kallias.

— Moi aussi, lance Tieran.

Ismène, dont le sourire a définitivement disparu de son visage, déclare préférer rentrer avec mon père, ainsi que Sorin et Teivel.

— *Tant que tu veux de moi, je reste avec toi*, murmure Kallias dans ma tête.

— *Je voudrai toujours de toi.*

Un léger sourire se dessine sur son visage tandis que notre petite réunion prend fin.

Le conseil des rois a duré presque trois heures. Des dizaines d'accords ont été établis puis signés par les rois et la reine. Un traité de paix pour garantir la sécurité pérenne de nos royaumes.

Mon père s'est envolé avec une grande partie de l'armée des Ailes aussitôt après. La reine du Désert a aussi pris rapidement le chemin pour rejoindre le royaume du Désert, avec la totalité de son armée.

Mon père voulait me laisser quelques hommes de sa garde pour me protéger, mais j'ai refusé. Entourée de Kallias, Tieran, et dotée de mon pouvoir des Ailes, je n'ai pas vraiment besoin de protection supplémentaire.

Le banquet de ce soir s'annonce festif, et j'ai hâte de pouvoir passer une dernière soirée avec mes amis, en tant que Vinira Fadyenaï avant de devenir la nouvelle reine d'Horswing.

25

— Je suis tellement heureuse que tu sois restée pour le banquet de ce soir, s'esclaffe Mélione tandis qu'elle démêle l'épaisse masse de mes cheveux.

Dans le miroir de la coiffeuse, elle semble plus pétillante que jamais. Malgré la blessure au visage que lui a laissé une créature des Ombres, ma meilleure amie est resplendissante.

— Moi aussi. J'ai envie de passer un peu de temps avec toi et Alden avant de partir pour Horswing.

— Tu te rends compte, Vini, dans deux ou trois jours, tu deviendras une reine ! Je n'en reviens toujours pas !

— Non, j'ai encore beaucoup de mal à réaliser. Tout est allé si vite !

— Je pourrai venir te rendre visite une fois que tu seras couronnée ?

Je pose ma main sur son poignet.

— Évidemment que tu le pourras ! Quelle question ! Ce n'est pas parce qu'on va me poser une couronne dorée sur la tête que je vais oublier qui je suis et d'où je viens. Tu es ma meilleure amie ! Tu es la bienvenue à Horswing, et tu pourras venir aussi souvent que tu le désires. D'autant que je suis persuadée que tu ne viendras pas que pour moi.

Elle détourne le regard du mien et ses joues prennent une jolie teinte rosée.

— Je suis ravie qu'on passe la soirée ensemble tous les quatre. Moi et Tieran. Toi et Kallias.

— Même si nous allons continuer de faire semblant qu'il ne se passe rien entre nous.

— Pourquoi continuer à vous cacher ? La guerre est finie !

— La guerre est finie, mais nous sommes toujours ici. Une fois chez nous, nous serons libres de faire ce que nous souhaitons. Ici, je me sens observée à chaque fois que j'ouvre la bouche. Et il y a Basil. Je ne veux pas qu'il prenne cela comme une provocation. Surtout après notre fugue de Tortagen.

— Basil va épouser Réna. Je pense qu'il s'est fait une raison. Et puis tu es sa cousine.

Elle a raison. Mais cette décision ne me concerne pas uniquement. Elle concerne également Kallias.

— Est-ce que ma robe te plaît ?

— Tu es sublime, Mél. Si Tieran n'est pas déjà fou amoureux de toi, il va le devenir dès ce soir lorsqu'il te verra.

Nous rions aux éclats toutes les deux.

— Aide-moi à attacher la mienne ! je lui demande.

Je range les boucles de mes cheveux sur le devant de ma poitrine tandis que Mélione croise les morceaux de soie de ma robe dans mon dos. Dans le reflet de ma coiffeuse, ses yeux s'attardent sur les cicatrices de mon dos. La marque laissée par l'ours quelques mois plus tôt, le V dont m'a marquée Maddor lorsque j'étais enfant. Toutes ces traces gravées dans ma chair font partie de moi. Elles racontent mon histoire.

Les doigts de Mél se glissent dans les miens et nous nous observons un moment face au miroir. Émues. Heureuses d'être là, ensemble, en vie, et pressées de passer cette dernière soirée ensemble avant de commencer une toute nouvelle vie.

***

La salle du banquet a été décorée avec soin pour l'occasion. De grandes nappes blanches ornent les tables agrémentées de magnifiques bouquets de fleurs des jardins. Ce soir, des centaines de personnes sont attendues. Les Guerriers de Deerwood seront en majorité car les hommes du Désert et des Ailes ont préféré rentrer chez eux, plutôt que de célébrer la victoire ici. Mais cela n'a pas d'importance. Aujourd'hui, il n'y a plus de rancœur entre les royaumes, et je me sens toujours l'âme d'une Guerrière de Deerwood.

Je n'oublie pas d'où je viens et qui je suis. J'ai été élevée par un Guerrier courageux, qui montait un magnifique cerf bicolore. Cet homme m' a aimée comme sa fille et je l'ai aimé comme un père. J'aurais tant aimé qu'il puisse voir ce que je suis devenue, et je prie, pour que là où il se trouve, il puisse veiller sur ma petite sœur.

Je m'accroche au bras de Mélione dans cette salle immense, où la fête bat déjà son plein. Le vin coule à flot et déborde des choppes des Guerriers.

Mél lève le bras et fait signe aux garçons. Alden s'avance en courant vers nous, et nous fait tournoyer chacune notre tour dans ses bras. Ses magnifiques cheveux roux sont attachés en arrière, près de sa nuque, faisant ressortir ses deux beaux yeux noisette.

— Vous êtes magnifiques ! J'en connais deux qui ont bien de la chance !

— Pas touche, Hanz, celle-là est à moi ! plaisante Tieran en fourrant sa langue dans la bouche de ma meilleure amie.

Puis, le regard sombre de Kallias croise le mien et fait battre mon cœur à tout-va. Son visage a repris un peu de couleur, même s'il est assez pâle de nature. Lorsqu'il passe la main dans ses cheveux en me regardant des pieds à la tête, je perçois sa voix tremblante dans ma tête.

— Putain, Fadyenaï, je ne sais pas si je vais résister à l'envie de t'arracher cette robe avant la fin de cette soirée !

Le rouge me monte aux joues, mais j'essaie de me rappeler que nous ne sommes pas seuls et que même si personne ne peut nous entendre parler, tout le monde peut nous observer, figés l'un en face de l'autre, comme deux grands timides.

— Bon, et si on allait se chercher un verre ? déclare Alden avant que la situation ne devienne trop gênante.

— Bonne idée ! je lâche en déglutissant.

Après avoir rempli chacun nos chopes de liquide rouge foncé à l'odeur de raisin, nous nous asseyons autour d'une table.

À l'autre bout de la pièce, à la table du roi, Réna Fells est assise et semble plus heureuse que jamais. Elle montre aux jeunes femmes qui l'entourent la bague qui orne désormais son annulaire.

— Quand est prévu leur mariage ? je demande curieuse.

— J'ai entendu dire qu'il n'y avait pas encore de date, mais que les Sages ont insisté lourdement toute la journée pour qu'il ait lieu dans les jours à venir, me répond Alden.

— Lui qui était si pressé de se marier, rappelle Tieran, pourquoi met-il maintenant un temps fou à franchir le cap ?

— Peut-être parce qu'il espère que Vini changera d'avis, voilà tout !

Je donne un coup de coude à ma meilleure amie.

— Arrête, Mél, tu dis n'importe quoi !

Les doigts de Kallias se crispent sur la table et chacun d'entre nous le remarque.

— Relax, Felirson, nous savons tous que la princesse des Ailes n'a d'yeux que pour un seul homme !

— Je n'ai rien dit, stipule Kallias.

— Non, mais à la tête que tu fais, je vois bien que ça te gêne que Basil puisse encore éprouver des sentiments pour Vinira !

Kallias ne répond pas. Il se contente de détourner le regard avec un air bizarre.

— Est-ce que tout va bien, Kallias ?

— *Oui... j'ai juste un léger mal de crâne.*

— *Tu veux rentrer te reposer ?*

— *Non, ça va, je veux rester auprès de toi.*

— *Ne fais pas attention à ce qu'elle dit. Mélione exagère, comme toujours...*

— *Je t'aime...*

Je ne peux m'empêcher de rougir. Ce don de télépathie est vraiment incroyable. Je n'ai d'ailleurs pas eu l'occasion d'en discuter avec mon père, mais je le ferai aussitôt rentrée à Horswing. J'espère qu'il saura m'apporter une explication et me dire si cela a un lien avec mon pouvoir.

— Et dire qu'il y a quelques semaines, nous menions une vie paisible à Tortagen, reprend Mél.

— Paisible, ce n'est pas ce que je dirais, je lui réponds, j'ai eu plusieurs côtes fêlées, des fractures en tout genre, des flèches plantées dans le corps, autant d'ennemis que d'amis. Paisible ! Je pense que l'on peut en rediscuter.

— Ce que je veux dire, c'est que nous étions insouciants et concentrés uniquement sur notre formation. Aujourd'hui, nous sommes tous devenus des Guerriers et des Cavaliers avec cette maudite guerre des Ombres. Et bientôt chacun de nous prendra une route différente.

Je décèle une once de nostalgie dans sa voix, et je pose délicatement ma main sur la sienne.

— Je t'ai dit que tu serais la bienvenue à Horswing aussi souvent que tu le souhaites, Mél. Ce n'était pas des paroles en l'air.

— Vous allez quand même tous me manquer ! avoue-t-elle en lâchant une petite larme.

Pendant que je la prends dans mes bras, les garçons en profitent pour se moquer de nous. Ils ont beau vouloir masquer leurs sentiments, je sais pertinemment que ça leur fait quelque chose à eux aussi.

— En tout cas, Felirson, tu n'as jamais eu autant la cote, dit Tieran, mate un peu tous ces gens qui t'observent.

En effet, autour de nous, énormément de regards sont tournés vers Kallias. Des hommes heureux d'observer de près celui qui a tué le roi des Ombres, mais aussi beaucoup de femmes prenant des poses aguicheuses qui ne me plaisent pas beaucoup.

— Ils se trompent de héros. Sans Vinira et les deux autres, nous n'aurions pas survécu, lâche-t-il.

— Ne sois pas modeste, je rétorque, nous avons décimé son armée, mais tu as porté le coup fatal au roi, et pour cela tu seras toujours le héros de cette guerre !

— Mouais, grommelle-t-il.

— Et dire que tu l'as abattu d'une flèche ! C'est insensé !

Moi aussi, cette interrogation me trotte dans l'esprit. Pourquoi Thalion a-t-il soudainement décidé de baisser son bouclier ? Et si après tout, il souhaitait mourir ? Pour être enfin débarrassé de cette vie maudite.

Nous sommes tous les quatre silencieux, suspendus aux lèvres de Kallias, même si je sais qu'il n'a pas la réponse.

— Vinira était en danger. Quand je suis arrivé sur la colline, il avançait dans sa direction, son arme dans la main. Je n'ai pas réfléchi et j'ai tiré une première fois. Puis ensuite, il la maintenue au sol… il était en train de la tuer. Alors j'ai décoché une seconde fois.

— Tu veux dire que tu l'as pris par surprise ? Et qu'il ne t'a pas vu arriver ?

— Qu'est-ce que ça peut bien faire ? lance-t-il énervé, l'important est qu'il soit mort non ?

L'intonation de sa voix surprend tout le monde, mais Tieran relance vite un autre sujet de conversation. Il connait bien son ami. Kallias n'a pas envie de parler de ce qui s'est passé la veille, et je le comprends. Moi aussi, j'ai envie de passer à autre chose et de reprendre une vie normale. Il n'a jamais aimé être au cœur des sujets de discussion, mais avec ce qui s'est passé hier et du rôle important qu'il a eu dans cette victoire, il risque malheureusement d'en faire encore les frais.

Après avoir picoré dans tous les plats possibles et bu des dizaines de verres, je me retrouve seule avec Kallias à la table, pendant que les autres se trémoussent près de l'orchestre. J'aperçois brièvement Damon Fros qui boit avec ses amis et Arlie, la jeune Guerrière qui s'était amourachée d'Aveline.

Basil est toujours assis bien sagement au centre de sa table en grande discussion avec son Premier Commandant. Dans leur ombre, Nister est là, debout, son regard vicieux posé sur moi.

— Que fait-il encore là celui-là ? je demande, je croyais que Basil souhaitait s'en débarrasser une fois la guerre terminée.

Kallias tourne la tête par-dessus son épaule et observe un moment ce fumier de Nister qui finit par détourner le regard.

— Et tu l'as cru ?

— Je... non !

— Nister fait partie des murs de ce palais. Même si cet homme n'a aucune morale, Basil sait qu'il agit pour le bien de Deerwood. Je ne pense pas qu'il s'en débarrassera.

— Vivement qu'on rentre chez nous !

— ...

— Qu'y a-t-il, Kallias ?

— Personne ne m'attend à Horswing ! Je n'y suis pas vraiment chez moi !

— Ce n'est pas parce que tu n'as pas encore retrouvé ta famille que tu ne seras pas chez toi à Horswing.

— Je n'ai même pas de maison.

— Tu crois que je vais te laisser dormir comme un délinquant sur les pavés des ruelles ? Le palais est rempli de chambres vides.

— ...

Je pose discrètement ma main sur son poing serré.

— Les Ailes sont ta famille, Kallias. Même si tu ne retrouves personne, tu m'as toujours moi. Et Tieran, Teivel et les autres. Tu ne seras jamais seul.

— Je t'aime, princesse.

— Je t'aime bien plus encore.

Un sourire se dessine enfin sur sa bouche charnue. Je comprends ses doutes et ses craintes, rentrer dans un monde que nous connaissons à peine. Où ses parents ont été probablement assassinés, tout comme ma mère il y a vingt ans. Mais les relations solides que nous avons créées à Tortagen sont des liens plus forts encore que les liens du sang. Kallias ne sera jamais seul tant qu'il pourra compter sur ses fidèles amis.

— Mélione et Tieran ont disparu, chantonne Kallias.

— Ils ont du temps à rattraper tous les deux avant notre départ !

— Nous aussi, nous avons du temps à rattraper...

— Nous avons la vie pour en profiter.

— C'est maintenant que j'ai envie d'en profiter, Vini.

Mon cœur se gonfle dans ma poitrine. Moi aussi j'ai envie de lui. Et ce banquet touche à sa fin. La salle est déjà presque vide, et je me dis que nous pouvons aussi nous permettre de nous éclipser.

— Allons dans ta chambre, que je puisse t'enlever cette robe pour dévorer ton corps.

Une vague de désir me traverse le bas-ventre.

Au moment où je m'apprête à me lever, Réna Fells arrive derrière moi.

— Vinira !

— Salut Réna !

— Tu vas quelque part ?

— Je suis un peu fatiguée ! Je voulais monter me coucher ! je dis en jetant un bref coup d'œil à Kallias

— Oh ! lâche-t-elle déçue. Tu vas quand même trinquer avec moi avant de quitter Deerwood ?

— C'est que...

— Oh, Vinira, s'il te plaît ! En souvenir de Zielle !

Je lorgne sur le verre qu'elle me tend et finit par accepter.

— À la future reine des Ailes !

— Et à ton mariage ! Tu seras toi aussi bientôt la reine de ce royaume.

Je trempe mes lèvres dans le verre de vin et absorbe deux petites gorgées par politesse.

— J'espère que tu reviendras nous voir ! dit-elle avant de de s'éloigner et sortir par la grande porte.

Je dépose le verre sur la table et Alden arrive, aussitôt Réna partie.

— Qu'est-ce qu'elle voulait ? demande-t-il.

— Trinquer avant mon départ, je lâche.

— Cette femme est bizarre, marmonne Kallias.

— Pourquoi tu dis ça ?

— Elle transpire la jalousie quand elle te regarde.

— Tu dis n'importe quoi, Kallias !

— Elle te voit comme une rivale, ça crève les yeux !

— Je n'ai pas l'intention de lui piquer son fiancé ! Et je ne lui donne aucune raison de l'imaginer ! Tu vois vraiment le mal partout, Kallias ! Elle était l'amie de ma sœur !

— Si tu le dis ! marmonne-t-il.

Alden me dévisage.

— Quoi ? Tu penses comme lui, toi aussi ?

— Non ! Enfin, j'en sais rien.

— La salle est presque vide, on y va ? je leur demande.

Alors que l'on se dirige vers les portes, la voix de Basil s'élève et le prénom de Kallias résonne. Il se retourne et le roi lui fait signe de venir. Merde. Je ne suis pas prête de regagner ma chambre et de profiter de ma nuit avec lui.

— Je t'attends, je lui lance, mais Kallias saisit mon bras et me fixe dans les yeux.

— Va dans ta chambre, je te rejoins juste après, chuchote-t-il.

Je hoche la tête et le regarde s'avancer vers la table du roi presque vide. Tous ses conseillers ont déjà dû regagner leur appartement comme la quasi-totalité de la salle.

— Merde, me dit Alden après avoir discuté avec un des Guerriers, il faut que je relève un des gardes maintenant !

— C'était prévu ?

— Non, mais un d'eux a bu un peu trop de vin, et cuve dans le couloir. Basil est furax. On se voit demain ?

Il pose ses lèvres douces sur mon front.

— Dors bien, Vini.

— Toi aussi, Alden.

Tandis qu'il se dirige à son tour vers le trône de Basil, je traverse la salle pour regagner ma chambre. La salle du banquet s'est rapidement vidée et il n'y a plus que quelques Guerriers de Deerwood encore assis à vider les derniers tonneaux de vin. Même la musique s'est arrêtée, laissant planer un étrange silence. Quand je lève la tête en direction des portes par lesquelles est sortie Réna quelques minutes plus tôt, je m'étonne de les trouver fermées. Deux gardes en armure sont postés devant, tenant chacun une lance dans une main. Un étrange pressentiment me vient alors. Vont-ils m'empêcher de sortir ?

Je tourne la tête vers Kallias toujours debout face à Basil. Sur sa gauche, Alden est en train de discuter avec Nister.

Je décide de rebrousser chemin, et de rejoindre Kallias rapidement. Mais le Premier Commandant Braum croise ma route et se met en travers de mon chemin.

— Oui ? je demande.

— Vous nous quittez déjà ?

— Laissez-moi passer, Braum, je dois voir Felirson.

— Il s'entretient avec le roi, me lance-t-il.

— Et donc ? Vous m'empêchez de passer ?

— J'ai ordre du roi de ne laisser personne s'approcher de lui !

S'il croit vraiment qu'il peut se permettre de me donner un ordre, il se trompe.

— Je vous ordonne de me laisser passer, j'aboie à cet homme.

Un sourire se dessine sur son visage suivi d'un non catégorique. Je dégaine une dague du fourreau de ma cuisse et menace le premier Commandant de Deerwood.

Au même moment, les gardes se précipitent sur Kallias par dizaines.

Bordel, qu'est-ce qui se passe ?

Je pousse Braum en lui envoyant un coup de coude en pleine gorge, puis je fonce jusqu'à Kallias.

Mais je m'arrête aussi sec, lorsque je le vois à genoux devant Basil avec la lame d'un des gardes pointée sur sa gorge.

— Basil, qu'est-ce que tu fais ? je crie stupéfaite.

— Lâche ta dague, Vinira ! me répond-il.

Alden, désormais conscient de ce qui se passe, s'avance à son tour vers Basil.

— Majesté, que faites-vous ?

Mais il est arrêté aussitôt par Nister qui le force à se mettre à genoux à côté de Kallias. La lame de sa dague se presse également contre sa gorge.

Mon cœur s'emballe dans ma poitrine à la vision des deux personnes qui me sont les plus chères, assises sous la menace d'une arme. Je regarde Basil pour tenter de comprendre ce qu'il est en train de faire. Qu'a bien pu faire Kallias pour se retrouver dans cette situation ?

— Kallias, qu'est-ce qu'il t'a dit ?

Mais il ne répond pas.

— Tu sais, Vinira, lâche Basil, je pensais que l'on se faisait confiance tous les deux… mais tu m'as trahi une première fois alors que nous devions quitter Tortagen, ENSEMBLE…

La colère que je perçois dans sa voix me donne mal à la tête. Un frisson étrange me parcourt.

— … je t'ai longtemps cru lorsque tu m'as dit que tu étais partie pour ton peuple. Le royaume des Ailes. Mais j'ai eu tort de te faire confiance…

— Basil… si tu as quelque chose à me dire, fais-le, mais relâche-les tous les deux. Ils n'ont rien fait qui mérite que tu les traites de la sorte.

— Ferme-la ! hurle-t-il les yeux injectés de sang.

— VINIRA, SAUVE-TOI ! hurle Kallias malgré la lame pressée contre sa carotide.

Il n'est pas question que je les abandonne ici. Je lève les bras pour tenter de faire jaillir une bourrasque de vent, mais rien. Pas une seule brise. Je ferme les yeux et me concentre. Toujours rien. Basil me regarde et sourit. Putain. Je suis tombée dans un piège.

— Tu m'as droguée ? je lance à mon cousin.

— Moi ? Non ! Tu as dû certainement boire un verre que tu n'aurais pas dû.

Merde. Le verre que Réna m'a tendu n'était certainement pas uniquement rempli de vin. Je ne peux ni me servir de mon pouvoir, ni communiquer avec Kallias.

J'observe autour de moi et constate qu'il y a uniquement des Guerriers de la garde présents dans la salle. La plupart sont des hommes que nous avons côtoyés à Tortagen, mais qui sont désormais fidèles à Basil. Seul Alden est agenouillé à côté de Kallias. Basil sait que mon meilleur ami n'aurait pas permis que l'on me fasse du mal. Ce qui veut dire qu'il a l'intention de s'en prendre à moi.

— Qu'est-ce que tu veux, Basil ? lance Kallias à l'autre bout de la salle, laisse-la partir !

Le roi se lève de sa chaise dorée et s'avance lentement vers eux.

— Je veux ce qui me revient de droit, hurle-t-il, je veux ce que tu m'as pris !

— Je ne t'ai rien pris !

Le genou de Basil vient se loger dans le ventre de Kallias. Il crache aussitôt des gouttes de sang sur le sol.

— NE LE TOUCHE PAS ! je crie, prête à lui sauter dessus, mais la lame pointée sur la gorge de Kallias m'arrête lorsque le garde menace de le tuer sur-le-champ.

— TU AS COMPLOTÉ DANS MON DOS, FELIRSON, DEPUIS LE DÉBUT, TU TE JOUES DE MOI !

— Je ne vois pas de quoi tu parles.

— La victoire de cette guerre ne te revient pas. Tu ne mérites pas d'être ovationné par mon peuple. Tu n'es qu'un traître !

— Personne ne l'acclame, Basil, je lance pour essayer de l'apaiser.

— Tu crois que je n'ai pas vu tous les peuples t'admirer et te vénérer après la mort de Thalion. Tu ne prendras jamais ma place !

Malgré l'angoisse qui me saisit, j'essaie de réfléchir et de trouver une solution pour nous sortir de ce bourbier.

— Basil, écoute-moi, je lance alors, tu fais fausse route, il n'a jamais voulu prendre ton trône. Dès demain, il sera à Horswing, là où est sa véritable place, je t'en supplie, ne reproduis pas les erreurs de ton père. Nous avons signé de nouveaux accords. Nos royaumes ne sont plus ennemis. Je t'en prie, ne retombons pas dans les guerres de ces vingt dernières années. Relâche-les et discutons-en calmement.

Un rire démoniaque s'échappe de sa tête qui bascule en arrière.

— Tu crois que je ne vois pas ton petit jeu, chère cousine ? Tu crois me duper, toi aussi ?

— Basil, je t'en prie !

— TU CROYAIS QUE JE N'APPRENDRAI PAS QUE TU BAISES AVEC CE TRAÎTRE DANS MON DOS ?

Mon dieu. Le moment que je redoutais le plus est malheureusement arrivé. Qui nous a trahi ? Ismène ? Wyatt ?

— ... C'est pour ça que tu as fui à Tortagen, n'est-ce pas ? Tu couchais déjà avec lui alors que tu étais avec moi ?

Les larmes coulent le long de mes joues. Comment a-t-on pu en arriver là ?

— Qu'est-ce que tu attends de moi, Basil ? je demande paniquée.

— VINIRA, NON PUTAIN !

La voix de Kallias est suivie d'un bruit de genou dans ses côtes. Mes jambes flanchent et je me retrouve avec un genou au sol. La potion que j'ai bue a non seulement neutralisé mes pouvoirs, mais est en train de me prendre aussi les dernières forces qu'il me reste.

Je dévisage Alden et Kallias, tous les deux agenouillés l'un à côté de l'autre, beaux comme des dieux.

Basil descend les marches qui me séparent de lui et s'avance vers moi. Son visage rempli de rage et de haine s'approche du mien tandis que ses doigts glissent le long de mon cou.

Kallias s'agite malgré la dague sur son cou. Moi, je ne bouge pas. Je suis immobile face à mon nouvel ennemi.

— Tu es si belle, chuchote-t-il en caressant ma peau nue.

— Tue-moi, Basil, et prends mon pouvoir, mais laisse-leur la vie sauve !

— Pour que ton père et la putain du Désert s'en prenne ensuite à moi ? Non !

Ses doigts descendent un peu plus bas et font le contour de mon sein. Je saisis sa main malgré mes forces qui me quittent, et l'arrête avant qu'il n'aille trop loin.

— LÂCHE-LA PUTAIN OÙ JE VAIS TE TUER ! hurle Kallias fou de rage.

— Pas si je suis le plus rapide ! souffle Basil sur mon visage.

Et tandis qu'il continue de me fixer droit dans les yeux, sa main droite se lève, et lorsqu'elle s'agite en guise de signal, le bruit d'une lame tranchant la chair, résonne dans la salle du banquet.

26

Le temps s'est arrêté, en même temps que les battements de mon cœur. Mes paupières se ferment, puis se rouvrent lentement, comme si j'allais me réveiller d'un mauvais rêve. D'un cauchemar bien plus terrible que la mort. Mais ce n'est pas un rêve. Mon corps chute au sol suivi d'un hurlement si aigu qu'un verre se brise sur une table.

La dague que tient Nister est recouverte d'un liquide rouge écarlate qui s'écoule lentement sur le sol. Dans cette mare de sang gît désormais un corps. Un corps sans vie. Les boucles rousses de ses cheveux masquent le visage inerte de mon meilleur ami.

Nister vient de trancher la gorge d'Alden sous mes yeux impuissants. À côté de lui, Kallias est toujours agenouillé, les yeux ouverts et fixés sur le cadavre recroquevillé.

La bile de mon estomac jaillit du fond de ma gorge, et se déverse devant moi. Je ne ressens plus rien. Ni mon corps, ni les sons de la pièce. Juste une douleur terrible et des bourdonnement sourds à l'intérieur de ma boîte crânienne.

Puis des bras forts me soulèvent par les épaules et m'immobilisent pour me forcer à regarder. La torture n'est pas finie. Tandis que deux gardes me maintiennent, Basil s'avance à nouveau vers moi.

— Pourquoi ? je sanglote.

— Parce que je suis le roi, lâche-t-il sans une once de remords.

Il s'agenouille à son tour et ramasse ma dague, tombée quelques instants plus tôt sur le sol. La dague offerte par Kallias après notre première nuit passée ensemble. Une dague au blason d'Horswing.

Après l'avoir tournée dans tous les sens, il lâche un petit rire, puis chemine à nouveau vers Kallias.

Mes pensées ne font qu'un tour dans mon cerveau et je sais maintenant ce qu'il s'apprête à faire. Tuer lui-même Kallias, avec sa propre dague.

— NON BASIL, JE T'EN PRIE !

— Donne-moi une seule bonne raison de ne pas le faire, Vinira ? UNE SEULE !

Kallias serre les dents car il sait que Basil ne s'arrêtera pas là. Il sait que dans quelques instants, son corps sera étendu au sol, à côté de celui d'Alden.

— Tu as été déjà trop loin Basil, rétorque Kallias, sois un homme et tue-moi !

— NOOOOOON !

Les larmes coulent toujours de mes yeux. Je ne peux pas accepter ce qui est en train de se passer. Je suis impuissante, inutile. Zielle, Aveline, et maintenant Alden. Mon cœur est en miettes, mais voir mourir l'homme que j'aime me tuera sur le coup.

Ses doigts serrent le manche de la dague et son bras se place à quelques centimètres de la poitrine de Kallias.

— BASIL ! ATTENDS !

Il tourne la tête vers moi et me dévisage.

— Tu as trouvé une bonne raison, Vinira ?

— Je te donnerai ce que tu veux, mais je t'en supplie, laisse-le partir... vivant !

La dague s'abaisse et Basil revient lentement vers moi. Son odeur s'imprègne dans mes narines. L'odeur de la trahison. De la terreur.

Je n'arrive pas à détacher mes yeux du corps de mon meilleur ami, qui gît toujours à quelques pas de moi.

— Qu'est-ce qui te fait penser que tu as quelque chose qui m'intéresse ?

— Je pense savoir ce que tu veux et… je suis prête à te le donner !

— NON, VINIRA ! hurle Kallias, hors de lui.

— Faites-le taire ! ordonne Basil au garde.

Ce dernier assomme Kallias qui perd aussitôt connaissance.

— Je t'écoute…

— Je suis prête à t'épouser… en échange de sa vie !

Ses yeux s'affairent sur mes yeux, puis sur ma bouche avant de se mordre lentement la lèvre.

Je prie pour qu'il accepte ma proposition car je donnerai tout ce que j'ai pour que Kallias soit sain et sauf, même si je dois en payer le prix.

— Quelles sont tes conditions ?

— Tu dois promettre qu'il ne sera pas blessé. Tu devras le libérer et le faire reconduire vivant à Horswing.

— J'accepte tes conditions, mais je le libèrerai une fois ta promesse tenue. Une fois que notre mariage sera acté. Acceptes-tu les miennes ?

Je lève les yeux vers Kallias, inconscient, puis sur le corps d'Alden à ses côtés. Pour lui sauver la vie, je n'ai pas d'autre choix que d'accepter ce marché.

— Je l'accepte !

***

Quand mes paupières se rouvrent, ma tête me fait un mal de chien. Mes paupières sont gonflées et j'ai un goût acide dans la bouche. Je mets un moment à réaliser que je ne sais pas où je me trouve. Un nouveau lit. Une nouvelle chambre. Et deux gardes immobiles, postés devant la porte, sûrement pour m'empêcher de m'échapper.

Je caresse mes tempes du bout des doigts pour tenter d'apaiser le mal de tête qui me saisit. Qu'est-ce que l'on m'a fait boire pour que je perde connaissance ? Les dernières images qui me reviennent sont celles de Kallias, évanoui à côté du corps d'Alden, et le sourire sadique de Basil.

Dehors, la lune blanche brille de mille feux, et le soleil commence à pointer le bout de son nez à l'horizon. Debout face à la fenêtre close, je ne peux empêcher les larmes de couler sur mes joues. Comment a-t-on pu en arriver là ? Je m'en veux de ne pas avoir vu venir ce complot contre moi. Les deux gardes derrière moi sont là pour s'assurer que je n'aille nulle part. La fenêtre a été scellée et mon pouvoir est toujours inactif.

Je me glisse dans le fauteuil rouge et doré, et je regarde, immobile, le soleil se lever lentement. Au bout d'une heure, ou peut-être plus, la porte de la chambre s'ouvre et Nister pénètre dans mon espace vital. Vêtu d'une robe noire, il avance lentement vers moi. Je détourne le regard, incapable de supporter sa présence.

— Vous faites peine à voir !

Sa voix se perd dans l'air car je ne la laisse pas m'atteindre. Il le faut car je serais prête à lui sauter au visage et lui tordre le cou avant que les gardes n'aient le temps de m'arrêter. Mais je me force à penser à Kallias et au pacte que j'ai fait avec Basil. Si je veux qu'il rentre en vie à Horswing, je dois me tenir tranquille et épouser ce sombre lâche, aussi tordu que l'était son père.

— Je vais faire venir les femmes de chambre, pour qu'elles vous préparent pour la cérémonie. Il n'est pas question que je vous laisse vous marier dans cet état !

À ces mots, je me redresse dans mon fauteuil et le fixe, le temps de réaliser ce qu'il vient de dire.

— Le mariage a lieu aujourd'hui ?

— Bien évidemment ! Le plus tôt sera le mieux !

— Où est Kallias ? je demande.

— Vous n'avez pas à le savoir, mais il va bien.

— Je vous jure que si vous touchez encore une fois à un de ses cheveux, je vous arracherai les yeux !

— Du calme, princesse ! Felirson se repose. C'est une grosse journée pour lui aussi. Il sera présenté au peuple des Bois comme un traître au royaume.

— Vous avez tout manigancé depuis le début, n'est-ce pas ?

Il marche jusqu'à la fenêtre sans un mot, puis observe les rayons du soleil éclairer de plus en plus la pièce.

— J'ai servi toute ma vie le roi Hecmar, marmonne-t-il, et j'ai eu la chance de voir grandir ses deux enfants, Basil et Dixie. L'un était tendre et doux alors que l'autre était dur et cruel. Pendant que la princesse apprenait à lire, le prince, lui, tuait ses premiers animaux après avoir passé des heures à les torturer. J'ai tout de suite compris que ce garçon avait hérité du caractère coriace de son père, et non de la douceur de sa défunte mère, morte en leur donnant la vie. En grandissant, Basil est devenu un homme très intelligent. Doué au combat, mais aussi doué pour manipuler l'esprit humain. Le pouvoir a toujours fasciné ce gamin. Posséder les objets, les richesses, les femmes. Mais rien ne l'a jamais vraiment satisfait...

Son regard se pose sur moi, puis il vient appuyer ses deux mains sur les accoudoirs de mon fauteuil.

— Quelque chose en vous lui a donné envie de vous posséder, princesse ! Et tant que ce ne sera pas chose faite, il serait capable de détruire le monde.

— Êtes-vous aussi stupide pour le laisser faire, et vous mettre à nouveau à dos les deux autres royaumes ? Car mon père n'en restera pas là, Nister, vous le savez tout comme moi !

Ses dents jaunâtres apparaissent avec son sourire.

— Hecmar a écrasé les autres royaumes en un claquement de doigts ! me souffle-t-il au visage. Basil est bien plus grand que son père.

En se relevant, Nister passe la main dans la poche de sa robe et sort une fiole blanchâtre qu'il me tend.

— Vous voulez que je boive ça, je présume ?

— Si vous ne voulez pas, les deux gardes derrière vous s'en chargeront.

Sans réfléchir, j'attrape le flacon, fait sauter le bouchon en liège et avale le contenu d'un seul trait. Le liquide me brûle légèrement l'œsophage, mais je ne laisse rien paraître.

— Qu'est-ce que c'est exactement ?

— J'ai mis des années à créer cette potion. Elle permet de neutraliser pendant plusieurs heures les pouvoirs des dieux. Je l'ai expérimentée avec l'aide d'Hecmar.

— Et vous l'avez versée dans le verre que Réna m'a proposé ? Vous avez utilisé cette pauvre fille pour m'atteindre ?

— Réna elle-même l'a glissé dans votre verre ! Elle était convaincue que vous représentiez une menace pour elle, et que vous convoitiez sa place auprès de Basil. Elle a été très facile à manipuler. C'est d'ailleurs elle qui vous a trahi !

— Comment ? Non, je ne vous crois pas !

— C'est elle qui a compris pour vous et Felirson, et elle a prévenu le roi. Cette idiote pensait que cela permettrait à Basil de vous oublier. Mais elle a eu tort. Basil n'est pas du genre à... oublier ! Cela a renforcé sa colère et sa volonté de vous avoir. Et Réna a ainsi tout perdu. Ses chances d'accéder au pouvoir et de se faire aimer un jour par le roi.

Réna. Cette jeune femme douce et sensible, qui était la meilleure amie de ma sœur à la citadelle, vient de me planter le plus énorme des couteaux dans le dos.

Comment, après avoir trahi mon meilleur ami, n'ai-je pas su voir à quel point elle serait encore capable de nous causer du tort ? Elle qui a brisé le cœur d'Alden a également signé son arrêt de mort. La culpabilité m'envahit à nouveau. Aucune personne en ce monde n'est digne de confiance.

— Dormez un peu, princesse, ricane Nister, la journée ne fait que commencer !

Puis il quitte la chambre, me laissant seule avec les deux gardes pour me surveiller et un énorme trou dans le cœur.

***

Quand les femmes de chambre arrivent, une heure après son départ, je n'ai pas bougé de mon fauteuil. Je suis restée là, figée devant la fenêtre, à prier pour tout cela ne soit qu'un mauvais rêve. Un putain de mauvais rêve.

Devant le miroir de la coiffeuse, je fixe mon reflet en pleine transformation. Mes cernes rougeâtres creusées par les larmes se font recouvrir par une épaisse couche de poudre teintée qui donne l'impression que ce jour est le plus beau de toute ma vie. Dans quelques heures, je serai mariée à mon cousin, l'homme le plus cruel que je connaisse.

Il n'y a clairement aucune chance pour que mon père ait appris ce qui s'est passé la veille au soir pendant le banquet, et ne surgisse à temps jusqu'ici pour nous sauver, Kallias et moi, des griffes de nos tortionnaires. Mes espoirs se sont envolés avec le dernier souffle d'Alden. L'espoir d'un monde où nos peuples vivraient en parfaite harmonie.

Les dieux ont quitté le monde des hommes en leur confiant une tâche trop ambitieuse, car l'homme est incapable de se comporter comme un dieu. La quête du pouvoir et de l'immortalité a conduit à de trop nombreuses reprises au chaos. Ces pouvoirs sont une malédiction. Un fléau pour nous, les humains.

Tandis que l'on me maquille les yeux, je m'accroche au lien qui me lie à Pyme et Archy. Sans grand étonnement, mes deux animaux ont été enfermés dans un enclos sombre où elles ne peuvent pas s'enfuir.

— *Du calme ! Tout va bien ! Je ne vous abandonne pas, et je viendrai vous voir dès que possible !*

J'essaie de les rassurer comme je peux alors qu'au fond de moi, je sais que rien n'ira bien à partir de maintenant.

Que va-t-il se passer une fois que je serai mariée à Basil ? Va-t-il me demander de lui céder mon pouvoir ? Non, si c'est le cas, il m'aurait déjà tuée et s'en serait emparé lui-même ! Il va m'utiliser pour atteindre mon père ! Car en réalité, il le craint bien plus que moi ! Et le roi des Ailes donnera tout ce qu'il possède pour me récupérer saine et sauve.

— Le maquillage vous plaît, princesse ? demande une des femmes qui s'affairent sur mes yeux.

J'ouvre mes paupières et découvre mon reflet. Celui d'une femme à l'allure radieuse, mais au cœur brisé.

— Je vous remercie ! Laissez-moi maintenant, s'il vous plait !

Tandis qu'elle quittent la pièce chacune leur tour, j'inspecte la robe blanche qui recouvre ma peau. Elle est terriblement échancrée. Une fente s'étend jusqu'à la racine de ma cuisse où en temps normal est accroché mon fourreau.

Je laisse l'air emplir entièrement mes poumons, avant de souffler lentement pour ralentir mes pulsations cardiaques. Puis, je m'approche des gardes postés devant les portes de ma chambre.

— Je suis prête.

***

Quand je passe le seuil des portes de la salle du trône, entourée par des demoiselles d'honneur, seulement quelques dizaines de conseillers du royaume sont là, vêtus d'une robe blanche de cérémonie. En me dirigeant lentement vers le trône et vers mon destin tragique, je ne repère aucun visage familier dans l'assemblée. Aucun de mes amis n'a été convié au mariage du roi. Basil a fait en sorte que personne ne puisse empêcher cette union forcée. Je prie pour qu'il n'ait pas fait de mal à Mélione et Tieran. Ont-ils seulement remarqué mon absence et celle de Kallias ?

En levant les yeux vers mon futur époux, debout face à moi, emmitonné dans sa cape dorée, je ne peux m'empêcher de penser à la raison qui m'a conduite à faire ce choix déchirant. La vie de Kallias est bien plus précieuse que ma liberté. Et je suis prête à en assumer les conséquences.

Le Sage chauve et répugnant de Deerwood a été sollicité pour officier cette cérémonie. Le son de sa voix résonne comme un bruit sourd dans mes oreilles. Je m'efforce de ne pas regarder Basil, dont le regard est fixé sur mon décolleté. Cet homme me répugne. S'il croit que je le laisserai poser la main sur moi, il se trompe. J'ai accepté de l'épouser. Pas d'écarter les cuisses pour assouvir ses pulsions.

Après un discours bref, le Sage entremêle nos mains et les recouvre d'un châle doré. La sensation des doigts de Basil contre les miens me donne envie de serrer de toutes mes forces pour lui broyer les phalanges.

— Tu apprendras à m'aimer, chuchote-t-il tout bas.

Je ne lève même pas les yeux vers lui, car il ne mérite aucune attention de ma part.

Derrière lui, sa sœur la princesse Dixie, assise dans l'assemblée, est emmitouflée dans une robe dorée somptueuse. Un châle transparent recouvre ses cheveux. L'expression mitigée que je lis sur son visage est à la hauteur de cette scène surréaliste que nous sommes en train de vivre. En quelques heures, son frère a changé de fiancée, et a décidé de se marier sur-le-champ.

Dixie est loin d'être idiote. Au vu de mes sentiments pour son frère et des invités présents à cette cérémonie, elle sait que c'est tout sauf un mariage d'amour.

Nos yeux se fixent un long moment, pendant que le sacrement continue.

— ... devant les Dieux et les hommes, moi, Basil, roi de Deerwood, je te choisis Vinira d'Horswing, pour devenir mon épouse et la reine de ce royaume, qui m'a été confié par le dieu au pouvoir de la terre...

— Moi, Vinira d'Horswing, princesse et héritière du royaume des Ailes, je te choisis... Basil, roi de Deerwood, comme époux.

— Par les pouvoirs et la bénédiction des Dieux, je vous déclare unis dans la vie et jusqu'à la mort...

***

Le banquet de mariage qui suit est aussi insignifiant pour moi que la cérémonie. Je n'ai pas bougé d'un cil de mon fauteuil, ni touché au contenu de mon assiette. J'ai juste été obligée de boire le contenu de la fiole que m'a tendu discrètement Nister. Cette potion qui neutralise mes pouvoirs ne dure que quelques heures. Un air enjoué illumine le visage de Basil. Cette facette sombre et terrifiante qu'il m'a laissée entrevoir la veille, lorsqu'il a fait tuer mon meilleur ami, est profondément enfouie.

— Mon roi, il est l'heure de jouer !

— Oui, allons-y !

Basil se lève avec un grand nombre de ses conseillers et avance en direction d'une table où est disposée une collection de dagues.

Au même moment, Dixie s'assoit à côté de moi, à la place de son frère.

— Toutes mes félicitations, Majesté, me lance-t-elle tout en fixant Basil du regard.

— Quel est ce jeu ? je lui demande.

— Le jeu préféré de Basil, chuchote-t-elle, le jeu de la pitié !

— Qu'est-ce que c'est exactement ?

Au même moment, deux gardes font irruption dans la salle en tenant une femme par les bras. Je reconnais alors une des femmes de chambre qui m'a maquillée cet après-midi. Des traces de coups sont visibles sur son visage paniqué, signe qu'elle a été violemment frappée.

— Tu vois la roue en bois derrière mon frère ? On l'appelle la roue des supplices.

Au même moment, les gardes placent la femme dessus, et attachent ses mains et ses poignets avec des liens en cuir.

— Quel crime a-t-elle commis ? je demande, sans la lâcher du regard.

— Qui peut savoir ? avoue Dixie. Peut-être a-t-elle refusé les avances de mon frère ou peut-être lui a-t-elle amené son repas trop chaud ou trop froid ? Le roi a toujours... une bonne raison !

Je peine à imaginer le sort qu'il lui réserve. Son doux regard apeuré cherche désespérément de l'aide.

Basil se dirige en direction de la table et saisit une première dague. Nister bande les yeux du roi et s'avance près de la roue. D'un coup sec, il fait tourner l'engin de torture sur lui-même.

Basil lance alors la dague les yeux fermés en direction des hurlements.

Je m'apprête à me lever de mon fauteuil quand une main douce, mais ferme, me retient.

— Ne bouge pas, me lance Dixie, si tu veux survivre dans ce royaume, tu ne dois pas tressaillir !

— Je n'ai pas l'intention de survivre, Dixie !

Sa tête se tourne alors vers moi.

— Que détient Basil contre toi ?

— De quoi parles-tu ?

— Vinira ! Je sais que tu n'aimes pas mon frère. Ton père, ni ton oncle, ni aucun autre Aile d'ailleurs ne sont présents pour le jour le plus merveilleux de ta vie. Pas même ta meilleure amie !

— Mélione avait des choses à faire, je lui mens.

— Vinira, je ne suis pas ton ennemie. Je suis seule dans ce royaume depuis tellement longtemps. Je ne veux pas que tu deviennes aussi malheureuse que moi !

— Où est Réna ? je demande pour essayer de changer de sujet.

— Cloîtrée dans sa chambre depuis qu'elle a appris votre mariage. Elle est anéantie. Mais elle le sera sûrement moins que si elle avait épousé mon frère.

— J'ai négocié la vie d'une personne qui m'est chère en échange de ce mariage ! je finis par lâcher.

Au point où j'en suis, il ne peut rien m'arriver de pire, et je ne crois pas Dixie capable d'être pire que son frère.

— Alors cette personne aura la vie sauve ! Mon frère est un monstre, chère cousine, et tu finiras par le découvrir à tes dépens, mais s'il t'a promis la liberté pour ton ami, il tiendra parole !

Je l'espère. Car s'il essaie de me duper, je n'hésiterai pas un seul instant à le vider de son sang.

— J'ai appris pour ton ami Alden ! Je suis sincèrement désolée.

Je me force à retenir les larmes qui me montent aux yeux à l'évocation de son prénom. Les dagues lancées par les conseillers de Basil continuent de se diriger en direction de la femme qui tournoie toujours sur la roue. Viser les yeux fermés s'avère être compliqué, et Basil finit par ôter son bandeau et demande à Nister d'arrêter la roue. Il s'approche lentement de la femme qui sanglote, puis de ses doigts, il caresse lentement son visage trempé par les larmes.

— Tu as magnifiquement bien échappé à nos dagues, dit Basil, les dieux ont donc décidé que je devais t'épargner !

La main de Dixie se pose sur la mienne et ses doigts se mêlent aux miens. Je la regarde, interloquée, avant de regarder à nouveau le jeu sadique de Basil.

— Si tu veux que je te rende ta liberté, tu n'as qu'un mot à prononcer ! Supplie-moi ! lui ordonne-t-il alors.

Je ne connais pas cette facette perverse de Basil. Jouer avec elle, pour finalement la relâcher. Je comprends mieux à quoi a faisait allusion Dixie quand elle m'a confié être contente que je n'épouse finalement pas son frère, quelques jours avant la guerre. Elle sait très bien quel genre d'homme il est. Ils le savent tous.

— Piiitiiié ! sanglote la femme.

— Eh bien, voilà, marmonne Basil souriant.

Mais au lieu de s'éloigner d'elle, une dague apparaît dans sa main, et se plante dans le cœur de la femme de chambre. Je sursaute sur ma chaise tandis que les doigts de Dixie me serrent de plus en plus fort.

— Respire, Vinira... et pense à ton ami !

Je ferme les yeux pour essayer d'oublier la vision effroyable de cette innocente qui vient de perdre la vie. Je m'accroche au visage de Kallias, à ses lèvres que j'aime tant, et à sa liberté qu'il va pouvoir vite retrouver.

Quand Basil regagne le siège vide à côté de moi, je ne peux m'empêcher de fixer le sang qui recouvre la peau de ses doigts.

— As-tu aimé ces festivités ? me demande-t-il.

— J'ai tenu ma promesse, à toi de tenir la tienne, celle de libérer Felirson !

— Je tiens toujours mes promesses ! Veux-tu t'en assurer avant son départ pour Horswing ?

Je tourne les yeux vers lui, surprise de cet élan soudain de bonté.

— Oui.

— Très bien ! Alors allons-y !

Nous nous levons tous les deux en saluant rapidement nos convives. Les deux gardes de Basil nous escortent jusqu'à l'aile nord. Je ne me suis jamais rendue dans cette partie du palais et je n'ai aucune idée de là où il m'emmène. Je prie pour que Kallias n'ait pas été blessé. Dixie m'a affirmé que Basil tiendrait parole. Même si j'ai confiance en cette femme douce et d'une grande bonté, je ne peux pas en dire autant pour son frère.

— C'est ici ! avoue-t-il en s'arrêtant devant une grande porte en bois sculpté et recouverte de bois de cerf.

Les deux gardes se postent à l'extérieur de chaque côté de la porte.

— Après toi... ma femme !

Je pousse la porte de la pièce, et pénètre à l'intérieur, suivi de près par Basil qui referme aussitôt derrière nous.

27

Malgré la faible intensité du croissant de lune ce soir, la pièce est éclairée par des centaines de bougies. Sur ma droite, se trouve un grand lit à baldaquin aux rideaux verts et dorés. C'est une grande chambre spacieuse, et décorée avec goût. Une chambre royale.

Une toux rauque résonne dans le fond de la pièce. Nous ne sommes pas seuls. Mon cœur s'emballe lorsque j'aperçois Kallias, attaché les bras en croix, sur le mur de la chambre, la tête pendante. Je me précipite vers lui et pose mes mains sur son visage. Sa peau est anormalement chaude et transpirante.

— Mon dieu, Kallias, tu vas bien ?

— ...

— Que lui as-tu fait ? je grogne à Basil.

— Moi ? Rien du tout. Il refuse de s'alimenter depuis hier. Il se croit plus fort qu'il ne le prétend.

— Kallias, regarde-moi, dis-je en soulevant son menton, regarde-moi !

Ses yeux s'ouvrent lentement, puis finissent par trouver les miens.

— Vini... ?

— Oui, c'est moi ! Tout va bien, tu vas rentrer chez nous ! Est-ce qu'on t'a fait du mal ?

— Non... je..., j'ai juste chaud !

— Tu es brûlant, ne t'inquiète pas, je vais te sortir de là !

Je me relève et me dirige vers Basil en train d'allumer un tas de bougies sur un petit guéridon près du lit.

— Libère-le, Basil !

— Pas encore, mon amour !

— Quoi ? Tu avais promis !

— Vinira ! Sauve-toi d'ici, je t'en prie, geint Kallias !

— Non, je ne bougerai pas d'ici tant que Basil n'aura pas tenu sa promesse !

— À toi d'abord de tenir la tienne, ma reine !

De quoi parle-t-il ? Nous venons de nous unir devant les dieux et les hommes à peine quelques heures plus tôt. Ma partie du contrat est remplie.

— Vini… ne me dis pas que tu as…

— Évidemment qu'elle m'a épousé, Felirson ! Que croyais-tu ? Que tu deviendrais un jour le roi des Ailes en t'unissant à ma cousine ?

La colère se lit dans les yeux de Kallias qui tire sur les chaînes qui maintiennent ses poignets en l'air.

— JE TE TUERAI, BASIL !

Soudain, une vague glaciale me traverse le corps, et mes jambes commencent à flancher. Je m'appuie sur le cadre du lit pour ne pas tomber.

— Vinira ! Qu'est-ce que tu as bu ? hurle Kallias.

— Je… je ne sais pas !

Basil s'approche de moi et s'accroupit pour que nos visages ne soient qu'à quelques centimètres l'un de l'autre.

— Est-ce que ça va ? murmure-t-il.

— Basil, relâche Felirson, s'il te plaît ! J'ai tenu parole, tu as ce que tu voulais !

— À vrai dire, je n'ai pas encore ce que je voulais, Vinira, tu n'as pas honoré la totalité de notre marché.

— Ce mariage était notre marché, ni plus, ni moins !

— Oui, mais un mariage ne devient valable que lorsqu'il a été consommé !

Je reste un moment le regard perdu, avant de réaliser qu'il a raison. Je vais devoir faire ce qu'il souhaite pour que Kallias soit libéré.

— NOOOOOON ! ESPÈCE D'ORDURE ! LAISSE-LA PARTIR !

Basil s'approche de Kallias. Suffisamment proche pour qu'il puisse le narguer, sans recevoir les coups qu'essaie de lui donner Kallias, malgré ses poignets accrochés.

— Tu es un monstre, Basil ! Tu es un monstre comme l'était ton père ! je lance.

Au même moment, ma jambe gauche me lâche et je tombe à genoux. Putain ! Nister ne m'a pas fait boire qu'une potion pour neutraliser mon pouvoir. Cela paralyse également mon corps. Je suis en train de revivre le cauchemar du banquet de la veille.

— Tu vois, Felirson, quand cette sotte de Réna Fells m'a fait comprendre que tu entretenais une relation intime avec mon ancienne fiancée, j'en ai aussitôt déduit que votre rapprochement ne datait pas d'hier. Ton acharnement à ce que je ne la choisisse pas comme reine, soit-disant parce qu'elle n'était pas à la hauteur ! En réalité, tu la voulais pour toi tout seul ! Depuis le début...

Kallias ne répond pas, mais continue de tirer sur ses chaînes pour tenter de se libérer.

— ... Tu m'as trahi, moi, et ma confiance, Felirson. Tu aurais pu devenir Premier Commandant de Deerwood, mais tu as préféré baiser ma cousine plutôt que de devenir le chef de mon armée ! J'ai longtemps songé à la façon dont je me vengerais de ce vous m'avez fait... tous les deux. Mais quand Réna m'a révélé votre secret, mon imagination s'est amplifiée.

— Basil... tu avais promis !

Je ne peux empêcher les sanglots qui s'échappent de ma bouche car je suis tétanisée de peur. Que va-t-il faire à Kallias ? Je ne peux me résoudre à vivre la même scène qu'hier.

— Et je tiendrai promesse, Vinira ! Car je suis un homme de parole ! Felirson pourra regagner Horswing, sain et sauf. Mais d'abord, tu dois tenir ta parole, et Felirson en sera le témoin.

— QUOI ? hurle Kallias.

Basil le fixe droit dans les yeux.

— Tu as très bien compris ! Tu vas nous regarder consommer notre mariage !

Sur cette phrase, ma deuxième jambe me lâche, et je me retrouve à genoux face à Kallias dont la colère résonne dans la chambre du roi.

Je pensais sincèrement que plus rien ne pourrait me faire aussi mal que tout ce que j'avais vécu jusqu'à présent. Accepter ce mariage a éclaté mon cœur en mille morceaux, mais je me suis efforcée de tenir bon, pour lui.

Alors que la voix de Kallias se brise, je sens une main saisir mes cheveux pour me redresser.

— Regarde-le, me dit-il, je veux que tu le regardes souffrir quand je te baiserai !

Les larmes coulent le long de mes joues tandis que Basil déchire le haut de ma robe. Je fixe Kallias du regard, qui commence à tourner de l'œil. Sa tête se balance et finit par pencher en avant.

— Vinii...

Il perd rapidement connaissance. Dieu merci. Je ne veux pas qu'il assiste à ça. Mais Basil s'en aperçoit aussitôt.

— Putain, mais quelle mauviette ! lance-il en me relâchant avant de s'avancer vers lui.

Il le secoue, mais Kallias peine à retrouver ses esprits. La main de Basil s'abat alors violemment sur sa joue.

Soudain, les portes s'ouvrent et les deux gardes pénètrent dans la chambre du roi.

— Qui vous-a permis d'entrer ? hurle Basil.

— Pardonnez-nous, Majesté, mais il se passe quelque chose dehors ! répond l'un des deux hommes.

Basil les regarde un moment avant de réaliser que ses gardes ne le dérangeraient sûrement pas pour rien.

— Les jardins ! Ils sont en feu, c'est l'affolement dehors ! Vous devriez venir voir !

— Très bien ! Surveillez bien la porte de ma chambre, leur dit-il, personne ne doit y pénétrer, sous aucun prétexte.

Les trois hommes ressortent, et je me retrouve seule avec Kallias, évanoui. Mes jambes n'ont plus assez de force pour que je puisse marcher jusqu'à lui.

— Kallias... réveille-toi !

Mais il reste immobile, suspendu par les bras. Je m'allonge sur le sol, puis rampe sur le tapis pour tenter d'atteindre la commode de l'autre côté de la chambre. Il faut à tout prix que je trouve une arme, avant que Basil ne revienne. Il me faut plusieurs minutes pour traverser la pièce, avec mes jambes paralysées. Je m'agrippe aux poignées des tiroirs pour essayer de me relever. Derrière moi, Kallias grogne et bouge lentement la tête.

— Kallias, reste avec moi ! Je vais nous sortir de là !

J'ouvre tous les tiroirs, mais je ne trouve aucune arme. Que des vieux parchemins et des potions. Dans l'un d'eux, je trouve un flacon avec l'inscription *baies de grivoises*. Bingo. J'avale le contenu de la fiole aussi sec. Ces plantes ont le pouvoir d'anéantir le plus fort des poisons. Avec un peu de chance, cette potion neutralisera ce que m'a fait boire Nister tout au long de la soirée.

En à peine quelques secondes, je retrouve la sensation dans mes jambes, et me redresse en lâchant mes appuis sur la commode. Je fais quelques pas maladroits et me dirige vers Kallias. Au moment où je pose mes paumes sur ses deux joues, je suis prise d'une douleur fulgurante qui me fait reculer de deux pas. J'observe, ahurie, l'intérieur de mes mains entièrement brûlé. La peau de Kallias est plus chaude que tout à l'heure. Elle est bouillante.

— Merde ! Qu'est-ce qu'ils t'ont fait boire ?

Je retourne à la commode où je saisis un second flacon de baies de grivoises et le porte rapidement aux lèvres de Kallias tout en évitant de le toucher. Quelques secondes après, il reprend peu à peu ses esprits.

— Vinira, il faut que tu partes d'ici !

— Je ne partirai pas sans toi ! Il faut que tu m'aides, essaie de te redresser, que je puisse desserrer tes chaînes !

— Non ! Sauve-toi, Vinira, tu ne peux plus rien pour moi !

— Ne dis pas de bêtises ! Nous pouvons encore nous sortir de là! Aide-moi je t'en prie. Je ne t'abandonnerai pas ici.

— Vini…

— Je ne vivrai pas dans un monde où tu n'existes pas, tu te souviens ? Alors lève-toi !

Malgré la fatigue, Kallias se relève lentement, et je libère chacun de ses poignets. Ses yeux tombent sur les traces rouges de mes mains.

— Mon dieu ! Je t'ai blessée !

— Ça va ! je mens.

En réalité, je ne sens presque plus rien. La potion qu'a dû lui faire boire Nister a rendu son corps si chaud qu'un seul contact rapide a brûlé la peau de mes mains.

— Tiens, mets ça ! dit-il en ôtant sa chemise.

La robe de mon mariage ayant été déchirée, je n'hésite pas une seconde à enfiler la chemise de Kallias pour recouvrir ma poitrine et le haut de mes cuisses.

— On doit sortir d'ici avant que Basil ne revienne ! Les pégases sont retenues enfermées quelque part. Il faut qu'on les trouve si nous voulons nous sauver d'ici.

Kallias s'approche de la porte et tend l'oreille.

— J'ai une idée, lance-t-il alors, cache-toi !

Je m'exécute, puis son pied vient frapper dans le guéridon près du lit. Il se cache aussitôt derrière la porte.

Elle finit par s'ouvrir et le premier garde s'avance, son épée en main.

— Majesté, tout va bien ?

La main encore chaude de Kallias se pose sur le visage de l'homme qui hurle de douleur. J'entends ensuite un craquement d'os et découvre le garde étendu sur le sol, le cou tordu. Mort. Kallias s'empare de son épée et empale le second garde en un rien de temps.

— Viens, me dit-il, la voix est libre, dépêchons-nous !

Je ramasse sur les deux cadavres une épée et quelques dagues, puis je m'élance derrière lui dans les couloirs de l'aile nord.

Nous courons à perdre haleine dans le palais quasiment vide. Aucun Guerrier, aucune femme de chambre n'y circule.

— Où sont-ils tous passés ? me demande-t-il.

— J'ai entendu les gardes dire à Basil que les jardins étaient en feu !

— En feu ?

Nous fonçons en direction d'une fenêtre et ce que nous apercevons dehors nous laisse sans voix.

Des flammes gigantesques s'élèvent au-dessus des arbres et des plaines de Deerwood.

— Oh mon dieu ! Qu'est-ce qui se passe ?

— Les Guerriers ont encore dû lancer du vin dans les feux de camp. Ça arrive souvent ! Il va leur falloir un moment pour éteindre ce merdier ! Viens !

— Où va-t-on Kallias ?

— Récupérer nos armes !

— Comment sais-tu où elles sont ?

Nous descendons les marches en direction des sous-sols, là où se trouve le bureau du Premier Gouverneur Nister. Kallias donne un grand coup de pied dans la porte qui cède aussitôt. À l'intérieur, c'est une vraie caverne au trésor. Des armes, des parchemins, des bijoux. Tout ce que cette ordure a pu subtiliser au cours de sa vie se trouve sagement rangé ici. Nous trouvons immédiatement nos armes posées en évidence sur son bureau. Je récupère mes fourreaux que j'attache autour de mes cuisses nues et de mon thorax. Toutes mes dagues sont là, celle que Kallias m'a donnée ainsi que la dague rouge offerte par Damon.

— Comment te sens-tu ? me demande-t-il. Peux-tu te servir de ton pouvoir ?

Les baies de grivoises semblent avoir fait effet car j'ai récupéré la force de mes jambes.

— Je vais essayer... est-ce que... je peux te toucher ?

Kallias semble hésiter, encore inquiet de ce que sa peau brûlante a fait à mes mains, mais je m'avance sans attendre sa réponse, et pose lentement mes doigts contre son torse nu. Sa peau est toujours chaude, mais beaucoup moins que tout à l'heure. La potion a aussi fait son effet sur lui.

Mes paumes douloureuses caressent lentement son torse musclé. Aucune trace de coup n'est visible sur sa peau. Il n'a que ses vieilles cicatrices dont j'effectue les contours avec douceur. Sa poitrine se soulève rapidement à mon contact, et ses mains saisissent mes coudes. Nos fronts se collent l'un contre l'autre. Mon corps laisse cette petite brise m'envahir et s'enrouler lentement autour de nous. Mon pouvoir est là ! Il reprend peu à peu sa place tandis que le poison s'évapore de mes veines. L'odeur de Kallias s'engouffre dans mes narines et fait battre à nouveau mon cœur brisé.

— Je suis là, mon amour. Je suis là avec toi.

Sa voix résonne à nouveau dans ma tête et un soulagement puissant m'envahit.

— *Pardonne-moi, Kallias ! Je l'ai fait pour te protéger !*

— *Tu n'as rien à te faire pardonner ! Le seul coupable est cette ordure de Basil ! Tout est fini maintenant. Viens, il est temps de se barrer d'ici !*

Les couloirs sont toujours vides. Le feu à l'extérieur ravage les plaines et Basil doit être en train de chercher des solutions pour contenir les flammes. Ce qui nous permet de nous diriger jusqu'à l'aile principale sans être vus.

— Nous devons trouver les pégases, Kallias !

Mais en tournant à l'angle du dernier couloir, nous tombons nez à nez sur Nister et... Basil. Les deux hommes s'arrêtent et nous dévisagent, choqués.

— Majesté, ils se sont échappés ! hurle le Premier Gouverneur.

— Où comptes-tu aller, Vinira ? Tu es lié à ce royaume désormais ! me lance mon époux.

— Je ne suis pas ta femme tant que tu ne m'as pas touchée Basil, c'est bien ce que tu m'as dit ?

Ses sourcils se froncent et les muscles de ses mâchoires se crispent. Il dégaine alors son épée, mais une bourrasque de vent s'engouffre dans le couloir et emporte l'arme qui glisse sur le sol à une dizaine de mètres derrière lui.

— Nister ! Ta potion ne fait plus effet ! grogne-t-il. Elle peut se servir de son pouvoir !

Mais Kallias ne leur laisse pas le temps de discuter. Il s'élance vers eux avec une rage indescriptible. Basil se cache derrière son Premier Gouverneur, qui dégaine rapidement son épée. La lame de Kallias s'entrechoque avec celle de Nister tandis que Basil court pour récupérer la sienne tombée sur le sol. Mais le vent se glisse à nouveau dans ses pattes et Basil bascule violemment sur le dos. J'ai un avantage sur lui. Je peux me servir du vent à l'intérieur des murs, alors que lui ne peut pas utiliser son pouvoir sans risquer d'anéantir son palais. Je me retourne vers Kallias pour lui venir en aide.

— Non, laisse-moi m'occuper de cette ordure ! me supplie-t-il en désignant Nister.

Basil peine à se relever, encore sonné par la chute brutale que je lui ai infligée. Je m'approche lentement de lui, en savourant la peur que je lis désormais sur son visage.

— Vinira, marmonne-t-il ! Je suis ton époux ! Tu as promis devant les dieux…

La fin de sa phrase restera à jamais un mystère car la dague rouge offerte par Damon, cette arme forgée par Kallias dans les montagnes de Deerwood, vient s'enfoncer entre les deux yeux de mon cher époux.

— NOOOOON !

La voix de Nister résonne dans le couloir, mais Kallias le retient, et pose sa dague contre sa gorge fripée.

— Tu as tué… le roi ? sanglote-t-il.

Je m'agenouille sur le cadavre de mon époux sans une once de remords, et retire d'un coup sec la dague rouge de son crâne. Un filet ruisselle sur son visage livide, puis je nettoie mon arme sur la cape verte et dorée du défunt roi. Une satisfaction puissante m'envahit alors. Celle d'avoir vengé Alden, le meurtre de ma mère, la séquestration de mon père, et la mort injuste de Zielle.

— Tu le paieras ! lance Nister.

— À genoux devant la reine, sale merde ! aboie Kallias.

Je m'approche de cet homme, cette ordure puante responsable de trop nombreux malheurs. Je ressens encore les souffrances de notre séquestration jusque dans ma chair. En cet instant, je me demande quelle punition serait à la hauteur de ses crimes. Passer vingt années dans un cachot sombre, avec à peine de quoi manger, à être torturé jour et nuit jusqu'à en perdre la raison ? Non, cet homme ne mérite pas de vivre autant d'années.

— Dites-moi où sont les pégases, Nister, et je vous laisserai la vie sauve !

Les traits de sa peau ridée se crispent, signe qu'il hésite à parler, mais la lame qu'appuie Kallias contre sa gorge lui délie rapidement la langue.

— Elles sont dans les cachots, dans le quatrième couloir au sud, première porte sur la droite !

— Merci beaucoup !

Puis la lame de Kallias sectionne la carotide du Premier Gouverneur qui se vide de son sang à côté de son défunt roi.

— Je t'avais promis de t'égorger moi-même... et je tiens toujours mes promesses ! Les dieux les ont rappelés à eux pour tous les crimes qu'ils ont commis ! Viens, il est temps de rentrer chez nous !

***

Nous dévalons les escaliers qui mènent aux cachots en un rien de temps. En bas, les quelques Guerriers qui gardent les sous-sols acceptent sans discuter de nous laisser passer. En tant que reine de Deerwood, de nombreux privilèges me sont offerts. Les hennissements de Pyme et Polla nous guident jusqu'à elles, et en un coup de vent, je déverrouille la porte qui les retient prisonnières.

— Elles sont là, ainsi que nos cerfs ! je m'écrie heureuse.

Mais quand je me tourne vers Kallias, il est appuyé contre le mur du cachot et peine à se redresser.

— Kallias, est-ce que ça va ? Tu es blessé ?

— Non. Je... ce doit être encore l'effet de la boisson !

J'enroule son bras autour de ma nuque, et l'aide à avancer jusqu'à Polla qui s'agenouille, puis je fais grimper Kallias sur le dos de sa pégase.

— Ça va aller ! Nous allons rentrer chez nous ! Repose-toi maintenant, ta pégase va te ramener.

Je sangle ses cuisses pour éviter qu'il ne chute pendant le vol jusqu'à Horswing.

— Ton maître est fatigué, ma jolie ! Il s'est vaillamment battu aujourd'hui, mais tu vas devoir redoubler d'efforts et me suivre pour rentrer, d'accord ?

L'animal me donne un coup de museau en signe d'acquiescement, tout comme Archy et Ellen qui vont devoir galoper seuls pour rentrer. Je grimpe à mon tour sur Pyme et nous nous élançons dans les couloirs pour sortir du palais.

Dehors, l'agitation est palpable. Beaucoup de Guerriers affluent, ne sachant que faire face au feu qui semble incontrôlable. Les flammes se sont dirigées en direction des écuries. Merde. Il n'est pas question que je laisse tous ces animaux mourir.

Avant de m'envoler en direction d'Horswing, je me sers de mon pouvoir pour créer une énorme bourrasque de vent et éloigner les flammes des écuries. Mes mains s'agitent, et le feu tournoie dans une petite tornade au-dessus de nos têtes. Le feu est fort, puissant, mais il est maniable. De l'eau. Il faudrait des quantités d'eau pour l'éteindre. C'est de la reine du Désert dont nous aurions besoin, mais elle est à des centaines de kilomètres d'ici.

La mer ! Je dois diriger ces flammes vers la mer ! J'use alors des forces qu'il me reste pour repousser le feu. Un grand nombre de Guerriers m'aperçoivent et m'encouragent. Je puise au fond de mes tripes et au bout de plusieurs minutes, le feu atteint enfin le sable, puis l'eau, et finit par mourir petit à petit.

— La reine a sauvé le royaume ! hurlent les Guerriers.

Mais je n'ai guère le temps pour les acclamations, car à l'intérieur du palais, le corps de Basil gît dans son sang, et va bientôt être découvert.

— Allez, Pyme envole-toi et ramène-nous à la maison !

Ma belle pégase blanche s'exécute sans tarder et déploie ses ailes majestueuses, suivie rapidement par Polla. Nous nous envolons tous les quatre en direction d'Horswing.

28

Deux jours plus tard.

— Princesse, souhaitez-vous manger quelque chose ? Je peux vous faire monter des fruits ou bien une boisson chaude.

— Non, merci Assya, je n'ai pas faim !

— Vous êtes sûre ? Vous n'avez rien mangé depuis hier !

— Merci Assya, lance une voix grave derrière nous, vous pouvez disposer, je vais m'occuper de ma fille.

Tandis que ma dame de compagnie quitte ma chambre après s'être inclinée devant le roi des Ailes, ce dernier referme la porte derrière elle. Vêtu d'une sublime tenue blanche avec des liserés dorés, mon père ne cache pas l'émotion qui le submerge.

— Ma fille… tu es… sublime.

— La robe vous plaît ? J'ai donné carte blanche aux couturières. Je n'avais pas vraiment d'idées sur le genre de tenue que l'on porte pour un couronnement.

Il s'approche de moi, aussi ému que lors de notre première rencontre.

— Tu ressembles tellement à ta mère.

— J'aurais tant aimé qu'elle soit là !

Arran passe ses doigts le long des mèches de mes cheveux qui tombent sur mes épaules, tout en admirant les détails de ma robe. Une robe blanche aux manches longues avec de fins détails en dentelle. À l'opposé de ma tenue de mariage à Deerwood.

— Elle vit en toi, Vinira, bien plus que tu ne l'imagines !

De la fenêtre de ma chambre, j'aperçois la rivière à côté de laquelle ma mère repose. Mon père a raison. Son esprit vit avec moi depuis toutes ces années, et je sais qu'elle sera présente à mes côtés pour cet évènement si important.

— Comment va Kallias ? me demande-t-il tout en observant les arbres fleuris de ses jardins.

— Il va mieux ! Il a repris des forces depuis que nous sommes revenus. La soigneuse a eu du mal à trouver une potion pour faire redescendre sa température. Elle ignore quel type de plantes Nister lui a fait boire. Sûrement une racine qu'il a dû faire pousser lui-même dans son jardin privé.

— Nister était un homme plein de ressources. J'en ai moi-même fait les frais. L'important est qu'il se sente mieux.

En jetant un coup d'œil sur la paume de mes mains brûlées, je revois les images des jardins de Deerwood en feu avant que l'on ne se sauve. Kallias est resté longtemps inconscient et n'a aucun souvenir du voyage. Polla l'a porté vaillamment sur son dos en se laissant guider par ma voix. Nos cerfs, eux, ont fait le trajet en empruntant le pont. Tieran Ermol s'est aussitôt envolé après nous avoir vu fuir dans les airs. Après le banquet, il s'est réveillé dans une étable sans aucun souvenir de ce qui s'était passé. Pendant le trajet pour Horswing, l'annonce de mon mariage, puis de la mort d'Alden et de Basil, l'a laissé sans voix. Nous avons tous été drogués et trompés par le roi.

Je ne peux m'empêcher de penser à Mélione que nous avons laissée là-bas. Qu'a-t-elle bien pu penser en voyant que nous avions tous les trois disparu ?

— Que pensez-vous qu'il se passe à Deerwood en ce moment ?

— Tu veux dire avec la mort de Basil ?

Je hoche légèrement la tête tout en essayant de ne pas penser au visage de mon cousin, avec ma dague rouge plantée entre les deux yeux.

— Kallias a été présenté comme un traître au royaume. Basil et ses gardes ont été assassinés peu de temps après, et la nouvelle reine a disparu. Le premier Commandant Braum risque de prendre les rênes du royaume le temps que les Sages analysent tous les souvenirs de Basil.

— Ils verront que Basil nous a piégés, et que ce mariage était tout sauf consenti !

— Ils le verront, mais que révèleront-ils au peuple de Deerwood? Tu crois sincèrement qu'ils avoueront que leur roi était un monstre comme son père ?

— Il a tué mon meilleur ami... de sang-froid. Alden est mort, père !

Je ne peux retenir mes larmes en repensant à la façon dont il a tragiquement perdu la vie.

— Je sais ! Mais tu as tué Basil, ton époux ! Et cela fait de toi la nouvelle détentrice du pouvoir des Bois.

Depuis que Basil a cessé de respirer, son pouvoir a commencé à affluer dans mes veines. En le tuant, il est devenu mien. Depuis notre retour, mon corps est parcouru de spasmes par intermittence. Ce nouveau don cherche à se faire une place dans mon corps, mais je n'arrive pas encore à le ressentir pleinement comme celui des Ailes.

— Je n'ai jamais voulu son pouvoir, père ! Je l'ai tué pour qu'il ne puisse plus jamais faire de mal à personne !

— Nous nous battrons pour la vérité. Tu es la reine de Deerwood, Vinira ! Tu as épousé leur roi et tu possèdes à présent deux pouvoirs ! Et dans quelques heures, tu seras également la reine d'Horswing. La reine légitime de deux royaumes. Je crois que le temps est venu pour toi de réunifier ces deux terres qui se sont tant haïes.

Les acclamations des Guerriers quand je les ai sauvés des flammes sont encore présentes dans ma tête. Ils m'ont vu éteindre le feu des jardins, tout comme ils m'ont vu combattre Thalion pour tous les sauver. Je pense à Mélione, à Wyatt, à Damon et à tous les amis que j'ai là-bas. Le sang de Deerwood coule autant dans mes veines que celui d'Horswing. Mais m'accepteront-ils comme reine légitime ?

— Vinira, reprend mon père, la guerre est terminée ! Notre monde va à nouveau pouvoir revivre en paix. Je comprends les craintes qui t'habitent, mais tu ne seras pas seule pour gouverner. Il est temps pour nous de créer un monde nouveau. Aujourd'hui est un grand jour, celui de ton couronnement ! Ne laisse pas tes craintes t'envahir. Je veux que tu profites de cette journée de fête qui est la tienne !

***

Les rues d'Horswing ont été entièrement décorées pour l'occasion. Des banderoles colorées et ornées du blason relient les maisons entre elles. Les rires de joie des habitants s'élèvent dans le cœur de la ville. Mon couronnement va avoir lieu sur la plus belle place du royaume. Une gigantesque esplanade entourée de belles colonnades blanches surmontées de pégases. Presque tous mes camarades des Ailes se sont portés volontaires pour m'escorter du palais jusqu'au lieu de la cérémonie. Sans surprise, seule Ismène ne fera pas partie du cortège et cela me convient. Ce qu'elle a manigancé avec Wyatt pour nous séparer, Kallias et moi, me reste encore en travers de la gorge.

— Pas trop nerveuse ? me demande Kallias alors que nous attendons tous les cinq près des écuries.

— Après ce qui s'est passé ces derniers jours, je me sens plus que sereine !

Tieran et Teivel ricanent doucement.

— Je n'en reviens pas ! Tu vas devenir reine ! lâche Sorin qui peine à masquer ses émotions.

— Rien ne va changer, je lui dis, je resterai toujours la même ! La Vinira que tu as connue à Tortagen !

— La petite Guerrière en a fait du chemin ! confie Teivel.

Kallias glisse sa main dans la mienne et la porte à ses lèvres.

— Elle est là où est sa place ! dit-il en caressant ma joue. Dans son royaume, auprès des siens !

La cloche au cœur de la ville se met à sonner, et il est l'heure de nous envoler en direction de la place.

— Allez, ma belle, je chuchote à ma pégase en lui caressant le museau, il est temps pour nous de gouverner le monde.

J'enjambe Pyme tandis que mes camarades grimpent à leur tour sur leur monture.

— *Tu es à couper le souffle, princesse*, marmonne Kallias dans ma tête.

— *Arrête, tu vas me faire rougir !*

— *Très bien, alors je vais garder pour moi toutes les choses qui me passent par la tête en cet instant, et que je meurs d'envie de te faire !*

Je tourne les yeux vers lui et lui offre un petit sourire gêné. La tenue qu'il porte lui va à ravir et met ses formes magnifiques en valeur. Ses cheveux courts sont coiffés légèrement en arrière, et je ne peux m'empêcher de me mordiller la lèvre en le reluquant.

— Bon, on décolle ou vous avez prévu de faire autre chose ? demande Teivel qui nous dévisage l'un l'autre.

— Oui, pardon, on y va ! je lance en faisant décoller Pyme.

En moins d'une minute, nous atterrissons tous les cinq sur la grande esplanade sous un tonnerre d'applaudissements. Je suis impressionnée par l'ampleur de la foule venue pour moi. Des milliers d'hommes, de femmes et d'enfants, le sourire aux lèvres et les larmes aux yeux. Ce monde a repris vie lorsque nous avons découvert que des milliers de personnes avaient survécu à la Guerre des Ailes depuis toutes ces années. Nous leur avons d'abord rendu leur pégase, puis leur roi, et leur liberté. Et aujourd'hui, ils s'apprêtent à assister au couronnement de leur nouvelle reine. Mon couronnement.

À l'autre bout de la place, les conseillers du royaume vêtus d'une tenue identique sont alignés devant les colonnes. Au centre, se tiennent Maddor et mon père. J'avance dans leur direction, le cœur battant la chamade et les jambes tremblantes. Les tambours de l'orchestre s'harmonisent sur le rythme de mes pas.

— Je ne vais pas y arriver, Kallias !

— Je suis derrière toi ! Tout va bien se passer ! Tu es magnifique !

Je respire à pleins poumons pour me donner le courage d'aller au bout du chemin. Le visage de mon père, illuminé par les rayons du soleil, m'apaise instantanément. Assis dans un grand siège sculpté en forme d'ailes, le roi se redresse lorsque je m'arrête face à lui, et je m'agenouille pour le saluer. Au même moment, tous les habitants m'imitent et s'inclinent devant Arran, le dernier roi des Ailes. La main de mon père saisit la mienne et me relève aussitôt, puis nous faisons face ensemble au peuple qui nous acclame.

Maddor s'avance face à nous et commence la cérémonie. Mes camarades se tiennent désormais à côté des conseillers de mon père. De ma place, je peux apercevoir Kallias debout entre Tieran et Teivel, un discret sourire aux lèvres.

Nous avons traversé tant de souffrances ces derniers jours, tant d'épreuves qui nous ont endurcis. J'ai réellement cru que je l'avais perdu le soir du banquet. Je me suis battue pour lui, pour lui sauver la vie, en acceptant ce mariage ignoble avec cet homme abject qu'était mon cousin. J'étais prête à tout pour le savoir sain et sauf. Même à donner ma vie en échange de la sienne. Cet amour que nous partageons nous procure une force incroyable, mais nous fragilise. Dans les cachots avec Nister, ou face à mon cousin sociopathe. À plusieurs reprises, nous avons été une faiblesse l'un pour l'autre.

Aujourd'hui, je laisse s'envoler ces désagréables souvenirs, en même temps que mon père pose lentement la couronne dorée sur ma tête. En devenant reine d'Horswing, je deviens libre de faire mes propres choix. Je deviens libre d'aimer qui je le désire, de me lier d'amitié avec des personnes venant des quatre coins du monde. Je deviens responsable de la paix entre les royaumes tout en continuant de véhiculer les valeurs pour lesquelles se sont battus mes parents.

En acceptant cette couronne dorée en formes d'ailes de pégase, j'accepte l'héritage de mes ancêtres, celui que les dieux leur ont confié.

Lorsque la main de mon père se glisse à nouveau dans la mienne, et me guide à l'autre bout de l'esplanade pour me présenter au monde, je sens que le vide dans mon cœur vient enfin d'être comblé. Les acclamations de mon peuple résonnent jusque dans ma chair. Je rejoins enfin la place qui est la mienne.

— *Ma reine !*

Derrière nous, mes camarades des Ailes et les conseillers sont agenouillés devant moi, le poing posé sur le cœur, signe qu'ils me promettent fidélité.

— *Jusqu'à la mort*, murmure Kallias dans ma tête.

Émue jusqu'au plus profond de ma chair, je retourne jusqu'au fauteuil où siégeait mon père quelques instants plus tôt, et je m'y assois afin d'admirer ce royaume plein de vie et d'esprit. Mon royaume.

***

Le banquet qui suit a lieu dans les jardins du palais. Mon père a convié ses plus vieux amis encore vivants à venir partager ce moment de fête avec nous. Au cours de la soirée, il me présente tellement de nouveaux visages que je peine à retenir tous leurs noms.

— Ne t'en fais pas, ça viendra ! me rassure mon père tandis que j'essaie de sourire poliment.

Après avoir accompli mes devoirs de nouvelle reine et salué l'ensemble de mes convives, je m'éclipse pour retrouver mes camarades, assis tous ensemble à une table.

— Majesté, me salue Tieran.

— Vous passez un bon moment ?

— Oui. Cela fait du bien de pouvoir manger, danser et boire dans un lieu où nous nous sentons réellement chez nous, me répond Teivel.

— Et toi ? me demande Kallias, tu arrives à profiter de ta soirée ?

Il observe rapidement mon père, en grande conversation avec un énième ami.

— Oui, ça va ! Mais j'avoue que je rêve d'une bonne nuit de sommeil !

— De sommeil ? Vraiment ?

Un air malicieux se dessine sur ses lèvres charnues et je ne peux m'empêcher de sourire.

— Viendras-tu me rejoindre ce soir ?

— Je ferai tout ce que ma reine désire !

— Je veux que tu le fasses seulement si tu le désires aussi...

— Tu sais bien que je ne désire que toi !

Ismène arrive au même moment, et avant de s'installer à la table, elle se dresse face à moi.

— Bonjour... Majesté.

— Bonjour.

Je ne masque pas mon étonnement. Ismène qui m'adresse la parole est déjà surprenant, mais qu'elle m'appelle Majesté, j'ai certainement dû louper quelque chose.

— Félicitations... pour ton couronnement ! lâche-t-elle. Je tenais également à te présenter mes excuses pour ce qui s'est passé avec Wya... enfin tu sais sur le fort !

Je suis surprise par ce pas en avant qu'elle fait vers moi car je sais ce que ça lui coûte. Je ne sais pas si elle le fait de bon cœur ou si elle cherche à se racheter auprès de Kallias, mais cela m'est égal.

— Je te remercie, Ismène. Tu seras toujours la bienvenue ici, ainsi que ta famille. Comme vous tous d'ailleurs.

Tous ont retrouvé une partie ou la totalité de leur famille, lors des voyages qu'ils ont effectués à Horswing avant la Bataille des Ombres. Tous, sauf Kallias. Mon père m'a confié que tous les enfants présents à la nurserie, cette fameuse nuit où Hecmar a envahi Horswing, sont forcément liés aux habitants du palais. À partir de demain, je prendrai le temps de l'aider à comprendre ses origines. Une chambre lui a été aménagée au palais, même si depuis que nous sommes rentrés, il passe toutes les nuits dans ma chambre.

— Vinira !

La voix de mon père résonne derrière moi.

— Je crois qu'il faut que j'y retourne. On se voit tout à l'heure, je leur lance sans cacher ma déception.

Un groupe de musiciens s'installe près des tables et se met à jouer une délicieuse musique.

— Je sais combien tu préfères les soirées festives au protocole, m'avoue mon père. Il est l'heure pour toi de profiter.

— Merci père ! dis-je en posant mes lèvres sur ses joues.

À mon grand étonnement, même les plus anciens se prennent au jeu et se mettent à danser près de l'orchestre. Même mon père se lance et déambule au milieu de tous ses amis. J'aperçois mes camarades, toujours prêts à faire la fête, se lever et s'amuser en toute insouciance.

La joie remplit mon cœur de bonheur en cet instant. Même si pour moi, des personnes manquent à l'appel. Je songe à Mél, et je prie pour la revoir très bientôt. Mes pensées affluent aussi vers Alden, Aveline et Zielle qui me manquent affreusement. Je vais devoir apprendre à vivre sans eux dans un monde qu'ils auraient adoré connaître.

La soirée est chaude et le soleil s'abaisse peu à peu à l'horizon.

— On va marcher un peu ? me propose Kallias que je n'ai pas entendu arriver derrière moi.

Nous descendons les quelques marches qui nous séparent de la jolie rivière en bas de la plaine. La musique s'atténue au fur et à mesure que nous nous éloignons, mais continue de chanter dans nos oreilles.

À l'ombre de l'arbre aux magnifiques fleurs blanches, la statue de Clarine est illuminée par les derniers rayons du soleil. C'est la première fois que je viens ici avec Kallias, et je suis heureuse de partager ce moment avec lui, près de ma mère.

— Tortagen va me manquer ! je lâche.

— L'avantage d'être reine, c'est que tu pourras y aller autant que tu le souhaites. Ton oncle va y retourner ?

— Il ne sait pas encore. Maintenant que je suis reine d'Horswing, je vais devoir aller à Deerwood et rendre des comptes pour la mort de Basil. Je ne sais pas encore quel accueil on va me réserver.

— Tout le palais sait que Basil était un monstre. Personne ne t'en voudra pour t'être défendue.

— Peut-être, mais je ne peux pas en être sûre.

— Si c'était le cas, ils auraient déjà envoyé la garde ici. Personne n'est venu !

— C'est pourquoi je dois m'y rendre. Je dois faire en sorte de réconcilier nos deux royaumes. Cette haine a assez duré.

— Je suis sûre que tu y arriveras. Malgré ton tempérament de Guerrière, tu es une pacifiste.

Je m'approche de Kallias et pose mes mains sur son thorax. Il tourne la tête vers le banquet, par crainte d'être observé.

— Vini ? Et si quelqu'un…

— J'en ai assez de me cacher, Kallias. Tu l'as dit toi-même, je peux désormais faire ce que je veux. Je n'ai pas l'intention de continuer à te faire entrer en douce dans ma chambre. Je veux être libre d'aimer qui je désire.

Ses mains se glissent dans mon dos et me tire contre lui.

— Et qui est cette personne chanceuse ? demande-t-il.

— Je crois que c'est un homme brun, avec des yeux noirs comme la nuit, une petite cicatrice au coin de l'œil et un sacré caractère de cochon. Un homme absolument irrésistible !

— Hmm ! Cet homme a vraiment de la chance ! chuchote-t-il en se mordant la lèvre.

— C'est moi qui ai de la chance de t'avoir, Kallias. Depuis le premier jour où nous nous sommes rencontrés, tu n'as cessé d'être là pour moi. J'ai mis du temps à comprendre que, derrière la haine que l'on se vouait, se cachait tout autre chose. Je n'ai jamais été aussi heureuse de toute ma vie que depuis que je suis dans tes bras.

Ses doigts soulèvent délicatement la mèche de mes cheveux tombée devant mon visage.

— Tu as été là pour moi aussi. Tu m'as redonné l'espoir. L'espoir en la vie. L'espoir en l'amour. Avec toi, mon cœur s'est mis à battre pour la première fois. Tu m'as offert le tien. Tu as accepté de quitter tes amis, et tu m'as suivi sur une pégase à l'autre bout du monde. Tu as épousé un homme cruel et renoncé à ta liberté pour me sauver la vie. Tu m'as libéré et ramené chez nous, vivant ! Je te dois la vie… ma reine.

— Alors aime-moi toute la vie, Kallias Felirson !

Ses lèvres frôlent mon visage et se posent tendrement sur les miennes. La bouche de Kallias se mêle à la mienne, me provoquant des milliers de picotements dans la poitrine.

J'aimerais rester là, à humer sans m'arrêter son odeur citronnée qui m'enivre, caresser la peau chaude de son visage, et continuer éternellement d'embrasser ses lèvres si parfaites.

Mais pendant que je me perds dans les bras de l'homme que j'aime, un cri strident tel un rugissement féroce retentit autour de nous.

Nos lèvres se décollent et nous levons la tête, inquiets par la puissance de ce bruit assourdissant. Au banquet, la musique s'est également arrêtée faisant place au silence. Eux aussi ont entendu !

Ce cri… je l'ai déjà entendu auparavant. Mais, non ! Ça ne se peut pas… c'est impossible ! Ma crainte se confirme aussitôt lorsqu'une étrange forme noire apparaît dans le ciel, et se déploie tel un V sous mes yeux. Mithor apparaît, seule, au-dessus de nos têtes. Dieu !

— Vinira ! Sauve-toi ! Rentre au palais ! hurle Kallias.

Sans attendre, je me dirige vers les marches qui mènent au banquet ! Une seule pensée me traverse l'esprit : que mon père soit en sûreté.

— Le roi, je hurle en bas des marches à ceux qui m'entendent, protégez-le roi !

— Vinira ! se met à crier mon père lorsqu'il m'aperçoit.

— Père, cachez-vous !

Tieran et Teivel se dirigent aussitôt vers lui, et font office de bouclier pour le protéger.

Une fois assurée que mon père est hors de danger, je me précipite au milieu du jardin qui s'est vidé en un rien de temps.

La créature n'est plus dans mon champ de vision. Tout le monde a les yeux rivés vers le ciel, mais personne ne sait de quel côté elle risque d'arriver.

Lorsqu'elle réapparaît quelques instants plus tard, elle vole au-dessus de la plaine. Puis, subitement, elle replie ses ailes et plonge en direction du sol là où se trouve...

— SAUVE-TOI, KALLIAS !

Mais il est trop tard, car lorsqu'il lève la tête, la bête l'attrape dans son immense gueule et redécolle sur le champ.

— NOOOOOON !

Je reste quelques secondes choquée, le temps de réaliser ce qui est en train de se passer. Mithor s'éloigne dans le ciel tout en tenant fermement dans sa gueule le corps de Kallias qui se débat.

Mon cœur tambourine dans ma poitrine. Je dois l'aider avant qu'elle ne le brise en deux. Sans perdre une seconde, je fonce en direction des écuries. Pyme est la plus rapide du troupeau. Je peux encore les rattraper.

Lorsque j'arrive sur le lieu du banquet, je hurle à mes camarades de me suivre. Mais au même moment, les bras de mon père me retiennent.

— Père, que faites-vous ? Mithor vient d'emporter Kallias. Nous devons l'aider !

— Il est trop tard, nous ne pouvons rien faire pour lui !

Quoi ? Qu'est-ce qu'il raconte ! La créature n'est pas si loin. C'est encore faisable. Tout en observant Mithor s'éloigner dans le ciel, je tente de me débattre contre la force de ses bras.

— Père, lâchez-moi ! Il est encore vivant ! Je dois l'aider avant que Mithor ne le tue.

— Elle ne le tuera pas ! lâche-t-il, sûr de lui.

Je me retourne pour tenter de comprendre ce que mon père est en train de faire. Son regard, d'ordinaire si doux, m'offre une expression que je n'avais encore jamais vue sur son visage.

— Comment pouvez-vous en être sûr ?

Ses yeux osent à peine croiser les miens tandis que ses bras finissent par me relâcher.

— Père ?

— Mithor ne lui fera aucun mal car depuis quelques jours... il est le nouveau roi des Ombres.

29

KALLIAS

QUELQUES JOURS AVANT LE DÉBUT DE LA DERNIÈRE BATAILLE DES OMBRES. DANS LES SOUS-SOLS D'HORSWING.

Cette sphère de souvenirs sera la dernière. Je n'ai plus le temps d'en observer davantage ou je vais manquer tout le banquet, et Vini risque de s'en apercevoir. Je n'ai déjà pas le droit d'être ici. J'ai assommé un des Sages pour pénétrer dans les sous-sols d'Horswing et tenter de comprendre les secrets qu'Arran a confiés à sa fille. Les souvenirs que je viens de visionner m'ont montré Thalion à tous les âges de sa vie, mais une pièce du puzzle me manque encore.

Quand je plonge tête la première dans cette énième sphère, j'atterris en haut d'une falaise en plein cœur de la montagne volcanique. Je suis au royaume des Ombres. À des dizaines de mètres en contrebas, la lave du volcan bouillonne. Devant moi, le roi Thalion, plus vivant que jamais, est en plein affrontement avec le roi des Ailes de l'époque.

— Tu n'as rien à faire ici, Howard. Cette terre est mon nouveau territoire. C'est ici que vivra désormais le peuple du Feu !

— Tu ne peux pas quitter les montagnes d'Horswing, Thalion ! C'est là-bas qu'a grandi ton peuple. Cette nouvelle terre ne t'appartient pas. Tu n'as pas le droit de forcer tes hommes à vivre dans cet endroit infâme.

— Pourquoi ne me dis-tu pas ce qui te chagrine en réalité, mon ami ? Cela t'est bien égal de savoir où vivra mon peuple. Ce qui te gêne, c'est de savoir qu'elle vivra ici avec moi !

Le visage du roi des Ailes se décompose. De qui parlent-ils ? Thalion descend alors de sa somptueuse pégase. La belle Mithor. Vivante. Et aussi blanche que la neige.

— J'ai toujours su que tu avais un faible pour Éléna ! Depuis que nous sommes gamins, tu as toujours eu du mal à t'adresser à elle sans bégayer. En grandissant, je pensais que tu t'étais fait une raison et que tu avais fini par l'oublier. Mais en réalité, tu n'as jamais cessé de l'aimer.

Le roi des Ailes descend à son tour de sa pégase et s'avance en direction de Thalion.

— Pendant toutes ces années, tu savais ce que j'éprouvais pour elle, mais ça ne t'a pas empêché de l'épouser !

— J'aime Éléna, Howard ! Depuis le premier jour où je l'ai vue. Nous avions neuf ans lorsque nous l'avons tous les deux aperçue dans la plaine des Ailes. Et elle m'aime aussi ! C'est moi qu'elle a choisi. Nous nous sommes unis devant les hommes et les dieux. Nous avons même un enfant ensemble ! Il est trop tard pour se battre pour elle, Howard ! Éléna est heureuse. Et je compte lui offrir dans ce nouveau monde une vie meilleure, la vie qu'elle mérite.

— Je ne suis pas de cet avis ! dit-il en créant une bourrasque de vent pour tenter de faire tomber Thalion dans la lave.

Mais le roi du Feu agite ses mains et crée d'immenses flammes qu'il dirige en direction du roi des Ailes.

— Tu veux vraiment me tuer, Howard ? Après tout ce que nous avons vécu ensemble ? Tu crois qu'Éléna tombera follement amoureuse de toi lorsqu'elle comprendra que c'est toi qui as tué le père de son fils ?

— Lorsque tu ne seras plus là, je serai là pour elle, Thalion. Je la protègerai, je lui offrirai l'amour qu'elle mérite ! Elle m'a toujours estimé et je suis persuadé qu'elle finira par m'aimer.

— Elle n'acceptera jamais de t'épouser ! Tu ne lui as jamais inspiré que de la pitié !

— TU MEEEENS !

La colère déforme le visage du roi des Ailes qui agite ses bras, créant une incroyable tornade autour de Thalion et lui. Le vent afflue de tous les côtés et le roi du Feu peine à tenir debout dans ce cataclysme qu'est en train de créer son ami. Dans cette tornade gigantesque, des pierres s'élèvent du sol et viennent percuter de plein fouet la tête du roi du Feu.

La tornade finit par soulever Thalion et Mithor du sol les faisant tournoyer au-dessus de la lave.

— Je prendrai soin d'elle, Thalion, je le jure sur ma vie !

Howard regarde une dernière fois son ami, puis relâche ses bras. Au même moment, Thalion chute dans la lave bouillonnante de la montagne du Feu.

J'assiste, impuissant, à la mort du roi Thalion avant d'être éjecté violemment de la sphère.

Assis sur le sol de la pièce où tournoie l'énorme boule bleue et orange, je rassemble peu à peu les différents souvenirs dans mon esprit.

Je sais maintenant pourquoi Thalion revient à chaque lune rouge. Il ne vient pas seulement se venger de l'homme qui lui a pris sa famille. Il revient aussi pour eux. Pour tenter de les retrouver. Et si Howard a tenu sa promesse de les protéger, cela veut dire qu'ils sont retournés à Horswing avec lui. Bordel. Et si l'enfant a grandi et s'est lui-même marié, cela veut dire que la descendance de Thalion s'est poursuivie depuis tout ce temps. Ce qui veut dire qu'Arran connaît l'identité de l'héritier du Feu. Car son devoir est de le protéger, comme l'a promis son ancêtre avant de maudire Thalion pour l'éternité. La descendance de Thalion est cachée à Horswing depuis toutes ces années.

Je suis sous le choc par ce que je viens de comprendre. Depuis notre enfance, nous vivons entourés de mensonges.

Vinira ignore tout, c'est certain. Arran n'a pas eu le courage de lui dire la vérité. Pourquoi ?

Puis, tout d'un coup, les mots de la reine du Désert lors de son altercation avec Arran me reviennent de plein fouet.

Arran, c'est maintenant qu'il faut agir, nous devons en finir et le tuer ! Tout de suite !

Ils le savent. Depuis le début, ils sont au courant tous les deux. Myrna voulait sa peau et Arran a refusé qu'on s'en prenne à lui ! Tout vient de s'éclairer dans ma tête en un éclair. Et grâce aux sphères, ce soir, je viens de comprendre, moi aussi, qui est le dernier héritier du roi Thalion.

***

LA QUATRIÈME VAGUE.

— *Kallias… j'ai besoin que tu trouves Myrna et Basil, ça urge !*

Vinira est sur la colline en train de combattre les créatures. Seule. Merde. Qu'est-ce qui se passe ? Que foutent Myrna et Basil ? Je les ai vus redescendre tout à l'heure en direction de la mer. La reine devait être asséchée et dans l'incapacité de produire de grandes quantités d'eau, mais ils devraient déjà être revenus pour aider Vinira là-haut. Fais chier !

Au cœur de la forêt, les créatures surgissent de nulle part. Plus j'en tue, et plus j'ai l'impression que leur nombre augmente. Thalion a sorti le grand jeu cette fois-ci. Si la lune rouge ne disparaît pas très vite, nous risquons de tous y passer ! Nous allons tous embrasser les ténèbres pour l'éternité.

Mon épée tranche des dizaines de tête sur son passage.

— Restez où vous êtes ! je hurle au roi Arran qui fait un pas en avant, comme pour participer au combat.

— Vous avez besoin d'aide ! maugrée le roi des Ailes.

— J'ai besoin que vous restiez en vie ! Vous êtes sous ma protection ! Si vous mourez maintenant, votre fille ne s'en remettra pas, et elle ne me le pardonnera jamais. Alors soyez gentil et ne bougez-pas !

Je n'aurais jamais cru un jour donner des ordres à mon propre roi. Mais la situation est bien trop dangereuse pour que je le laisse s'aventurer au cœur de la guerre qui se joue dans cette forêt.

Nous avons déjà perdu trop d'hommes courageux et il n'est pas question que je laisse les morts s'en prendre à lui.

Quand je réussis enfin à me débarrasser des créatures face à moi, je tourne la tête en direction de la colline où se trouve Vinira. Je ne peux pas la voir à cause des nombreux troncs d'arbres qui se dressent entre nous. C'est alors qu'au-dessus de leur cime, mon cœur frémit lorsque je reconnais deux grandes ailes noires déployées. Mithor.

Thalion est là. Sur la colline avec elle. Sans perdre une seconde, je remonte sur le dos de Polla et fonce dans sa direction. Où sont Myrna et Basil ? Bordel ! À cause de leur escapade, Vinira risque de se faire tuer ! Seule avec son pouvoir, elle ne pourra rien faire contre lui. Thalion attend ce jour depuis tellement longtemps, depuis le jour où le roi Howard l'a maudit à tout jamais, le privant ainsi de sa femme et de son enfant. Mais Vinira n'est pas responsable de cette malédiction. Malgré son tempérament de Guerrière, c'est la femme la plus sensible et bienveillante que je connaisse. Elle a fait de moi un homme nouveau. Elle a su voir mes faiblesses et mes qualités. Elle a su aimer l'homme qui se cachait derrière ce masque d'arrogance. Lorsque je l'aperçois enfin, reculer sur la colline son arc en main, je descends immédiatement de Polla. Face à elle, se dresse le roi des Ombres.

Thalion est fidèle aux sphères de souvenirs. Sa longue chevelure brune caresse ses larges épaules tandis qu'il s'avance lentement vers elle, une épée gigantesque dans la main.

Mon cœur s'accélère tandis que je brandis mon arc à mon tour. Vinira tire une flèche qui se réduit aussitôt en cendres.

— Tu ne seras jamais un dieu, Thalion. Pas après avoir embrassé les ténèbres ! hurle-t-elle.

Elle décoche une seconde flèche sans succès, tandis que Thalion continue d'avancer vers elle.

Putain. Il va la tuer si je ne fais rien. Je dois… le faire. Je n'ai pas le choix. Je dois le détourner d'elle, même si je dois perdre la vie.

Je prends mon courage à deux mains, et je décoche une flèche de glace. Mes mains sont tremblantes et au moment de relâcher la corde, je dévie légèrement l'arc. Merde. La flèche le manque de justesse attirant le regard de Thalion sur moi. Ses pupilles sont inexistantes et sa peau est recouverte de marbrures prêtes à faire jaillir du feu. Nos regards se croisent un instant, et ma respiration s'arrête. Je suis suspendu à l'étrange sensation qui me traverse alors qu'il me fixe, stupéfait.

Thalion lâche aussitôt son arme à ses pieds tout en continuant de me fixer. Il sait. Il sait qui je suis. Un sourire apparaît alors sur son visage brûlé. Un sourire qui me terrifie. Ce n'est plus le sadisme que je lis, mais un étrange sentiment de joie et de tristesse. Il fait un pas vers moi.

— KALLIAS, NON, SAUVE-TOI ! hurle Vinira.

Alors qu'elle s'élance vers nous, son corps est subitement propulsé en arrière et elle s'écroule sur le sol en se tordant de douleur. Ses deux mains se referment autour de sa gorge.

Thalion est en train de l'étrangler sous mes yeux, sans bouger le moindre petit doigt.

Je brandis mon arc à nouveau, et j'encoche une seconde flèche. Cette fois-ci, je ne tremble pas. Je sais ce que je dois faire et je n'hésiterai pas une seule seconde.

— Relâche-là ! Ce n'est pas elle que tu veux, c'est moi !

J'ai rapidement su en plongeant dans les souvenirs de Thalion que cet homme ne m'était pas si inconnu. Nos caractères similaires, notre fascination pour la montagne, notre physique atypique. Les mêmes cheveux, les mêmes yeux noirs comme la nuit. Je me suis reconnu en lui.

Je n'ai retrouvé aucune famille à Horswing. Je suis le seul à ne pas savoir d'où je viens, ni qui je suis. Et pourtant, Arran a fait de moi son bras droit lors des conseils de guerre. Il m'a pris sous son aile dès le premier jour sans se demander à quelle famille je pouvais appartenir. Car il a toujours su qui j'étais. Son ancêtre a juré de protéger la descendance de Thalion, et ainsi ils ont vécu à Horswing auprès des Ailes pendant toutes ces années. Dans le secret le plus total. C'est pour ça que j'étais dans la nurserie le jour où Maddor nous a emmenés. Je suis le dernier héritier légitime de Thalion, le roi du Feu.

Une voix grave dans ma tête me ramène à la réalité.

— Délivre-moi, mon enfant !

La voix du roi des Ombres résonne dans mon esprit aussi clairement que je le vois devant moi. Je comprends immédiatement ce qu'il me demande. Sans plus aucune hésitation, je fais ce que mon ancêtre attend de moi. Je lâche alors la corde de mon arc, et ma flèche vient se loger en plein dans sa poitrine. Ses yeux brillants me dévisagent un moment.

— Merci.

Puis, il s'écroule sur le sol de la colline. Mort. Le cri de terreur de Mithor résonne dans la plaine, mais je ne perds pas une seconde de plus. Je cours jusqu'à Vinira et l'entoure de mes bras.

— Tu n'as rien ?

— Il... il est mort ?

Je me tourne à nouveau vers lui, et j'observe un moment le corps inconscient de Thalion.

— Je crois que oui !

En bas dans la plaine, les combats ont cessé. Tout le monde a les yeux rivés sur moi. Car je viens de tuer le roi des Ombres.

À suivre...

TOME 3 : LE ROI DES OMBRES

Remerciements

Je n'ai pas pris le temps de rédiger des remerciements pour le premier tome. Par pudeur ou parce que je pensais que personne ne lirait jamais ce roman. Il est clair que je me suis trompée.

À mon premier lecteur, Thierry. Je sais que tu t'es souvent demandé, pourquoi je passais autant de temps devant mon ordinateur, à écrire sans jamais lever les yeux de l'écran. Merci d'avoir accepté de lire ce premier tome, d'avoir été mon premier fan, d'avoir freiné mes excès dans certains chapitres et de m'avoir encouragée à me lancer dans ce projet ambitieux.

À ma deuxième lectrice, mon Grand Vent préféré, mon Alizée. Quelle chance j'ai de t'avoir dans ma vie ! Ton amitié, ton soutien et ton énergie me permettent d'avancer jour après jour dans tous mes projets, aussi fous soient-ils. Merci d'avoir dévoré ce tome au point de t'en brûler les yeux.

À ma troisième lectrice, mon Élo, mon binôme de promo. J'ai longtemps attendu avant de te proposer la lecture de ce roman, de peur que tu n'aimes pas. Je sais que tu aurais été capable de me dire en face à quel point mon livre pouvait être ennuyeux. Quel soulagement quand tu m'as dit : « JE VEUX LE TOME 2 !!! ». Merci pour tes relectures, tes conseils et ta patience, et merci de me supporter depuis toutes ces années.

Merci à Axelle, ma Papinette, pour ton soutien tout au long de cette année passée ensemble, et pour ton aide pour la couverture.

Un grand merci à Géraldine, qui a pris le temps de corriger ce tome. C'est difficile pour un auteur de relire son œuvre à la recherche des fautes que l'on ne parvient même plus à déceler.

À tous mes lecteurs, merci pour vos messages d'amour et de bienveillance à la sortie du premier tome. C'est grâce à votre soutien que je trouve la force de continuer dans cette voie. Merci aux influenceuses littéraires qui ont accepter de lire mon œuvre et qui ont permis de la faire connaître à un plus grand nombre.

Et enfin, merci à mon fils, qui m'apporte chaque jour une dose d'amour et de bonheur incommensurable.

Je tiens également à m'excuser pour la cruauté dont je fais parfois preuve, notamment à la fin des tomes et pour la mort de certains personnages. Mes protagonistes doivent traverser des phases douloureuses pour évoluer et je suis persuadée que vous me pardonnerez.

www.ingramcontent.com/pod-product-compliance
Lightning Source LLC
LaVergne TN
LVHW100504110826
845146LV00002B/505

* 9 7 9 1 0 9 8 4 8 0 4 0 9 *